内线

UNDERCOVER

常舒欣◎著

北京联合出版公司
Beijing United Publishing Co.,Ltd.

图书在版编目（CIP）数据

内线／常舒欣著. —北京：北京联合出版公司，2017.1

ISBN 978-7-5502-9513-1

Ⅰ. ①内… Ⅱ. ①常… Ⅲ. ①长篇小说—中国—当代 Ⅳ. ①I247.5

中国版本图书馆CIP数据核字(2017)第006112号

内　　线

作　　者：常舒欣
产品经理：杨伟佳
责任编辑：李　征
版式设计：刘龄蔓

北京联合出版公司出版
（北京市西城区德外大街83号楼9层　　100088）
三河市冀华印务有限公司印刷　新华书店经销
字数：386千字　700mm×980mm　1/16　印张：23.5
2017年4月第1版　2017年4月第1次印刷
ISBN 978-7-5502-9513-1
定价：36.80元

目录

CONTENTS

内线

UNDERCOVER

UNDERCOVER

楔子 × 疯狂世界之序曲

“峰峦如聚，波涛如怒，山河表里潼关路。”

自渭南以西不足百里，便是这块史书名地，地势险绝，山形遒劲，缭绕秦岭的云烟终年不散，千年沧桑依旧如故，唯有当年“兴百姓苦、亡百姓苦”的潼关路，已经变成了横亘东西的高速公路，在崇山峻岭中蜿蜒如龙。

入夜，高速路上驶来一列特殊的车队，警笛响彻，惊醒远山栖息的夜枭；警灯闪烁，划破暮色；警车疾行，风驰电掣般驶向前路。

到了渭南出口，车队减速，下高速，车行未停。驶离处路标：渭南精神病专科医院。

领航车后，陕 A，零字头，是这列车队的指挥车。副驾的位置，端坐着一位警服正装、白面无须的中年男子。

范文杰，省厅政治部主任，执行特殊任务。

后座，是刚调任 402 专案组的叶天书。

在接近目的地时，范文杰欠欠身子，回头瞥了眼正襟危坐的老部下，出声问着：“天书，调任 402 专案组有半个月了吧，什么感觉？”

“感觉？实在不太好。”叶天书嗫嚅道。

“这是实话，说说不太好的吧，我向秦厅汇报时可以如实反映。”范文杰笑道。

402 专案组以时间来编号，全称是“打击非法传销专案行动组”，半个月时间里已经斩获不少，但在叶天书口里，毫无欣喜成分，就听他说道：“老领导，真不是我叫难，不好上手啊。查获的窝点里大部分是受害人，而且是被洗脑的受害人，他们不觉得我们是解救他们，而是视警察如仇敌啊。”

“我们的工作是解决问题，消除危害，不是去博谁同情、博谁理解的。”范文杰不客气地说道。

“是，我懂。”叶天书赶紧改口。上级的态度从来就没变过，治安隐患，理解不理解都得办。他解释着：“我最大的体会是，传销洗脑是非常恐怖的，甚至比刑事犯罪还可怕，而且危害更大。对付刑事嫌疑人，我们可以使用一切必要的手段，可这些人，严格地讲，都是受害人，这一点就让我们投鼠忌器了。”

停顿了片刻，他见老领导没吭声，补充道：“我们总结了几个特征，一是团伙联系紧密，都有亲缘、血缘关系，除非是发展下线，否则外人很难插足；二是纪律严明，他们同吃同住同行，连跟外人怎么说话都有统一的口径，在无法界定其涉嫌犯罪的情况下，我们无法实施排查；三是手法多变，有挂公司名的，有兜售产品的，甚至有兜售概念的，光现在发现的就已经有十几种了。”

“办法总比困难多，解决途径呢？”范文杰直接问结果了。

叶天书整整思绪汇报着：“我们正在协调其他省专案组的同行，准备通过招募、对调等办法，往他们窝点里送一部分自己人。当然，最好是能送到组织层面，否则全省这么大的传销盘子，比我们的警力还庞大，穷于应付啊。”

“抓紧时间，尽快办，还是得靠咱们的传家宝——发动群众、依靠群众。”范文杰道。

“是，我记住了。专案组现在联络了民间两家反传销联盟，他们搜集的资料对我们研究这种非法组织形式很有帮助。下一步我们准备发展一批线人，还走群众路线。还有，我们聘请了一位心理专家，明天就到。”叶天书道，这个案子已经像滚雪球一样开始膨胀了。

“做得好，传销组织者可都是心理学和行为学的高手，我们也要培养一支反传销队伍，一定让参案人员端正心态，认识到非法传销的巨大危害，千万别把它当成小案子。”范文杰道。

“是，现在是保密阶段，我们专案组也暂且以传销的组织原则和形式命名，所有参案人员都进行了集中学习和培训。”叶天书道。

他的声音中断了，因为看到老领导正痴痴地看着窗外。群山掩映间，有一处灯火辉煌的去处，那就是目的地——渭南精神病专科医院。

窗外，夜色如水，抬头处，星斗闪烁，明河在天。

范文杰感慨着收回了目光："好地方啊，大好风景，怎么能被这帮宵小破坏？瞧瞧他们作的孽，可比刑事犯罪严重得多啊！"

驶进医院大门，泊在当院。车队两辆押送车洞开，精神病医院的护工协同警员，把车里铐着的人往下带，有男有女、有老有少，个个像打了鸡血一样，警惕地看着外面医院这个陌生的环境，死活不下车。

没办法，只能往下运。一个中年男人大吼着："我们是合法的，你们这是侵犯人权，我要告你们，我要在网上揭露你们警察的丑陋嘴脸。"

又一个，表情兴奋，对护工介绍着："四海之内皆兄弟啊，我看我们有缘分，有兴趣加入我们吗？不要急着拒绝，这套创富的密码能改变你的人生……"

还有一个，直接咬了护工一口。

又有一个，乱踢乱蹬，上了四个人才把他抬下来。

还有个有暴力倾向的光头大汉，是被几位警察挟着送进去的。

一共十七个人，八男九女，发病的表现不一，根源一样，不是痴迷传销赔光了，就是被传销骗光了，被解救遣返时，这些人连自己的家庭住址都说不清了，或者早就没家了。

"我这段时间就在干这事，遣返的经费、治疗的经费，都得从厅里拨。这些精神已经错乱、遣送不了的，连收容站都不收，只能暂且送这儿接受治疗。经费的事，我能解决。天书，端掉他们的组织、拔掉毒瘤的事，就靠你了。我们总不能看着好端端的人家，一个个败家破财，都成精神病吧？"范文杰道。

"是！我这一百来斤，跟他们拼了。"叶天书血脉贲张，义愤填膺。他明白紧急调他参与此次运送任务的意义了。

范文杰看着他，警队里从不缺这样的热血青年，很多人哪怕是堵枪眼、挡刀尖都从不皱眉。不过此时他并不是非常满意，他轻轻放下叶天书敬礼的手，语重心长地说着："这类案子更多是斗智，而不是斗勇。到目前为止，我们抓到的组织者，最高层次也就是小经理，连收钱的资格都没有。省厅指示，要发动一切可以发动的力量，彻底、干净、全面地拔掉这颗毒瘤，光凭一时的血勇可不行。"

"省厅还有安排？"叶天书听到了弦外之音。

"刑侦上除了支援你们外勤，还调来了一位卧底警员。别问我是谁，我也不知道，不过到合适的时候，他会找你的。"范文杰道。

"到什么程度了，进到对方哪个层面了？"叶天书兴奋起来。

"要都知道就不叫卧底了。今天不是单纯给你战前动员，而是给你下一道命令：严密监控这里，这里可关着一名传销教父级的人物，是个精神病患者，有数次逃走的前科。同样的错误，绝对不能在我们手里重犯。"范文杰严肃地道，手指落处，正是管理严苛到状如监狱的精神病医院。

"是！"叶天书敬礼道。

"走，我带你见见他，见识一下这个疯狂的世界。我们的起点可以在这里，但我们的终点，绝不能重回这里。"

范文杰带路，叶天书大步跟随着。通向理疗室的房间有三道门，比监狱的看管不遑多让，刚刚进去接受体检的患者还在闹腾，正如痴如醉、如癫如狂地叫着、喊着、打滚着。不接触哪能想到，传销的危害已经流毒如斯。

最后一扇门打开了，两人的身影消失在门里。

一个疯狂的故事，一段疯狂的传奇，给这个疯狂的世界打开了一扇门……

第一章 × 雨碎愁城

天地一线，雨如瓢泼，市区的多处路面积水盈尺，车辆寥寥，行人绝迹。

木庆臣努努发干的嘴，表情像在为天气发愁。他放下车窗，把烟蒂扔掉，几乎是一瞬间的工夫，雨水打湿了他的一只袖子，他赶忙关上窗，又一次看向手表。

差一刻九点，约定就在上午九时，此时的天空却像黄昏时一样晦暗，他的心情差到了极点。他一次又一次地看着时间，又一次把手伸向车的储物格子里的烟盒，摸索半晌毫无所获，再看时，烟盒已空。

这时候，电话来了。他赶忙接起，脸上带着欣喜，下了车，撑伞匆匆奔向写字楼，浑然不顾漫过脚面的雨水。

伞存在门厅，直接上楼，他像强迫症一样念叨着要去的地址：B座、21层、

2121 房间。

心跳随着目标的接近在不断加速，木庆臣恍惚中有一种错觉，就像十几年前被儿子的班主任电话通知到场、被学校的教务处通知到校，每一次他都颜面扫地。十几年的光阴一闪而过，什么都在变化，唯独他这个当父亲的没有变化，仍然怀着那种忐忑不安的心情，鼓起很大的勇气才敲响了 2121 号房门。

烫金的门牌：冯长翔心理咨询室。

门后，是全市闻名的心理医生冯长翔。

门应声而开，一位戴着眼镜、温文尔雅的中年男子站在门口。木庆臣稍稍一愣，对方笑吟吟地伸手与他相握，把他请进房间，边邀坐边笑着说道："木老板，您不会认为心理医生应该鹤发童颜、仙风道骨吧？"

木庆臣反而不好意思了，摆摆手道："不不，冯医生，您误会了，我就是有点奇怪，下这么大雨您还会来。"

"那说明，我还没有到可以任性的程度嘛。"冯长翔笑道，直视着木庆臣。木老板像羞愧难当一样，低下了头。

看心理医生，肯定是有心病，而这位木老板的心病，看样子已病入膏肓了。

冯医生把病因资料拿到了手上，翻看着平板电脑，不时观察木庆臣的表情。平板上显示的是一个很帅、很有朝气、很阳光的男孩，这就是病根——老木的儿子小木，木林深。

从孩童时代起，成绩单、学校记录，几十页的记录记载了他儿子木林深的成长经历。本市读小学初中，新加坡读高中，荷兰学习艺术，后在美国攻读经济学，最后一页，是美国一所大学的硕士文凭。照片上，阳光大男孩已经成长为一个帅小伙子，浓眉悬胆鼻比偶像剧里的男主不遑多让，像英气、帅气等多种气质的组合体。

当然，理想和现实是脱节的，所有气质的综合之下，把他爸气成这样了。

"木老板，咱们的交流应该是坦诚的，您觉得呢？"冯长翔放下平板问道。

木庆臣有点紧张了，点点头道："当然，跟您不需要避讳家丑。"

"从表面上看，他是个很优秀的儿子，不过结果应该正好相反吧？我只看到表象，却看不到原因，没有原因我也就找不到病因，您不介意我问您点隐私吧？"冯医生问。

“没什么隐私，就养了个败家子。”

木庆臣话匣子打开了，这位拥资亿万的老板说起家事来，和一个普通人没有什么区别，他表情凄然、啰里啰唆地说着：

“……他妈去得早，我一直想病根就在这上头，来这座城市快 30 年了，从盘下个小店开始，一直做到这么大……小时候这孩子可招人待见了，我们两口子忙里忙外，孩子就在饭店做作业，学习还门门是‘优’……他上初中时，他妈妈病重了，那一场病啊，我们爷儿俩都差点没熬过来……我欠她的啊，辛辛苦苦十几年，跟上我没享几天福，就那么去了……您是不知道，她走的时候，临了都闭不上眼哪，直勾勾地看着儿子……我知道她的心思，怕我给孩子找个后妈，孩子遭罪……”

“等等，您停停，说简短一点。”冯医生打断了他的诉说，直接问道，“木总，您发妻去世后，您是什么时候再婚的？”

“过了三年多。那时候，我儿子已经出国了。”木庆臣道。

守了三年，这个结果已经让冯长翔感到意外了，他追问道：“那您儿子没出国时，是不是出现过这样的情况——您和别的女人在一起，被他撞到？这种事对未成年人影响很大，特别是在他失去至亲的那段时间。”

“这……”木庆臣又噎住了，抽了张纸巾，擤了把鼻涕，然后默不作声。

骤失挚爱，就连成人都难以承受，何况一个未成年人？没有人能代替母亲在一个未成年人心里的位置。这是病源，和冯长翔的推断是一样的，但把他难住了，这是最难解决的一种。

木庆臣可等不及了，直接说道：“冯医生，我来是解决我儿子的问题的。我是成年人了，没什么问题，对于发妻，我尽到心了。这十几年，我的心差不多都操到我儿子身上了，花多少钱，我真不在乎。问题是，我还没有到能让他一辈子有花不完的钱的水平啊。”

“那好，说说您儿子吧。”冯长翔换了个话题。

“从哪儿说起呢？这……”木庆臣的悲戚顿时成了怨气。

“就从出国开始吧，能告诉我为什么给他数次转学吗，还非要送出国？”冯长翔问。

“我也不想，可没学校收他啊。本来送到最好的九中，他的成绩越来越差，还学会喝酒抽烟了，结果学校说什么都不要人了，劝退。后来转到四十中，不知道怎么又学会偷东西了，还专偷女生的东西。哎呀，把我这张老脸扇的，咱家是缺钱的人家吗……连转了三所普通高中，最长的只待了三个月。没办法，我又花高价把他送到贵族学校，结果……这次更直接，多少钱都摆不平，人家直接把他开除了。”木庆臣咬牙切齿地道。

“什么原因？”冯长翔好奇地问。

“调戏女老师，从写情书发展到掀人家裙子。”木庆臣难堪地说道。

这次轮到冯长翔被噎了，一个孩子性格的大变，总要有他的原因，但也不至于这么出格啊。

他看着木庆臣，加速问道：“后来呢？看履历，在新加坡勉强读完了，为什么不在那儿接受大学教育？”

“他酒驾，挨了鞭刑，在那个环境里有了污点，可不像咱们国内，花点钱就能抹掉。”木庆臣道，表情极度难堪，可见儿子恶劣到什么程度了。

现在该冯长翔觉得这位当父亲的不容易了，他安慰道：“那应该让他醒悟了吧？我觉得他很有艺术细胞啊，照片里的几幅画不错，在荷兰学的？”

“您是不知道啊，他去荷兰的原因，不是为了学艺术。”木庆臣愤然道，“那儿抽大麻、逛红灯区都是合法的。这兔崽子，每月拍几幅画朝我要钱。我去了才知道，他的住处连画笔都没有，还学艺术，根本就是不学无术去了。”

“那后来呢？”

“我让他滚回来，他死活不回来，要去美国学习。我一想，他回来也是给我添堵，要不就去学学吧。”

“于是就去了？”

“啊，还能怎么样？留学留学，还不都是糟蹋家里那点钱？”

冯长翔差点笑出来，他憋住了，努力寻找这个奇葩儿子身上的闪光点，不过实在找不出来，他斟酌着说道：“您提供的这张文凭，好像有点问题。亚伯拉罕·林肯大学，是……”

Abraham Lincoln University……冯长翔仔细看着照片上的一行英文，没有说出来。此时，这个有钱老爸比赔光了身家还难堪地道：“别提了，我前段时间咨询业内人士才知道，这文凭只要给钱就办，管你是个人还是条狗。”

老木颓然低头，从希望到失望，再到绝望的心路，画上句号了。

这时候冯长翔一点也笑不出来了，他看向木庆臣的眼神里，唯余浓浓的同情和怜悯。

木林深！

笔在纸上，轻轻画过，冯长翔在用最简练的语言勾勒着木林深的性格特征：张扬、叛逆、偏执、任性。

所有金玉其外的富二代，这些性格都是共通的，由此滋生出来的问题却是各式各样的。

思索片刻，冯长翔看了木庆臣一眼，又随手加上两个词语：惰性、依赖。

有这样的爹，想勤劳是很难的，想不依赖都不可能。

冯医生想想，又加上了：心理发育畸形，缺乏自我体验。

他用勾勒出来的特征反向还原着木林深的成长：失爱，单亲家庭，父亲忙于生意，又结新欢，这些应该成为他叛逆、偏执、特立独行的根源，内心的孤独和依赖感，总是促使他做出另类的事情来引起周围人的关注。

与他所料相反的是，没有引起他期待的关注，却让他从那些约束之外中找到了存在感，偏偏关心过甚的父亲还为他提供优渥的条件，让他可以随心所欲地释放任性。

冯长翔放下了笔，抬头时，木庆臣正期待地看着他，战战兢兢道：“冯医生，老吴介绍我来的，您帮忙想个办法吧，他都快把我逼疯了。”

“您儿子木林深回国有小半年了吧，您都做过些什么？我是指，为您儿子。”冯医生没有直接说办法。

“见面都难，现在悔死我了，想想真不该把他送出国。”老木郁闷地说道，在不同国家待了数年，父子俩除了称呼已经是形同陌路了，唯一的关系纽带就剩下一件事了。

这件事，冯医生脱口而出：“要钱。”

是肯定口吻，木庆臣也点头认可了：“对，他除了花钱就不会干别的。衣服一天三换，逛街比女人还勤快，文玩、手机、手表、手包能拉半车，再不就是泡吧泡妞，换女朋友差不多和换衣服一样勤。我就奇怪了，人家留学回来是一身学问，他带回一身问题来。”

“那有没有试过从经济上限制他一点？”冯医生问。

“控制了，一控制他就自己想办法。不是把我的车开出去抵押了，就是打着我的旗号借钱，回头准有人找上门来，我丢不起那人哪。”木庆臣欲哭无泪。

回来不到半年，市里放小额贷款以及高利贷的，差不多都认识他儿子了。儿子借钱，老子还账，那还不是天经地义的事？老子有这么大的生意，那些债主都抢着给钱，根本控制不住。

冯长翔笑了笑，又问道：“我听老吴说，您找过其他心理医生吧？有效果吗？”

“找了，我前后找了三位。第一位是华东医科大学的，就见过一次，这心理医生被我儿子整得有心理障碍了，死活不接待了；第二位还不如第一位，没过两天，就被我儿子忽悠到夜店去了，他倒有家庭矛盾了；第……第三位……唉……”老木叹气，撇嘴，拍大腿。

“哦？究竟怎么回事？”冯医生追问道。治不了这毛病有可能，但被整出毛病就让人匪夷所思了。

老木压低了声音：“第三位是个女的，不知道谁勾搭谁了，反正咨询到床上了……这兔崽子，什么样的女人不能找，找个离异少妇。”

“哧！”冯医生轻笑了声。不管是儿子的顽劣，还是老子的无奈，此时看上去都十分可笑。他在给出的所有特征下，都随意勾画了记号，没有孰轻孰重的问题，而是一样轻重。这位费尽心机的父亲已经把一个不良少年，成功地培养成不良全才了。

那么，解决途径呢？

木庆臣看着冯医生，以他商人识人的眼光，总觉得这位心理医生不同于其他所谓专家——先侃侃而谈，说的都是自己不懂的术语，而后会和他的那个不良儿子一样，就剩一件事：要钱！

他暗暗觉得，这应该是有真才实学的人，最起码是能给他点正确建议的那种。念及此处，他悄悄地把长钱夹里一张写好的支票拿出来，放到了医生面前。这动作吓了正沉思的冯长翔一跳，他不禁笑道：“木总，如果这点钱能解决问题，那问题就不会这么严重了。”

“那……需要多少？”老木心一凉，生怕他坐地起价。

“钱是问题的根源，但并不是解决问题的途径，或者可以这样说，问题的根源不在您儿子身上。”冯长翔像是思忖已定，说道。

“难道还能在我身上？”木庆臣不解道。

“说对了，就在您身上。您别激动，心平气和地听我讲。”冯医生摆摆手，把吓得离座而起的木老板安慰坐正，边思忖边说道，“一个人的性格形成有多方面的因素，关键的有这么几项：父母的影响、环境的影响，还有教育的影响。如果您十年前来找我，这不是什么问题。孩子失去母爱时，是最需要关怀和引导的，像一种刺激，受刺激后，可以产生正向的作用，让他一夜之间长大、懂事，知道珍惜生活，也可能产生反向的作用，让他变得固执、偏激、破罐子破摔，在潜意识里无限地放大自己的这种不幸。这种心理差异，不是钱可以弥补的。”

“我知道啊，所以我一直在加倍补偿他。”木庆臣难堪地道。

“但是您用了不正确的方式。他不断学坏，不断惹事，不断挑战底线，从某种程度上讲，应该是期待得到您的关爱。我可以判断，他从小到大，您都没有打过他，或者，骂他的次数也很少。”冯医生问。

“怎么可能，我怎么下得了手？”木庆臣一下子又悲戚了。

“您的无视和袒护，不是爱，是纵容。所以，您错过了对他最好的教育机会，也错过了与他最好的交流机会。”冯医生道，“您很爱您儿子，可是娇子如杀子啊。”

回答是长叹一声，老木低垂着头，道理岂能不懂？

“十年前，您用对待成人的方式对待一个未成年人，给他提供足够的钱，提供宽松自由的条件，让他尽情发挥，根本不管他的心理问题；十年后，您又用对待未成年人的方式对待一个成年人，想找心理医生开导他，让他去学会自立、懂得生活、珍惜家庭，您觉得可能吗？”冯医生问。

对了，生米成熟饭，朽木成渣滓，说什么也于事无补了。

冯医生解释道：“心理医生能解决的是心理上的障碍，可您儿子对他做的事没障碍，经过您用无数金钱的培养，他已经学会乐在其中了，这不是心理医生能解决的范畴啊。”

“那……就没办法了吗？”木庆臣抬起头来，无比凄然。

他凝视着冯医生，黯然道：“冯医生，我要求不高，让他能像个普通人一样就成。都说了人这一辈子，三穷三富不到头啊，我要有天闭了眼，怕他连三年五年也撑不住。”

冯医生看着他，像在审视，好半晌才轻声吐出个字：“有！”

“啊？！”老木惊讶了，脱口而出，“您说吧，花多少钱，我都愿意。”

“不，别理解错了。我首先要解决您的问题，要想他变，首先您得变。”冯医生道，递过一沓薄薄的打印纸，“这是一个不确定的方案，本来我觉得下药有点猛了，听您说之后，我倒觉得挺适合。其实解决的方式很简单，这是富贵病，想办法把他的富贵拿走，病症自然就消失了，已经错过了他性格形成的最好机会，只能人为地创造这样的环境了。”

木庆臣像没有听到一样，看了一页就惊讶地喊道：“啊？要用催眠？”

“对，要找出他记忆最深处的东西，那些美好的东西，并且加深记忆。我相信人性本善，只不过是外部的环境把他变成了这个样子。”冯医生道，更具体的，他当然不会讲。

“啊？要关起来，我也不能见他？”木庆臣又惊讶地问道。

“您是他的病根，要不去掉您，他还得犯病。”冯医生道。

“那怎么行？他自己连方便面都不会煮，万一有个事怎么办？都不让我知道他在哪儿，谁照应他？”木庆臣情绪激动，几次看面无表情的冯医生，都有点生气了，“敢情不是您儿子，您不心疼！怎么教育您明说，需要请人什么的，我花钱来就行了，这么搞，万一出个事算谁的？”

他发着牢骚，冯长翔却微笑着，提醒着：“喏，这就是了，您自己都没法痛下决心，又怎么期待儿子幡然悔悟？”

“可这……这是两码事，虎毒尚且不食子，你让当爸的下这决心，怎么可能？”老木心疼地说道。

“您对限制他的行动自由很介意吗？在我看来，他继续发展下去迟早也要被关起来，而且总有一天会发展到你用钱摆不平的程度。”冯长翔道，这一句话一点也不客气了，并且把支票推了回去。老木瞠然接着，却不知道该说什么，下意识地谦让着支票。冯医生冷静地道："不用客气，您可以走了，我只当您没来过。"

"这个……"老木尴尬地拿着支票，面对闯祸的儿子，真下狠心大义灭亲，有几个当爸的能办到？他嘴唇咬得煞白，最终也没能下得了这个决心。

冯医生再无赘言，连老木起身离开都没有恭送一步，听到关门声，他的心情有点复杂和无奈，顺手把已经翻旧的方案文本扔到一边。

这是一个有针对性的治疗，由外部条件刺激导致行为异常的方案，是他曾经在精神病医院总结很多临床经验后做出来的，实施效果无从得知，因为看到方案的家属，都像木老板这样被吓跑了。

对了，很多人都知道，冯长翔之前的身份是精神病专科医院的主治大夫，原供职的单位是——渭南精神病专科医院！

第二章 × 忍无可忍

车停了，几十年的回忆如同一个瞬间，在心头掠过。年过半百的木庆臣揉了揉发酸的眼睛，他想起了早逝的发妻，一起共患难，却无缘继续相厮守。放不开的是亲情，放不下的是牵挂，就像她留给丈夫和儿子的留恋，又怎么能放得下？

他反省着自己的过错，是的，就像冯医生所说，错过了关爱儿子的最好时间，也许问题确实在他的身上。因为愧疚，因为难以启齿，他确实和儿子疏于交流了，俗话说"子不教，父之过"，儿子成了今天这个样子，他要负的责任最大。

"我应该和他好好谈谈，不管他怎么看我都无所谓，可他不能这样毁了自己。对，我应该亲自和他谈……"

木庆臣如是想着，然后下定了决心，启动车子驶向滨海市四川路绿苑小区。这里的房子是他几年前置下的，已经升值一倍有余了，曾经的计划非常完美，房子准备好了，等儿子成人，给他娶妻成家分开另过，这辈子当父亲的义务就尽到了。

计划永远赶不上变化啊，他现在都不敢把产权过户到儿子名下，生怕败家子一眨眼就把房子抵押出去变现糟蹋了。

唉，老木边上楼，边摇头叹着气，想到成家，他的烦心事又来了，以前是生怕儿子被哪个无良女人勾走魂，后来发现担心多余了，儿子比那些无良女人还无耻，经常留宿女人，却从不留恋。

生活怎么就会变成这样呢？

出了电梯，脚步停下了，老木又被这些心事搅得虚火上头。他平复着心情，生怕见了儿子又呵斥训骂一通，什么事也解决不了，父子俩势如水火由来已久了，今天无论如何也不能重蹈覆辙。

他平复了半天，快中午了，差不多是儿子起床的时间了。他上前敲敲门，没回应，掏出钥匙直接开了门。一声尖叫响起，老木眼前晃过一个半裸的倩影。一个陌生女人尖叫着，裹上沙发巾后嚷着："你谁呀？怎么跑人家家里来了？"

老木片刻回头，看着发际零乱、面容白皙的女孩，知道又撞上留宿的了。他烦躁道："你谁啊？没人告诉你，这是我家？"

姑娘蒙了，扬头向着卧室喊着："小木，小木……这是谁啊？"

"怎么了，欢欢……"

房间里传来儿子的声音，只穿条短裤的木林深奔出来了，一看门口站着父亲，他很生气地说道："爸，你什么时候才能学会尊重别人隐私啊？不声不响就进来了。"

"我是你爸还是你是我爸？让我尊重你，那你得有值得让我尊重的地方！就这样……带个女的又回家过夜？在哪个酒吧泡的？"老木怒火中烧。

那女的翻了个白眼，小木揪着话头反驳着："爸，你错了，你完完全全错了，你总是这样刚愎地坚持你的错误。"

"错了？"老木被说晕了。

"当然，需要我告诉你吗？前提是你以后得学会尊重我的隐私。"小木严肃地说道。

"错了？你们在谈理想、探讨人生？"老木气愤地问道。

"出来吧，豆豆。"一个响指，卧室里又伸出一个脑袋来，是个短发的姑娘。"不是一个，是一对。"就见小木得意地说道，"你的错误在于，我是带了两位如花似玉的姑娘回来寻欢作乐，而不是一位。爸，要嫌尴尬，你就回避一下啊。"

"什么？我回避？"老木气得眼冒金星，大声怒吼着，"滚！"

老木一怒，那三位给吓着了。小木见老木动真火了，尴尬地做了个耸肩的动作，指指卧室，两位女伴赶紧各寻衣服，卧室、客厅丢得到处都是。老木又气不打一处来了，气咻咻地在阳台上踱步，早忘记要心平气和交流的事了，恨不得立刻揪着不肖儿子痛揍一顿。

片刻，三人胡乱穿戴一番，噔噔噔地要跑。老木一喊儿子：“你站住，让她们走——我的什么货色？”

“嘿，老头儿，你怎么骂人呢？”短发妞一下子气恼了。

“就是啊，你找我们还不陪你呢！”长发妹噎了老木一句。

“好好好，要有风度啊，别和老年人一般计较。豆豆，回头我找你啊。欢欢，改天约。”小木一手揽一个，把两位姑娘哄走了。老木生怕这家伙又溜了，喊着：“你别跑，过来，有话跟你说。”

跑出几步的小木退了回来，斜靠着门，嘴唇努着一吹，额头的一绺染发飘起，灰的，帅气中带上了点邪气。他很不客气地说道：“爸，您既然让我住这儿，就应该给我个人空间。在国外，你敢私闯别人的空间，那后果是很严重的。”

“你搞明白，这是国内，老子把你送出国，花了几百万，就带回张假文凭来，还学了这个？”老木气愤地叫道。

“Abraham Lincoln University，怎么可能是假文凭？”小木用一口流利的英文针锋相对。

“别以为我不知道，那是所野鸡大学，屁用不顶。”木庆臣嚷着。

“是啊，野鸡大学也是大学，那是如假包换的野鸡大学文凭，绝对不是假文凭。再说是你同意让我去的，不能你当时搞不清楚，回头怨我吧？”小木刺激着老木，两人像仇人相见，分外眼红。

“好好好，现在教训起我来了，我是你爸，还是你是我爸？！”木庆臣气得胸中郁闷。

小木语气平淡，一点都不关切：“看您说的，当爸这么辛苦，还是您来吧。”

儿子的不屑把木庆臣气得差点眼中见泪，他说着，声音都有点颤抖了：“本来今天我是准备和你好好谈谈的，你爸就是上辈子欠你的，这么多年管你吃穿用度、吃喝嫖赌，应该还清了吧？你就这样跟你爸说话？说啊！你觉得你爸还欠你多少？”

“从法律意义上讲，您那儿还有我一大笔遗产哪。”小木想想，严肃地说道。

老木气得跌坐在沙发上，面色煞白，呼吸急促，就在他拿起水果盘再也无法压住愤怒、轰然砸出时，小木机灵地一转身，关上门就跑。

“咚！”水果盘砸在门上，碎裂的声音中，老木咆哮着：“滚，别让老子再看到你！”

像往常一样，发生争执，总是以木林深溜走、木庆臣气极而结束。按照以往的经验，木庆臣知道，这个祸害儿子肯定会去找他的狐朋狗友躲几天，肯定等着他气消再偷偷回来，或者等不到他气消，就想办法弄到钱，都记到他这当老子的头上。

对于木庆臣而言又能如何，到那时候，他也只能听之任之，苦笑由之。冯医生说他不了解儿子的心理，可这当儿子的，又何曾理解过他这当父亲的苦心啊？

这是个无解的简单命题，木庆臣默然起身，整了整沙发，把碎掉的水果盘子打扫了，干得唉声叹气，想得心灰意冷。他又认真打扫了一遍客厅，在推开书房门时，一股温馨从心底升起，这是他专门为儿子打造的房间。一辈子辛辛苦苦从大师傅做到大老板，曾经和发妻商议，将来要给孩子创造一个好的环境，再不让他经历上一代受的苦。

今天实现了，为什么木庆臣却觉得更苦呢？

“还好，这小子还算有点良心。”

看到纤尘不染的房间时，木庆臣如是想着。书橱收拾得干干净净，书桌上放着曾经一家三口的照片。他上前坐下，轻轻抚了一遍相框，发现保养得很好，老旧的相框明亮如新。

他突然有点落寞，这是一个解不开的心结，儿子之于他，就像妈妈之于儿子一样，再也回不到从前了。

无言地放下，他心里有点沉重，可能这个精心布置的房间适得其反了，只能更增儿子对他的恨意。他轻掩上房门，心里乱糟糟的，一直想着冯医生告诉他的方案，可那个残忍的方案，当父亲的怎么忍心加诸亲子身上？

不行，绝对不行……他想，自己如果那样做，就连发妻都无法原谅自己。他枯坐到沙发上，沉浸在过去的幸福和现在的难堪中，想着想着，他的视线无意中落到了茶几脚下，一个小小的袋子露了一角。然后他的思绪跳了回来，想到了最恐怖的事！

老木深嗅一口，辨着房子里被他忽视的味道——一种淡淡的香味，然后他像疯了一样，一脚踹开茶几，看到一个小小的塑封袋子，旁边还放着一个晶莹剔透的吸壶。

大麻！

他一下子明白了刚才敲门为什么没人应；刚才沙发上那姑娘为什么有点嗨；从来懒得跟他说话的儿子，今天为什么说了这么多……一切都在掩饰这东西，想让他气急败坏，拂袖而去。

老木用颤抖的手拿着袋子，腿脚发软地跑到卫生间，扔到了洗脸池里，点燃，等着浓浓的烟气燃起、燃尽，再机械地打开水龙头，冲刷干净，然后整个人像被抽掉了筋骨一样，瘫软地坐在地上，目光呆滞，一动不动。

想了很久，他才艰难地起身，一遍又一遍地在房间里踱步，拍打着自己的额头。最后，他坐在书房里，看着发妻那善良、慈爱的脸庞，再也无法给自己妥协的理由，就像当年狠着心要把未成年的儿子送出国，让他离开这个伤心之地一样。

他摩挲着照片，喃喃地说道："淑芬，别怪我心狠，我宁愿他恨我一辈子，也不能让他毁了自己的一辈子。"

他摸出手机，找出冯长翔医生的号码，拨通了，轻声道："冯医生，我儿子的事我同意了，就拜托你了。不管你用什么方式，不管你把他送到哪儿去。"

他在电话里和冯医生商议着，另一只手轻轻地放好了相框。

他的手一直在抖，就像他做完这个决定时，心也在抖一样。

从倾盆大雨到淅沥小雨，足足三天未见晴日，好容易不下雨了，又是浓重的阴天。一场雨仿佛要把城市下得千疮百孔一般，从雨停开始，疏通管道的、清理淤泥的、捡拾路上遗留垃圾的，忙得不亦乐乎。

在落地窗后，慵懒坐着的木少自然不会关心这种疾苦，冰镇橙汁抿着、小曲听着，多数时候在寻思怎么打发又一天无聊的日子。他拿起矮几上定制版威图手机，刚要拨号，电话响了，一接听，他就不耐烦地嚷着："乐子，都几个小时了，你四条腿爬都该到了——啊，已经到了？好，等等啊。"

他放下杯子，起身穿衣。发际要定型、指甲要抛光、皮鞋要打亮，至于衬衫，不管屈臂还是仰臂，都不能有一点皱褶。脸不用说，面膜早做过了，而且是每天定时做，要不然每天无聊的时间那么多，可怎么打发？

再从卫生间出来，慵懒的木少俨然成了玉树临风、帅气翩然的佳公子。他拿起手机随手放进手包里，保持着昂首挺胸的身姿，潇洒出门。

于是，在众多服务员的目光恭送中，木少进了电梯。电梯门闭合，他会下意识地看看锃亮电梯里的影子，最后检视一遍自己的着装。

完美，完美到无可挑剔。

木少自信满满地出了电梯，找着乐子。

乐子是他的初中同学，姓苏名荣乐，原本也是外地转学生，他爹是工头，愣是砸钱把儿子送进了重点中学。十年一晃而过，乐子他爹已经从指挥搬砖的工头，成功变身为房地产开发商了。父荣子贵，当年在考场上都能睡着、没一门功课及格的乐子，居然拿到了南师大的文凭。

看到了苏荣乐，这家伙正站在总台调戏迎宾，木林深悄悄走过去。又是老一套，头大如斗、还留了一抹小胡子的苏荣乐正忽悠着小妞：“哟，瞧这气质，女一号非您莫属，干净利索、气质飒爽的花旦型……这是我的名片，鄙人苏荣乐，华艺传媒总经理，我们公司拍过一部爱情剧。”

“是不是啊？我们昨天刚看过《左耳》。”大堂妞瞥着苏荣乐，明显在刺激他。

“那不是他们公司拍的，他们公司顶多拍《右腿》和《前胸》。”木林深冷不丁地插进来了。

那姑娘瞬间笑得花枝乱颤，眼睛一下子被木林深吸引住了。两人正要搭讪，木林深被苏荣乐一把揪走，恶狠狠地道：“靠，我刚搭上你就给搅黄了，是不是兄弟？”

“你就骗骗刚出来混的妞，这大堂妞眼睛多毒！看你这穿着，能泡到妞吗？”木林深翻着眼，挖苦道。

花格子衬衫，脖子上垂了一条粗大的金链，腕上贴着一块金表，手包LV，还是顺的木少的，皮带也花了大几千。苏荣乐不信：“怎么了，挺好的。”

“你已经成功地继承了你爸的工头品位，瞅上妞拿钱砸就行了，别的方式不适合你。”木林深笑道。

这点苏荣乐是自认不如的，瞅人家木少细皮嫩肉，脸蛋像新剥的荔枝肉，再捏捏自己的腮帮子，皮糙肉厚，整个就是水泥砌的，他边走边不屑地说道：“还真别笑话我，爷有钱，不用装。”

“欸，这才是你的风格，脱裤子亮家伙直截了当。”木林深赞道。

苏荣乐气结了一下下，然后很有节操地白了木林深一眼，骂道：“就他妈你最装 ×。”

两人相互攻讦也是消磨时间的一大乐事，出了门厅，看着乐子开来的宝马一车泥迹，木林深皱眉了，苏荣乐也觉出不对劲来了，狐疑道：“你的车呢？你怎么住这儿？”

说到这事，木林深有点怒了，伸手直掐乐子脖子，恶狠狠地说着：“今儿就是找你算这笔账的！那天你是什么时候走的？我爸去了，以为我带了俩妞回家。还有，你个坑爹货，你那包东西是不是没带走？肯定被我爸发现了，我惨了。”

乐子这荤素不忌的一听这事，笑得眉眼都变形了，不过再一听东西被发现了，也吓了一跳，急忙道：“别掐，别掐，坏了，坏了，欢欢抽了两口，我忘了拿走了。”

“都跟你说过多少回了，那玩意儿能导致你血球病变，引起记忆退化，迟早要变成白痴。”木林深不悦地说道。不料乐子怕的不是这个，他说道：“就是不抽，我也没比白痴强多少。哎，你爸不会害我吧？万一告诉我爸，我爸非揍死我不可。”

苏荣乐吓住了，这个圈里多少都沾点，深浅而已，但这种事肯定跟家长交代不了。

不过他又一想，觉得没事，若有所思地道：“你爸比我爸有文化，这事谁也不敢捅出去，捅出去先抓你。”

“我说你可真无耻啊，我怕抓吗？我连老美的联邦监狱都蹲过两天，会怕这个？我是不知道该怎么办，这都三四天了，我爸都没找过我，平时要不见人，不是助理就是他满世界找人，他这冷战把我给搞蒙了。”木林深疑惑地说道，感觉有点心虚，熟悉的父亲像变了一个人似的。

“走，看你这人，明明可以靠脸混，非要靠爹。我带你玩儿去，给木少压压惊。”苏荣乐一听是这样，倒放心了，自己的人品不咋的，但对这位兄弟的人品还是相信的。

上车坐定，拉着安全带，木少说着："不靠爹，爹不失业了？乐子，要不你去我家探探风？"

"算了吧，你跟你爹都是仇人，对仇人的朋友，会给好脸色？少坑我啊。"

"真不仗义，亏我当年为了保护你被学校开除了。"

"少来了，是你想钓隔壁班花，让我偷人家的日记本好不好？"

"我没让你把女生的日记本全偷走啊，还顺手牵羊捞了一堆钢笔。"

"我忘了班花坐哪儿了，再说好容易偷一回，多偷点总比少偷点划算吧？哎，那班花，你后来又见了没有？叫什么来着？代……代……对，代琼诗，我现在还能想起来，那脸蛋嫩得能掐出水来。啧，后来我留了两级，就再没见过。"

"我被扣了那么大一顶贼帽子，好意思再去找人家？"

旧事压过了新愁，初恋的朝思暮想，往往比现在的倚红偎翠深刻得多。一说起这个，连木少的眼神都清澈了，表情也纯真了，浑身变得阳光了，他歪着头，温馨之后，又一丝浓浓的愁绪爬上脸颊。

是对逝去岁月的缅怀，还是对无法追寻的无奈？

他说不清楚，总觉得生活缺少点什么，明明很简单的东西，他却用了二十几年都找不到原因。

"别想了，"苏荣乐神神秘秘道，"带你认个人，记得咱们班的孙清华吗？"

"当然记得，不是那如花吗？"木林深一下子笑了，那是最丑的一个，经常因为不做作业被老师罚站在楼道。当年乐子和如花站一块儿，是全校最亮丽的一道风景线。

"我想你也忘不了。"苏荣乐笑道。

"你找他干什么？那货太猥琐，天天借稿纸、借圆珠笔芯，从来不还。"木林深说道，对抠门的人他向来没有好感，何况又丑又抠门的人。

"你错了，林子。十年了，能改变的东西太多，咱这批同学里最牛 × 的，数不着我，也数不着你，得数如花。"苏荣乐严肃地说道。

"不是吧？还有比你爹强的？"木林深不相信，中国的创富神话，在世界其他地方都是无法重现的，不亲历，根本无法相信。

"有！"

“什么？”

“炒股的。”

“不可能吧？就他那智商，还炒股？”

“这还就不是聪明人能干了的事，这家伙前几年老房拆迁，光赔偿费就拿了六七百万，差不多全被他扔股市里了，逮了三十多个涨停板，你算算多少钱？”

“我去！这么神？”

“可不，我去请教他，他连曲线图都看不懂。我问怎么选的股，他说 6××369 顺溜，就选上了。我问他怎么敢持这么长线，他说他把开户密码忘了，等找回来，已经涨得不得了。我说你怎么敢全投进去，还加了杠杆，他说了，要赚就赚狠的，大不了再回去当穷光蛋。就这么赚了。”

“这样也行？看来我错过了几个亿啊。太刺激了，以前觉得美国住公寓的生活相当不错，怎么回来才发现，我简直是生活在‘解放前’啊。”

木林深瞠目结舌，有点落寞。此番回来带给他更多的是失落，工作的工作、上班的上班、忙生意的忙生意，还有这个一不小心发大财的，不管谁都在自己的领域里找到了位置，找到了目标，哪怕乐子这号人也是成就感满满的，怎么他越想越觉得失落呢？

车子驶向皇城一品别墅区，乐子说：“别叫人家如花了，叫人家孙总、孙老板都行，我还指着他给我投俩钱呢。”乐子越这么讲，越让木少爷泛起那种奇怪的近乡情怯感。

车开得飞快，进了一处高档住宅区，驶向一幢富丽的单幢别墅……

第三章 × 坑人坑己

两层楼，四五百平方米，如果从空中俯瞰这里，应该能看到星罗棋布的院落，不过肯定没有近观此处美。铁艺的院门，四周爬满了藤萝，院子里一个小花园，各式各样的花正在怒放。出来开门的是一位系着围裙的漂亮姑娘，躬身问好，把两人请进了别墅。

“你那馊主意行不行啊？”苏荣乐心虚地小声问木林深。

“经商不行，不等于智商也不行啊。”木林深笑着小声回道。

两人轻步走着，进门客厅是一个红木茶围，边上的两面柜子，一面是各色茶，一面是各色酒。两人在客厅稍站，楼上踢踢踏踏的脚步声响起，但见一位面容猥琐的男子下楼，张嘴一笑能把人吓一跳，这不是当年的如花，还能是谁？

“孙总，给你带来一个老朋友，还认识吗？”苏荣乐笑吟吟地问。

“面熟……这位是……”下楼的孙清华貌似怀疑，挖空心思地在找着回忆。

“如花这个外号是我起的，我化成灰你也应该认识吧？”木林深扑哧笑道。

孙清华脸一下子拉长了，尴尬了一会儿，又释然笑了：“还是这么损？等化成灰我一定去看看你。小白脸，听说你在外面上了个野鸡大学，镀金回来了？”

“金是镀上了，可错过真金白银了。还是孙总牛 × 啊，靠自己本事，不像我们，只会靠爹。”木林深像是羡慕地说道。

这句让孙清华的脸色稍稍好看了，他笑吟吟地邀请两人参观他的别墅。这在苏荣乐的预料之中，每每来人都会有这个过程，说是参观，实为炫耀。

这边乐子为了要钱，已经谄媚到不要脸的地步了，一会儿赞房大，一会儿赞装修好，一会儿听到花了不少钱，他又是大惊失色道：“哎呀，我爸搞了一辈子房地产，我都没听说过在房子装修上投资这么大的……”这一路迷魂汤灌下去，到下楼时孙清华已经是飘飘然忘乎所以，冷不丁地，乐子小心翼翼道：“孙总，我们今天来其实是……”

“哟，好容易来一趟，可今天不巧，我马上还得去公司瞧瞧去，有事咱们晚上约咋样？”孙清华知道是什么事，直接拦住话头了。

木林深马上接茬儿道：“如花，等等，我给你挑几个问题你再去公司，你现在这样严重影响你的形象啊。”

“什么形象？”孙清华愣了一下，叫着保姆拿他的手机和手包。

“装修有问题。博古架是榆木的，太掉档次；房子是欧式建筑，你安的中式门；墙裙、墙线你又搞成法式的；那装饰画谁给你挂的，没人告诉你那是后现代风格的涂鸦？还有客厅也不对，普通的皮沙发配中式茶座，红木再值钱也不搭调啊。知道您这是什么吗？”木林深痛心疾首地问。

“什么？”孙清华愣了，从来都是接受别人的膜拜，没想到问题这么多。

“这叫老丈人给小姨子磕头——岂有此理（礼）啊。”木林深挑着刺说道。

“嗨，我说，你诚心是吧，你懂个屁！”孙清华生气了。

“还有香鼎也有问题，你觉得我不懂？”木林深问道。

“又有什么问题？我花一百多万买的，鉴定过。”孙清华不屑地道。

“值钱是值钱，出处有问题。千万别说什么南唐，南唐灭国，小周后被宋太宗当众奸了好几回，她老公是有名的绿帽王啊……”木林深苦着脸道。

如花气得梗脖子了，这真够损，他指着木林深要憋句什么，木林深却不容他讲，直问着苏荣乐道：“乐子，你找他什么事？”

“就是传媒公司投资的事。”苏荣乐道，场面更尴尬了。

“你找他干什么，怎么不跟我说呢？不记得咱们给他买过多少冰激凌，都没见他回请过？你说让我来看，我以为看什么，可以一夜暴富，但没有一夜绅士。哎，对了，如花，我告诉你，你这穿着也有问题啊。瞧瞧，这衬衫就是凑了个牌子瞎买的吧？瞧这手包，真正的奢侈品是纯手工缝制，不用标志的。还有，手机用 iPhone 的，这人穷成什么样子才会觉得 iPhone 好？现在挤公交的都用这手机。看，威图定制版，按键都是纯手工打造，这才叫品位。”木林深挖苦一番，亮着手机，一下就把孙清华比下去了。

孙清华被数落得晕头转向，气愤地回骂着：“你专门嘲讽老子来了，是不是？故意是不是？我愿意，管得着吗？我愿意这么装修，管得着吗？我愿意这么穿，管得着吗？这是我家，我爱干吗干吗！”

粗口出来了，品位不要了，一叫嚣起来，还是当年那个骂街的如花，唾沫星子乱溅，惊得木林深赶紧躲。

“走吧，乐子，我给你解决投资去，瞧人家都气急败坏了。”木林深躲开如花凑向他的丑脸，要拉着苏荣乐走。不料这恰如火上浇油，孙清华回头嚷着：“站住，乐子等等，投资多少钱来着？”

“一百万，哎，我说孙总，要不算了。”乐子为难地说道。

“算什么算啊，哥随便给你点就得了，这事你用找他？他个坑爹货能给你拿出钱来？等等，就这张卡，自个儿取，密码 ××××××，不够随时跟我讲。”孙清华甩给乐子一张卡，回头看着木林深问，“你这么有品位，要不也给乐子投点？不会一百万也拿不出来吧？”

哟，这可把木林深难住了，他吸吸鼻子，摸摸下巴，眼光躲闪，神情尴尬了。

“装吧，再装吧，怎么不装这么一幢别墅让我瞧瞧？哈——”孙清华一下子从木林深的尴尬表情中得到了满足感。乐子恰逢其会，附和道：“就是，你装个屁啊？咱们那届前后各数十年，孙总都是最有出息的。您慢走，孙总，回头我给您送协议去。”

“瞅空送去就成。哦，对了，不要乱带人来我家，上学就知道你品行不端，还好意思讲品位？”孙清华气昂昂地撂了句，得意扬扬地驾着他那辆兰博基尼汽车走了。

土豪的世界很难看懂，千央万求不行，一时之气如愿。

乐子开着车出了小区门就停下了，直接扑在方向盘上笑得全身直抖，拿着那银行卡直亲，亲也不够，侧身一搂木林深，吧唧吧唧亲了几口，兴奋地道：“哎呀，认识你这么多年，终于发现你升级啦，从坑爹上升到坑别人的水平了，可喜可贺啊。”

“少扯，有我十万。”木林深抹着脸蛋，提醒道。

“放心吧，现在就取去。哎，我说林子，我求了他好几回都不搭理我，怎么你挖苦几句，这货就给钱了？”乐子驾着车，很是不解地问道。

“想想他以前，家穷人丑，郊区户口，别人眼里，不如猪狗。从极度的穷困中坐着火箭蹿上来，能干什么？看他那家，房子上千万，装修几百万，每样东西都是钱砸的，来了就吹嘘……懂了吗？”

“我懂什么？”

“意思是前后境况差异太大，他在找回自信啊。当我揭开他曾经自卑的一面，他肯定要反击我，可他长得没我帅、学习没我好、见识没我多，能怎么反击？这时候，你的事就是最好的切入点了。”

双簧就是一捧一损，刺激到如花土豪一决高下，土豪要生气了找回脸面，还有什么办法，拿钱砸你呗。

两人乐得笑个不停，一路疾驰，就近转款。这败家子兜里有钱可就什么也不想了，马上去了一趟眼镜店，出来时，木少爷鼻梁上多了一副价值近万的太阳镜。

午饭前顺道逛了一路美容营养工作室——一个专服务于富人小圈子的专业工作室。木少的学识渊博这时候就体现出来了，和女营养师谈得颇为投机，临走又顺手要了几块香料，打八折都两万多。

其实两人严格说起来，算不上富二代，最起码他们自己不这么认为。这不，游戏厅旁边停的车都让乐子汗颜，他那辆跟老爸死缠硬磨来的宝马三系根本算不上豪车，去游戏厅玩的高中生，指不定都可能开辆七系或者进口奥迪。

“慢点慢点，别蹭了人家车，蹭了卖了你也赔不起。”木林深提醒道，从这个游乐城往外，两行车密密匝匝地排着，其中不乏高档豪车。

看标志，乐子不屑了，直道：“不就辆法拉利嘛，我爸也买得起。”

“要么说你无知呢？看排气筒。”木林深说道。

车缓缓驶过，侧头看时，排气筒口上翘，比正常车粗一倍有余。乐子惊得一哆嗦：“这都改装？”

车本身就数百万，再改装什么价就可想而知了，木林深道：“这种车可不是咱们穷人碰得起的，一辆专业改装后的车，可能改装费比车价还要贵。”

“穷人？”乐子被这个字眼刺激到了，疑惑地问，“咱们算穷人？”

“那你以为呢？这个富啊，和咱们看武打小说的层次是一样的。最低级的层次，追逐名牌、耽于享受，就像小说进入某个高层门派一样，怎么嘚瑟怎么来，怎么嚣张怎么玩……高一点的层次呢，手中无剑、心中有剑，摘花飞叶，皆可伤人，就像富到可以不拘泥于任何形式的任性水平。”木林深道。

“这个我知道，就是想吃啥吃啥，想干吗干吗，想上天有飞机，想下海有游艇，都私人定制？”乐子问。

“对，就是这种。”木少神往道。

“那更高层次还有吗？”乐子同样神往了。

“当然有了，举手投足，风起云涌。比如索罗斯，他在股市上能整垮一个小国家；比如巴菲特，经济危机美联储缺钱，都要朝他私人借贷——这种人不需要任何炫耀，直接可以左右一个政府的决策。”木林深三两句就让乐子听蒙了，乐子怔着，木少一巴掌作势挥上来了，“好好开车，别犯傻。”

“啊？”乐子吓了一跳，然后很不悦地道，“我本来还沾沾自喜来着，听你一说，自信一点都没了。搁你说咱们都穷人了，还混个屁？”

“穷人也得凑合着活啊，多去城隍庙烧几回香，说不定有用。”木林深教唆道。

正长吁短叹，乐子的眼光被吸引走了，后视镜里，出现了一个短裤长腿妞。他抻着脖子瞧着，色心一下子被勾起来了，这边木林深瞅了两眼就提醒道：“别看了，这是那类能让你吐血的妞。”

“全身就穿了个短裤、上衫，你哪儿看出来了？”乐子直勾勾地看着，寻思着是不是打个招呼搭个讪。

“要么说你无知呢？看她的鞋——一个爱美的女孩至少应该拥有七双鞋子，一双找乐子、一双调情、一双工作时穿、一双度假用、一双用于春宵时刻、一双从未穿过的和一双不喜欢的。拥有一双不喜欢的鞋子，可以提醒自己不用时刻完美着装——她现在穿的是度假的那双。”

木林深悠悠地说着，乐子的眼中只看到一双几乎透明的高跟水晶，包裹着雪白的纤足，还有脚指甲上的一抹艳红。他不相信地道：“少蒙我，这种极品错过，我得后悔好几……小时。”

“我没蒙你，这是制鞋大师 Christian Louboutin 说的，她脚上的鞋就是那个品牌，最少都是 500 美金起步。你信不信？那辆改装的法拉利就是她的。”木林深道。

“不信，哎，我勾搭下去。”乐子跃跃欲试。

“等五秒钟再决定，否则你会更后悔。”木林深一把拽住了他。

转变很快，一眨眼乐子的表情变得尴尬了。那妞直接开车门上了法拉利，“呜”的一声驾车倒出来。乐子赶紧发动车，懊丧地加速走了，喃喃道：“赶紧走，咱穷人就别丢人现眼了。”

仍然丢了一回，那车的加速性能好得爆表，轰轰几声超过了乐子的座驾，一转眼只能看见车屁股尾烟了，两位穷人瞧得那叫一个自卑不已。

是啊，喝稀的羡慕吃干的，吃干的还羡慕吃香喝辣的呢。

找钱、逛街、玩游戏，这一天的时间又在浑浑噩噩中接近晚上了。两人并肩进了电梯，木林深不知道附耳道了句什么，听得乐子眉眼笑得挤一块儿了，酒意微醺的木林深提醒着：“乐子，你朝人家如花要的可是投资啊，今天都花好几万了，你想好干什么了没有？”

“看你这人，正高兴着呢，说这干吗？投资有赔有赚，回头告诉他赔了就行了。”苏荣乐得意中尽显奸商本色，木林深对此见怪不怪，如花那点钱怕是折腾不了几天。乐子无意中瞧见了他左臂上的文身，一掀，惊讶道：“呀，你怎么往胳膊上刺了只野鸡？”

木林深啪地打掉他的手，气愤地道：“凤凰！什么野鸡？”

那是一个精致的图案，正覆在肩侧部位，火红的羽色组成火焰的形状，簇拥着一个愤怒的头像、一只栩栩如生的凤凰。木林深开始扫盲，这个图案叫涅槃，取自凤凰浴火重生的传说。在国外文身是一种文化，在那些大师眼中，皮肤是灵魂的画布，勾勒出来的，是你灵魂的投影。

说这话时，木林深表情庄重，目光肃穆。他莫名地想起了父亲愤怒的脸、母亲慈祥的脸，以及无数次醉生梦死醒来，那种连自己都厌恶的颓废，像梦魇一样挥之不去，生活变成了不断寻找刺激和新意，可找到的，只有更清晰的厌恶和堕落。

“怎么了？”乐子好奇地问。

“没什么，我不该选涅槃，浴火我也重生不了，我估计得被烧死。”木林深黯然地放下了袖子，自嘲道。乐子没听出话里的深意，他笑着道：“就是嘛，文什么凤凰，要我，我就文个二维码，谁扫一下就给我钱的那种。哈哈。”

两人大笑着，随着电梯直下地下停车场，“叮”的一声，电梯一开，信步出来后忽然脚步一停，怔然了……正前方，两位彪形大汉并排拦着，面目不善。木林深拉着乐子就躲，不料那两位一移步子，又堪堪堵在两人面前。

木林深觉得不对劲了，把乐子往身前一推，教唆着：“你上。”

“怕什么，这大酒店停车场遍地监控，他们敢抢劫还是怎么的？”乐子中气十足地喊道，装 × 装惯了，见谁都霸气侧漏。

“我们要是敢呢？！”对面一位慢慢掏出一把锃亮的枪。木林深一看惊了，紧张地道：“我靠，劫匪都懂高科技了，还会用注射枪？那你得蒙面啊？”

这么一说，乐子胆子更大了，雄赳赳地指着自己脑袋嚷着：“来呀，朝哥这儿来一枪。”

“对，朝他这儿来一枪，十八年后又是一条好汉。”木林深指着乐子脑袋道，这在大都市当劫匪，那是不想活了。

噗……那人抬手一枪，几乎无音。

啊……乐子吓得直捂眼睛，牛 × 大了，居然来真格的。

“扑通”一声，木少爷滚在地上翻白眼了，肩部中了一支半指长的针管。

另一个在挥手叫车，这一个盯着乐子。乐子吓得头上直冒冷汗，手包、手机、手表赶紧往上递，人家不要，他小心翼翼地放在脚下，又回头把木林深的手包、手表拽下来放一块儿，紧张兮兮地道：“我是他跟班，他家有钱，开酒店的。”

一辆车倒着过来，又下来几个人。乐子吓得两腿发软，已经预见到要被绑票，指不定被关到哪个黑屋里不给吃喝饿着，这么一紧张，腿一软坐地上了，咧着嘴欲哭无泪地哭诉自己是穷人。那边动作很麻利，几个人把木林深运上了一辆商务车，后车厢一拍，救护车警报一响，乐子再睁眼一瞧，车已经过了收费口疾驰而去，身边只剩两人了。等他看清时，惊得嘴一哆嗦，瞠目结舌地喊了句：“木……木……叔！”

“吓成这样，出息不大啊。”木庆臣轻蔑地说道。

熟人，没事，乐子一骨碌起身，抹了把脸，提了提裤子，收起自己的东西，狐疑地看着木庆臣，心里却知道为什么，扭头就准备走，老木出声喊着：“就这么走了？”

“你别吓唬我，你又不是我爸。”乐子不屑道，可一想哥们儿的惨状，他瞠然问道，“木叔，你真毒啊，对自己儿子都下得了手？”

“那是戒毒所的车，拉他去戒毒。”木庆臣解释道。

乐子吓得脖子一抽，这根子可在他身上呢，可他哪敢解释啊。

“哦，看来你知道啊。”木庆臣恍然大悟。

“不知道。”乐子摇头，想走，又被老木拦住了。老木严肃地训着他：“两条路，要么你换手机号，断了和他的联系，而且要告诉我，他和谁联系，都断了；要么我就得跟你爸好好联系联系了，别以为我不知道你们俩一起干什么，他在滨海又不熟，手里有东西，十有八九是你给的。”

“我还是选第一条路吧，就当我什么也没看见，什么也不知道。我走了，叔，绝对不和他联系，他联系我也装不认识。我走了啊……”

骤然发生的事一闪而过，而策划却用了数天的工夫。冯长翔医生提醒着：“木老板，得和酒店方打个招呼，这么带走人他们保安肯定会看到。”

“这个好办，跟我来。”木庆臣道。

这时候，已经有数名保安从另一入口匆匆进来，摄像头里发生的事让他们有点紧张了，要在这儿出了案子对酒店方肯定不好。还好，当事人似乎根本没走，等他们照了面，木庆臣已经把拨通的电话递过去了，几句问话，两人从容地离开了。

“没事了，走吧，宋经理说是熟人，老子拉儿子去强制戒毒了。”领头的保安说道，领着一行人离开了，这儿又恢复了安静。偶尔进出的客人根本无从知道，已经发生了一件改变某个人命运的事……

…………

两个小时后，滨海市郊五十公里处，停着一辆准备出发的救护车。木庆臣驱车缓缓停下，冯医生快步走上来，打开车门，把东西一样一样地递给了木庆臣，鞋子、衣服、首饰、手机等。木庆臣看也没看，扔到了后座，接过冯医生粗略的化验报告，他长舒一口气。

血液化验，阴性。唾液试剂化验，阴性。

“没有您想象得严重，大麻深度瘾会导致异常出血、白血球减少、不良性贫血等并发症，您儿子身上没有，应该是寻求刺激偶尔一试。”冯医生道，这个结果也是他期望看到的，要是个瘾君子，那可就不好办了。

“那就好，那就好。”木庆臣像是劫后余生，长舒一口气，他有点担心地问道，“这个治疗……不会……”

“不会，您对催眠有点误解了，比如我在精神病专科医院工作时，就经常用到催眠，对于有认知障碍、失忆、脑垂体受伤导致的记忆功能缺失，都有疗效。这次催眠旨在唤起小木记忆深处，比如童年、爱情那些美好的东西，会改变环境在他身上造成的影响。当然，最终的效果还取决于他精神的强度，只要不回到原来的环境中，效果肯定是会有的。”冯医生道，他掩饰了很多东西，比如，“精神的强度”本身就不是一个医学名词，即便有这个强度，也是无法度量的。

木庆臣仰头，不知所想，良久无语。冯医生看着他问：“木老板，要是下不了狠心，可以马上停止，我无法保证效果，有可能醒来还是原来的样子。”

“走吧，不用停，再差也不会比现在更差！”

老木轻声喟叹道，手悄悄地抹过眼睑，抹去了眼角的泪迹。

救护车启动了，驶离了。这一刻老木老泪长流，他却没有拦着，就那么流着泪看着车越走越远，慢慢只剩下一个微亮的红点，在夜色中依稀可辨，直至再也看不见。

第四章 × 奇假似真

从雨碎愁城的江南，转眼回到了山峻天蓝的北地。

坐落在青山之畔的渭南精神病专科医院依然忙碌，叶天书过了十几日重回这里，感慨万千。

从住院部大楼里出来，满院都是穿着病号服的精神病患者，喜怒哀乐什么表情都有，站卧坐跑趴什么动作都有，男女老少什么样的人都有，都是失去心志、只剩下动物本能的患者。

“目前为止，没有家属或者其他人探视过卢鸿博。”

“我们组织医疗组对他进行了三次会诊，基本肯定精神偏执性分裂以及双重人格的初始诊断，这种症状应该和他长年处在传销封闭的环境里有关。我们正在讨论针对性治疗方案，不过希望不太大，他干这行近二十年了，分裂出来的人格在他身上已经根深蒂固了。”

医院的主治大夫白双喜汇报着，叶天书蓦地停了下来，狐疑地看了白医生一眼，问道：“白大夫，我不懂这个，有没有这种可能——这个人……”

“你指扮精神病，逃避打击？”白医生笑着问。

“对，在我们警务中，类似的案例相当多。”叶天书道。

白医生笑笑：“据我来看，传销的特殊性就在于，它是作用了人的意志，通过洗脑的方式来达到目标的。这个洗脑不仅仅是成员的洗脑，就连组织者也有必要对自己洗脑。卢鸿博把自己洗了近二十年，就他想成个正常人也难了。”

白医生领着叶天书到了楼后，那位被送到这里重点监控的传销教父，面前坐着七八个正在聆听的患者。卢鸿博正讲着交三千八百元，如何通过市场倍增的原理挣到十万月薪，那神情激昂的、那意气风发的、那动作洒脱的，如果不是在精神病医院的话，怎么看也是一个著作等身的大教授。

“啊？病成这样？”叶天书没有预料到，抓这货时是在一个传销窝点，目前看来就是个精神病在给正常人洗脑，然后都洗成和他一样的人了。

白医生笑笑道：“这是他正常的表现啊，他是大讲师级别的，鼓吹已经成为他生活的一部分了，环境对他没有影响，不管你把他关在哪儿，他都会这样。”

也是，无法遣返的人员大部分是这个样子，送到精神病医院后依然是满口赚钱、倍增、努力、改变生活，对于外部环境已经没有感知了。

叶天书忧心忡忡地转身走了，白医生送他出了门禁，双方互别。走时叶天书看到一辆泥迹斑斑的救护车，警察的职业性让他警觉了，一指那车道：“外省牌照？这事怎么没有出现在日志里？”

“哦，我们这儿经常有外省送来的精神病患者，今晨刚到。”白医生道。

“千万不能有意外。”叶天书警示道。

“您放心吧，就算敞开大门，他们也找不着出去的路。”白医生笑道。

叶天书没有再说话，坐上警车匆匆走了。范主任交代传销案的起点始于这里，然而直到现在，仍然寸步未前。

人走了，白医生回到办公室，他打开电脑，连接到了今晨送达的病人房间里，视频里，一个大男孩熟睡着——他姓木，叫木林深。

现在给他一个新的身份：姓林，叫林木生。

这个身份是通过影响潜意识的催眠给他的，一路实施，要把他变成另一个人，他手里拿的就是家属签字的文件，个中原委他很清楚，现在，他无比期待着结果……

…………

木林深做了一个长长的梦，二十几年的记忆像要浓缩成一个梦境一样。他在梦里见到了最思念的妈妈，见到了老是对他怒目而视的爸爸，也见到在滨海上学的那些二货小伙伴，一块儿打架、一块儿偷东西、一块儿蹲在学校的公厕里学抽烟，然后被班主任发现后，又一块儿耷拉着脑袋，在操场上站一排晒太阳。

很奇怪，相隔久远的东西记得很清楚，越近的却越模糊。他似乎是带着惊恐睡去的，似乎有梦魇在缠绕着他，总是不自然地翻身，在似醒非醒中睁开眼，又重新闭上。隐隐地，他感到脑子很痛，对于很少过度用脑的人来讲，这个感觉是相当清晰的，就像脑仁被揪疼了，或者有人打开他的脑袋，往里塞东西一样。

说不清，一切都是在隐隐约约中发生的，就像一个奇怪的梦。老是回忆起小时候在厨房的情景，那是他最幸福的日子，就像真真切切又重新体验了一回一样。

这个梦，木林深也说不清做了多长时间，在很久以后，他的眼睛像电击一样，蓦地睁开了，然后在一瞬间变得清醒无比，不但清醒无比，而且神清气爽。

耽于酒色的木少从来没有这么好好地休息过，这一下子舒服过头了，让他有点陌生，然后一下坐起，却用力过猛，吧唧，摔床下了。

没喝多啊，我怎么这么不利索？他骂了自己一句，坐正，一下看傻眼了。怎么可能，自己是从几十厘米高的单人床上摔下来的？一低头，啊，我怎么穿着蓝条纹的病号服？又一抬头，这窗户居然在里面打着钢筋，像个监狱？

我被绑架了？

他赶紧摸身上，还好，肾没被切。

再往下摸，也还好，肾以下最重要的部位还在。

不是绑架？我喝多了睡哪儿了？

不对，这是哪儿？条件太差了！

他慢慢地，惊诧地走着，铁窗、铁门，墙壁有加层，带橡胶弹性，唯一的桌子嵌在水泥地里，就连马桶都是简易的，和水泥镶嵌在一起，床和墙也一块儿焊死。他跳到床上往外看，只能看到绿树成荫的山峦——一个陌生到他一点都不认识的环境。

他对着自己的胳膊就咬，一咬很疼，确定了，不是做梦。他焦躁地坐在床上，闭眼使劲思索着，使劲想着，断续地想起了乐子、如花……然后……似乎碰到了劫匪，然后记忆缺失了。

啊……他大叫起来了，冲上去咚咚擂门。

紧张而焦躁，有点疯狂，他撕心裂肺地吼着：“来人哪，救命啊……来人哪，救命啊……”

咣！门上的窗子开了。一张毛孔粗大的脸出现了，木林深吓得大叫着后退，那人嚷着：“号什么丧？还没开饭呢！”

“哎，等等，大哥大哥，这是什么地方？监狱？”木林深惊恐地问。

“监狱能有这么好的条件住单间？”那人吼了句。

不是监狱，放心了，可问题没回答啊，木林深又问道：“这到底是什么地方，您还没说呢！”

“医院呗，还能是哪儿？”那人道。

“你骗谁呢？医院能拿钢窗铁门锁着？”木林深残留的少爷脾气下意识地出来了。

回答很直接。嘭！窗关上了。人家根本懒得回答。

我……去你的……木林深奔上前，咚咚一擂，咣咣一踢，冷不丁踢到了脚趾，疼得龇牙咧嘴地坐到了地上。武力值实在不堪用处，开始用脑了，他看着房间，果如所想，在正门顶上，有一处监控探头。木林深用了几秒钟就脱了裤子往钢筋窗上一缠，绕了个圈，脖子塞进去，然后一吊……吐舌头了。

…………

这幢楼的铁防护之外，医疗区，一位戴着眼镜的医生正在接电话，有位护士喊起来：“白医生，7452 病人要自杀。”

“啊？快走。”白医生挂了电话，叫了两位准备好的随从护士，匆匆奔向 7452 病房。这两位白大褂随从的腿脚甚是利索，一人开锁，一个还持着电击器，噼噼啪啪试了试放电。

门开了，白医生却看傻眼了。木林深做了个鬼脸，然后坏笑着把脑袋从裤子里伸出来，根本就是装的，他的脚还蹬着钢床的铁架呢。

人来了，木林深倒不急了，慢条斯理地套上松紧裤，看着几位陌生人。

“哟，玩得挺不错，下来吧。”白医生招招手。

“哦？这还真是医院？”木林深有点儿蒙。

“当然是医院了，你以为是什么地方？”白医生道。

“我以为是贼窝呢。我怎么来这儿了？你们的口音好奇怪啊。”木林深道，警惕地盯着三个陌生人。

“你的口音也很奇怪啊。来吧，小伙子，我们陪你散散步，多活动活动，对你的恢复有好处。”白医生道。

“我有什么可恢复的？我偏不活动。”木少爷的逆反脾气上来了。

这次可没人迁就他了，一男一女两个护士，女的长相男性化，男的身材狗熊化，直接上来，一人拎一只胳膊，提着木少爷出了病房。这回木少爷可真害怕了，他紧张地喊着、挣扎着、乱蹬着：“啊，放开我……啊，杀人了！啊，救命啊。”

出了甬道，过了铁门，进了大厅，冷不丁一位穿病号服的妇女奔着木林深冲过来了，不是救他，而是比他更凄惨地喊着：“啊，放开我……啊，杀人了！啊，救命啊……”

那神情、那语气与他如出一辙，那表情呆滞而疯狂，木林深吓得一噎，闭嘴了。

又一位护士奔上来，把中年妇女拉着走了。白医生回头看了眼噤若寒蝉的木少爷，笑着道：“明白这是什么地方了？”

“疯子，你们都疯了。”木林深惊恐道。

“果然明白了，没错，这就是疯子待的地方，精神病专科医院，出来吧。”

白医生笑着道，看了一眼傻眼的小少爷，没有意外，再顽劣的爷在这儿也被治得服服帖帖，用这个方式治纨绔毛病，他觉得确实是对症下药。

出了厅堂却是个大好的天气，碧空如洗，高天流云，山树深绿，空气清新。他深吸了一口气，那两位护士放开了木林深，却还是警惕地防着他。木林深左右看看，心里的疑惑更甚，有点紧张地道：“君子动口不动手啊。”

“这儿没君子，都是疯子，看吧。”白医生笑着领着木林深走，一路看到有自言自语的，有放声高歌的，有大声朗读的，还有痛哭流涕的。冷不丁一位白发苍苍的老头儿蹿到木林深面前喊着：“嗨，你的理想和抱负呢？”

把老疯子挡到一边，回头时，木林深早躲在他背后了。

木少没吭声，估计是被吓住了。白医生要说什么，木少却开口了：“我怎么会在这儿？”

“你是病人，当然要在这儿了。”白医生解释道。

“胡说，我记得我好像是被劫持了。”木林深严肃地说道，记忆碎片化了，出现了真空地带，老是觉得自己在厨房，老想着小时候的事，发生了什么事，他一直拼不起来。

白医生一怔，不过马上反应过来了，他笑着给护士解释着：“瞧，这就是妄想症的标准发作症状，患者会把自己想象成任何一种身份。”

“我没病，就是有病也不可能是妄想症，你们搞错了吧？”木林深解释着。

“怎么可能搞错？这里是精神病医院，你是精神病患者。”白医生解释着。

木林深仰头哈哈一笑道：“我是精神病患者？哈哈……我看你们都有神经病！”

不屑了，更不信了，白医生笑着问他：“那你觉得这里，这里谁更像精神病患者？”

“他，那老疯子。”木林深一指刚才吓唬他的老头儿。

白医生直接喊着：“老布，你是精神病患者吗？”

那老头儿一怔、一怒，然后仰头道：“我是精神病患者？！哈哈……我看你们都有神经病！”

他气愤地扭过了脸，然后白医生回头看木林深，这表情、这声音、这口吻，几乎和他是一个模子里拓出来的，搞得木林深自己都说不清，怎么他和神经病是一模一样的表现。

靠，怎么回事？木少爷怔住了，这种情况超出他的应对能力了。

“别担心，你的症状没他严重，稳定情绪，听从医嘱，很快就可以痊愈出院。我们这个专科医院，已经治好了上千例精神类疾病的患者。”

“等等，您……怎么称呼？”

“姓白，白双喜，叫我白大夫吧。”

“白大夫，这个事，有点误会，别让我待在这儿，那个……”木林深说着，正准备委婉请求时，白医生拂袖而去，他追着白医生干脆直说了，“我家里很有钱，我爸是老板，您就说吧，要多少钱，一个电话给您汇过来就得了，您通知我家里，来接我就行了。真的，我不骗您。”

蓦地，白医生停下了，停在一个袒胸露臂的短发中年男人面前，笑着问：“大款，你欠我的钱什么时候给啊？”

那个男子气宇轩昂地一指，像受了侮辱一样吼着：“说什么呢？说什么欠你钱呢？我王耀章从十八岁开始做生意，你打听下欠过别人钱吗？你看我这楼、这车，我分分钟几十万的主儿，像个骗子吗？像欠你钱的吗？”

然后他从口袋里掏出一张废报纸，哧，撕了一条给白医生道：“去，自己取钱去吧，出门别说认识我，嫌你丢人。”

白医生接了报纸条，鞠躬点头，那人才背着手，迈着八字步晒太阳去了，这可真把木林深看傻了。白医生笑着把纸条放在他手里，拍了看傻眼的木林深几下：“好好休息，多活动，遵守医嘱，很快就会痊愈。不用看他了，症状不严重，没有暴力倾向。”然后叫上两位护士要走。

木少爷猛地惊醒，追着医生的脚步，缠在背后解释着：“白医生，我真没病，你怎么不信呢？我也不知道怎么就来这儿了。哎，对了，是不是我爸把我送来的？我告诉你们，我爸有病，他老想用他的模式来套我，老想让我顺着他的想法活，你们得抓他进来啊。我说真的，你们这么干可是违法的啊，把我个正常人关精神病院。”木林深追着，白医生不胜其烦了，带着他向前走着说道：“来吧，看来确实病得不轻啊。”

木林深一看有希望，继续道：“医生，我不追究你们的责任，我知道是我爸安排的，他有俩钱就想在我身上为所欲为。对于心理疾病我有过了解，认知障碍、精神失控、逻辑混乱、行为失常……您看我有哪一种？我连我爸助理的电话都记得。”

这说得白医生几次停步，显得有点焦虑了，没想到此人精神是如此强悍，催眠根本没见效果嘛。

看来只能放大招了。进了办公室，木林深站到了医生办公桌前，白医生翻着病历，严肃地看着他问：“你确定你说的这一切不是妄想？”

“怎么可能？我真没病。”木林深道。

“那我问你，你的姓名和职业？”白医生突来一句。

“我叫林木生，我是厨师。”木林深脱口而出，一说完，他也愣了，诧异地捂着自己的嘴。

“你爸叫什么？”白医生问。

“我爸叫林庆臣，也是厨师。”木林深又是脱口而出。

“这就对了，林庆臣，滨海市湖南路庆臣饭店的厨师。你，林木生，正在学厨，因为家境贫困以及恋爱失败，患上了妄想症，你父亲可是为你操碎了心哪。”白医生把身份证都拿出来了，那上面是如假包换的“林木生”。

“不可能！我怎么可能会做饭？我一身衣服怎么不得大几万，随便一顿饭都几千块啊，怎么可能家境贫困？还有恋爱失败，我什么都失败，就是恋爱绝对不会失败。”木少爷哭笑不得，然后他发现确实有点思维紊乱了，觉得不是这样，可又隐隐约约觉得医生说的是实情。

“瞧瞧，这就是你的病根，总是妄想自己是富家阔少爷，花钱如流水，所以一时半会儿想不开，抑郁以致寻死觅活，刚才还差点上吊。”医生道。

“不对，不对，这是催眠治疗，有人影响我的潜意识了。我说我怎么一直在做梦，一直梦见小时候的事。”小木对于心理学有所涉猎，瞬间想明白了，指着医生道，“对，绝对是这样，对我催眠，施用精神治疗，我爸又找了个高明的心理医生对付我了。”

“都听不懂你在说什么，胡思乱想什么呢，你的东西都在这儿了！”白医生不容分说。一个破钱包、一串旧钥匙，还有一部老旧的手机。木少爷傻眼了，瞪着白医生，一字一顿道：“诺、基、亚！”

白医生严肃地问：“看来你对自己的手机很熟悉？”

“我的嘴不受我控制，你们对我……”木少爷说着，余光看到了白医生在使眼色，两位护士慢慢靠近，他把话咽下去了，知道强来要吃亏，拿着手机敲敲自己的脑袋，自言自语道，“我脑子为什么特别乱……这部手机好像是我的。”

“你只要能联系上你的亲朋好友，有人来接你，我们就放人，否则，监护责任就是我们的。”白医生道。

木林深不说话了，直接拨着最熟悉的号码，拨到了老爸助理的手机上，这个号码用了快十年了，他岂能忘了？一喊严助理，找爸，然后助理仔细询问是谁，木林深这回不敢摆架子了，客气地介绍，我是林子，叫我爸接电话。然后严助理像吃错药了，你到底谁啊，随便个阿猫阿狗就能见我们总经理？

嘟嘟嘟……居然给挂了，木林深傻眼了。

找苏荣乐，他隐约记得最后是和乐子在一块儿。木少爷拨着熟悉的号码，不料一接通，传来一个意外的熟悉声音：您所拨打的用户已停机……

木林深使劲地想着熟悉的电话号码拨。

停机、不在服务区、不接电话，所有拨出都是这个结果。白医生以为“病人”会大叫着“吓死爹了”而勃然大怒，不料“病人”意外地平静了，他默默放下手机，失魂落魄地看着这一堆随身物品。

“安心治疗，遵从医嘱，妄想症患者治愈的概率很大。”白医生道。

木林深把诺基亚轻轻地放到桌上，平静地道：“谢谢医生，我想晒晒太阳，可以吗？”

“去吧，每天上午都是活动时间。”白医生微笑，示意着护士送“林木生”出门，出了门，他才舒了一口气。

看来效果不错，“病人”开始接受这个身份了，白医生的兴奋刚刚持续了十几秒钟，忽然又觉得不对劲了。不对，像“林木生”这样前一刻失魂落魄，后一刻极度平静的精神反应，他可没见过，难道他在装？

刚想到此处，外面就乱了。白医生一看，穿着病号服的“林木生”已经爬上了围墙，看护的护士早已不知去向，他立刻匆匆跑了出去。

这边木林深刚攀上墙头，往外一看傻眼了，还有一层铁网的护栏，要跨过去得会飞檐走壁才成。他一停顿，后面追兵已至，有人拿竿子往下捅他，他脚蹬手扒拉，不料那竿头有放电金属，噼啪一闪，他一头从两米高的围墙上栽了下来。

下面早备好了，袋子一撑，直接把木林深接住，兜头一套，上面露脑袋，下面扎膝盖，再敢乱动，绳子一拉，人直接就成粽子了。

白医生跑出来后，一位男护士迎向他汇报着，就上个厕所的工夫，这小子就爬墙上了，差点溜了。白医生直奔现场，就见医生、病人围了一圈，分开人群再看，一群患者正看大熊猫一样逗着木林深，吐舌头的、嗤笑的、对着他吼的，貌似木林深吓得不轻，正使劲侧头躲着。

“让开让开，都带走。这是今天的游戏内容啊，看完了散场了。”白医生哄着看热闹的病人，瞅着木林深说道，“挺聪明的啊，还用缓兵之计。”

“你们等着，等我出去告你们去。这是非法拘禁、非法限制人身自由，知道吗？你们懂点法律吗？识相的，赶紧把我放开！”木少爷怒目而视，严词呵斥。

木林深突然发现不对了，一圈医生都用可怜的眼光看着他。他突然明白了，在这种地方，你越是歇斯底里、越是怒不可遏，就越像……精神病患者。

“关起来，症状挺严重的，我们要做好监护职责。”白医生撂了句话，转身即走，一点同情和可怜都不曾从他冷漠的眼中看到。

“放开我……”木林深在挣扎。

“放开我，我没病……我要出去！”木林深在怒吼。

“求求你们放了我吧，我有病……我真的有病，我有精神病，你们不能这样对我。”木林深被几条孔武有力的胳膊挟着，眼看快到病房了，他哀求着。

咣！门开了，他被送进去了。

咚！门锁了，他又被关起来了。

隔着铁窗瞧，他呼天抢地的样子，还真像个——精神病患者，而且病得不轻啊！

第五章 × 环伺皆疯

“今天是入院第四天，体温正常，情绪稳定，没有反抗现象。”

白医生输了这样一行字，把几张截取的视频、图片发给了网络的另一端。

另一端是冯长翔，曾经在这个精神专科医院里当过副院长，这个特殊的治疗方案只有他们俩知道。白医生看了几眼照片上落寞的“林木生”，其实也挺同情的。一个衣来伸手、饭来张口的富家少爷，被当成精神病关起来，这其中要经历的精神压力可想而知有多大。

“不要被表面的现象蒙蔽，根据他的经历，他的抗压能力应该异乎常人。”冯长翔的回复过来了，并给他发了一段这个人的简历。

中学除名、酒驾鞭刑、荷兰逛红灯区、美国上野鸡大学，以及在滨海市的种种劣迹。

“哟，这性格可是够五颜六色的。冯医生，您的催眠治疗效果不大啊，仅仅触动了他的潜意识，让他下意识地说自己叫林木生，对于曾经的记忆，影响微乎其微。对了，他似乎对心理治疗也懂一点。”白医生如是说道，他开始觉得头疼了，经历的复杂化，带来了性格的多样化，就像一张已经满是涂鸦的纸，你想找一块空白的地方，已经很难了。

“那就让他学学屈服和顺从，有必要给他一点体力锻炼或者劳动，习惯一下普通人的生活，这对他性格转变会有好处。”冯长翔如是回道。

“好的，关了几天，老实多了。不过，不会有法律问题吧？”白医生道。

“他父亲签了治疗书，他本人确实也有心理疾病，至于治疗期间嘛，你觉得精神病患者报警会有人信？或者，他有报警的机会吗？”

有家属签字那就放心了，白医生发了个图像，然后冯长翔接入了7452病房的视频。

画面上，能看到“林木生”的背影，站在床上，趴在高高的窗台上，看着窗外，很久都没有动一下身子。

那画面让人觉得心生怜悯，他是孤独的，不管在生活中，还是在性格上。

白医生这样想着，等视频关掉后，他起身了，想着下一步的方案，关起来总不是个事，何况现在这小子已经乖巧多了……

乖巧吗？

木林深正趴在窗台上，思维别提多活跃了，他在心里默念着观察到的情况：

医院占地100亩左右，住院部和医疗区隔离。这几天看到的进出医生一共54人，每天活动的精神病患者44人，想要出去，必须悄无声息地出隔离区，避开墙头的监控，然后对付外层医疗区的医生、保安，人数暂时不详。这精神病医院的护工战斗力堪比城管，已经见到很多发疯的病人被袋子套着装回来了。

十五岁孤身远赴海外，木林深的经历比任何一个同龄人都要多。在新加坡那个一点都不喜欢的岛国，他要忍受那些自诩高人一等的华人的白眼。那是个文明的国度，文明到对他这样的“下等人”不屑一顾；在荷兰，那个自由的国度很容易见到所谓的社团，他们会兜售给你毒品、枪支、妓女，甚至连这一步都省了，直接勒索或者抢走你兜里的钱；在美国，同样被偷过，被抢过，被白人、黑人骚扰过。每一种文明繁华的背后都藏污纳垢，这一点，喜欢灯红酒绿的木林深少爷体会得尤为真切。

可他怎么也想不通的是，自己会遭遇到如此的待遇，他只知道自己在这里唯一的原因是：父亲。

对，那个望子成龙的父亲终于忍无可忍了，可要狠心到什么程度才能把儿子送进精神病医院?

或许是越亲的人受伤越深的缘故，木林深痴痴地想着生命中永远无法忘却的一幕——那么美丽、那么慈祥的妈妈，在为家庭、丈夫、儿子耗尽了最后一点心血后，会变得那么苍白、无助、消瘦。她去世时紧紧握着儿子的手，那时候，病魔已经折磨得她连一句遗言都没有留下。

胰腺癌是很痛苦的，可在记忆中留下的一直是病床上妈妈的微笑。木林深很多年后才明白，妈妈用了多大的忍耐力，才能忍受住那种病痛，而不给儿子心里留下哪怕一点阴影。

他记得不久后家里就多了一个女人，他一直对她和父亲冷眼相对，他恨那个女人，以至于也恨上了父亲。他逃学、抽烟、偷东西，总是用各种各样的顽劣来让父亲难堪，每一次见到父亲的尴尬，都会莫名地给他一种快感。不管难度有多大，不管吃多少苦，他都愿意实施这种快感，仿佛这成了他的人生目标一样。

他知道，这个目标是错的，可总有一种无法抑制的情绪驱使着他，不断地换着花样错上加错。最终，得到了这样一个结果。

“这个老家伙……想把我关起来省心，我偏不让你如愿。”

木林深心头又涌出了这个念头，走出最初的惊慌和愤怒，他开始检视可能变通的方式，就像无数次孤身遭遇难题一样，除了自己想办法解决，没人能帮得上你。

门响了，木林深坐下来了，以为又是送饭、送药的，在床上坐定，不料进来的是白医生。他已经对这张脸熟悉了，四十岁许，体态发福，穿着口袋特别大的白大褂，就像等着所有人往他口袋里塞红包一样，脸上永远挂着如沐春风的微笑。

“记得你叫什么吗？”白医生问。

“我叫林木生，我是厨师；我爸叫林庆臣，也是厨师。嗯，我有精神病，妄想症患者，我一定配合医生治疗。”木林深一脸衰相，咬着牙根道。

白医生笑吟吟地看了他几眼，突然说道：“我是这所医院里，唯一知道你不是患者的人。”

真他妈的，这话听得木林深一愣，怒目相视，不料白医生又补充道：“不过如果你有任何过激行为、情绪、语言，都会被当作精神病患者。这一层往上，住的都是限制级患者，一年四季都出不了房间，被判定为有暴力倾向的患者，都会得到这种待遇，你不至于想在上面被关一年吧？”

木林深一哆嗦，医生这么做可是合理又合法的，他马上笑笑道：“怎么会？医学表明，有近七成以上的人都会患有各类精神疾病，其实所差不过是深浅而已。比如焦虑、愤怒、忧思、紧张都可以归为精神类疾病，真正没有一点精神问题的人，应该是白痴或者傻子。”

“你想说什么？这种基础理论，不用你教我。”白医生道。

“我想说的是，白医生，我确实有病，需要您教我怎么痊愈。”木林深谦恭地说道。

这个态度赢得了医生的认可，他凝视了良久这位端坐着的、平静而帅气的小伙子，那种从容让他忘了这家伙的劣迹，允许他出来——轻度患者，无攻击性，可以享受自由活动和晒太阳的优待。

终于改善条件了，趿拉着拖鞋，迫不及待地跟着医生奔向户外的木林深，急不可耐地呼吸了一口新鲜空气，张臂迎着太阳，晒得暖洋洋的，好不惬意。

是啊，一无所有时，享受会被定格在最低要求上，哪怕是新鲜的空气和阳光。

“要逃跑你可以尝试一下。这里是省立精神类专科医院，有40名训练有素的保安，有100名职业医生和30多名护工，全院三区400多个病人，从来没有发生过逃跑事件……要说监护最严的医院，这里全国都数得着啊，你可以尝试一下，这些专业医生有几百种对待疯子的手段。”白医生在他耳边小声说道。

这话听得木林深又一阵哆嗦，布袋扣着、绳索拽着、电棍电着，再不行一针下去，就是头狗熊也得趴地上吐白沫。这个尝试过了，木林深笑着道：“管吃管住，我怎么可能逃跑啊？”

“是吗？我是提醒一句，如果逃跑一定得准备好，这儿在山区，离最近的市区有37公里，沿途没有交通工具以及吃饭的地方……离你来的滨海市，我算算……应该有800多公里吧。想回去难度很大，费用不低啊。”白医生道。

呃……木林深呃了下，然后想想自己在不知不觉中被送了这么远，又呃了下。

吓住了，在这个全部东西都被搜得精光的地方，就一身单衣和一双拖鞋，怕是走不出五公里。木林深几天思忖的方案一下子全部给否决了，惊得那叫一个失落。

“好，如果你没意见，治疗方案就开始实施了。”白医生道，挑着眉毛，“有意见吗？”

“没有，没有，我全力配合治疗。”木林深赶紧道。

“那这样，到厨房帮忙吧。”白医生道。

“啊？这不可能啊，虽然我潜意识告诉我是厨师的身份，但我没有厨师的本能啊。再说，厨房里的锅碗瓢盆刀，在患者手里都可能是凶器啊。”木林深瞬间找到了一个无懈可击的理由逃避干活。

不料恰中医生下怀，他笑着道：“考虑得很周到，那就推餐车送饭吧。”

哎呀，木林深苦得直拍脑门，那可是最重的活儿，给一幢楼的疯子送饭，还不如关在房间里当疯子等吃呢。

“哟，觉得很难？要不，继续关着？”白医生故意调侃道。

“不不，没问题，劳动最光荣，这是光荣的事。”木林深道，赔着谄媚的笑容，绝对心悦诚服的笑容，这一张微笑的脸，可是对不同种族的人都试过。

白医生盯着他，在看这家伙表情里的真实成分有多少，不过以他精神病医生的眼光，无法度量一个正常人的表情中，能隐瞒多少心思。面前这位穿着病号服的小伙子，表现得确实谦恭而又真诚，几日里他看得出，这是个教养相当好的人，注意仪态，讲卫生，说话不带脏字，不像这个赤裸裸的原生态环境，患者又骂又嘶又咬，连医生都无法保持正常的心态。

“跟我来……我陪你活动活动，介绍下这个治疗区。”

白医生道，其实在精神病医院还有一个好处，那就是能看到赤裸到疯狂的人性。从某种角度上说，这是一个社会层面的缩影，当然，这其中的教育意义也只有精神病医生讲得出来。

小木紧紧地跟着他，这堂旨在影响患者对社会和生活认知的教育课，开讲了。

楼后是个小花池子，假山掩映的背后人影绰绰，不注意还真看不出这一片小天地。两人慢慢走近，让木林深瞠目结舌的是，这儿居然是一个讲座。听讲的七八个人，开讲的那位西装笔挺、精神矍铄，雪白的衬衫一尘不染，头发虽然灰白，可更增加了从容气度，看不出有四十还是五十了，或者根本没有那么大。人家那滔滔不绝的演讲、眉飞色舞的动作、学识渊博的气质，怎么也不像一个……疯子。

“……只需要投资三千八百块，你就可以获得在连锁销售里的一个资格，然后发展三个人，他们又分别发展三个人，几何倍增，到出局时可以赚到十一二万……我们合作的公司是‘香港绿之韵’，公司有一套公平合理的五级三阶制，顾名思义：就是五个级别、三个晋升阶段。简单地用英文字母 E、D、C、B、A 来代替，分别为实习业务员、业务组长、业务主任、业务经理和高级业务员，他们又是怎样划分的呢？”

教授说到高兴处，又往小黑板上画着倍增的图案，细细讲解。

小木一下子明白了，对白医生说：“这是传销！”

“谁说不是？不过这个人一天要是不连续讲十个小时课，就会抓狂。”白医生笑着道。小木觉得很是不妥，他指指黑板道：“那你就给他提供教具？还有粉笔？还发展下线？”

“没办法，不给他提供，他在医疗区连续说一天，把医生都快说成神经病了。几个自闭的、精神焦虑的，还有认知障碍的，奇了怪了，对他没障碍，还就喜欢听课。”白医生道。

发展了几个精神病患者当下线？这样都行？

惊愕中，小木再看卢教授那意气风发的样子，哪有半分精神病的症状，他瞠目道：“确实是天才……可这天才都关这儿了，挣钱有什么用？”

“钱仅仅是追求的一种，但不是所有人的追求都会是钱。他只要在外面，总有传销组织花大力气请他去授课，只要给他足够的时间，他能把所有人都变成他的下线！”白医生严肃道。

这个疯狂的天才，被公安抓了数次都定不了罪，最后鉴定确实是精神病患者，只能在这儿开坛授课了。

“……当你亲自为公司销售 1 至 2 份产品时，你是公司的一名实习业务员；当你和你的伞下体系累计为公司销售 3 至 9 份产品时，到 64 份产品以上，就是业务经理。大家觉得很难吗？我这样直观地告诉你们，D、E 的差额，你可以赚到 735 元，C、D 的差额可以拿到 3920 元。也就是说，在你的左右臂发展到 16 个人时，你就可以盈利了，而你个人，可能仅仅是发展两三位。简而言之，你是坐在这儿，等着别人赚钱给你，好玩吗？”

好玩！一群精神病在鼓掌。

不得不承认这位教授相当有蛊惑力，他带头喊了一堆口号。

干了一家又一家，家家栽树不开花。

干了一年又一年，年年回家都没钱。

反正都是证明你想脱离贫穷的生活，那就跟我来吧，至于我的直销，那是人见人爱、花见花开，要开遍五大洲全世界。

最后是一句慷慨总结：自动赚钱的机器，就是这么牛，耶！

语言夹着形体动作，气氛热烈、表情激动，接着就是分析赚钱的模式、倍增的庞大。木林深分明看到，那些精神不正常的，都被卢教授说得投入了，在景仰地膜拜着，哪怕他们一点都没听懂。

“我说白医生，这都小儿科了，为什么一定要带我来看？”木林深问道，不知道白医生的用意。

“谁说不是？传销和庞氏骗局一样，都是最简单的，偏偏有很多人上当。你看到了，一个简单的谎言，会被他们演绎成无数种具备诱惑力的演讲。”白医生道，仰头示意着，“千万注意，别被他洗脑了啊。”

哈哈哈——小木仰头大笑，以他五湖四海见过多少人渣和人才的水平，怎么可能被这种小儿科洗脑？况且这点套路，顶多也就哄哄民工和小学毕业生的水平嘛。

不料这一笑把场面气氛打断了，讲课的听课的都看着他。那位教授笑着说道：“听课听到笑开大牙，和铁树开花差不多啊。这位新朋友，请问您怎么称呼？”

“我叫林木生，我是厨师。”小木顺口道，然后意识过来，瞪了白医生一眼。

只要一不注意，这句话就能蹦出来。木少爷心里很清楚，昏迷时，有人在他耳边强化了他这个厨师身份。

“哦，厨师，人类肠胃的工程师啊，大家欢迎……热烈欢迎。”卢教授带头鼓掌，这一鼓掌，群情激动，那股真诚和热切，搞得小木都不好意思了。

“来来来，抢先一步，领先一路，我们自己当家做主，我帮你分析，百分百成功。这是颠覆传统的创富模式，这是震撼业界的财富密码。看得出你很惆怅，你很无助，你不知道命运的船将驶向何方……来加入我们这大家庭吧，我们是朋友、亲人，能不惜一切帮助你的人……大家说是不是？”卢教授拉着小木，热情地说道。

下面一群精神病齐齐喊着：“是！”

从没有过这般礼遇，小木都被感染到了，有点受之有愧，不过他很清醒，卢教授刚要找座位，他就道：“这是传销，我没兴趣。”

“没说不是啊，存在即合理。”卢教授道。

“但传销不是你这样讲的，什么创富神话，顶多是个敛财谎话。”小木道，转身就走。

“等等，说来听听，我喜欢谎话，如果你能说服我的话，我会认真地向你学习。大家欢迎林讲师给大家演讲！”卢教授又鼓起了掌，其他病人怕是被他蛊惑得找不着北了，又齐齐鼓掌。

“我只讲两点。第一点是一个现实：你们不要算自己挣到了多少钱，要算算多少人没挣到钱。从第二阶段开始，升到 D 之后，D、E 差额有四个人没钱拿；下一阶段，C、D 差额有 30 个人没钱拿；到 B、C 就更恐怖了，有 349 个人没钱可拿。也就是说，这个财富在你们手里并没有增值，所谓育成奖只不过是成员之间自相残杀的过程，钱从底层源源不断地输上顶层，像所有的坑杀模式一样，只有站在食物链顶端的才能挣到钱。”

小木从他列出的数字里，直观地剔除了一组挣不到钱的人，团队发展越壮大，这个人数就越可观，明显是底层在进贡上层。

“第二点，是一个故事。乌龟爬山，山高 100 米，第一天爬了 50 米，以后每天爬前一天的一半，请问，乌龟什么时候可以爬到山顶？”

小木问道，帅气的脸上泛着坏笑。卢教授眉头皱得更深了，一干精神病患者，看看卢教授，又看看小木，茫然得不知所措，在这很短的时间里，似乎开始质疑了。

“很简单，这不是一个倍增理论，传销的目标盯的是亲朋好友，不管是什么人都保证不了百分之百的成功率。那这样算，一个连七个，有一个离开，七的倍增减一，然后 36 的倍增又减去 7，像这样减下去，会引起一连串市场被爆，就相当于乌龟爬山，你的速度会越来越慢，永远达不到山顶。这就是传销不断扩大底层加入人员的原因，因为没有经营，没有盈利，没有增值，只能靠增加人头解决，而增加进来的人，都是永远爬不到顶的乌龟……”

“他说的你们听清楚了？”卢教授一下子站起来，冷不防激愤地问道，痛心疾首地对听众说道，“他……道貌岸然、自以为是、满嘴喷粪……居然说你们是乌龟……你们是乌龟吗？对于这种侮辱我们人格和伟大事业的诽谤，我们难道能容忍吗？”

“不能！”一声齐齐怒吼，众人毫无征兆地扑向小木，人掬人、人摞人，瞬间把小木压在最底下了，拽腿的、扯胳膊的、扳脑袋的，还有更狠的，直接抱着他的腿咬了一口。

白医生笑了笑，停了一会儿才吹响了脖子上的哨子，一群医生和护工奔来，左扯右拉，好容易把人群分开，拉着被打的小木就走。那卢教授貌似什么都没有发生一样还在继续上着课，一群人拍着巴掌在喊口号：

上了一当又一当，当当都有新花样。

吃了一亏又一亏，亏亏都有新体会。

传销团伙的声音渐稀，坐到花池边上的小木口歪眼斜、脸上瘀青、下巴见血，浑身疼得直扭。他愕然地看着白医生，气愤地问道：“成心的是不是？不告诉我他们有暴力倾向。”

“不是所有的事都讲理的，这是个疯狂的世界，不听医嘱、擅自行动，是要吃亏的。”白医生笑着道，“今天学了不少，就这些吧，快中午了，准备开始干活。”

“我真是靠了……一群神经病！”

小木气得欲哭无泪，很少爆粗口的他，对着只留背影的白医生，心里喊着他最恶毒的诅咒……

第六章 × 去意早生

十天时间很快过去了。

这一天，忙于生意的木庆臣在中午时分接到冯长翔的电话，一下子直拍脑门，把正事给误了，昨天都约好的，没想到一上午忙得抽不开身，直接忘得一干二净。

接电话，一听冯医生来，把老木给急得匆匆把手里的事交办给助理严律，径直去迎接冯医生了。

庆臣酒店在滨海路，三星级，胜在地段尚好，每年到旅游旺季都所获不菲。于木庆臣这样白手起家的人来说，每每站到酒店前都会油然而生一种成就感，可一想起儿子，这点成就感恐怕就被冲淡了不少。

表情，慢慢地紧张；眼神，慢慢地肃穆；心情，慢慢地变坏。冯医生上门恐怕得让老木胡思乱想了。

又捅娄子了，不会偷人家东西了吧？要不更严重点，把哪个女孩拐走了？否则就是更严重的问题，连偷东西带偷人，全给办喽。木庆臣知道自己儿子在这方面是相当神通广大的，从十八岁的少女到三十八岁的少妇，他都敢勾引，而且成功率相当高。

要真捅了娄子，得多少钱摆平？十万？二十万？木庆臣看到车来时，已经做了最坏的打算。他匆匆奔向从车上下来的冯医生，友好地握手，一副生意人卑躬屈膝的谄笑，这是多年练就的本事，那笑容让你有多大的气都发不出来了。

还好，好像和想象中有差别。木庆臣絮絮叨叨道歉的时候，冯医生打断道："没事，木老板，知道您忙，所以我就把一些东西带过来让您亲自过目了。"

"那兔崽子不会骗谁钱了吧？没事，冯医生……有我在呢，您放心，不管什么事，朝我说话。"木庆臣给人家宽心道。一听"过目"，说得老木心跳加速，心想，没准又是过目儿子给人打的欠条。

"到里面说吧……您这心态还是不对啊。"冯医生道，"首先我告诉您，和您想象中不一样；其次我得告诉您，即便和您想象中一样，也不能重蹈您以前的方式。"冯医生严肃地说道。

"对不起，对不起，我已经成条件反射了，只要有人上门，十有八九就是他给我找麻烦了。"老木难堪地说道。冯医生也笑了，劝了句："之所以麻烦一直找到您这儿，是因为您一直接手这些麻烦，如果您拒接的话，哪怕有一次，他也会斟酌一下敢不敢干。就像小孩子学走路摔倒之后，我们中国的爸爸妈妈、爷爷奶奶都是心疼地把孩子扶起来，揉揉抱抱，想尽一切办法哄他开心。而在西方就不一样了，孩子就是再哭也不会有人理会他。他们的教育理念是，孩子的事得让孩子自己处理，你如果每次都扶他，还怎么等着他自己长大，自己走自己的路？"

老木恍然大悟，不过只是恍然了一闪念，他尴尬地笑道："道理是这样，可已经长这么大了，总不能再捏回去重生一回吧？”

冯医生微微一笑，告诉老木：“完全可以，今天我就是来告诉您他是怎么重生的。”

这么一讲，老木也高兴了。两人匆匆来到了老木的办公室，冯医生把拷贝的视频、图片给了老木。老木一看，儿子给剃成短发了，很短那种，像劳改分子，他一下子不悦了，瞪了冯医生一眼。

“您连他的造型都介意？还是放不下啊。”冯医生道。

老木按捺着没吭声，往下翻了翻，慢慢地，眼睛里柔情四射了。阳光下，儿子正在剪草坪；晚霞里，儿子正搀着一位穿着病号服的老人；热气腾腾的厨房里，儿子正挽着袖子洗盘刷碗。最让他感动的是，有一段儿子奋力推餐车给人分饭的场景，不知道联想起了什么，老木一下子看得两眼酸楚，表情悲戚。

“怎么了？木老板？”冯医生吓了一跳，没想到他反应会这么大。

“没事，没事。好，好，我高兴，我真的高兴。我知道他是故意气我，其实孩子也挺不容易的，这么多年孤身在外，从来不告诉我他吃了多少苦。好，这才是我儿子。”老木激动到难以自制了。

感动了好一会儿，免不了问东问西。冯医生嘴牢，只告诉他是在医院当护工，至于对记忆和思维的影响，冯医生说了，完全不用担心，他记得很清楚自己是谁，现在嘛，已经是自觉自愿地在干这些事了。

得，啥都不用说了，老木听着听着就老泪横流，连声道着谢，然后就泣不成声了。

苍天有眼哪，这个兔崽子终于能办点人事了！

耳闻和眼见总是有区别的，有时候即便眼见也不能为实。

千里之外，经过多次尝试碰壁的小木已经很轻松地适应这个疯狂的环境了，就像他适应那些语言不通、人种不同、习惯各异的国度一样，这种潜移默化中培养出来的能力，恐怕连他自己都说不清经过十年历练，已经变得有多强了。

“小木，开工啦……”

铁门当当一敲，把小木惊醒。他应了声，朝门外奔去，出门没那么容易，得站在门口的摄像头下，等确认身份后，电子门锁才能打开。

等他出去，一列餐车已经推向食堂了，其中一位最胖、最高、嗓门最大的女人，就是他的搭档。

搭档姓顾，私下人都叫她顾大嫂。这名字和长相，能让人想起《水浒》里那个母大虫，事实上这位顾大嫂一点不比母大虫差，几十斤重的饭桶，她一手拎一个，腾腾往餐车里倒，几百斤重的餐车她一个人推得飞快，多一个小木，无非是多个打下手的可有可无的帮工而已。

开饭时间到了，说起开饭，小木到现在都有心理阴影，没想到最简单的吃饭是这群精神病人管理和治疗的一大难点。很多人健忘到没有食欲，很多人已经颓废到疏于进食，有一半需要护士和护工帮忙，你得硬拽着他来吃，而且还得防着他胡吃而进食过量，而且还得把饭菜搅好，否则他们不是光吃菜就是光吃饭，根本没有味觉差别。

开饭了，难题就来了。护士和护工开始劝着、哄着、拽着，把这些或轻或重的患者拉到厅里的简易桌旁边，看着他们吃饭。有几个重度患者不好对付，比如那个一直蹲在墙角觉得自己是小蘑菇的，得两个护工架回来吃；比如老布，你得和他讲人是铁、饭是钢，肚子吃饭革命才有希望；最难的莫过于那个长嘶短叫吼一天的病人，这个也有办法，就需要顾大嫂出面。

这种场景每天发生，每天捉人回来吃饭，顾大嫂甩着大膀子，晃着海碗大小的胸，噔噔噔地在院子里地动山摇地一走，指着那吼叫的高声一吼："号什么号？过来吃。"

这声如炸雷、气势如虹，那人不管多疯，瞬间收敛神色，乖乖地回去吃饭了。至于不当回事的，顾大嫂一手拎一个，提溜着就回吃饭的厅堂了。那场面对于受过西方教育的小木来说是无法接受的，太侵犯人权了，可在生存必要和侵犯人权之间，又似乎觉得这是唯一的途径。

对，这是一个疯狂的世界，有它疯狂的规则，道理是行不通的。

用餐开始，每每这时，小木都会抬头看表，准十二时，最后一拨患者会来吃饭。小木注意了几天，天天如此。就是那拨卢教授领的讲传销的，时间一到，他们肯定排着整齐的队伍、踏着昂扬的步子，跟在卢教授身后唱着歌，歌词是这么唱的：

为了出人头地，我们相约来到这里。

新老朋友的热情，让我总是难忘记。

感谢我的朋友，给我这次好机会。

二十多年的生活，让我悟出一个道理，

人在没钱的时候，谁都会瞧不起。

嘹亮的歌声、自信的表情、幸福的笑容、整齐的步伐，几天时间，这支队伍又壮大了不少。木林深瞧着，突然觉得自己比人家还可怜，这么自信、这么幸福，那种感觉离他很远了，久远到他都忘了是一种什么感觉。

卢教授意气风发地走在最前头，偶尔还回头打着节拍，歌声在继续着：

我奉劝新朋友

千万不要再犹豫。

最光辉最灿烂的日子，在前方等着你。

这是传销十大金曲之一，名字叫《出人头地》。那歌听得木林深很有感触，每每他都想起盼着他长大越来越有出息的父亲和已经天人永隔的妈妈，每每这歌声萦绕时，都能让他沉思良久。

歌停、人到，在卢教授的指挥下，大家依次入座，专心致志地吃饭，根本不用护士和护工操心。吃完饭，他们还要接着讲课、喊口号、唱歌。在这个疯狂的环境里，他们倒是最正常的人。

轻嘘声中，小木收回了心思，显得落寞不已。不经意中，蓦地发现那位卢教授又像往常一样，慈爱儒雅、微笑地盯着他，那么从容，那么自信，让小木自惭形秽，总是躲着他的目光，就像他是患者，羞于见人一样。

病人吃完，医生轮班吃完，护士和护工吃完，午饭基本就结束了。作为送饭的护工其实待遇还不如病患者，只能抽时间胡乱扒拉两口，最后倒是可以大快朵颐那些剩饭剩菜，可累过头之后，根本不会有什么胃口。

当小木的逆反在这里没有收到任何效果之后，他已经迅速地变换开启乖巧模式，慢慢适应大厨房的生活了。这不，送完饭，一干厨师和帮工还要端着大碗大盆再吃点。他一边给各位沏着劣质的花茶，一边收拾着回收的饭碟子，都是用工程塑料做的，金属玩意儿在这地方不安全，说不定到哪个疯子手里就能当凶器。

打开水龙头，哗哗地冲着饭盆。那边吃着饭的五男三女，包括顾大嫂在内，都把这当成理所当然的事。哪个地方都欺生，不让生人干点活，大家心理都不会那么平衡，其中尤以小木为甚。

如果不是迫于无奈，他是一刻也不会待在这儿的。以前是调戏美女，现在是被大嫂调戏；以前是颐指气使，现在是低声下气；以前是不假辞色，现在是看人脸色。身份环境的大反转，并没有让他体会到生活的真谛，反而觉得自己像遭受强暴的一方一样……只能忍着。

说起来这次被颠覆的认识还是相当大的，这些在烟熏火燎的厨房里，月入不过三两千的厨师，干的活比他们的活更重，收入却不如护工、护士。还有那些三班倒看护这些精神失常病人的保安，收入更低。对于小木，已经无法想象，就两三千的收入是怎么养活一家几口的。

或许，我做得确实有点过了？！

小木若有如思，如是想着，记忆里最清晰的就是厨房，记忆里最温馨的，也在这个环境里。让他最怀念的是曾经一家三口的小店，最早的记忆就在妈妈的膝上，她总是那么忙碌，择菜、洗菜，把后厨收拾得干干净净的，等做饭时就把他放在学步车里。来回穿梭送菜的妈妈，挥勺下厨的爸爸，两个人总是抽空心疼地看一眼没人照看的孩子。

妈妈的怀里，爸爸的背上，那是镌刻在骨子里最深的记忆，与此时也是天差地别。不知不觉地长大，不知不觉地疏远，不知道什么时候，生活就变成了如今这个与预想完全相反的样子。

他有点恨，恨他那个貌似慈爱、实则不堪的父亲，从小到大，他就想按照自己的规划把儿子变成大师傅，好像大师傅才是最好的职业一样。

反感，让他气冲冲地拎着泔水桶，出去泼了一地，匆匆扔回。无处发泄的气愤，全发泄到门上了，咚咚踹了几脚，气冲冲地回院区休息，这苦日子不知什么时候才到头呢，绝对不能这样下去了！必须、立刻、马上想办法逃出去！

想着、走着，进了院区的电子门，一头就撞到某人怀里了。

小木“哎哟”一声吓了一跳，再看时，是一个秃头、满脸横肉、脑袋像颗鸵鸟蛋的黑汉子，正目露凶光地看着他。这是被卢教授洗脑的人群里的一位，没准是什么精神病患者，早学会不和疯子争论的小木一闪身，躲开就要走。

却又被堵住了，小木下意识地拿脖子上的哨子，这一吹就能召唤来医生。不料那汉子手更快，一把抢走了，小木吓得转身就跑。不料那汉子早有防备，一把揪着他的裤子，直接挟着走到楼后墙角，直接把小木放下。这地方，卢教授正笑吟吟地等着呢。

“哟，卢教授您找我啊？我正准备找您呢。听完您的讲解之后，我是茅塞顿开啊，特别是你们唱的那《出人头地》，让我很感动啊，不知道我是否有幸成为你们大家庭的一员？”小木景仰地说道，生怕对方算旧账。

不拍马屁不行啊，这位卢教授可是能指挥得动十几个精神病，打你个生活不能自理，都不用负责。

“秃蛋，你说，他讲的是真是假？”卢教授指着小木问。

那黑汉子想也不想就判断道：“假的！”

“怎么可能？我很崇拜卢教授。”小木道。

“假的！”秃蛋道。

看来连精神病都知道小木说的是假话，小木一别脸，继续鼓吹着：“卢教授胸有经纬、心怀天下，那演讲放眼全国，找不出第二个人比肩啊。”

“假的。”秃蛋道。

得，这人脑瓜不太灵光，小木一听他进套了，一指这傻瓜和卢教授说着：“瞧瞧，卢教授，他连您都质疑？”

“这娃看来是有病，去去，一边待着去。”卢教授挥手呵斥道，这黑汉子秃蛋真是听话，傻乎乎地就走了。

小木也要溜，那卢教授手一挨墙拦住了他，笑吟吟地说道：“别怕，找你商量个事。”

“您别介意那天的事啊，我有病，我有妄想症。”小木赶紧解释，现在深悔不该嘴贱，说人家传销不好了。

不料回答还是错了，卢教授微微一笑，像遇到知己一样，推心置腹道：“怎么可能介意，这故事还不就是骗骗那些脑袋不灵光的？我搞这么多年传销总结了一条道理，那就是，凡骗不了的人，都是有大智慧的人！比如，你！”

小木一愣，哭笑不得，惊讶道：“哎哟，知己，头回有人说我有大智慧。”

真是知己难遇啊，二十几年就遇上这么一个，还是个精神病。

“当然有，别以为我不知道，你在准备逃跑。”那卢教授突然来一句，吓得小木不敢接茬了。在这里逃跑是个很严重的问题，电棍和大麻袋伺候着，别说人，就是畜生也受不了。

“虽然你未必看得清我，可我把你看得很清楚，相信吗？”卢教授又问，那睿智的眼神，那不凡的谈吐，那自信的目光，要是换个环境，还真骗得了大多数人，不过骗不到小木。小木笑笑，不予作答，那样子是根本不准备和他搭伙。

“装什么装啊？在国外生活过很多年？”卢教授突然问道。

小木表情一愕，他自以为在自己身上西化的程度可以忽略到不计，很少有人能看得出来。不料，今天被一个老疯子点破了。

“没有，你听谁说的？”小木笑道，瞬间掩饰了。

“做传销的都是心理学、行为学的高手，比如你，我几次发现你对着白医生的背影努嘴，是在骂人，但又没骂出声来，这说明你的教养还是有的，成功地抄袭到了西方人士的伪善。”卢教授挖苦道。

“就凭这个？你怎么不说我从外星来的？”小木笑着驳斥道，突然觉得这个传销教授有点意思了。

“更简单的是你的口型，汉语音节骂人，都是闭口音，话不露齿就能出来，而你无声骂的都是开口音，能养成这种脱口而出的习惯，我就知道你在国外生活的时间不短。”卢教授笑道，“而且，疯和精神病不是一个概念，我精神有问题，可我眼光没问题。你家境不错，是个富二代，根本没过过穷日子。”

“猜错了，我是穷鬼一个。”小木道，这一次可真是面无表情了。

“骗别人可以，骗我不行。吃饭时，你把炸焦的葱花、菜梗都一一挑出来，不是所有人都能养成这种挑剔的习惯的，饭菜不合胃口是不是？可我告诉你，这儿的饭菜已经算相当不错了，不管是病人还是正常人，要是穷鬼的话，肯定会狼吞虎咽。”卢教授自信地说道。

“另外，你妈妈过世得很早吧？”卢教授一嘘，又蹦出一句来。小木眼睛怒意一闪，卢教授立刻接着说道：“对不起，勾起你的心事了，亡者为大，我没有亵渎的意思。”

慢慢地，小木思忖良久，说道：“你这是心理操纵术，老美的大学里疯子天才多了，什么稀奇古怪的人我都见过，你是凭我的表情变化判断出我母亲亡故的。”

这好像是一诈，你的表情稍露端倪，对方就知道真伪，江湖骗子常用的手法。小木瞬间领会了，应该是自己的表情告诉了他正确的答案。

“错，我是从你对那些女病人的尊重中看到的，那是一种期待得到爱和试图回报爱的眼神。你应该有一个很爱你的母亲，但你这种奇怪的表现告诉我，她已经不在你的生活里了，否则你对那些中年妇女会避而远之。或者更直观一点判断，如果她还在，你就不会出现在这里。甚至借此我又能判断出，你们父子关系不和，同样能反证，你爱你的母亲，无法接受另一个女人代替她位置的事实。”卢教授像找到了一个有趣的游戏，侃侃而谈，就像一切都是随口讲来，小木却听得如遭雷击。

这可是个彻头彻尾的陌生人啊，知道他身世的人不多，能知道得这么清楚的更是寥寥。

“不管你想干什么，你都不会如愿的。”小木严肃地蹦了一句，下定决心，不准备虚与委蛇了。

他的眼神里渐渐有了恶意，拳头慢慢捏紧。

“这才是你的本色，一个被人整得无计可施的纨绔恶少而已。我们可以再从头开始，想逃走吗？我可是有七次从精神病医院逃走的纪录。”

“为什么要逃走？你不是精神病人吗？”小木反问道。

“我精神有病，可我的味觉和身体没病，没酒、没女人、没客房服务的地方，吃得这么差，怎么可能忍受得了？”卢教授愤怒地说道。

小木一笑，说道：“其实你可以直截了当，来这句最有说服力的。”

“看来有共识了，告诉我，你是怎么想的？”卢教授问。

“医生98名，护士、护工62人，保安24人，医院占地106亩，围墙高2.35米。外面的情况我一无所知，靠两条腿绝对跑不了，保安的车反应很快，我们的下场是被装在麻袋里带回来。”小木没有直说。

“少来了，我知道你盯上那辆车了。”卢教授压低了声音，目光投向厨房的方向。

每天有一辆货车运输新鲜蔬菜禽蛋，小木笑笑不解释，道：“可保安的那几辆车不好处理，很快会追上来的。”

“这就是我来找你的原因。第一，我可以告诉你，明后天有大雨，清晨拉餐车的机会最好；第二，我可以解决掉那几辆救护车；第三，你需要做的，就是出门时别关上门，把我们带出这个院子就足够了。”卢教授道。

“我怎么信你？”小木有点怀疑，他知道，自己能够自由出入内外大院是最好的依仗，老疯子必须靠他走出第一步。

“秃蛋，过来。”卢教授一嚷，转角听到的黑汉子快步奔上来了，一使眼色，根本不用说话，秃蛋亮出裤腰上别着的一把短刃，明晃晃的，还有几根牙刷磨制的工具。这玩意儿让小木眼前一亮，其实他早想整把这东西扎轮胎了，一直没找到原料。

“皮鞋里的钢板，一看你就是外行，或者都不用扎胎，直接拧了气门芯就行了……怎么样，一起走？”卢教授问。

小木看看一脸凶相的秃蛋，又看看道貌岸然、实则奸诈的卢教授，咬牙点了点头，为了离开这地方，豁出去了。

“来吧，分工一下。秃蛋，先把听课的打发到一边唱歌凉快去。”卢教授命令道，秃蛋领命匆匆去了。这执行力可是相当高啊，小木忍不住问了句：“卢教授，这个秃脑袋是什么人，怎么也想跑？有精神病吗？”

“从看守所送来的，等着鉴定有没有刑事责任能力，我估计是装的，逃避打击呢。别怀疑我啊，截至目前，一共有四家权威机构鉴定我是偏执型精神分裂及认知障碍、强迫症患者，通俗地讲就是双重人格、三观不正。原因在于我一直认为传销是人类发展史上最伟大的创新和事业，他们都辩不过我，也无法阻止我拥有越来越多的追随者，于是就把我送进精神病医院了。他妈的，这个黑暗的时代。”卢教授严肃地说道，可他一点也不像有病的样子，说得轻松至极、简单至极，到了讲课的地方席地而坐，又是如此潇洒至极。

这下小木倒确定了，这家伙确实有认知障碍，而且病得不轻，不过并不妨碍两人同坐，密谋这场疯狂的胜利大逃亡。

第七章 × 天雨遂人

事情并没有想象中那么顺利。俗话说，万事俱备，只欠东风，而今是万事俱备，就欠一场卢教授判断的大雨。一直过了两天，老天像耍猴似的，每天阴云浓重、遮天蔽日，空气已经潮得像能捏出水来，可就是一直那么憋着，一点雨星儿也没洒下来。

医院里一切如故，对于大多数患者来说，是没有时间观念的，顶多是潜意识里还残存着早起晚睡的习惯，阴晴雨雪对于他们没有感觉。医生也一样，在大多数医护的脸上，你都能看到枯燥生活留下的印记，冷漠、肃然，那并不丰富的表情，是对生活的厌倦。

是啊，每天面对这么多精神病患者，不厌倦才怪呢。

只有那三个准备出逃的是例外，自从一见如故，小木毫不犹豫地加入了这个大家庭，成为卢教授器重的一员。说卢教授是位疯狂天才真的一点不假，每天早晨起床，都召集成员晨训，然后晨练，包括喊口号和唱歌。早饭后开始上课，演讲、即兴表演、唱歌、问答，能一直说到中午。午饭后继续，枯燥的内容被他组合成各种形式，玩得不亦乐乎，直到晚饭，那些人还如早起一样精神抖擞。

天才，确实是天才，最起码滔滔不绝地说十几个小时不停嘴，就不是普通人能办到的。

看着卢教授为大家洗脑，小木有点兴味索然，不时东张西望。他身边坐着那个不知名的恶汉，像防备他一样，总是不经意地用凶狠的眼光瞪他一眼。这眼光让小木发现问题了，能这个样子，除了这人本身凶恶，还证明了一件事，那就是，这个秃蛋还是意识清醒的。

“你也是精神病？”小木挪到了他身边，小声问。

“啊，一直就是。”秃蛋目不斜视，嗯了一声，“你也是？”

“嗯，妄想症，你呢？”小木问。

“既然老子都是精神病了，你他妈问我，我能知道？”秃蛋怒了，恶狠狠地回应。

“明白了，心境障碍，人格分裂的一种，心境障碍引起的情感迟钝，以及产生不相称的情绪，和妄想症都属于精神分裂的一种。别用这种崇拜的眼光看我，我给医护送饭，顺便借了两本书学习来着。”小木笑道，把怒目而视的秃蛋说愣了。

“你给老子说这屁话有什么意思？想干什么？”秃蛋警惕地问道，脸上横肉抽了抽，不善地看着小木。

小木战战兢兢地告诉他：“哥，咱俩都有精神病，同病相怜嘛，你这么凶干吗？”

那秃蛋胸腹一动，像是差点被逗乐了，这一瞬间，小木明白了，这货绝对是装病，要是分裂症，根本不会有与语境相符的情绪变化。

“滚蛋，老子看见你这种小白脸就烦。”秃蛋随即训了句。

小木被激怒了，不过他激怒的表现不是爆发，而是慢慢地挪开了。在外面混总能碰到让你害怕的人，这秃蛋虎背熊腰、满脸横肉，比小木在美国见到的那些飙车党还横，而且神志还这么清醒，明显不是他惹得起的。

“那这俩是怎么凑到一块儿的？”

小木看看兴奋演讲的卢鸿博，又看看秃蛋，有点想不通。这秃蛋对卢教授毕恭毕敬，究竟是出自真心，还是假意？这个突来的想法，让他对即将到来的逃亡产生了一丝忧虑。

“跑出去各走各的，敢他妈胡说胡来，我弄死你。”一个阴冷的声音在小木耳边响起，他斜眼一看，正迎上了秃蛋阴狠的眼光。那眼光配着一个大秃瓢脑袋，脑袋上还带着几块疤，饶是小木见多识广也被吓住了，小心翼翼地点头，谄媚道：“是，大哥，您说了算。”

马屁没啥效果，秃蛋缩回去，又坐正了。

鼓噪声起，小木移开了视线。这时候又到卢教授中场休息的时刻了，休息对他来说不过是换一种说话的方式，他打着节拍，开始唱另一首金曲了，名字叫《我可以抱你吗》。

外面下着雨，犹如我心血在滴。

爱你那么久，其实算算不容易。

卢教授动情地唱着，看看天空，小木知道他在等这场雨，可惜没来，他低头时，给小木做了一个微笑的鬼脸，像是心有灵犀。

不去想爱都结了果，舍不得拼命找借口，不勉强你再为了我，心不在留不留都是痛……

卢教授唱着，很动情，做着痛不欲生的手势，像在拥抱谁。滑稽的是，下面的精神病患者都像感染了一样，和他做着同样的手势。小木在想，难不成秃蛋这货也这样吗？一回头，他吓得呃了一声，秃蛋也在学唱，那环臂的样子，像抱着一条母狼往死里勒。

我可以抱你吗爱人，让我在你肩膀哭泣。
如果今天我们就要分离，让我痛快地哭出声音。
我可以抱你吗爱人，容我最后一次这样叫你……

到高潮了，唱着唱着，这些神经病开始互抱，不分男女老少，抱着都是家人爱人，边抱边哼哼唧唧地唱。而卢教授更甚，和那些“家人”挨个儿深情拥抱。这场景让小木觉得无比恶心。

一想到被秃蛋那号人抱着，小木就吓得浑身起鸡皮疙瘩，落荒而逃。

小木越来越觉得自己和这个疯狂的环境格格不入，他到现在都想不通，父亲怎么可能狠心到把他送到这样一个地方，简直比十几岁被送出国还恶毒。他清楚地记得，在每个陌生环境里，孤独和无助是比贫穷更大的恐惧，每一次挣扎，都会在他已经不单纯的心理上留下印记。

就是啊，去过五大洲，见过四大洋，玩过红灯区，会过黑手党，这小小的精神病医院还能拦住我？

他慢慢向厨房走着，看着渐暗的天空、浓重的阴云、泊回来的救护车，还有戒备森严的大门、岗哨、保安。细细计算着距离、方式，以及可能出现的意外。这时候，他倒更觉得喜欢卢教授一点，这老疯子搜集到的情报几乎和他一样，而出逃的想法也是高度地契合。

莫非，老子这也是要疯的前兆？

小木思绪很乱，在厨房里扮着笑脸，心里却很厌恶地看了那帮厨师和护工几眼。没几个好鸟，一个个做饭都会先往自己嘴里塞，个个吃得肥头大耳，光吃还不算，不少人休息时，还把猪肉、火腿塞进怀里、裤裆里偷带出去，要说道德底线，关在这里的精神病人要比他们高出很多。

“走了，林子……看什么呢？”顾嫂吼着。

“哦，来了。”小木应声，开始工作。

顾嫂在前面拉，小木在后面推，可能是这胖嫂心里有点愧了，看了小木几次才嗫嚅说着：“林子，别怪嫂啊。”

“咋了，我怪您干吗？”小木不解了。

“不怪就好，我怕你跟着那卢疯子学坏啊。我家那口子就是搞传销的，这帮天杀的都该枪毙，还关在这儿养着，真是浪费粮食。”顾嫂愤愤道。

“哇，您家大哥真是啊？很严重？也关在这儿？”小木好奇了。

“关着倒好了，走了两三年了，家里屁事不管，倒是把我娘家亲戚给骗走不少，我现在回家都没脸见人了。唉，这王八蛋早点死了我倒省心了，到这会儿，我都不知道他在哪儿。你可千万别沾啊，咱们市里年前就开始闹了，都不知道坑多少人了。”顾嫂絮絮说着，唏嘘间抹了把鼻子。进了住院区，她很快换了一副凶狠的面孔，又像往常一样吼着那些呆傻号叫的病人：“号什么号，过来吃！”

愤恨，源于自身的不幸。可愤怒下做的事却是在照顾他人的不幸。这是一个矛盾的世界，就像善良和凶恶同时嵌在一个人性格里展现出来的矛盾一样。顾嫂又像往常一样，骂骂咧咧，拉着那些已经丧失自理能力的病人，将其一个个拽进饭厅里，用不友好的方式，逼他们吃饭。

小木突然有点怀疑自己的行径了，他在想，在这里不会待得很长，他了解自己的父亲，无非是想让他改掉好吃懒做、不务正业的坏习惯而已。这个很容易做到，扮乖卖萌用不了多久就能回到原来的环境中，再到父亲面前楚楚可怜上几回，最后就会成功地回到曾经纸醉金迷的环境里。

但是现在要和卢疯子密谋出逃，那可是一个罪行累累的精神分裂患者，还带着一个貌似装病逃脱制裁的嫌疑人秃蛋，这么做真的合适吗？

顾嫂无意中透露的家丑，让小木很容易分辨出谁好谁坏，他对要与卢教授和秃蛋结伙，矛盾更深。

纠结中，卢鸿博带着他的传销团队唱着歌来吃饭了。

犹豫中，他看到了秃蛋凶狠的眼光，那眼光没来由地让他紧张。

吃饭中，他在安慰自己，许是这卢疯子并没有那么靠谱。整个计划建立在一场大雨的大背景下，一下雨，外部防备松懈，而且在雨中需要完成切断监控、阻挡保安、破坏车辆、抢车出逃等数个环节，除了抢车，剩下的都由卢鸿博和秃蛋负责。小木此时倒莫名地希望，这也是卢疯子的异想天开，比如，这家伙总不会是诸葛亮吧，还能借来一场大雨？这都两天没下雨了嘛！

老天就像在捉弄小木一样，他刚刚以40度角仰望了一下天空，觉得自己应该走人间正道。不料天阴到了极致，哗啦啦几道闪电，跟着轰隆隆的雷声炸响，眨眼大雨倾盆，把这所建在山间的医院浇了个通透。

他默默地侧头看卢疯子，这位疯狂天才在笑吟吟地看他，相视间，犹豫已经变成了一种默契。这些日子遭受的种种非人待遇，让他无法阻止自己脑子里涌出来的疯狂的出逃念头。

雨来了，一夜未停。

要走了，一夜未眠。

曙光在淅淅沥沥的雨中渐渐透亮，一个大雨中的清晨，暂时打破了精神病专科医院按部就班的秩序。

七点早饭，六点十五分得开始干活。六点以前，那辆运输车就会准时到达医院，厨师和帮工得抓紧时间卸货。今天车来得稍晚，小木在窗口看不见，不过听到了熟悉的引擎声音，他穿戴整齐，轻手轻脚地出了病房。

轻度患者以及证实没有危险性的病人，都在看护较松的病房，小木也在其中。而卢教授领的那一拨纪律严明的家伙，自然也在其中。他出门时，卢教授已经带着人在厅里会合了。教授笑着给小木使了个眼色，小木眼睛搜寻着那位老布，一切就从他身上开始了。

“老布老布，认识我吗？”小木把刚出门的老布拦住了。老布疑惑地看着他，这是真正的认知障碍，根本记不住谁的脸。不过小木有的是办法，提醒着："我是上级派来的。"

老布一愣，这个在记忆中有投影，他怀疑地看着小木，小木放大招了。

"上级要派给你一个重要任务。"小木严肃道。

"好，保证完成任务。"老布凛然道。

"天亮以后，组织要派人对二层202室的两个违反纪律的人进行组织审查。你的任务是，在来人审查之前，务必把他们都挡在楼口，懂了吗？凡是和我们穿不一样衣服的人，都不是自己人。"小木道。

"懂了。"老布理解这个简单命令的意思了。

"去吧，务必把他们拦住。"小木道。

老布一整衣领，像誓师出征一样，噔噔噔地直上楼梯，然后在楼梯口戳了根电线杆子。

小木飞快地跑着，冒着雨跑到门口，对着摄像头招手，出去干活，只有他有这种优待。门一开，他出门，然后脚一搭，门保持着露一道缝的状态，关不上了。

后面的秃蛋已经动了，他飞奔到围墙边上，借着奔跑的惯性一跃，手攀住了围墙，然后手起刀落，连接门口门禁的监控线一分为二。

没错，这家伙像头牲口，那彪悍的样子让小木浑身起鸡皮疙瘩。

值班监控屏幕上的图像蓦地黑了，保安从窗口看到了门口尚有人影，有点奇怪地反身出门准备下去看看，不料出门不远，就被老布拦住了。老布凶神恶煞地对他吼着："心虚了想跑是不是？哪儿也不许去，乖乖待着，等着接受组织审查。"

什么情况？保安吓得退了回去，拨内线电话，咦？不通？

门口，卢教授带着一群成员冒着雨陆续出了门，后面的秃蛋用几片塑料碎屑塞住了锁孔。这种不间断电源锁，切断电源只能靠钥匙开，孔一塞基本没戏，等通电？那时间足够了。

干完这个，秃蛋飞快地奔向那几辆救护车，拔气门芯，断后。

卢教授对着后面看傻了的患者吼着"水开好了，出来洗澡"。一骚扰，那群患者哇哇地乱叫着跑到雨地里撒欢，有的已经脱衣服拽裤子淋浴了。

他笑着回头，带着成员一行十几人，耀武扬威地走向厨房。那一干卸货的可傻眼了，这么多穿病号服的神经病集体发作，气势汹汹而来，真够吓人的。

“带他们都走？”小木吓了一跳，看这架势似乎难度大了。

“没有牺牲，哪有成功？你赶紧拿钥匙，开车。”卢教授抹了把脸上的雨水，小声说道，然后他骤然用一种吼出来的调子唱起了歌，是那首《我可以抱你吗》。

外面下着雨，犹如我心血在滴。爱你那么久，其实算算不容易……

这声音一起，群患回应，跟着南腔北调唱起来了，边唱边走，一二一、一二一，直趋那帮卸货的护工。小木突然明白了，这一切做的都是有目的的，就是为了今天的胜利大逃亡，有这么多精神失常人员的回应，怕是面对什么人都所向披靡。

不去想爱都结了果，舍不得拼命找借口，不勉强你再为了我……

卢教授唱着，很动情，他的表情痛不欲生，他的声音沙哑力竭，这像个信号一样，感染着那些被他训练到机械响应的人。

小木回头看看，封闭区的保安冲了出来，再看这边，秃蛋的活儿还没干完，四辆车做掉了三辆。那边的保安也惊动了，正站在门厅檐下打电话，就在接近货厢车的刹那，全院的警报拉响了。

此时，歌声也到了高潮，卢教授几步之外一个拥抱姿势，喊唱着：“我可以抱你吗爱人，让我在你肩膀哭泣……”

歌声尽处，那些神经病直扑上去要抱人，边动情地唱，边动情地抱，吓得护工直躲。小木眼疾手快，一把拽住往车底钻的司机，搜着他身上的车钥匙，然后一指道：“快快，都发病了，车钥匙给我，赶紧躲车后头，要不得被他们掐死。”

司机哪见过这阵势，连滚带爬地就跑。小木回头一看，最难的一关被卢教授轻松处理了，那些患者几乎是无意识地唱歌、抱人，你越不让抱，他们抱得越来劲。试想，这恶劣的雨天被个精神病人抱住是什么感觉？几个厨师已经连滚带爬地四下乱窜了。

小木跳上了车，一拧钥匙发动车子，刚要警示两人，不料他听到了熟悉的一声怒吼，一瞅后视镜，是顾嫂发飙了。她奋力把两个抱她的精神病患者，一胳膊撂出老远，还夹杂着她的招牌骂声：“抱什么抱？找死！”

她看到了开车的小木，然后喊着：“林子，你给我下来。”说着噔噔噔地就奔来了。小木的第一反应是赶紧走，一踩油门，刚上车的卢鸿博还没站稳，脚踏菜叶，吧唧一滑，摔地上了。那顾嫂接连放倒了几个患者，直揪住这个带头的卢教授，二话不说，劈面就一个大耳刮子，揪着领子左右噼里啪啦边打边骂着：“老东西，又是你在害人，今儿老娘让你好好吃顿巴掌面！跑啊，你跑啊！”

这边打起来了，那边两个保安奔向秃蛋，也要打起来。小木驾车冲向门口，保安已经在锁门了。在这千钧一发之际，小木发狠，猛地一打方向盘，车一个急速的漂移，车轮扫起了一片雨水，哗地泼向门口的保安。两人见势不对，连滚带爬地就跑，然后小木倒着车，咚……咣……咚……咣……开始撞门了，两进两退，那门已经快倒下了。

在他的视线里能看到顾嫂，正一个耳光一个耳光地扇着卢教授，能看到两个保安夹击着秃蛋，可明显不是秃蛋的对手。那家伙出手迅狠，一个直拳加一个膝撞解决了一位，另一位从后面扑上来勒住他，不料下场更惨，被他一个大背摔，直接摔出去几米，轰然倒地，溅起了一大片水花。

那保安吃痛地伸着手，直腰，然后又力不可支，躺下了。小木清楚地看到，雨中躺下的人的身旁溅起水花的地方还流了一摊血。从进来后受到的待遇在脑海中一闪而过，那顿生的恶念和此时病态的兴奋让他疯狂地踩着油门，车疾速倒退着，轰的一声撞上了门，然后门斜斜地倒了一扇，车剐碰着，嗖的一声驶出了医院。

秃蛋飞快跑去支援卢教授了，一脚把顾嫂踹开，拉起满脸是血的卢教授就跑。这时候警报在响着，各区惊醒的精神病人敲窗的、蹬门的，鬼叫着，整个医院像热油锅里浇上了冷水，炸得响个不停。保安纷纷下楼了，正在撞被秃蛋用皮带拴死的门。

“完了，走不了了，辛辛苦苦娶媳妇，让别人进洞房了，这小兔崽子自己跑了。”卢教授痛不欲生地道。

这时候已经看不到货厢车了，雨下得这么大，想徒步走，那是痴人说梦。秃蛋拽着他道："试试，反正都没车了，说不定能跑了。"

"蛋啊，难得遇上你这么仗义的朋友啊。"卢教授灌了一口雨水，奔跑着，口齿不清地说道。

"你可答应了给两万块钱，不给钱，老子再把你扔回去。"秃蛋恶狠狠道，强调着自己的目标，是钱，不是什么仗义。

"那我得先出去啊。"

"车都上不利索，怨谁？哎，我×！"

两人齐齐停步，倾盆的大雨中，货厢车去而复返，轰隆隆撞着门进来了，车直直地冲向追在秃蛋身后的保安。隔着几十米，小木露着脑袋，表情狰狞地喊着："都让开！老子可是神经病，撞死你们白撞。"

车隆隆冲来，那些人吓得肝胆俱裂，纷纷四散躲避，不料车又是一个大漂移，绕回来，戛然停在秃蛋和卢疯子的身边。小木直催着："想进麻袋挨电棍？还不快点！"

哦，两人这才醒悟，急不可待地蹿入车厢。小木一踩油门，那车轰然踏着铁门扬长而去。

逃亡不过几分钟工夫，等医生聚起，把那些病人控制住，打开了被破坏的门禁，已经是半个小时以后的事了。白医生是匆匆赶来的，他到时，大门塌了，应急调度的四辆车都瘪胎了，保安被打伤两人，满院的病患还在鼓噪，遍地狼藉的场面让他一肚子苦水，可也没地方倒啊，这么大的雨，追都来不及了。

属地的派出所已经派出车辆去追了，两个小时后，数辆警车进驻了精神病专科医院，医院整体保卫措施堪比一座小监狱。三个精神病患者抢车逃跑让他们匪夷所思，来了就组织安全会议，把保安聚在一起询问经过。事态很严重，卢鸿博是公安系统屡被打击的名人，另一个绰号秃蛋的张狂也是等待鉴定责任能力嫌疑人的身份，这样的人逃出去，隐患有多大，可想而知。

讨论的结果是，暂时封锁消息，加紧查找逃跑者的下落，以免造成不良社会影响。

唯一的例外是多了一个小人物，姓林名木生。这份档案放到警察的面前时，那些档案堆里打滚的人物一眼就瞧出了问题，身份证是假的。一输进户籍系统，查到的人相貌特征根本不符。院长通知了白医生，白医生这回傻眼了，被几位警察控制在办公室询问了好久。猜测已经出来了，肯定是他拿了黑钱，协助这两个警方关注的人物逃跑了。

结果很严重，几位警察挟着白医生直上警车，据说他要负法律责任了……

第八章 × 三宝进城

四个小时后，冲破了重重包围的货厢车慢下来了。驾车的小木刚刚从疯狂的兴奋中清醒过来，很快就觉得又累又饿了。

“快走，警察追上来怎么办？”卢教授在车里催着。

脸肿了一圈，鼻子里塞着菜叶止血，气宇轩昂的教授从没这么狼狈过。小木很烦地说了句：“快没油了。如果你们身上没钱加油，顶多还能走几公里。”

“不对，去省城用不了四个小时。”卢教授愣了。

后面窟窿里伸出了张嘴骂着：“他妈的方向错了！这是去汉中市的方向！”

“那怎么办？”卢教授愣了，这有点超出他的能力范围了。他回头责怪秃蛋道：“不早说，油快跑没了才吭声。”

“你以为老子是导航？我也才看见。”后车小窗里，秃蛋嚷着。

汉中市，15 公里。一个大大的箭头指着去路的方向。小木一踩油门，嘎的一声刹住了。跑出去 200 多公里，倾盆大雨到这里已经变成了毛毛细雨，又是一个群山掩映的地方，卢教授好奇地问道：“想到什么办法了？”

“有什么想的？我饿了。”小木喘着气，斜斜地瞅着比他更狼狈的卢教授。

“别看我，我也饿了。这五六月青黄不接的，地里可都没什么能吃的。”卢鸿博轻轻地倚着车座，好一阵逃出生天的喜悦。

嚓……嚓，啃东西的声音。小木从小窗里往后看，兴奋了，跳下车跑到后面，一打开车门，那秃蛋比谁过得都滋润，正拿着一根黄瓜啃着，是卸货剩下的。他随手扔了一根，小木接着，别提多兴奋了，往嘴里一塞一啃，咔嚓一口，头回觉得生黄瓜如此美味。两个劫后余生的人相视一笑，抹着满是泥迹的脸对啃黄瓜。

卢教授也听到了，此时顾不上什么形象了，奔下来，爬上车抢着就啃，边抢边说着，昨晚真该多吃点，否则不至于饿到现在了。

几根黄瓜下肚，精神来了，不过紧跟着问题也来了。三个人都是穿着病号服逃出来的，那两位连拖鞋也跑丢了，现在打着赤脚。更难的是，三个人都两手空空，一毛钱也扒不出来，这前不着村、后不着店的可怎么办？就是有地方加油，也没地方找钱啊。

“挪挪车，抢一票得了，过路司机身上有的是钱。”秃蛋出着馊主意，马上就被否决了。卢教授说：“就你这土贼智商，跑不过今天就得被抓回去。”

“那换个高智商的，抢加油站一把去，那里头钱多。”秃蛋又来一办法，气得卢教授直接傻眼，这简直是对高智商人士的侮辱嘛。他气得拂袖而去，直说“竖子不足与谋”，不过没走出货厢车十米，又去而复返了。秃蛋坐在车厢里，小木靠着车边，两人看着他直笑。

卢鸿博擦了擦脸，直嘘一声被打疼的地方，骂了几句那恶婆娘，然后又和两人凑到一块儿了，就他这赤脚、病号服的，插翅也难飞啊。

他化解着尴尬，笑着对小木道：“小兄弟仗义啊，我们以为你会自己开车走。”

“这就是国外文化的好处，团队精神比个人英雄主义更重要。”小木笑道。

“我太感动了，林子说得对，团队精神……你说对不对，秃蛋？”卢鸿博道，秃蛋没理他。这时候，小木看出来了，三个人能走出绝境的希望，怕是要寄托在这个最彪悍的人身上了。这秃蛋让他另眼相看了，敢情不是上下级，而是同谋。

“这倒是，小兄弟真的不赖，差一点就跑不出来了。”秃蛋跳下车，前后看看，赞了小木一句，小木却笑道：“别谢啊，本来我准备一个人走，可想想你俩更重要，还是拉上好。”

“不会吧，把我俩看得比你重要？”秃蛋不信了。

“那可不，抓也得先抓重要人物啊。”小木笑着扭头，不料秃蛋顺势踹了他一脚。小木气得要发作，但又老老实实缩回去了，这家伙横的，他真怕没头没脑挨一顿揍。

商量不成，去处难定，只能硬着头皮前行了。正如小木所料，车驶出了十公里，哼哼唧唧地就趴窝了。油表清零，三个人往兜里揣了几根黄瓜，弃车步行。这地方已经远远能看到城市的轮廓了，三个人一瘸一拐，走得出了一身汗，才离视线之内的城市更近了几分。在一处路牌下，三人气喘吁吁，终于走不动了。

路牌标示：汉中市，2 公里。

陌生的地方，陌生的城市，又要开始一段无法预料的冒险之旅，秃蛋和卢鸿博都兴奋得两眼放光。小木却有点后悔了，他严重怀疑自己还有没有机会回到滨海老家，因为和这对货色在一起，下场恐怕不是被送回精神病医院那么简单的。

汉中，这是一座北方的城市，和记忆中的滨海差别很大。楼没有那么高，车没有那么多，你一眼望过去，还能看到很多斑驳的旧楼。

这就是天黑前汉中留给小木的最后印象，紧接着夜幕就降临了。从黄昏开始走，到城边就差不多天黑了，两双赤脚加一双烂拖鞋，走得巨慢。进城时小木拣了块干净的地方坐下，心疼地看着脚上起的血泡，那愁眉苦脸的表情，就差哭爹喊娘了。

长这么大哪受过这种罪啊？他唉声叹气，实在是悔啊，有点过高估计自己的能力了，这才跑出多远就难住了？温饱都解决不了，更别提回家了。对了，方向跑反了，现在离滨海估计更远了。

“哟？小少爷，看来不行了。”秃蛋笑话了一句，也坐下来了，好似习惯性地摸摸兜里，可一摸全是空的，那发愁的样子让小木彻底绝望了。

“教授，怎么办？你不早就是千万身家了，拿出你口若悬河、口吐莲花的本事给解决解决吃的问题啊？”小木说道。一说这个，秃蛋提醒着：“卢疯子，我的钱你咋给？”

“什么钱？”小木问。

“他说帮他逃出来，给我两万。”秃蛋道，伸着两个手指头。

两人都望向坐下来的卢鸿博。教授现在两腮瘀青，左眼高肿，衣服被撕了若干口子，裤腿上满是泥迹。他尴尬地说道：“你一看我就是视钱财如粪土的人，能欠你那点小钱？”

“我看你倒像粪土。”小木道，走到这儿，他对这两人彻底失望了，根本不像预料的可以过上有酒、有妞、有客房服务的理想生活嘛。

秃蛋有点无奈，这光景，也没法榨钱啊，他翻了几个白眼，侧头看着城里，脸上横肉直跳。

这表情一出来，小木估摸着这家伙八成在想去哪儿打家劫舍了，其实他也免不了打小九九，可思忖了若干方式，全部否定了。目前最直接的是找警察叔叔帮忙，可万一……他左右瞅瞅这对货，万一警察知道自己和他们俩是同伙，岂不是自投罗网？

“你在想，告密？”卢教授一指小木，肿起来的眼皮下目光仍然犀利。

“别跟我玩心理操纵那套，我眼皮一跳，你就猜着了是不是？我告诉你，我就是想想，可老子不敢，万一警察不管饭，还让我找你俩，我要找不着，那不找死？”小木气愤地说道，这句话听得秃蛋放心了，他笑道：“哦，卢疯子你没看错，这小子是挺聪明。”

“那当然，我看人就没错过。”卢疯子和秃蛋相视而笑。两人的笑容都有点阴，这其中的问题小木搞不清楚，总觉得两人的关系有点怪怪的，在精神病医院表现得像上下级，而一离开，又像随时准备坑对方的同伙了。

这不，两人都不说接下来去哪儿，怎么办，小木可受不了了，起身道：“秃蛋，就咱们说的啊，出来后各走各的。”

“你以为你是谁？好啊，各走各的。”秃蛋阴阴一笑，不理他了。

小木咬咬牙，扔下他们俩就走，不过越走越慢，他看看自己的穿着，不比卢教授强多少，曾经的阔少此时已经成叫花子打扮了，还是被人虐过几十遍的那种。就这打扮上街，还不得被人当成精神病围观？又走了几十米，他几乎停下来了，是啊，身无分文，举目无亲，又累又饿，这可咋办？总不能真去派出所求助吧，万一省立精神病院的事已经捅出来了，那岂不是刚出虎穴，又进狼窝？

这样想着，却是无计可施，他难堪地坐下了。过了一会儿，那两位慢悠悠地走过来了，小木等着，走近时才看到，两人都笑吟吟地看着他。

“笑什么，警告你们俩啊，别逼我。”小木气愤地说道。

“走吧，林子，你傻啊，不会看脸色。”卢教授说道。

“什么脸色？”小木不解。

“谁最自信、谁最淡定，就跟谁走啊。”卢疯子笑着道，示意人高马大的秃蛋，那家伙果真一点都不急，笑得蛮开心的。卢疯子一把拉起小木教育着："过什么山拜什么神，走什么路唱什么歌，河里的蛟海里的龙，拉到旱地一条虫。这种地方，咱们就是虫，得靠他。"

卢教授一指秃蛋，小木明白了，不过这时候争论龙和虫没有什么意义。小木摸着肚子说着最现实的问题："不管靠谁，得先解决一顿饭。一天就吃了四根黄瓜，一点蛋白质摄入都没有，我现在看什么东西都是两个影子。悔死我了，昨晚的馒头我该多吃几个。"

"秃蛋，送佛送到西啊，我觉得小兄弟人不错，得赶紧解决一下。"卢教授说道，这话却是言不由衷，刚说话，他自己的肚子先叫了两声。

秃蛋一笑，看着两个狼狈不堪的人，神神秘秘地说道："这个对我来说，真不是什么问题，得靠个人能力，就怕你们不一定能学会。"

"别打劫，一报警，咱光着脚呢，跑都没法跑。"卢教授说道，小木附和着："那也得吃饱才能打劫啊。"

"跟我走，教教你们，哥可是在这种地方混大的。"

秃蛋笑道，那样光脚大踏步的样子自信满满的，自然而然地成了领头人。

走了没多久，到了一处相对繁华的街上。街头街角，小吃摊子一溜儿，面条、馄饨、杂格、米皮，那琳琅满目的样子看得小木眼睛直凸，从没有像现在这样觉得食物对他的诱惑力有这么大，特别是一笼热腾腾的包子掀起，哎呀，那味儿一个劲儿地往鼻孔里钻，香得小木直呕酸水。

两人藏在街角，看着秃蛋，那喉结一动一动，那眼波一漾一漾，得是多么期待啊。

"跟我学，吃饱饭。"秃蛋整整病号服，走出几步，扯着嗓子喊着，"嗨，老板，两个肉夹馍，多放点辣椒。"

"好嘞。"切肉夹馍的胖子随口应声，两馍一拍，刀一切，开始做了。

后面的小木瞧瞧，小声问着卢教授："没钱怎么吃？"

"我不也在学吗？以他的智商，我觉得不可能是智取。"卢教授虚心看着。

说着话，馍好人到。秃蛋拿着馍，张开血盆大口，咔嚓一口，嚼得满嘴是油，另一个馍，咔嚓一咬，也是一嘴油，然后一摸口袋，含混不清地说道："耶，老板，忘带钱了……你等等，我给你送过来啊，就搁那头吃烩面呢。”

他说着要走，那胖子不干了，气咻咻地拉着他道：“嗨，嗨，哪有吃个馍还赊账的？”

“看你这人小气的，几块钱东西能欠下你的？馍给你放着，马上就过来。”秃蛋嚷着，馍往案架上一放，匆匆往远处一家烩面馆跑去了。那摊主也来不及拦，一想几块钱不至于有问题，但左等右等，根本没见来人，再看那馍被啃成两个月牙了，夹的肉早被吃了。他气得骂了句什么，直接把馍扔盆底了。

帅不？

简直帅呆了，跑过转角的秃蛋抹着一嘴油，小木和卢鸿博看得直咽口水，这样都行？秃蛋教唆着卢疯子和小木：“去啊，快去，真香。你喊他给你做一个，咬一口先垫巴着，就三块钱的东西，他能把你怎么着？”

小木思前想后觉得不合适，这也是靠脸吃饭的，得秃蛋这么凶的脸才能把人镇住，而且秃蛋肯定没安什么好心。他故作畏缩地教唆卢疯子：“教授，你先来，我给你把风，出了事我掩护你。”

卢疯子估计是饿极了，一捋袖子，来就来，他学着秃蛋的样子，左顾右盼进了小吃街，快到肉夹馍摊跟前时，又觉得不妥了，总不能紧着一家骗吧。左右转转，一家熟食摊上，一个切肉的妇人似乎好欺负点。他掩饰着自己的狼狈相，看看小木在近侧把风，心想问题不大，侧面对着摊主大大方方地喊道：“老板娘，切斤牛肉。”

“哎，好嘞……要辣子不？”老板娘随口问着。

“要，少放点。”卢教授馋涎欲滴地说着，眼睛直勾勾地看着，那肉香味已经让他腹部痉挛、喉结乱动了，片刻切就，老板娘麻利地装进塑料袋子里一放：“35块。”

“哦……这肉新鲜不？”卢疯子解开袋子，往嘴里扔了几片。

“绝对新鲜。”老板娘信誓旦旦地说道。

“是吗？我怎么吃着不像牛肉？我再尝尝。”卢疯子流星赶月地往嘴里扔，快速嚼着。老板娘发现不对了，快吃一少半了，她拍着柜玻璃提醒着：“嗨，还没给钱呢。”

“不好吃，不要了。”卢教授扔下吃了一半的袋子，心虚地就要溜。

那卖肉的老板娘一听就怒了，操着一根猪腿骨头噔噔噔地就追上去了。偏偏卢教授心虚，抱头鼠窜的，赤着脚又跑不快，被卖肉的老板娘当街揪着，咚咚地一顿敲后背、磕脑袋，揍得他满地乱窜。那卖肉的老板娘总算出了这口气，恨恨地呸了他一口才放人。

这洋相出的，卢疯子捂着脑袋，遮着半边脸，羞于见人地往街外跑，而远处观战的秃蛋清楚地看到，卢疯子被追打时，把风的小木根本没去帮忙，而是溜到熟食摊揣了个什么东西就跑，那手脚利索得丝毫不亚于街头讨生活的毛贼。

苦就苦了卢疯子了，牛肉没吃饱，这顿揍可挨结实了。他惨兮兮地和秃蛋会合，毫无风度地骂着："……太不仗义了，这小兔崽子一见我挨打就跑得没影了。今天真是走背字了，净被老娘儿们揍。哎哟，我这脑袋，秃蛋你给我瞧瞧，好像起了好几个包……"

他边揉边走着，秃蛋笑得浑身直抽，好一会儿秃蛋一扯他，示意他往远处看，小木回来，边走边啃着什么。他匆匆奔上前去，这家伙，捧着一只烧鸡，已经啃了一半。秃蛋顾不上说话了，夺过来就吃。小木嘿嘿笑着，一伸手，一只鸡腿递了过去。秃蛋不客气了，笑着接过，边啃边说着："哟，手脚够麻利的啊。"

"有卢疯子打掩护，不麻利也能拿到。"小木道。

秃蛋再看卢教授的惨相，笑得直抽。卢疯子气得直骂小木不仗义，小木引用他的话了："你说的，要胜利就得有牺牲嘛，否则哪来的烧鸡吃？气这么大啊，要不别吃了，我还没吃饱呢。"

这肯定不行，卢疯子可舍不得放开，连鸡脖子细骨都啃得吱吱有声，看来确实是饿得不行了，吃完了直吮指头回味。

勉强吃了半饱，三人好歹有了点精神，晃悠着坐到了一家打烊的店铺檐下。问题可是才解决了一点点，晚上自然甭指望住旅店里，估计得露宿街头了，可不能一直这样下去啊。秃蛋揪着卢疯子问："嗨，卢疯子，你在里头吹有多少多少钱，不能出来靠我们给你找吃的混吧？"

"那我得到省城啊，这小地方没人认识我，谁买我的账？"卢疯子烦躁地说道。

"那我的钱呢？你得找人给我送钱来啊，要不我怎么办？早知道还不如在精神病院待着。"秃蛋又惯常地因为钱和卢疯子吵上了。

卢疯子算是跟他纠缠不清了。问家里，回答说家早没人了。问老婆，卢疯子反问他，你见过干二十年传销还有老婆的？再问住处，卢疯子说了，我居无定所，哪有住处，再说爷这种四海为家吃遍天下的，需要住处吗？

这下把秃蛋给惊住了，他赶忙问："你没家没业没住处，哪儿他妈来的钱，不会是骗我吧？"

"你看你说的，我又没逼着你相信。"卢疯子开始打花腔了，这估计也是传销惯用的耍赖方式。秃蛋对付他的办法很直接，直接掐脖子恶狠狠地说道："你他妈的逗我玩呢？！信不信老子弄死你？！"

"等等，有钱有钱……你把我送到省城，不不不，你给我找部电话，我叫人来接，马上给你钱。"卢疯子给掐急了，口齿不清地说着，就这还是小木拦着秃蛋，劝道："至于吗，就几万块，你把人掐死？"

劝开了秃蛋，小木同情似的给卢疯子揉揉背，对秃蛋道："秃哥，出来了就比什么都强。你和他满嘴瞎话地较什么劲，他说话能信？"

"嗨，怎么就不能信了？给我部电话，我马上叫车来接。"卢疯子严肃道。

吧唧，秃蛋一反手，直接给了他一个嘴巴，卢疯子吓得不敢吭声了。小木呢，明显地觉得秃蛋在寻思什么了，他语重心长地道："秃哥，不至于，你别信他，信我吧。想办法回到滨海，我给你两万，不，四万。"

就怕这一根筋真整出什么事来，小木夸海口了，秃蛋思忖了片刻道："算了吧，你俩一对神经病，一个都信不过。"

卢疯子一听又插话了，怒气冲冲地说道："这不能赖我啊，要去省城，你把我带汉中了，我能有什么办法？"

"你他妈在里面牛得上知天文、下晓地理，这就没办法了？"秃蛋骂道。

"是啊，我是上知天文、下晓地理，可再牛 ×，也有一文钱难倒英雄汉的时候。想当年明太祖放过牛，再想当年，胯下还出过淮阴侯呢，咱们这点难算什么？"

"闭嘴。"

卢疯子被秃蛋的气势吼住了，秃蛋此时估计是大计方定，他指着两人道："喂，你们听好了，咱们患难一场，好聚好散。小木你够意思，我不能不仗义。"

嗯，这话义气，小木对这个恶人的看法颇有改观。

他又一指卢疯子道："卢疯子，你要不够意思，那就别怪我不仗义。"

"不会不会，我答应的事，绝对能办到，你只要想办法帮我联系上。"卢疯子道。

"好，那都听我的，没意见吧？"秃蛋问，这光景还能听谁的？两人点点头，就听秃蛋条理清晰地指示着："这身衣服不行，首先得搞身衣服，然后，想办法抢一把，必须抢一把，得有手机和钱。得手后，林子，给你凑够路费，你自己滚蛋；卢疯子，我帮你联系上，你给我钱，咱们一拍两散，这样行不？"

行！正合两人心意，两人齐齐点头。秃蛋起身，命令道："跟我走，弄身衣服去。"

两人下意识地起身，这身病号服确实害人不浅，穿着它都没法像正常人一样露面了。三人一前两后没走多远，还没想出办法来，就被秃蛋拉住了。秃蛋一手拉一个，示意着前方。路边，夜市的衣服摊点挂着花花绿绿的大裤衩、凉拖。他看看小木，挑起眉毛问："如果要拿东西，你会吗？刚才干得就不错。"

"哦，我明白了，不过……"小木再看看卢疯子，一下又笑了。

"卢疯子，听命令，去那摊上，抢件衣服就跑，别跑太快，别跑太远，追得急了，就扔给人家。"秃蛋说道。卢疯子吓了一跳，不悦地道："我都被人打两回了，还来？"

"那一会儿抢钱包比这个更难，你干？"秃蛋严肃地问。

"那成吧。想我才高八斗、学富五车，今天居然沦落到街头当土贼这种地步了……"卢疯子实在不想去，可也不敢不去，痛不欲生地自言自语着，背后小木推着他道："去吧，教授，天将降大任于斯人也，必先苦其心志，劳其筋骨。您这皮肉伤，还没到筋骨呢。"

一把推过去了，卢疯子算是不要脸了，笨拙地抽了件 T 恤就跑，那摊主愣是没看见。小木急得上前拉着摊主指着："嗨，嗨，老板，他拿了你一件东西跑了。"

"我靠，不想活了！小兄弟给我看着点啊。"那老板怒从心头起，抄着一只鞋噔噔噔就追上去了，没多远就把腿脚不利索的卢教授揪住，噼里啪啦用人字拖直扇他耳光，骂道："老王八蛋，多大了还出来偷东西！"

"别打，听我说，小子，你中计了。"卢疯子眼冒金星，急中生智道。

“少他妈吓唬我，扇不死你。”那摊主噼里啪啦更来劲了。卢疯子急得长啸一声：“再打，我摔倒躺下不起来了啊，想给我养老是不是？”

这话一出，摊主吓得一下子停手了，触电似的放开了，定睛一看卢疯子这惨相，这老头儿脸快成屁股瓣了，还是卤煮加红烧过的那种，怎么看怎么瘆人。

摊主看得一哆嗦，撒腿就跑，等跑回摊上，傻眼了，摊上的廉价货丢了若干件，再回头时，更傻眼了，果真中了调虎离山之计，那腿脚不灵便的老头儿也跑得没影了……

第九章 × 月黑风高

一辆例行巡逻的警车慢悠悠地从街上开过，几乎无声，不过闪烁的红蓝警灯在夜色中格外明显。两位开警车的警察正听着本系统内的调度，有一则很奇怪的消息：省立精神病医院走失三个精神病患者，有可能已经潜入本市，要求各巡逻单位密切注意，发现情况迅速上报。

“都叫什么事啊，精神病人走失了，怎么都进咱们系统里通知？”

“协查呗。”

“那也不能跑咱们市啊，这儿离省立精神病院可差不多 200 公里呢。”

“是啊，跑得真够远的，要不怎么叫精神病啊？”

两位巡警有一搭没一搭地扯着，虽有诧异，可并没有放在心上。广播里的用词是“注意”“上报”，以他们的职业直觉判断，属于情况较轻的那类。每天各类盗抢骗奸事件早让他们忙得焦头烂额了，只要不是有武器、有炸药的精神病作案，那就可以大松一口气。

车缓缓驶过，街边的冬青丛后，依次露出来三个脑袋，然后，都站起来了，换上了地摊货，标准的市井行头：大褂子、大裤衩加大拖鞋。三人步行了数公里，准备开始实施下一步计划：抢劫！

也许是因为彼此都觉得对方没有威胁，反而放得开了。卢疯子吹嘘自己曾经的战绩，被警察审过七天七夜，一句没松口。小木明白了，偏执型精神病就打这儿来的。秃蛋呢，连名字都没告诉他俩，他既看不上小木，也反感卢疯子，要不是心里挂念着卢疯子答应的钱，估计这货早打单帮去了。对他来说，出来就是海阔天空，带着两人反而是累赘。

说着话就到一处路面上了，城边，一个小区的入口，秃蛋一回头，低声告诉两人："等着，记得来时看到过的火车站钟楼吗？要是一会儿走散了，就到那儿集合。"

卢疯子点点头，小木还没明白，卢疯子拉着他轻声教育着："别添乱了，注意观看，学学什么才是真正的抢劫。"

"哇，这地方都行？"小木瞠目了，大夏天的，小区门口进进出出多少人呢，这也太危险了。卢疯子却道："艺高人胆大。"

说着，秃蛋开始行动了。一辆刚泊定的现代车，车主刚下车，腋下夹着手包。门还没关，秃蛋一个箭步冲过去，伸手抽走了包。那人惊惧回头，不料正迎上了秃蛋钵大的拳头，一拳中脸，然后往车上一摁，从容地搜身，片刻抢罢，把那人横塞进车里，拔腿就跑。

整个过程不过十几秒钟，干净利索，等有人奇怪地把视线投向那儿时，秃蛋已经跑远了。小木看得目瞪口呆，蓦地明白了卢疯子讲的他将来要是落到警察手里会很麻烦是什么意思。

是啊，这秃货还不知道有多少案底呢！

"走啦，路费有了，伙食费有了。林子，再好好考虑一下我的建议，明天我就会离开这个地方，过上锦衣玉食的生活。真的，可能比你的海归身份更受人尊敬，也更有成就感。"卢疯子笑着蛊惑着小木。

"你一靠打脸吃饭的，信你才有病。"小木厌恶地翻了一眼，丝毫没有兴趣。

接下来就能跳出一筹莫展的境地了，不但路费和伙食费有了，连手机都有了。卢疯子和接应的人通了话，约定了见面的时间和地点，然后顺手就把手机踩碎了。

抢来的包里有钱，秃蛋扔给小木几百块，让他明早自己想办法走。小木巴不得呢，恐怕这是认识秃蛋以来对他唯一的感激之处了。三人用抢来的钱在街头夜市大快朵颐了一番，而后醉眼蒙眬地相携去接应的地方。

很简单，鱼龙混杂的火车站，是最好的栖身之地，车站内外随处可见席地而卧的人，不知道是旅客还是流浪汉。秃蛋找了块檐下干净点的地方，三个人幕天席地，望着满天星斗，不一会儿，秃蛋和卢疯子就入睡了。又累又困的小木此时也没有什么思想了，上下眼皮直打架，他倚着秃蛋壮硕的臂弯，不知不觉就进入了梦乡。

一阵微风吹过，轻轻撩起了几张废报纸，飘飘扬扬的，落到了一个席地而卧的人脸上。那人猛地警觉，惊醒，然后一摸身边，心蓦地跳了下，四下看着环境。

是秃蛋，瞪圆的眼中透着犀利的凶光。卢疯子还躺着打呼噜，林子不见了，他躺过的地方还留着一张废报纸。他起身看看，查看着四周的环境，表情显得犹豫不决，似乎小木的消失让他一时无法应付一般。

咦？还在……他看到小木慢步从候车室走出来时，那颗悬着的心放下了。

他看着，对他而言，这还是个涉世未深的孩子，太嫩了点，看来自己是过于担心了。方要坐下时，又看到小木拿着什么东西塞给了车站门口要饭的老头。这一幕让他觉得可笑，现在他真的相信，这家伙是富二代出身，都穷这样了，还会施舍给别人。

走得再近了点，只见小木提着个塑料袋子，脸洗得白白净净，衣服整整齐齐，哪怕是顺手摸来的地摊货，穿在他身上也显得很有品位。

尽管秃蛋并不懂什么叫品位，反正就是觉得小伙和别人不一样。

小木回来了，坐到了他身边，袋子里居然是买的早餐，三份，还找到了张画报，就地一铺，阴暗的角落瞬间变成野炊的好地方了。秃蛋坐下时，脸上的凶相似乎都被早餐的温度暖化了，嘴里却说着："你傻呀，才多少钱？路上不吃了？还给老乞丐，那家伙不比公务员挣得少。"

"物质上可以是穷人，但精神上必须得是富翁。来，吃吧。"小木邀着他们。

秃蛋踢了踢还睡着的卢疯子，卢疯子却是死活不睁眼，哼唧着还要睡，一翻身又躺下了。

叫不起这货了，两人草草地吃着温热的八宝粥和包子。秃蛋几次看小木，被小木的吃相吸引住了。简陋的餐盒放在腿边，他一勺一勺慢慢品着，吃得点滴不洒，小小的包子他也细细掰开，像是确认可食之后才浅尝一口，那吃相十分优雅，而且让人觉得一点也不娘。

秃蛋都不好意思一口塞俩包子了，他笑着问道："我看你不像个倒霉的孩子啊，怎么好像听卢疯子说，你是被你父亲送进精神病院的？"

“我现在都不知道是怎么回事，我估计……算了，家丑，不好意思说。”小木说着，一下子想到家里藏的那包货，估计那是让父亲下狠心的真正原因，这可真是不好意思说出口。他转移着话题说道：“秃哥，还没谢谢您呢，要不是您，我可回不去。我……我……”

“于心不安？”秃蛋笑着问。

“啊，您抢了人家一部手机，还有好几百块钱，等我回去就把钱给那家伙寄回来，我留下他的身份证了。”小木说道，良心真的难安，哪怕是为了面包而做这些事。

秃蛋笑了，一副悉听尊便的样子。他草草吃完，靠着水泥台阶，手一摸叼着根烟就抽上了。小木提醒着：“秃蛋，抽烟对身体不好，尽量别抽。”

“嘿，我说你还真把自己当……那叫什么来着？”秃蛋纳闷了，这小子摸烧鸡明明手脚挺利索的嘛，怎么一眨眼就成了个正人君子？

“绅士对吗？一个人精神上应该是个绅士，行动上应该是个勇士——生活中嘛，应该是个斗士。”小木说道，“不过这也是理想，其实我做不到。”

“都要靠我抢才有饭吃了，还在这儿谈什么斗士？”秃蛋讽刺道。

“您干的是最低级的犯罪，实在没有什么技术含量。哎，秃哥，我还想跟您说件事呢，要不跟我一起走？回到滨海我给你找个活干，我朋友里混得不错的有的是，司机、保安、店员什么的，都成，挣得不多，但肯定比这有一下没一下的强。”小木道，脸上的真诚，绝对不是做假。

这下秃蛋听得哭笑不得了，他咧着嘴问：“我靠，你是拯救我这个失足青年来了？”

“嗯，我昨晚想了想，突然发现这一趟的收获挺大的，以前就关在那个小圈子里，不知道外面的世界精彩，这一趟倒是看到了很多。不管我爸是出于什么原因做的这些，我倒觉得没以前那么恨他了。以前我总觉得自己是最不幸的人，这一次我看到了，我的不幸和很多人比起来，简直就是为赋新词强说愁。这次回去，我要认认真真地活着，再也不像以前那样，活着的目的就是为了给我爸添堵。”

小木如是说着，有条理地收拾了吃完的杯勺，眼前一掠而过的是精神病院里那些千奇百怪的人，各有各的不幸；是一夜逃亡遇上的那些人，同样挣扎在不幸的边缘。相比以前衣食无忧的生活，这些刺激对他来说触动太大了。

“所以，你就想做点好事，顺便把我拯救一下？”秃蛋笑着问。

“嗯……你还是有救的。”小木说道。

“是吗？”秃蛋笑着问，像逗着小孩玩。

“为了钱去犯罪，是这个人有罪；为了面包犯罪，是这个社会有罪——你是后一种。别笑话我，我真的研究过犯罪。我在国外的那所野鸡大学，虽然都是三流的学生和不入流的老师，但实践机会不缺，十八九岁最逆反的那个年龄，我疯狂地迷恋上了犯罪的艺术。”小木道。

“犯罪？”秃蛋愕然得烟头把手指都烫了，他扔了烟头哭笑不得地问道，“还是艺术？”

“那当然，暴力还是美学呢。你想想，在一个陌生的城市，拿着一支 AK，抢一袋子钱，开着辆豪车，身边还傍着位千娇百媚的佳人，那是多美的画面。知道为什么警匪片在全世界有相当大的市场吗？那是因为每个人心里都有一个突破规则、无视一切、我行我素的梦想。”小木说道，那曾经的梦想是无法实现了，富足的生活根本不给他去干这些事的动机。

不过这想法并没有引起共鸣，秃蛋听完了，恍然大悟道：“老子知道你为什么被送进精神病院了。哈哈，你还想拿着 AK 去抢？会玩枪吗？就是会玩，你也得有啊。”

“秃哥，这就是你老土了。在老美那儿，买枪和买汉堡一样容易。有些中学生书包里就有，想试射比咱们这儿打台球都容易。”小木道。

“你玩过？”秃蛋问。

“当然玩过。我在国外有好几支呢，长 M、鲁格 P85、柯尔特 2000。柯尔特我买的还是大师签名的定制版，后来回国前都送人了。我们当年策划过抢劫美联储，不过没实现，只敢想，没敢干。”小木笑道。

秃蛋看着他，脸上的笑容慢慢消失了，是一种复杂的、疑惑的表情，像是在斟酌这话的真假。小木收起了袋子，笑笑问他：“又以为我发神经病了？不相信跟我回滨海看看，一大堆射击场的照片呢，榴弹炮我都试过。”

“说来说去，你是想勾引我去滨海？”秃蛋问。

“哎，猜对了，你一定不会后悔的。”小木道。

“我怕你后悔啊，老子这么个打砸抢分子，迟早得被警察盯上。”秃蛋道。

“官俸养浑蛋，草莽出好汉。我觉得你骨子里有好汉的基因。”

小木笑笑，那清澈的目光让秃蛋不好意思地躲了躲，他掩饰似的说道：“滚蛋！老子最看不上你这种没担当的小男人。”

“哈哈，不是会打砸抢才是男人啊。”小木笑着，提着垃圾袋，信步走到广场边的垃圾桶边，小心翼翼地扔进去，似乎还有点强迫症，弯下腰，把左近乱扔的纸屑和塑料瓶子捡起来，全部扔进了垃圾桶。

这样子看得秃蛋悻悻然直抹鼻子，眼瞅着天快放亮了，他挪了挪身子，触到了卢疯子。卢教授这一觉本没睡稳，揉着眼睛，迷迷糊糊地问道：“几点了？”

“你以为老子是表啊？”秃蛋恶言恶语地骂着。

教授一下子坐起，左右看看，表情肃穆、眼光凛然。他清清嗓子，开始像诵经一样默念着：“今天，我开始新的生活。今天，我爬出满是失败创伤的老茧。今天，我要从最高最密的藤上摘下智慧的果实，这葡萄藤是好几代前的智者种下的……我要吞下每一粒成功的种子，让新生命在我心里萌芽。我选择的道路充满机遇，也有辛酸与绝望……”

啪！哎哟。

秃蛋一耳光把他打翻在地，揉了团碎纸直接往他嘴里塞，恶狠狠地威胁着：“绝望个屁，也不看什么地方，等着把警察招来？！老实点，再犯病我弄死你。”

卢疯子抱着头，不敢吭声了。小木纳闷地说：“我怎么听着这话这么熟悉？”

“不知道哪本励志书的心灵鸡汤呗，全被这伙传销的搅和成迷魂汤了。这老家伙就这样，每天定时发病，搁他们组织里，这会儿应该是晨练的时候，六点了。”秃蛋道。

话音方落，火车站的大钟敲了六下。小木愕然，不禁莞尔。他把早餐递给卢疯子。卢疯子马上毫无形象地拆开，包子蘸着粥，呼啦啦地往嘴里塞，满脸青肿、浑身污渍，哪还有曾经教授的翩翩风采？

“教授，我走了啊，我一定会想你的。”小木道。卢疯子吃着，含混不清地说道：“要不别走啊，一会儿我朋友来了，把你接到省城。”

小木哈哈一笑，反问着："然后选择一条充满机遇，也有辛酸与绝望的道路？"

"啊，你也读过《羊皮卷》？"卢教授好奇了。

"是你刚才说的，傻×。"秃蛋伸手就给他后脑一巴掌。教授痛不欲生地说着："秃蛋，不要对文化人这么粗俗好不好？你侮辱我，就是有辱斯文。"

"哦，你就是堆屎，再怎么闻也是臭的，还他妈斯文？！"秃蛋顺手又给了卢疯子一巴掌。卢疯子气得跳起来跑到一边吃去了。

面对小木，秃蛋可就真斯文了，他笑了笑，指着卢疯子道："没事，他就是一神经病，和正常人不一样，不会记仇的。"

"嗯，我知道。秃哥，我……"小木告别了，突然觉得莫名地有点不舍，这彪悍威猛的汉子，让他想起了小时候看的书上写的那种燕赵悲怆之士。

"滚吧，再见面就到下辈子了。"秃蛋笑道。

"我还不知道您叫什么呢？"小木问，好客气了。

"你呢？"秃蛋瞥眼问。

"我叫……我更正一下，可能我的潜意识被心理医生施加了影响，脱口就说'我叫林木生，我是厨师'——其实不是。我叫木林深，小时候我五行缺木，我妈找了好几个阴阳先生给我起了这个名，三字四木。"

"我叫张狂，嚣张的张，疯狂的狂。"

"好名字，霸气。"

"你的名字也不错，娘气。"

两人相顾而笑，秃蛋起身相送，大手一揽。方出栖身之地，两个人齐齐怔住了，刚知道名字的张狂此时不狂了，一推小木轻声道："快跑。"

"啊？"小木愣了下，然后再看正拿着快餐杯、一脸衰相的卢鸿博，他身后跟着七八个白衬衫、长西裤、短寸发的男子，眼看着朝他们俩走来了。

"秃蛋，没骗你吧，我朋友来了。这是秃蛋兄弟，据我观察，属于作风硬朗、立场坚定、出身可靠的同志，认识一下。"卢疯子笑着说道。两个带头的齐齐上来，呈 90 度鞠躬向秃蛋行礼，伸着手握手。秃蛋有点不知所措，脱口问道："卢疯子，我的钱呢？"

"跟我回省城，我保证你拿到的不止两万。喏，车在那儿，你觉得我还是骗你吗？”卢疯子一指，来了两辆车，一辆轿车，一辆别克商务，都是大几十万的车。

“那意思是，我要不去，来硬的？”秃蛋不屑道，握紧了大拳头。

“硬的不适合你，得对症下药。”卢鸿博一摆头，豪爽地道，“给他两万。”

有人恭敬地把钱捧到了张狂面前。张狂不客气地接着，手里一拍，一笑道：“好啊，去，现在难得找到这么痛快的东家了。”

“上车。”卢疯子一甩指，张狂一踏步，却看到了没来得及跑的小木。四个人前后左右围着小木，仿佛小木才是重要目标一样。卢疯子笑吟吟地看向小木时，小木抢着说道：“卢教授，我就不去了。洗我的脑洗不了，洗我的钱，我没有。咱们回见啊。”

“对这个来硬的。”卢疯子道，“要么上车走，要么就地扒光，当众凌辱。”

卢疯子一吼，一点不念旧情。众手下听令，张狂刚要拦，卢鸿博却阴笑着回头看他，或许是拿人嘴短的缘故，张狂撇撇嘴咽回去了。

“啊……别扒……

“我 ×，卢疯子你个王八蛋，抢我车票！

“啊……别这样……

“卢疯子，快他妈停手！”

小木被人拽衣服、拉裤衩，瞬间剩下的钱和车票都被摸走了。还有人促狭似的要露他光腚，他情急之下乱爆粗口，不过再怎么样也无济于事，被几个男子嬉笑着，生拉硬拽地到了车里。车门一合，轰的一声发动走了。

接下来卢疯子还真像有点神经病似的，根本不介意秃蛋一路对他施虐，亲亲热热一拉道：“所谓的绅士风度，就是要脸不要命。对付他们得来硬的，走了。”

两人一前一后，秃蛋像心虚一样，跟着这伙来历不明的人上车，呼啸而去。

钟楼顶，大钟的维修人孔后，蜷缩着两个人。在监视镜里只剩下两车的尾号时，一个盯着监视镜口的男子小声汇报着：鱼脱钩，要回窝了，出来八条。

他放开了通话键，沙沙的电流声中很快传回来了命令：放它们回窝，你们马上撤。

然后两人井然有序地收拾着烟头、零食袋、监视器，还捕捉到了八人两车画面。助手随口问着："这个老疯子确实有问题，精神病院都没一个人探视，一在外头连夜就召来这么多人接应。"

"北派传销的教父啊，超级讲师。卢鸿博精神病是只讲课，只替人洗脑，不沾钱，抓了几回都定不了罪，可把咱们害苦了。"

"这病是不是装的啊？装精神病逃避打击，这招不新鲜。"

"不能。没听咱们组长说吗？审他时，他连续讲了十五个小时，全是励志教育，三拨预审都被他整得晕头转向，最后他自己一头栽倒，虚脱了。这真装不出来，昨天精神病医院复查，一帮子精神病患者都在念励志书的内容呢，这货走到哪儿都能祸害一片人，连病人都不放过。"

"这就难办了。"

"难办也得办哪，只有这种大讲师才有可能接触到幕后。这帮传销的组织纪律比咱们还严，都送进去多少线人了，除了赔了经费，就没见一点效果，连大区经理都接触不到。"

两人说着，从人孔下到楼梯上，在出口被乘警拦住了，看样子是同行。那乘警笑着说了，上一班有交代，给两位出任务的同行预备了两份早餐。这两人谢过，拿着早餐且走且吃，奔向停车场，几分钟搞定早餐，匆匆离开……

第十章 × 处处变数

"请进！"

"喂，木老板，您放心，一切安好，过两天我亲自去看看他，一定给你带回来好消息。千万别客气，放心，我一定做到万无一失。"

冯医生随口喊了一声"请进"，让下一位病人进来，自己呢，却捂着听筒在和木庆臣通话，他现在最怕的就是老木的询问，匆匆掩饰而过，一挂电话，心里可是使劲嘘了一声。

哪怕他用最狠的招数对付这个奇葩病人，终究还是出事了，而且是最严重的事：

跑了！

而且跑了一周了，居然一点消息都没有。

这回可真把他吓住了，曾经是同事的白双喜医生据说被警察带走了。他打听到的消息是，一同逃走的还有两个精神病人，到现在下落不明。本来送出千里之外是为了让病人体会一下生活的艰难，不料现在千里相隔，成了他当医生最大的难处了。

他在斟酌是不是得亲自去一趟，几步踱来，猛地醒悟还有病人，随口道："请坐。"

一回头，"坐"字卡在嘴边了。他的面前多了两位警察，正装，一男一女，很严肃的表情，那是准备公事公办了。

"市局的，这是我们的证件。"

女警递了证件，一看是市公安局的大钢印，冯长翔接都没敢接，请坐，亲自倒水，然后战战兢兢地坐下，心里在想着，自己是不是会和白医生一样的下场。

"了解点情况，希望您能配合。"男警严肃地拿出一张照片问，"认识吗？"

"认识，白双喜，我以前在省立精神病专科医院的同事。"冯长翔老老实实地回答道。

"这位呢？"女警也拿着一张，是精神病院监控里提取的木林深的照片。

"认识，木林深，是……"冯医生心一横，阴暗心理作祟了，抢先说道，"这个人是个轻微精神病患者，我判断可能是双重人格，有偏执型认知障碍一类。而且，他有吸毒史的可能，不过尚未确定。他的家属要求我做心理治疗，我推荐了省立精神病专科医院。对了，这里还有他父亲亲笔签署的同意治疗书。"

他侃侃说着，试图择清自己，还拿出了木庆臣的签字书，不过看那两位警察很烦的表情，他知道搪塞不过去了。

"省立精神病专科医院，可是治疗重度精神病患者的医院，千里迢迢把一个轻微患者送那么远？"女警道。

男警笑着补充道："还想办法，用催眠治疗的方式把他变成另外一个人。哦，非要让我告诉你，现在白双喜已经被控制了？"

听到这个，冯医生痛苦地拍着自己的额头，他抬头无奈地说道："两位警察同志，直说吧，后果有多严重？人找到了没有？现在家属问，我也是毫无办法，正准备亲自去一趟。”

“如果准备带你走，就不会是这么客气的询问了。”女警道。

冯长翔一下子看到转机了，紧张地问：“那二位是……”

“把他的情况如实告诉我们，越详细越好。不要问为什么，能告诉你的是，和他同时逃走的两个，都是极具危险性的人。”男警道。

冯长翔错愕了一下，什么也没说，从电脑里找到资料，直接传送到女警的手机上。那两位草草浏览，不时地相视，都是错愕的眼神。

开除履历、转学履历、上野鸡大学的履历，最后定格在几张靶场照片上时，女警问道：“这是什么枪械？”

“SP25 狙击，美国海军陆战队武器，旁边放的那把是柯尔特 2000。”男警解释着。

这是个危险人物啊。两位警察诧异地望向冯长翔医生。冯医生解释道：“这都是他父亲提供的照片。这个倒霉孩子把他爹坑得不轻，前后花了几百万，结果他拿回张野鸡大学文凭来哄他爸。枪械我也不懂，好像听他爸说，很爱好这个。”

“能查到犯罪记录吗？”男警问。

“不好查，要查留学生的境外记录，得通过省厅外事处。”女警道。

这一问，冯医生却摇头道：“不会有什么犯罪记录。”

“你清楚？”女警问。

“我倒不清楚，但我知道他的家庭情况。他父亲木庆臣经营着一家三星级酒店，旅游区边上，年收入几百万总是没问题的，房子有几套，这孩子的每月零花钱都有十万。就这还不够，经常四处借钱，然后把账记到他父亲头上。您说这种情况，有必要犯罪吗？除非犯罪是爱好。”冯医生道。

两位警察听得直皱眉头，不知道是被这个奇葩人物吓住了，还是被他零花钱的数目吓住了。那男警反问：“如果就是爱好呢？”

“不会。我去过他的房间。”冯医生把电脑屏幕反过来，划过几张居室的照片，色泽偏淡，暖色调，房间里有几幅素雅的山水装饰画，阳台上有几处绿郁的盆景，还有一张放大的照片，是一位恬静的女人。

“一个人的爱好，能反映出他的心态、性格。木林深性格是偏温和型的，如果是一个狂躁型或者焦虑型的，不会有这样素雅的环境格调，不会有这样和谐的色彩搭配，也不会一直把去世母亲的照片摆在这样一个随时可以看到的地方，而且打理得很干净。反过来说，既无狂躁也无焦虑，也就没有犯罪的性格成因了。”冯医生说道。

两位警察想了想，交换着眼神，心理判断本来就是很玄的课题，警察一般只信证据，不信心理。

冯医生趁这空子解释道：“不瞒二位，我确实有错。他父亲是想让他改掉好逸恶劳、好吃懒做的坏习惯，我就帮了他一把，给他找了个普通的身份，把他送回了我曾经工作过的精神病医院，通知白医生给他安排点体力活。我是想磨炼他一段时间，看看民间的疾苦，改改他少爷的毛病，对他的性格应该有好处，也能缓解他们父子之间的矛盾。”

女警笑了，不知何因，男的也笑了。两人笑了笑，居然准备起身了。冯长翔立即站了起来，女警道：“你别紧张，你的事随后再说。当务之急是要保证他的安全，配合我们抓到脱逃的那两个危险人物。”

“是……有什么需要配合的？”冯长翔点头道。

“坐在这儿，闭紧嘴巴，当作什么也没发生过，就是最好的配合。所有关于他的东西，我们都要带走。而且，你会被监视居住。他的事要有第三个人知道，后果你懂。有任何情况，务必告诉我，这是我的名片。”男警说道。

“好！好。”冯长翔应着，把有关木林深的全部档案交给两位警察。两人带上，告辞走人，再无赘言。

人一走，冯长翔一身虚汗瘫倒在椅子了，使劲捏着额头想着：“这个祸害究竟捅了多大的娄子啊？！”

从今往后，我须承认，我的生命每天都在接受类似的考验。如果我坚韧不拔、勇往直前、迎接挑战，那么，我一定会成功。

我坚信，沙漠尽头必是绿洲。只要我一息尚存，就要坚持到底，因为我已深知成功的秘诀：坚持不懈，终会成功。

我是自然界最伟大的奇迹。我不可能像动物一样容易满足，我心中燃烧着代代相传的火焰，它激励我超越自己，我要使这团火燃得更旺，向世界宣布我的出类拔萃。我的潜力无穷无尽，脑力、体能稍加开发，就能超过以往的任何成就……从今天开始，我就要开发潜力。

琅琅的书声从一个封闭房间里传出来，房间里，穿着裤衩，膝前放着精装《羊皮卷》的木林深像宗教信徒一样朗诵着。

窗外，青山如画，骄阳似火。

房内，闷热异常，汗出如浆。

他抹过一片汗水，然后恨恨骂着："我 × 他全家的，这是给穷鬼看的。我这样一位玉树临风、家资千万的公子，还需要潜力？努力都不需要。"

他如是想着，不过仍然琅琅读着，对于此中的诀窍他很清楚，就像做礼拜的新教徒，长年累月地诵读，肯定会有净化心灵的效果。

这就是信仰的来源，默颂一千遍，很多人就会相信上帝造人。

就像戈培尔说的，谎言重复一千遍就会变成真理。

大部分宗教的教义都在劝人向善，反讽的是，大部分极端组织，恰恰也是宗教信仰的团体。

就像这本风靡世界的励志书，成为传销组织的教材一样，是个让人哭笑不得的结果。

合上书，他下床进了卫生间，哗哗地冲着冷水澡。北地的燥热让他很难熬，他被卢教授这个疯子带回省城郊区这个不知名的地方已经数日了，大部分时间都关在屋里读《羊皮卷》，偶尔出去，都是数人随行，想溜也难。

这可真是刚出火坑又进狼窝啊，木林深想着。不知道是不是《羊皮卷》激发了他的斗志，他满脑子萦绕的还是如何逃走，而且他觉得自己很兴奋，就像《密室逃脱》的真人版、《夺命狂奔》的现实版一样，不是谁都会有这种体验机会的哦。

"第一点，千万不能激怒劫匪。

"第二点，一定要设法让他们放松警惕。

"第三点，一定要让他们觉得你毫无威胁。"

他在默念着曾经逃生课的知识，这是美国地方移民局专门为富二代开的课。据说是为了防止地方黑恶势力盯上移民群体，不过后来不开了。又据说当地很多黑社会直接给贪官和富豪的子女当马仔去了，根本没有绑架之虞，老美开始头疼这帮习惯破坏规则的人给他们带来的麻烦了。

对，规则。木林深清楚，你必须熟悉一个环境的规则，才能找到这个环境的漏洞，个体对群体，任何个人英雄主义都是扯淡。

洗干净，擦身，在空调下晾了一会儿，快到午饭时间了。

开门声起，两个男子拿着几大包东西进来了，其中一个正是已经升任这个秘密组织打手的秃蛋。他摆摆头，另一个就笑着出去了。关上门时，木林深笑着看秃蛋，秃蛋有点不好意思地躲着他的目光，让他穿上新衣服。

“秃哥，你有什么不好意思的？”木林深故意问。

“少废话，快穿。”秃蛋掩饰地吼了声。

“寄人篱下，连说话都外强中干了，枉我把你当条好汉哪，原来是个蠢蛋。”木林深笑道，把秃蛋激得直咬牙。

拆开衣服包装时，木林深吓了一跳，一套定制的阿玛尼，他拎在手里一掂，居然是真货。再看一个酒红色的手包，居然是 LV，好像是用过的，他一看一摸，感觉也是真货。这就不解了，他问道：“下这么大本钱，要干什么？”

“吃饭。”秃蛋说道。

“吃饭？”小木纳闷了，这帮神经病，你永远不知道他们下一步要做什么。

“对，吃饭。”秃蛋说道，表情很尴尬。

小木“哦”了声，将衣服仔细换上，这一换一下就有看头了，人的帅气、衣服的高档次，一下子衬出了一个玉树临风的小木。他弯脚系鞋带时都惊喜地叫出了声，英伦粗犷牛皮尖头内耳鞋，老派绅士的最爱！他没问，秃蛋这种人恐怕不会懂。

“走吧，吃饭。”小木一拎衣服，衣服像挂在衣架上一样笔挺。秃蛋犹豫了一下，说道：“我怎么看你一点都不担心？”

“谋财早下手了，劫色我早失身了，两样都没发生，我有什么可担心的？”小木笑着问，秃蛋发现这个小伙最大的长处就是乐观。

不管是盲目，还是明智，关了几天他还笑得出来，这一点让他很放心，他小声道：“没事，没什么危险。”

“是吗？我见你说这话有点脸红啊。你还是自保吧。”小木笑吟吟地说道。

那表情已经没有了好不容易建立起来的信任，也是啊，在要走时他选择了袖手旁观，恐怕再回不到以前了。可小木这么轻松的样子实在让他不解，他默默地开门，带着小木出了门。

这是一幢极具土豪风格的别墅。半亩多地，坐南朝北，上层画栋飞梁，院子亭台楼榭，房间里金碧辉煌，不是土豪金就是富贵紫，家具却是欧式的，很像那些试图把自己打造成贵族风范的人，却一不小心露了乡巴佬的马脚。

餐桌上坐定，果真是吃饭，而且只有他一个人吃，服务的却有数人，加上秃蛋、保镖三人，落座在二层。一阵清脆的高跟鞋声响起，一位戴着白色厨帽的美女娉娉婷婷地上来了，身后跟着数位和她装束一样的厨师，各持着锃亮的器皿，最后一位端着一盘剔透的冰块，正冰着两瓶艳色如血的红酒，玻璃瓶身上已经蒙了一层雾气，看样子准备了相当长时间。

生蚝、鹅肝、沙拉、小牛肉……分量不大，却精致美观。环境一般，食物却是地道的西餐。在内陆的地方，能吃到这样的饕餮大餐，对小木来说是相当意外的，这几天的盒饭都快让他啃出恐惧症了。

他一展餐布，潇洒而坐，微笑着向几位厨师致意。嘭的一声红酒开时，他端着酒杯，嗅着酒味芬芳，然后像不中意一样。那位美女厨师又给他换了一杯，再一次重复上一个动作，然后他微笑着，向美女厨师微微致意，一切都在眼神的交流中了。

小木心里在想，除了这位女人，其他都是厨师，而且是专业的那种。从手指上看，她染着漂亮的美甲，女厨绝对不会是这种打扮。

这顿饭好像是个考验？！小木细嚼慢咽着，如是想道。

就吃个饭，至于这么装吗？秃蛋翻着白眼看着小木，那表情实在让他蛋疼……

就吃个饭吗？这可是一万多一桌的定制餐，还不带厨师的服务费。

楼下，为此次餐饮买单的何玉贵老板看着监控里传来的楼上场景，有点肉疼，连衣服带一顿饭，添进去好几万，还非得用正牌货。这么多钱他倒出得起，但他觉得自己出得很冤枉。

他瞅了旁边饶有兴致看着的卢鸿博一眼，又觉得这疯子的行径，真是不可全信，毕竟卢教授有精神病，这是业内都知道的，偏偏这个精神病，比所有的教授都有蛊惑力，你不服不行啊。

“卢教授啊，这……这行吗？”何玉贵小心翼翼地问。

“你觉得呢？”卢鸿博回头，脸上的伤已经好了很多，衣服换了，头发染了，又恢复了睿智中年男的气质。

“样子倒是没问题，投资有点大啊。”何玉贵老板摩挲着发胖的脸，习惯地开始计算投入产出了。

“不是没问题，而是无可挑剔，看他刀叉的握势，看他咀嚼的表情，看他用餐巾的姿势，太完美了，这才是真正用钱砸出来的富贵子弟。你找的那些，别说动作，一个眼神就会露馅。”卢教授道。

“那也没什么吧？餐巾用法还有区别吗？擦个嘴都讲究？”何玉贵不相信了。

“你那一把擦嘴，那是用抹布擦马桶。正确和礼貌的用法是：不要拿餐巾去用力擦脸的下部，要轻轻地蘸擦。不要抖开餐巾再去折叠，餐巾应放在大腿上。用餐结束时要将餐巾从中间拿起，轻轻地放在餐桌上盘子的左侧。”卢鸿博道，此时恰恰看到所食不多的小木结束了。“这是一个很有节制的人。”卢疯子颇为赞赏地说着，“不要拿你找的那些人和他比，这种已经形成下意识的礼仪，不是一天两天就能学会的。”

“这些我不懂，培训他可还没参加，不能看几天《羊皮卷》就放出去当导师吧？”何玉贵说道，提到真正的问题了。

知识，这一行的知识非常重要。

这似乎更没问题了，卢鸿博起身笑道：“跟我验证一下，我让你看看什么是疯狂天才。天才不用学，一看就会。”

他笑吟吟地出来了，何玉贵快步跟着。这时候小木已经被带到厅里了，卢鸿博像什么也没有发生一样，上前客气地握手，问着：“林导师，刚才正餐还合口味？”

“不错，有点意思，不过没必要放一瓶假酒吧？”小木问。

“瞧瞧，正宗勃艮第的味道，可不是谁都能分辨得出的。”卢教授赞赏道。他笑眯眯地看小木的眼神，怎么看都像是不怀好意，小木也笑眯眯地看着他，最终还是没疯的把疯子看得按捺不住了，问：“你一点都不好奇接下来会发生什么？”

“为什么好奇？没有人能猜到一个精神病人的思维。”小木说道，不露骨地骂了卢疯子一句。可卢疯子对这个称号并不反感，他笑道：“那我说出来，你一定会惊讶的。”

“不会，你要找一个创富理论的现实版，以激励那些还在苦读《羊皮卷》期待发家致富的人。好像我应该就是了，可以走了，骗人应该是很有成就感的，我都迫不及待地想试试了。”小木一展臂，直接猜出谜底来。

何玉贵大惊失色，一竖大拇指，又做出一个请的手势：“请。”

这货的江湖味道甚浓，小木拱手相谢，倒像相交数年的老友一般默契。

“哦，为什么我自己会觉得好没成就感？”卢鸿博失落地说道。

小木回头一笑，提醒着：“你开场就叫我林导师，我还不知道是干什么？！”

这一提醒把秃蛋也逗得笑喷了。何老板愕然一下，旋即也笑了。他瞧着这个卢疯子捡回来的“林导师”，这派头，简直就像传销行里打滚数年的老油子，一点也不怯场。他开始相信，又一个更疯狂的天才诞生了……

第十一章 × 心惊人怵

这两辆车小木认识，就是把他从汉中市带回来的，可住了近一周的这个地方他并不熟悉，此时才看到全貌，几眼扫过，不经意中，他的目光被一个女人吸引住了。

就是那个刚才斟酒的美女，正如他所料，根本不是厨师，两车未动，就是等她出来。那飘飘的长裙，像这个夏日里一股清凉的风，吹拂过观者的心田，深黛色的裙子绣的是某种民族图案，配的是亮银的外饰，与她雪白的冰肌形成了鲜明对比。

她款款地上车，坐在了前车里，车门关闭的一刹那，小木看到了一只精巧、造型优美的高跟鞋，一下子没有分辨出是哪个品牌。让他感觉很可惜的是，这样一位哪怕领到一线城市峰会上也不丢份的女人，怎么会自甘堕落，混迹在传销的圈子里？

车启动了，小木明显地听到了几声嘘声，那是一干打手被撩起心底的欲望，又重重跌回现实的声响。

“很高大上。”坐在后排的小木显然是最清醒的，他如是道。

前排两个打手回头看向他，一个蒜头鼻子，一个豁嘴牙子，加上开车的张狂那锃亮的脑袋瓜子，这哥儿仨成绝配了。两人似乎不想让小木提及这位美艳女人一样瞪了一眼，大头大脑袋的骂道：“这是你能想的人吗？穿了身西服就把自己当老板了？”

“啥高大上，高大上是形容女人的吗？”豁嘴说话漏风，斥了小木一句。

小木笑着，很文雅地解释着：“高大上的意思应该这样解析：个高、胸大、能上！”

车蓦地一个趔趄，秃蛋油门没踩稳。两位打手一哧，纪律再好也没憋住，仰头哈哈淫笑，这个解释，看来很中兄弟们下怀啊。

“我说秃蛋，你从哪儿捡了这么个货，真他妈有意思啊。”豁嘴笑着问。蒜头鼻一笑鼻头就颤，也附和着：“说得不错，兄弟，不过别对着何老板说啊，小心他给你上家法。”

人都没认全，都当成一家人了，而且这家子口风甚紧，问美女叫什么，豁嘴告诉小木一个蛋疼的名字：梦露。

不用说，看来传销工作者多使用艺名隐藏身份的传言是真的，小木未敢深问。

那两位的兴致起来了，偏偏这时候，秃蛋张狂开始守纪律了，提醒几位少扯嘴皮子，叫的也是绰号，大头大脑袋的，就叫大头；豁嘴兔唇的，就叫大嘴。

前车，何玉贵老板亲自驾着车，后座美女似乎果真叫“梦露”，何老板直呼露露，开口征询的就是她对这个人的意见。

一句话，梦露赞叹着：“完美，太完美了，简直无可挑剔。卢教授，你从哪儿找了这么个人？我从没见过嗅一嗅就能分辨出真假酒的高手呢。”

卢鸿博回看了一眼，笑道：“说了你也不信，精神病院遇到的，这种人才，我绑也得把他绑回来。”

“哦？”梦露美女诧异了，一愣，秀眉蹙眼更添几分风姿。卢疯子被这风姿吸引了，情不自禁地伸出指头要去挑逗。美女吧唧打掉了，斥道：“信不信我让何老板动家法啊？”

“卢疯子，我说你能不能别这么正常，还是疯点儿我能接受。”何玉贵不爽道，这位卢教授一疯了就干正经事，可是一旦正常了，就要干胡事了。十八岁到八十岁的，只要是女人，他就不介意调戏一下。

两人一提醒，卢疯子讪笑了笑，收回手，有点混乱似的问道："你刚才问什么？"

"我问，真是精神病院出来的？"梦露问。

"那能有错？！我、林子、秃蛋，缜密策划、猝然下手，演了一出现实版的《飞越疯人院》。你们是不知道有多刺激，我左冲右杀，连续冲过了十几个人的阻拦才成功跳到车上。"卢疯子形象地描述着飞越疯人院的经过。

"打住……露露，你问什么来着？你直接问他，不知道他说不清楚啊？！"何老板提醒着，梦露问道："我是奇怪，这样的人怎么可能出现在精神病医院？何玉贵，你查了吗？"

"查了，没错。林木生，有这个人，没什么案底，好像是个大师傅。"何玉贵道。

要是个厨师，梦露似乎就容易接受多了，那衣着、那姿态、那帅气，实在让她叹为观止，真不相信这样的人居然会在精神病医院。卢疯子看出了她的担心，说道："我干这行二十年，相过的人哪个错过？我判断这就是个骗吃混喝的主儿。你们都瞧见了，一身新衣服上身，嘚瑟得就跟什么似的。这号好吃懒做的年轻人现在太多了，这小子有点妄想症，老觉得自己有个亿万家产的老爸，在精神病医院，张嘴就行贿医生。我告诉你，什么礼仪、怎么说话都不用你们教。"

"可授课呢？没有三五年工夫，你让他上场行吗？别搞砸了。"梦露犹豫地说道。何老板也说了，这不，今天带他去见见世面、过过场面，要真像卢疯子说的那自然好，如果怯场，那就得另做打算了。

"何胖子，你他妈别不相信我，搁十年前你还在工地偷钢管呢，不是我眼光过人，你能有今天？"卢疯子一听两人不信他，有点怒了。

他好像怒得很有中气，何老板赶紧说道："那是、那是……我们这碗饭，还不全靠几位大讲师的嘴皮子？您放心，一切按您的安排来。"

"稳妥为上，我倒想看看，一个行外人，怎么就能达到咱们大讲师的水平。"梦露说道，明显还有点怀疑。

“就准备好迎接惊喜吧。练三五年出来的，那能叫天才？”

卢教授粲然一笑，回头给梦露送了个暧昧的眼神，那贱贱一笑中的风情，直接被美女一个夸张的姿势给挡回去了。何老板瞧见了，一笑置之……

出渭城、过平陵、通店张、进礼泉县境内，一路上，木林深注意着路标指示，可惜的是，他这位“海龟”真是连留级生都不如，愣是没搞清自己在什么地方。沿途货车居多，山势险峻，道路蜿蜒，偶尔所见几处稀少的滩涂、粗粝的砂石、陡峭的土崖给他留下深刻的印象。这和他熟悉的雨碎江南、千里烟波，完全不是一个概念。

目的地——礼泉县，行程百余公里，用时一小时四十分。驶入县城，在一处标着文化宣传中心的楼前泊下，下车进场后却又是一个场景。

何玉贵没有动，张狂也被留在车上。卢疯子带着梦露加上两个打手，簇拥着小木往场里进。卢疯子边走边安排两个打手，进场看着就成，不许说话，屁也不许放一个，敢破坏规则，直接摁住揍！

来接的一男一女状极恭谨，鞠躬先到 90 度，握手不过两下不抬头，那规格像迎接钦差，诚惶诚恐的，而且对卢教授、杨梦露讲师的溢美之词不绝于耳，又是翘首企盼、又是日思夜想、又是聆听教诲的，能把你全身听出鸡皮疙瘩来。

对，权威，传销无形中要制造上一级的权威，这是维持组织严密的必由之路。

聚会的地方在顶层，至此方知是周日，租下了一间空会议室。饶是小木心理准备充分，在进门时还是被吓了一跳，黑压压的上百人，齐刷刷地一鞠躬，齐声喊着：卢教授好，杨讲师好。

亲切握手，潇洒迈步，掌声相伴。卢教授像一位布道者检阅他的信徒一样，在人群的方阵里随意走着，那种自信，那种微笑，感染着每一个人。他一边做着这些，一边带着磁性的声音响起：“我必须承认，我的生命每天都在接受类似的考验。总是被你们坚韧不拔的意志、勇往直前的斗志和迎接挑战的精神感动，这一点昭示了一个真理，那就是：没有人能阻挡我们的成功。”

目光随着他的身影在动，他缓缓地，带着深沉的声音说道：

“可以说，我比你们在座的每一个人都成功，可以随便坐带着全景天窗的豪车，可以品尝五湖四海的美味佳肴，可以住我喜欢的房子，也可以给我的父母、我的儿女、我的爱人最好的生活。我知道，你们眼中、你们心里都有一颗仇富的种子，但我要告诉你们的是，你们的仇视丝毫改变不了富人的生活，你们在他们的眼中就像草芥、泥土一样不值一提。”

这是要把听众的心理打到低谷，制造落差……木林深想着，从心理学的角度上讲，一个由高到低的落差会让人很沮丧，这似乎对说教不利啊，而且怎么看也不像在蛊惑人啊，倒是像对人当头一棒似的。

忽然，卢鸿博像在寻找目标一样，突然在一个年龄较大的人身边停下，侧头问他：“我想，你应该有过打工经历吧，而且干的还是最重的活——装卸？”

那个中年男愕然点头，惊恐地颤声道：“是！”

“我很清楚，你是怎么过的，一身泥，一身汗，勉强吃饱饭；给不了妻儿更多，别提报答父母的养育之恩。我想，很多时候你都有这种感觉，想哭都哭不出来，因为你身上沉重的负担远远大于你的能力，哪怕拼了命想努力，得到的也只有蔑视、侮辱，没有人把你当人看。”卢鸿博道。

那个中年男瞬间表情凄苦，他深深低着头，还抹了抹眼睛。

“你，”卢鸿博又点到一位，女人，二十七八岁，面容姣好，那女人一愣，卢教授已经说道，“当过文员，在那种枯燥的环境里出卖自己的劳动。看得出你是一个感情丰富的人，但是，我为什么觉得，你付出的感情没有得到相应的回报？”

那女人不自觉地抽了下鼻子，卢教授轻轻地拍了拍她的肩膀安慰道：“所有的感情都要建立在一定的经济基础上，贫贱夫妻百事哀，从古到今都没有变过。那个男人放弃你，是他一生最大的错误。”

那女人一抽泣，瞬间又挺直了腰。

这一刻，木林深突然明白了，这个卢疯子玩的是眼光，凭着细枝末节判定一个人的身份，再对症下药，极力贬低他们曾经的身份。

这是心理战，也是全场惊愕到无以复加的原因，因为没有人能一眼就点出陌生人的过去。

“做小买卖的，对吗，没少被城管追打吧？”

“你应该是刚大学毕业吧？处处碰壁的滋味不好受吧？”

“你来自污染最重的邻省，下坑挖过煤吧？腰都佝了。”

他一一点过，丝毫不留情面，总是把每个人、每个职业的苦楚无限放大，再点出他们最痛苦、最无助的感觉，共鸣随之产生，很多人开始用不友好的眼光看他。

该转折了，小木心里默数着，十个人差不多了，镇住全场了。

卢疯子突然很亢奋地说道：“不要用仇恨的眼光看着我，我知道得这么清楚，是因为我体验过比你们更重的痛苦，囊中羞涩、遭人冷眼、处处碰壁，甚至被殴打，被侮辱，被像牲口一样赶着去干活，就为了养家糊口。我要告诉你们的是，这些痛苦只能压垮那些懦夫和胆小鬼，在一个勇敢者的心中，痛苦是他最大的动力，也必将会成为他的财富！

“不要觉得自己毫无价值。桑叶在天才的手中会变成丝绸，泥土在天才的手中会变成堡垒，树木在天才的手中会变成殿堂……这些不值一提的东西，经过人手的创造，会成百上千地提高自身的价值，那么，我们为什么不能使自己身价百倍呢？

“告诉我，在我沮丧时，我该怎么做？”

卢教授说到高潮了，这一声动情的声音引动了全场情绪，百人团队齐齐呼喊：“我引吭高歌。”

“悲伤时，我开怀大笑。”

“病痛时，我加倍工作。”

“恐惧时，我勇往直前。”

“穷困潦倒时，我想象未来的富有。”

“……”

木林深猛地醒悟，这是已经重复上千遍的《羊皮卷》，卢鸿博仅仅是触发了信徒已经深信不疑的励志警句，这样同频、同声、同心协力一出来，没有谁还能有自己的思考空间。

“疯了，疯了……”这群情激动的、这声情并茂的、这整齐划一的，让小木想起了精神病院那一群疯子发作的状态，而此时更甚，有超过百人的疯子就那么站得直挺挺的，像宣誓一样庄严肃穆。

对了，一直站着也是一个技巧，长时间保持一个姿势，身体上的不适会分散你的注意力，进而影响你的思维集中，这时候，是最容易被洗脑、产生从众效应的时机。

掌握这个时机后，第二位讲师就顺理成章地出场了。杨梦露重复了一遍倍增效应，用复杂的公式无懈可击地证明了三千八百块在六个月之内挣足十一万的可能性。有了卢教授利眼如刀的铺垫，这一切都显得自然而然，因为不名一文而奋斗，因为奋斗而吃苦、受累，最终选择正确，花三千八百块，通过自身努力，可以赚到人生的第一桶金。

对了，这是申购会。卢教授第一个申购，申购最大限额十份，当场交钱，收钱的大区经理动情地向卢教授几鞠躬。漂亮的杨讲师申购五份，当场交钱，她用女性最热切的眼光看向卢教授，激动到脸色潮红地告诉大家："我相信卢教授，我相信我们的事业一定会成功。十年前我还不如在场的各位，是一个普通的糕点师，是卢教授带我走上了成功之路。我一辈子感谢他，而且会一辈子支持我们的诗美直销事业……"

有时候在特殊场合，女人的杀伤力更大一点，特别是成熟、知性、富有、风姿绰约的女人，对于那些荷尔蒙分泌旺盛的男人几乎是致命的。一曲《我可以抱你吗》轻哼而过，那些迫不及待申购的成员会受宠若惊地被杨梦露讲师深情拥抱，可能有些根本没有被美女青睐过，已经激动得流泪了。

"厉害，这是一对雌雄双骗啊。"

小木暗暗下了一个定义，他瞠目结舌地看到了一个讲座的收获。有七八十人申购了这个叫什么诗美的产品，有的人还不止申购一份，现金、刷卡均可，那个大区经理收钱都收到手忙脚乱了。更离谱的是，有几个没钱的，咬破指头写下带血的保证书，十天里至少完成五份，完不成他要自罚当街裸奔。

有勇气就有收获，这位渣男也得到杨梦露美女讲师的一个拥抱。他激动到跳上台发言了，不过了无新意，只是把刚才《羊皮卷》的话又慷慨激昂地重复了一遍。

满场洋溢着一种病态的、疯狂的气氛，一直延续到申购结束。那些人像送神明一样，鞠躬，等着神明上车，然后行注目礼，直到车影消失。

下一站是另一个县城，听打手讲，那儿的几个 B 级经理快招到 500 人了，不过不是诗美，好像叫大陆阳光什么的。

一旁听着的小木已然是心惊胆战，他还是小觑那个卢疯子了，如果是这样的局面的话，卢疯子就是不同传销组织的总讲师了。因为这个发现，他对自己随之而来的处境开始担忧了……

第十二章 × 逼上绝路

千里之外，滨海。

市公安局信息处理中心，临近下班的时间，综合值班台的自动接收传真机嘀嘀响着，一份带着外事处协查回执的传真件，慢慢地喷吐而出。

接机员按部就班地处理，拿着传真匆匆奔向信息中心主任的办公室。省厅外事处的回执，多是涉及跨国案件的信息，有专门的处理渠道。主任看到的却是一个留学生的履历，他随即签发：交402专案组处理。

在滨海这个庞大的城市，各警种每年组织的各类专案组有多少谁也说不清楚，但在信息中心的备案都可以查到。接机员发出信息，没多久，他意外地看到了一位没来过的帅哥拿传真件了。

他签的名字是：郭伟。接机员随口问同事关毅青，那个帅哥随口说着，当然认识，在同一个专案组。说到此处，他扫了一眼传真件，忽然拿上传真件匆匆跑了。

奇怪，一个普通留学生的履历而已，至于这么惊讶吗？滨海哪年不得有几十万这样的人？

这位奔走的郭伟，就是心理医生冯长翔见过的那位。他收到的是省厅的协查通知，按照线索往下查，没想到查到了一个富二代被亲爹整治的故事。他是按要求查境外记录的，没料到，查出了让他惊讶的东西。

“毅青……毅青……”

“郭伟，你怎么来了？”

“报个装备表，正好接到组里通知让拿份传真，就是咱们俩一起去查的那个木林深的。”

“这家伙不会在国外有案底吧？”

“比案底还让你惊讶。”

“上车。”

门口碰到了关毅青，这位市局信息中心的警花，这段时间正借调到402专案组挂职。严格说起来，陕省的案子和402专案组是横向联系的，她拿到了郭伟手里的传真，坐在驾驶的位置上，扫了一眼，一下子被吸引住了。

“有意思吧？”郭伟笑着问。

“我明白了，木林深给他爸拿回来的林肯大学野鸡文凭，是故意气他爸的，其实他在美国，是在俄克拉荷马州的塔尔萨大学攻读心理学。”关毅青恍然大悟，能查到的这种履历假不了，那种野鸡大学的文凭估计是花了钱，人根本没去。但是问题依然存在。她问道：“没毕业？这坑爹孩子，怎么学什么都学半截，原因呢？”

“这个查不到，唯一能查到的是，去年年底回国，签证还没有到期。”郭伟道。

关毅青拿着几页传真件，纳闷了，富人世界她无法看懂，不过过得这么任性，实在让人不能理解啊。她问道：“那你激动什么？这半截文凭，和野鸡大学的有什么差别？他还学过艺术呢，不也半途荒废了？”

“看这个签名。”郭伟指着说道。

“Todd Lamb？兰博，像《第一滴血》里的那个名字。”

“什么呀，Todd Lamb教授，任过全美律师协会理事，司法与犯罪心理学研究的权威。我在警官大学的时候，导师给我列出的书单里，就有他的专著，叫《变态动机》。”

关毅青愣了下，咬了下嘴唇，像是讥讽地说道：“你一学经侦的，看《变态动机》干什么？”

“那也是属于社会心理学的一种啊，别看我，你看他的专业。”郭伟道。

“你考我啊？我的英语早还给大学老师了。”关毅青指着一堆英文简历，笑道。

“Abnormal Psychology……译出来是：变态心理学，他是该专业成立二十一年唯一来的华裔学生。看第二页，变态心理学一项专业评分是优。”郭伟不可思议道。

“还有学变态的？我以为只有搞刑侦的那些人才学这个。这是干什么的？”关毅青问道。

“主要是研究人的心理与行为的异常，包括认知活动、情感活动、动机和意志行为活动、智力和人格特征等方面的异常表现。你指的刑事侦查是其中的一个领域，更多地应用在精神类疾病治疗——你不知道吧，FBI 的入学测试，就有一项变态心理测试。一个深谙变态心理的考官，可以从你的经历、行为、表现、语言等方面，测试出你有没有任何与职业、道德、法律相悖的心理倾向。”郭伟侃侃而谈。

“得得，你说我也不懂，给他们传过去吧。哎，对了郭伟，邻省那边怎么对这个木林深这么上心？”关毅青好奇地问，拧着车钥匙打着了火准备走。

“跟他一起脱逃的另外一个是打击传销名单上的人——卢鸿博，所以我判断啊，他们省应该是准备物色一个线人。这份传真一过去，恐怕他就是最好的选择了。”郭伟说道。他山之石可以攻玉，这个半拉子心理学未毕业的，肯定是最好的一块顽石。

“这个富二代要倒霉了啊。”关毅青笑了笑。

车驶出了公安局大院，两人去往设在经侦局的专案组。这条刚刚收到的线索，在半小时后，传到了邻省公安的一部终端上……

此时的小木无从知道，他被另一个组织也盯上了，除了他不知道的身后，还有眼前的这些人。

礼泉一行结束，直奔南位镇。南位结束直奔西吴，当夜在户县入住。第二天又马不停蹄地奔向秦渡、云扬。看着天色接近黄昏，今天恐怕要住在三原县。

从选址上讲，小木不得不佩服这个传销策划的心思。基层组织全部建立在县、镇一级，小组织十人八人，大组织二三十人，从地图上看，俨然一副农村包围城市的态势。看来组织者深谙基层组织的发展原则，全部选择在警力薄弱、管理松懈的地带。

从组织上讲，小木更钦佩这些人的手段。来自五湖四海的人聚成一个所谓的“大家庭”，再磨合成一家，而且男女不相犯，真不容易做到。他随同卢教授在户县访问过一个大型组织，那管理是相当好，牙刷、脸盆整齐划一，床铺军事化管理，租住的一幢三层楼干干净净，处处贴着标语。那些脸上洋溢着幸福表情的成员，真不像被骗进来的。

睡的条件不好？不会，墙上标语写着：今天睡地板，明天当老板。

吃的不好？也不会。他们会挺着胸脯说：怕苦怕累，一辈受罪。不怕苦累，非富即贵。

生活枯燥？更不会，他们会轮流出来讲个笑话，或者来段唱歌、朗诵什么的，那绝对是一个温暖集体的氛围。

相比于传说中的“魔窟”，你参观过后绝对会感到颠覆。不过小木清楚，这种情况可能比魔窟更严重，因为一个人被动地做出错误行为和主动做出不是一个概念，而这些人根本不存在半点被动的迹象。

路程走了一半他才得知原委，这些都是已经洗脑完成的，就等着最后刺激一下子，完成申购而已。注意，申购是完全自愿的，这里没有偷，没有抢，都是心甘情愿掏钱申购的。

没钱？

那不是问题，带头的小经理会告诉你如何朝家里要钱。刚毕业的学生，就说找到工作了，要安家。生意人，就说找到生意了，要点周转资金。实在不行，就说自己大病一场，住在医院——反正总有办法教你，从父母家人和亲戚朋友那儿借出来。

怕上当？

瞧你土包子的，三两千不够民工一个月工资，吃啥亏，上啥当？你在这儿住多少天了？大家都是AA，管理这么规范，要骗你早骗你了。这都不是我收钱，只有公司的大经理才能收钱，每月都给不同级别的经理发工资，能在乎你那点小钱？

怕发展不了下线挣不着钱？

那更没关系了，同学、同事、同乡、同龄、同堂，“五大同”里总有你找的人。你刚起步，当然从熟悉的人里找帮手啊，亲帮亲、友帮友的，不找他们找谁？你算算，找够三个人加入，他们再随便发展几个人，你可就回本盈利了，咱们公司可有六个月就赚到月薪十一万多的。

这些东西真的不神秘，不过要辅之以不断的心理暗示以及目标性很强的活动，那就可怕了。

小木有幸参看了何玉贵老板给他的内部教材，标准的七天洗脑法。从入行第一天消除恐惧感开始，慢慢让你找到平衡，给你解释不犯法，再让你感觉到新鲜感和归宿感，当你不反对融入这个组织时，那就是你沦陷的开始了。

就像温水煮青蛙，循序渐进、环环相扣地进行诱导。你恐惧，就让你感到家庭般的温暖；你不平衡，就让你看到比你更优秀的人加入；你抗拒，就让你体会到集体对个人的威胁，他们利用人性趋利避害以及希望致富的心态，用封闭的环境，顺理成章地制造着一个又一个传销疯子。

小木欠了欠身，把何玉贵的平板关掉了，这是他学过的心理学里最简单的一个实例，曾经研究过风靡全国的变种直销，可远没有亲历感触那么深。那些稚嫩的、苦楚的、茫然的脸，都被工业化地变成了病态的、兴奋的疯狂。

不得不说，它集合了心理学、行为学、经济学、励志学等学说的理论，再辅之以江湖骗子的狡黠，成功地制造出了这样一个怪胎。

他倒不担心怪胎，担心的是，他现在正处在怪胎腹中。抬头时，大嘴、大头两位兄弟正看着他，大嘴的豁嘴在咝咝漏气，大头眼里一直闪着防范，生怕他把平板据为己有一样。小木一关，他就开口问了："看完了？"

"看完了。"小木道。

大头警惕地把平板收回来，说道："看得挺快啊，注意啊，内部资料，请勿外传。"

这时候，大嘴直勾勾地盯着他，征询似的问道："很难吧？你看懂了多少？"

小木一惊，知道自己的表现会被如实汇报。他换成一副凛然、肃穆、崇拜的表情说道："博大精深啊，想法出奇、设计合理、方式精妙，而且在实践中卓有成效，就连庞氏骗局都不能望其项背。这应该拿到全球推广，简直是21世纪心理学最伟大的实践。"

"等等，说太快了，我没听懂。"大头拦着，这说的让自己怎么汇报？

豁嘴提醒着："告诉你啊，什么庞氏骗局，这不是骗局？庞氏是谁呀？"

小木一愣，然后严肃地说道："庞太师啊，没看过杨家将，庞太师骗了杨家将。"

"哦，那是奸臣，不能和咱们何老板比。"大头道。

"那是，何老板比庞氏强多了。"小木严肃道。

开车的秃蛋一直咬着嘴唇在笑，听着小木逗这两个夯货。车行渐慢，他警惕地道了声："别说了，老板下来了。"

两车停在路边，黄昏已近，已经进了户县的县境。前车三人下车伸展下腰肢，何老板招着手，两人颠儿颠儿地跑了下去，附耳汇报。何老板听得皱眉了，秃蛋估计那两货汇报得也掺杂不清，抓住这个时机说道：“林子，他们肯定让你去和成员接触，估计是想培训讲师。”

“挺有挑战的职业啊。”小木笑道。

秃蛋表情复杂地回头看了眼，小木的表情不像作假，这似乎让他放心了，不置可否地道了句：“你不反感那就好。”

小木也觉得这个秃蛋不像他外表这么蠢，可这种时候要对他产生好感和依赖感已经很难了。过了片刻，两位手下叫小木下车，何老板、杨梦露、卢疯子三位成品字形，等着检验一路学习的小木。

“需要我汇报学习成果？”小木道。

“好啊，我真想听听。”杨梦露笑道，露出整齐的贝齿，伸手抚向小木，像大姐姐一样怜爱。小木一躬身，握着她的手，轻轻在手背上一吻。卢疯子一下子气疯了，吹胡子瞪眼骂道：“我靠，这样都行？”

杨梦露笑了，毫不在意，而且似乎很喜爱小木这个吻手礼。何玉贵按捺不住了，催着小木道：“哎，我可没那时间费工夫啊，马上就到户县了，你要撑不下场来，那我们这损失可得找你要了。”

“对，甭指望杨讲师这样的美女陪你，得秃蛋那号对你进行强制性凌辱。”卢教授恶狠狠地说道，看样子似乎也倾慕杨梦露。杨梦露亲和地抚着小木的肩膀道：“别害怕，告诉我，你有什么体会？”

“这能有什么体会，就是个骗局嘛。你骗我，我骗他，他再骗另一个他。其实大家心里都清楚自己被骗，但出于一种逆向、阴暗的心态，就再去骗别人，谁也不会觉得自己智商比别人低，都觉得多骗几个钱就回来，说不定还能挣点，于是就成了这么一个层层骗局。”小木道。

何玉贵一瞪眼，一愣，气坏了。杨梦露惊讶了，确实聪明，可还是年纪太小自作聪明了，这种事怎么能说实话呢？

卢疯子哈哈一笑，重重一拍小木道：“一语中的，不过今天你要当不好这个骗子，何玉贵，家法怎么伺候？”

“扒光，抽一百皮带，三天不准吃饭。”何老板正色威胁道。小木惊得拉着杨梦露的手，像吓坏了一样躲到她身后。杨梦露笑着说道：“何玉贵，别吓坏人家。林子，听我说，好好表现，现在大讲师奇缺，很难找到你这样的了。”

“这没多难，就是把你们讲的重复一遍，然后杨美女当个托儿，一切就OK了！”小木挽着杨梦露的胳膊，像是迫不及待要和美女粉墨登场一样。

何老板奸笑了，卢疯子坏笑了，他问道：“我记得你曾经说过，任何事情都不能保证百分之百的成功率，其实这个骗局也有失利的时候。就说你刚才看过的讲义，优品、中品、差品、劣品，还记得吗？”

五大同是拉人的分类，而四大品是给被拉来的定位。优品是可能发展成为骨干的成员，中品是能拉来人头创利的，差品是实在穷几乎无利可图的，至于劣品就是有这样那样的问题，无法洗脑的了。小木点点头道：“记得，你们俩做的申购成功率挺高的。”

“那都是优中品，已经在小团体被同化的，申购率高，你还不知道是怎么回事？！”何老板道。

小木笑了，没点破：“那也挺高的。”

“当然高了，都是优中品，不过让你见的呢，都是……”卢疯子笑了，何老板补充着：“都是劣品。”

小木一愣，暗骂着那俩奸货，考验真直接，把你往坑里推。

“小心啊，说错话被他们摁住，再像精神病医院那么揍你，可就没人帮忙了。”卢疯子被小木惊愕的表情逗得大笑，和何玉贵相携上车。杨梦露慢慢放开了小木挽着她的手，轻轻吻着他的额头，握手加油，然后笑着上车了。

两车启动，后车上，豁嘴和大头格外惊讶，豁嘴羡慕地说：“我靠，居然被杨讲师亲了一口。”

“什么感觉？”大头两眼放光，羡慕地问道。

“感觉相当不错。”小木道，露出一个夸张的兴奋表情，把两人刺激得更甚了。

大头说了，杨讲师一般请一回，报酬是按小时算的，都上千了。豁嘴补充了，杨讲师就凭那张嘴，一年挣十来万没问题，那嘴他妈可值钱了，只要她出场，申购率高得吓人。

车驶进县城。这个让老手也伤脑筋的事，就从这个临阵磨枪的新手身上开始了……

第十三章 × 蚌病成珠

哪一个团队都有拖后腿的，特别是传销团队里，遇上这种拖后腿的，很难处理。轻了不管用，重了起反作用。北派的传销团队里曾经用拳头解决这个问题，不过屡经打击之后，他们也总结了血的教训，拳头永远没有舌头有效。

传销的精髓在于洗脑，用非偷非抢非暴力的方式温和地实现利益最大化，动拳头用武力那可是犯法的，真落到警察手里有人指证你，就等着蹲监吃牢饭吧，而且武力的副作用很明显，比如明伤，比如自残，比如逼急了拼命了，都超出他们能够解决的范围了，甚至可能导致最严重的后果，把警察招来，到那个程度基本上就等于自毁长城了。

所以一贯以暴力销售的北派传销，也在借鉴南派温和的作风。

目的地比较偏，县城边上，一个叫襄庄的城郊村，几人在村口等着。何老板说了，有三十多号人，主要有这么几类：一声不吭的算一类；死活不掏钱的算一类；一直觉得自己上当受骗，逆反心态无法消除的算一类；还有一类就是彻头彻尾的鬼货，连两三千块钱都拿不出来。

这就是劣品，杨梦露抿着嘴做了个俏皮的笑容。这种人就连大讲师也没招，正常情况下，七天洗脑、两次申购都拿不下来的人，就不能再逼，再逼就得出事了。她怀疑卢鸿博是真疯了，让这么个人畜无害的小帅哥干这事。

秃蛋听到是这种事，也吓得变脸色了，小声建议道："何总，这怕不合适吧？他一个新人，万一出了差池……三十多号人呢，不好办哪。"

"问他，本来我准备撤掉这个点的。"何老板指着卢鸿博道。

卢疯子却盯着若有所思的小木，一撇嘴道："皇上不急，太监急，你看人家急吗？"

"他不知道厉害，这要碰上个拼命的愣种……"秃蛋小声说，何老板和卢疯子齐齐看向他，瞪了一眼，他不敢吭声了。

“我倒不担心，卢疯子，我可以保证投入，但我无法保证效果，要不让杨美女给我搭伴？”小木提议道。卢疯子马上否决了，一把把杨梦露拉到自己身后：“想得美，这就是专门为你准备的。”

“那要通过考验呢？”小木问。

“这个……”卢疯子一愣，奖励明显没准备好。

小木就着话头说道：“就你刚才说的，让他们心甘情愿地留下，哪怕能成一两个，你给我路费，送我走怎么样？”

“行！”卢疯子随即答应了。

众人等了一会儿，天擦黑才有人来接。两位标准的销售员打扮，标准的迎接上级礼仪。小木大致知道这里面的排资论辈了，每乡每镇都发展几个小C级经理，要能带到百人以上，差不多就能做一个县城区域的B级经理了，至于升到A级——别想了，就像乌龟爬山一样，没人能登顶。

“男的21个，女的13个。都是各点聚到一块儿的，不好办，短的十几天，长的快一个月了。”

“实在不行，扔了这个点，全撤走。”

“里面有几个情绪很不稳定的，我怕出事，就把他们都带到郊区这儿来了，要真跑出去就奔警察那儿，那我们全得毁了。”

“这儿安全，刚启用了不到一周。”

两位小经理汇报着情况，对于这种顽固不化、坚决不上当的，哪怕是传销组织也得退而求其次了。前提当然是不能出事，最重要的是稳定情绪。这个事真不好干，在封闭环境的组织里都没洗掉反抗意识，就轮到搞传销的头疼了。

心理的惯性抵触！

小木听着，脑海里泛起这么一个词。通俗地讲，就像人体对某种单一药物的抗药性一样，长时间使用，肯定会引起这种逆反式的抗药性。传销虽然是个创举，可还是单一和小儿科了一点，在对付不同的个体之时，没有也不可能有万能的方式。

租住的是一处民房大院子，院外泊了一辆破面包车，院子里有四个看守看着。到了门口，卢疯子不客气地把小木往前一推，介绍着：“林导师，刚从国外回来，今天全权由他处理。”

那两位早看到小木了，明显持怀疑态度。准备进屋时，小木在门口刚一犹豫，卢疯子一把把他推进去了，然后虚掩着门盯着室内。

飞得更高的鹰，只有一次学飞的机会，那就是，把它推下悬崖。

卢疯子轻声和大家如是说道，秃蛋捏着拳头几次想发作，却又恨恨地、无奈地松开手了，因为何老板也做了最坏的打算。院门外和面包车里，有七八个藏在暗处的人，要真发生炸群、逃跑的事，恐怕他们会不择手段……

一进这个充满体味的屋子，小木皱了皱眉头。一群人占了半间屋子，下意识地朝角落移动，刺眼的白炽灯下，是一双双惊恐的、怀疑的、愤怒的，甚至绝望的眼睛，像一群困兽……不，是一群孤立的困兽，他们彼此也在警惕和怀疑着，那瑟瑟发抖而且随时准备反击的表情，怨不得大经理和大讲师都会害怕了。

这一刻，小木被刺痛了，他体会过那种绝望和无助的心态，那是濒临崩溃前最后的回光。

要么沉沦，与之俱黑。

要么毁灭，以己为炬。

一念至此，他突来一喝："站整齐。"

短促、尖厉、凶狠，一言出口，那些人感到奇怪，下意识地站着军姿，开始拉开间距靠拢了。有的低着头，有的侧着头，有的直勾勾凶狠地看着他。

洗脑总归是有效果的，最起码在他们的意识里植下了服从的因子。小木的肾上腺素急剧分泌，他知道得解决里面最横的，那些低头的可以暂时不顾。一群绝望的困兽，最怕的就是中间有一个不顾一切的，一旦有人暴起，绵羊也能变成群狼。

他寻找着凶狠目光的来源，走了几步，在一个短发、二十岁出头、身材高大的男子身边站定了，抬头，直视。这个浓眉大眼的男子牙齿咬得咯咯直响，指节捏得紧紧的，或许就等着小木出言威胁。不料小木粲然一笑道："我打不过你，你一拳就可以把我打个半死，不过你真要打我，那是欺负弱小啊，是不是胜之不武？"

有人心一松，对面男子的手一下子也松了。

紧绷的弦一松，小木趁着这个心理转换的时机说道："可我也不害怕你，如果你真的是个凶狠的人，这个组织不敢收留你；如果你真是个拼死一搏的人，这个组织应该早放了你了。既然都没有发生，就说明你并不是那样的人，凶恶只是外表，内里仍是善良，你是个有良知的人——我说得对吗？”

善良，这是个褒义词，没有谁会拒绝，哪怕并非如此。

这位男子一下子神经更放松了，似乎对手的级别并不匹配，让他无用武之地。似乎对方的谦谦有礼，在把他拉回到正常的世界。

“你这体格，很让人羡慕啊！”小木又道，赞赏别人不会有坏处。果真如此，这年轻人双手一叉，恨恨地说道：“老子是塔沟武校出来的，把我骗到这儿搞传销，我他妈就不服，就不买你们账，怎么着吧？识相的，给我行李路费；不服气，你一颗头，我一颗头，打烂去他妈的！”

还是个秃蛋型的恶汉，小木一下子听怔了。

外面，何玉贵怒了，揪着小经理就是窝心一拳，骂道：“你他妈的，把这种人招来谁对付得了？”小经理挨揍不敢吭声，委屈地说着，只顾拉人头，谁知道拉了个武教头。

啪！脑袋上又挨了卢疯子一巴掌，示意不让他说话，几个人排着一圈脑袋听着呢。

小木被放到火架上烤了，他竖起大拇指直赞这货的气势，婉转地道：“你说得对，是被骗来的，你们都是被骗来的，之所以被骗来，我想应该是因为没有什么营生和出路吧。其实就是传销，大家心里都清楚，就像清楚自己是被骗的一样，所有的骗局中，传销和庞氏骗局一样，是最简单的一种。这样的话，问题就来了，这么简单的骗子，你们都当不了，还准备出去干什么？”

小木问，这个反向的思维，问住了在场的绝大多数苦 × 生活的人。是啊，要有好营生，谁还会相信月赚十几万的鬼话？是啊，是挺简单的，拉几个熟人就行了。

这样说的实话反而起作用了，不少人眼光在松动，对于自己被人贬得如此不堪，一下子全盘接受了。

“去偷？去抢？去杀人放火？哪一项都比传销的罪重。这位大哥，您明显不准备当恶人，何必这样凶巴巴的呢？”小木道，那人脸上的表情稍一松，小木马上接着说道，“换个思维想问题，我替你找个解决方式，想听吗？”

“宁愿相信世上有鬼，也不能相信你们传销的这张嘴。你说，老子听听是什么鬼话。”那汉子不屑道。

“看来这个组织是什么德行，你比我清楚，其实说穿就是个一层骗一层，你就真的不想干，也没人会把你怎么样的，否则他们早就做了。所以目的很清楚，就是不断地拉新人进来，然后前面的几层，把新人的钱按比例分一分，我说得对吗？”小木问。

“对啊，都他妈是骗子。”汉子道。

“说得好，你身边不是有很多骗子吗？你来也是被熟人骗来的，你这一生被骗的次数，我估计不在少数。这样我就想不通了，你受到了这么多欺骗，到现在仍然一穷二白、一无所有，却还抱着诚实守信、老实做人的心态？”小木揶揄道，明显地看到那个男子一脸的无奈。

气势泄了。

那个男子呼出了一口浊气，脸上悲怆，不知道是为自己，还是为自己的生不逢时。

“大哥贵姓？”小木问。

“王。”那人道，声音弱了很多。

“大刀王五的本家，大名呢？”

“王立松。”

犹豫中，这位汉子说出名字来了。他不知不觉地从抗拒到了接受，似乎在期待着对面的人拉他一把，而且他觉得完全可能，那种微笑、那种自信，都在无声地征服着他。

小木笑着道：“老话讲，留得青山在，不怕没柴烧。路子很多，我觉得骗三五个人真不是难事，哪怕骗一个就在这儿混下去了，没准还有分钱的机会。就算真不想骗，也没有必要对抗吧？你一个学武的，难道不懂双拳难敌四手？有很多方式可行，比如这个组织，就需要你这种正直、威猛、勇敢的人来维护秩序。”

那个男子慢慢松开手了，这个松散的群体实在太过孤单，他明显是外强中干，一下子望向小木的眼光，期待更甚了。

“王哥，你可以走了。两条路，一条是出了大门，摸着黑路走人；第二条是出门向左，到空房子里等着，大家还是一个大家庭，用得着你的地方很多。”小木笑着说道，那个男子稍一犹豫，他加着砝码道，“如果暂时没有去处，我想还是留下来，这夜黑路坎的，真不好走啊——请！”

那个男子犹豫片刻，他看向众人，有人低着头，有人躲着他的眼光，有人甚至羡慕他的待遇。一瞬间他做了个决定，分开人群出了门，向左，进了另一个房间。

态度明朗，不走了！

这就简单了，心理防线破开了口子，剩下的就要决堤了，小木专找难啃的骨头，那些眼光中不服气、表情狰狞的，就说两个道理，一个是骗人很难吗？你就那么笨，被人骗了都忍着，就不能骗一个回来？第二个道理是，兄弟，你这么强壮凶悍，组织用得着你的地方多着呢。

在前程未卜，有可能存在潜在威胁与安全待着之间，有七个放弃了抵抗的心态，乖乖地回到了另一个房间，这个心理防线最坚硬的部位被摧毁了。

小木瞥着已经松散的群体，接下来准备朝女人下手了。他踱到一个眼光游移、满脸雀斑的女人面前。那个女人下意识地躲着他的眼光，小木问道：“您想听我说实话，还是说谎话？必须回答。”

“实……实话。”那女人半晌后嗫嚅道。

“实话就是，你这样子，即便脱离这个传销组织，又能干什么？实在没钱，实在干不了，他们会送你走的。说实话，你没有当骗子的资格，甚至你连被骗的资格都没有。在你身上，实在没有什么可图的啊。”小木说着恶毒的话，他清楚，只有最恶毒的话才能断绝这个可怜女人另觅新生的想法，乖乖服从。

新生？还是算了，门外的何玉贵带着小经理加打手，想脱离组织会发生什么事，可想而知。

哭了，那个女人抽泣着，嘤嘤在哭。小木冷漠地嚷了句：“出去吧，天黑路长的别乱跑，省得吓着人。”

哇……那个女人一捂脸，哭着就跑，出了门踌躇了一秒钟，噔噔噔地直奔隔壁的房间。

此时，卢疯子和一干已经做好最坏打算的人都看傻了。这三言两语，不是把人刺激得垂头丧气，就是把人说得号啕大哭，一点过激行为都没发生，就都乖乖留下了，而且从头到尾，人家就明打明地实话实说就是骗局，就是骗子，嗨，还都接受了。

说起来，这比单纯吹嘘六个月挣多少钱可高明不少倍啊。何玉贵小声说道：“这小子确实是个天才啊！”

“那是因为，有我这个天才发现他。”卢疯子得意地说道。

一个接一个走着，溃决已成定局，陆续有人在走。那些低着头到现在仍然不敢抬头的，说不清是茫然无措，还是无声的抵抗。小木判断更趋向于羊群效应，这些个体在群体的影响下已经丧失了目标和自信，可能这种人更差一点，连应该做出从众的行为也无从选择了。

“剩下低头的人，你们就不用抬头了。我理解你们的心情，在你们的经历中，多数时候都是这样低着头吧？”

小木背着手，果真有林导师的气度，那少年老成的样子，现在倒没有人觉得可笑了，就听他慢慢在提高音量说道：

“被人可怜时，你们低着头害怕同情；被人侮辱时，你们低着头没有勇气；在被人打、被人骂时更低着头不敢反抗。甚至到现在被人骗到无路可走，连抬起头、直起腰的勇气都没有。你们他妈的就是一堆狗屎！抬头看着我，我有那么可怕吗？听清楚了吗，我在骂你们，我在侮辱你们的人格！在你们穷得自卑、活得可悲的生活里，想一想，有过哪怕一件让你觉得自豪的事吗？”

这恶毒的刺激终于把其中几位刺激得抬头了，那种自卑到极点的萎靡，必须最恶毒的犀利才能刺激见效。小木做到了，引来了一群仇视的目光。

但这些人没有威胁，他们身上缺乏勇气和血性，更多的是阴暗和自我封闭，更多的是苟且。小木做了一个更过激的动作，他挨个儿走过，呸，呸，呸，一人呸一口，那些被呸的全身激灵，然后更多人抬头了，小木恶狠狠地说道：

“这就对了，你们的胆怯和忍让，只会让侮辱你们的人更嚣张；你们的沉默和退缩，只会让轻视你们的人更不屑。现在就给你们一个改变命运的选择。”

小木疯狂地指责着：

“要么还像从前那样，低着头从这儿滚出去，没人在乎你们这样的可怜虫；要么就昂着头、挺着胸，从这儿走出去，从头开始，做一个合格和成功的骗子，用十倍、百倍的欺骗，去回报这个操蛋的世界，让那些骗过你们、侮辱过你们和从来都不在乎你们的人，终有一天全部在你们面前低头。从你开始，做出你的选择吧。”

小木拽着一位，一推。那人已经被刺激得血脉贲张了，他咬牙切齿，他昂首挺胸，他看着门外的一群人仍然有点恐惧，不过此时那股怨气已经压过了恐惧，他大踏步出门，向早已傻眼的小经理深深一鞠躬，表着决心：“高经理，我不走了，我要留下，我一定改过自新，看我的实际行动吧！”

那个小经理机械地点点头，直说欢迎留下。那位雄赳赳地一抹鼻子，到另一个房间去了。已经不需要再多说了，哪怕再心存疑惑的，想想自己仍然要回到形同草芥的过去，一咬牙，也都留下了。

其实没有什么区别，差和更差的一点，再差也差不到哪儿去。

踢踢踏踏的脚步中，这间屋子走得很快只剩一人。另一间里的三十多人军姿站得笔直，眼光非常坚定。这正是传销洗脑要达到的最高境界，他们已经义无反顾了。

小经理瞠目结舌地回看上级来人，知道卢教授疯子的大名，可没想到，还有比他的嘴功更臻化境的，他像朝圣一样追着那群簇拥着小木走的上级来人，千言万语汇成一句话：“林导师，您什么时候还来啊？”

何老板代为回答了，揪着这小经理，咚咚直踹两脚骂道：“以后这种小事再处理不干净，别他妈指望再拿钱。”

这可比家法威胁厉害。小经理躬身道歉，直说一定粉身碎骨报答，生是何老板的人，死是何老板的鬼。

何玉贵被逗乐了，这货丢人现眼呢。到了车前，何老板直奔上前，给小木开门。小木站定回头问道：“卢疯子，你说话算数不？”

“什么话？”卢疯子一惊，眼珠骨碌碌地转。

“给路费让我走啊。”小木道。

这句话惊得何老板脸色一凛，他舍不得了。卢疯子面不改色地否认着：“这话我说过吗？大嘴，你听到了？秃蛋，你听到了？”

连问几人，几人都默契地摇头，表示没听到。何玉贵安慰着：“路费真不算什么，你会挣到很多钱的。”

“而且会成为超级讲师，感受到无与伦比的成就感。”卢疯子严肃道。

“大家都是骗子，就别这么客气了，明明是我会遭报应。”小木说道，知道这伙鸟人不可能守信了。

“谁说不是呢？哈哈。”卢疯子笑着，这个并不可笑的话，让所有的人都哈哈大笑，各自上车，驶向住地。

对啊，和这些人讲报应，真是可笑啊！

小木如是想到，那些绝望的、愤怒的、可怜的又病态亢奋的一双双眼睛萦绕在他的视觉里。他知道已经做了一件无法原谅自己的事，在别人的喜笑颜开中，他有种想哭的感觉……

第十四章 × 心有猛虎

又一个清晨来临，一辆半新不旧的奔驰商务车驶向户县政府招待所。驾车的赫然是大清早就去执行老板命令的豁嘴和大头，两辆车还回去，又换一家租车公司，再开出来一辆。这种事已经轻车熟路了，只要叫车，都是准备好的。

开进了招待所大院子，何老板已经等在那儿。他叫着大头、大嘴一对狗腿子过来，八成又准备打探点情况了。

是啊，新来的天才的疯狂程度超过了他的预期。户县待了一天半，四场申购，天才的光芒几乎把卢疯子和杨梦露讲师的风头都盖住了。特别是昨天晚上那场，林导师讲直销的源地、沿革以及直销史上经典的营销案例，用的是半英文半中文忽悠，愣是把 400 多人的大场忽悠得比打了鸡血还激动。

说的什么，何老板一点都不懂，不过这样的人有多大价值，他比谁都懂。

大嘴和大头奔上来了，何玉贵一手揽一个，警惕地问着：“昨晚没事吧？”

“没有啊，我们四个睡一屋里，能有什么事？”豁嘴奇怪地问。大头补充着：“要有就是这小子毛病太大，又嫌条件不好，又要吃夜宵，还要咱们西北正宗的羊杂，把我们折腾得够呛。”

这倒还算正常，何玉贵一点都不介意，他笑道：“只要不跑，别说羊杂，就他妈人奶，我也给他找奶妈去。你们俩听好了，今天是最后一场，中午回市里，大后天要上大场，千万别给我出什么娄子。”

“您放心吧，何老板，那小子细胳膊嫩腿的，弄他比弄个娘儿们都容易。”豁嘴不屑道。大头也笑道：“不是您说的吗？所有的人里，文化人最好对付。放心吧，没事，我们就连他上厕所都跟着呢。”

说得何玉贵的心放下了几分，叫着两人一起去吃早餐。方进门厅，美艳不可方物的杨梦露讲师已经吃罢出来了，三人殷勤问好。杨梦露笑吟吟地打了个招呼，看样子是准备出去透透气。何玉贵把俩跟班打发走，又叫住杨梦露，在门口嘀咕上了。

不用说，肯定还是林导师的事，重视到这种程度，连豁嘴都有点嫉妒了。他酸溜溜地问：“看样子，这小子要发达了啊，没准这个杨美女都得送去陪他。”

“不能，你别瞎猜，何老板背后还有老大，不通过背后的老大，都请不到杨美人这样的讲师。吃饭吃饭，就你那豁嘴别他妈乱漏风啊，病在腿上、祸在嘴上，这行最忌讳这个。”大头严肃地警告着。豁嘴咧了咧超级大的三瓣嘴，回头再看那风姿绰约的杨美人，恋恋不舍地抹了把口水，进餐厅了。

楼上，张狂已经收拾完毕，等着卫生间里的小木，等得他都不耐烦了，直着嗓子喊了声：“靠，怎么没完没了！”

喊了几声才听到水停，小木从卫生间出来，今天他又变了一种表情，就是那么笑眯眯地看着你，不恼不怒，加上一对桃花眼，看得秃蛋反而有点发毛了。他慢条斯理地穿上外衣，扣上腕表，拉直衣襟。秃蛋提着东西起身，走了几步回头看他，仿佛是个拎包打下手的奴才。后面的小木悠然自得地和他保持着安全的距离，还是那么笑吟吟的。

“再笑，有他妈你哭的时候。”张狂恶狠狠地威胁了一句。

“谁都会有哭的时候，我保证你比我哭得多，也哭得快。”小木微笑着说道。

秃蛋嗅到了一丝不寻常，警惕地问：“什么意思？”

“自己体会，笨成这样，还指望别人教你啊？”小木道。

“我靠……”秃蛋抡着行李包，一下子就挥过来了。小木笑着未动，千钧一发之际，秃蛋猛地收手，并没敢真打下去。他恨恨地开门，小木却笑道：“这就是心理判断的威力，你没有向我下手的勇气。”

门一开，外面也响起了笑声，却是卢疯子等在门口。秃蛋很恭敬，恭敬得很有当狗腿子的自觉。小木就不一样了，他说道：“卢教授，怎么大早上的像做贼啊？

《羊皮卷》上没教你偷听也是成功的必由之路吧？”

“没有。不过《羊皮卷》上教了，我赞美敌人，于是与敌人成为朋友；我鼓励朋友，于是与朋友成为手足。睡得好吗？”卢疯子说着，跳跃性非常大，理解的难度不小。

“一百六十块四张床的便宜旅馆，能好吗？”小木没理会他，方要走时，像发现了什么新大陆一样，打量着换了一身浅色西装、精神格外清朗的卢教授，放低了声音说道，“哟，卢疯子，作为《羊皮卷》的忠实信徒，我要严厉指责你的不良行径。”

“胡说，我怎么可能有不良行径？”卢疯子一展自己的堂堂仪表，生气地说道。

“装什么啊？你身上散发着酒精和淫靡的淡淡味道。”小木瞪着卢疯子，揭底了，“这绝对不是读《羊皮卷》沐浴焚香，而是……昨晚……去嫖了，别给我装，干这个我比你在行。”

卢疯子一愣，表情像被扒了内裤一样尴尬，瞪着小木，愣是说不出话来。

秃蛋扑哧一笑，小木哈哈大笑，两人一前一后地下楼。卢疯子半天才回过神来，边下楼边嗅自己的衣服想着：不对啊，没什么味道啊，这小子怎么看出来的呢？！

这算是把卢疯子给治住了，从吃饭到上车他一直在思考，还是没发现问题所在。

其实在这个氛围里，已经分不清谁是精神病人了，小木总是偶出雷语，能把卢疯子难得几个小时忘不掉。这不一直追着小木要问个究竟，小木故作高深，就是不告诉他。上车前，被问急了，小木笑道：“教授，你越来越痴呆了，我就诈诈，试试你这种精神病还能不能行人事。谁知道你这么不禁诈，给了我一个正确答案的表情。”

“嘀，小王八蛋，跟我玩心理战？你行吗？”卢疯子气极了。

“哈，老王八蛋，那你行吗？”小木针锋相对。

得了，卢疯子还是要脸的，赶紧好话附耳连说，殷勤地开车门，用意自然很明了，怕小木口无遮拦地破坏他卢教授的光辉形象。

两车并一车，看来防范做得挺细，也挺严。一路上说说笑笑的，相处几日，关系确是熟稔得多了，也因为那位杨美人在车上，话题文明多了，多数是杨美人在和小木讨论讲义的细节安排。小木总能给她找出满意的答案，多数还是心理学理论的支持。

“比如你们的讲课，在大量地使用暗示效应，一直告诉大家，你能行，你能赚钱，你能在六个月达到月薪十万。这相当于填鸭式，万一有个体出现逆反，你们就束手无策了。其实这很简单，心理学上有一个贝勃定律，第一次刺激能缓和第二次的小刺激，两种刺激的对冲，会让人下意识地趋利避害。

“再比如，那天晚上我把武教头劝下，首先用的是暗示效应，告诉他，他很善良，他有良知，然后再暗示，组织很器重他……再然后就是贝勃效应，再反抗有可能输掉，而且出去仍然是无处可去的情况，留下当骗子最起码安全，还有可能赚钱之间，两相刺激的对撞，他会下意识地选择对自己有利的。”小木说道，对着瞠目的杨美人释疑。

杨梦露美目眨着，那是一种倾慕很甚的眼光，一张口又问：“那后来为什么骂那些人，那些人的反应出乎意料？对了，我还没告诉你，小高经理反馈的消息是，这些劣品回去后出奇地平静，不像以前那样又吵又闹，或者闷不作声，谁也劝不下来了。”

“这叫心理摆效应，在特定的环境下，感情的等级越高，可能出现的心理斜坡就越大，然后朝相反方向出来的心理状态可能性就越大。”小木道。

“没见你干什么啊？就唾了两口，骂了几句。”豁嘴听不懂，插进来了，很质疑小木这种解释。

小木一笑道：“这些人胆怯、懦弱又没见过世面，我是用贬低、侮辱的方式让他们出现心理落差，然后在继续被人歧视以及当骗子改变自身之间，直接就选择了后者。很简单，有时候老实人一直很本分，但被逼到绝境时，心理斜坡一大，一下子就变身成为一个坏人，可能比普通的坏人更没有理智。”小木说道，斜斜一瞥旁边的杨梦露，一双网状的透趾凉鞋，露着艳红的美甲，裸露的小腿肌肤细腻，让人神往长裙掩映下的风光。

“嗯，林导师，”杨梦露把刚才说的记录了下来，侧眼正和小木的目光相对，她莞尔一笑，提醒着，“您的心理出现斜坡了。”

“哦，确实有了。”小木长吸凉气，脊背挺直，好一副欣赏而不得其人入怀的失落。杨梦露浅浅一笑，好像绣出来的凤眼微蹙，抛给他一个媚眼，似乎对自己的魅力非常满意。

这时候，大嘴那货好奇地问小木：“啊？你有啥心理斜坡？”

“我的心理斜坡在欲望上，比如我一直遵纪守法，但是某一天我看到了一位国色天香的美女，却得不到她，于是这种斜坡就有可能让我堕入犯罪的深渊，懂吗？”小木笑道，结果大嘴兄弟愣是没听懂，迷糊着呢。

小木随手一巴掌扇过去，然后急促地问道：“难道看到杨美人，你就没有欲望？”

“有。”大嘴脱口而出，然后发现不对了，前座卢疯子和何老板回头瞪着他，他紧张地捂着嘴，何老板狠狠地威胁着他：“等回去再收拾你。”

小木哈哈大笑，难得的是那位杨美人并没有十分介意，反而纤纤玉手和大嘴一握，感谢这位糙男的爱慕，把大嘴给激动得直哆嗦。

杨梦露这也是一种效应，叫自我强化效应，就是一旦选择一种人生道路，那种意志坚定的人会有一直走下去的惯性，并不断自我强化。这个每天不知道要拥抱多少传销男女的女人，心理怕是已经强化成铜墙铁壁了。

小木如是想到，偶尔抛个媚眼和她调着情，她总是那么嫣然一笑，那种暗示你可以任君采撷的笑，包管你的心理斜坡会越来越大。

最后一站，小木没有想象到，居然在市郊贾庄镇，更没想到，在这个交通发达、监管甚严的大镇，居然看到了最大一拨的传销队伍。一千多个座位的戏场被挤得满满当当，开会时间卡在正中午，外围是欧立曼化妆品连锁经营的标志，就那么堂而皇之，不但没人管，而且队伍里还出现了几个工商局制服的男人。

老规矩开课，这场小木被挤到边上旁听了。他学得太快了，让卢教授都觉得有失颜面了，这最后一场都没安排小木什么事。

千人大场，都是已经洗脑成功的人，对于大讲师来说已经没有什么难度了。卢教授先来一段《世界上最伟大的推销员》，全场齐诵一段《羊皮卷》章节。刚认识的一个叫常遇春的大区经理，现场给小区经理分红、颁奖，那成摞的人民币登时掀起了全场的高潮。

别介意“常遇春”这个名字，传销经理的骗子队伍里没几个真名，叫张柏之、王非、谢霆风的都有。

到最高潮处，杨梦露的伎俩就有用武之地了。她在会场里来回踱步地演讲，介绍产品的十大功效，说明公司在海外的风光，然后感谢各位对事业的支持。

“来一曲。”小木在角落里默念。

于是杨梦露带着全场开始唱那曲《我可以抱你吗》。

“抱一抱。”小木在角落里默念。

然后全场欢声雷动，开始和杨美人拥抱。

“唱了抱了，该掏腰包了。”小木小声说道。

旁边扑哧一声，有人在笑，是蹲在舞台幕布后的张狂。这秃蛋老像个幽灵一样站在他背后，莫名地让小木反感了，骂了句：“滚，少来破坏老子的心情。”

“哟，留级生，不骂我 × 了？”秃蛋调侃道。

“还是说 × 他妈吧，太难了你听不懂。”小木笑笑道。

“你应该中西合璧，这样说：我 × × 你妈 ×。”秃蛋嘲笑道。

小木脸色一凛，目光一下子变了，很复杂地看着这个粗犷的秃大汉，仿佛第一次遇见他一样。这一刹那，秃蛋似乎也觉得漏嘴了，一转身跑开了，小木那犀利的眼光实在让他感觉心虚。

此时，全场掌声雷动，申购已经到了火热阶段，有交钱的，有交条子的，有交卡的，甚至那位穿工商制服的也往经理面前挤。这时候就该现场说法了，杨美人拦住了申购数份的“工商人员”现场采访。这位中年男不好意思，羞答答地告诉大家：“欧立曼公司在我们工商所注册之后，我就发现了这是一个非常有前景的事业，投入少、盈利高，比我们这些吃国家皇粮的舒服多了——别说出去啊。”

“为什么不能说出去呢？怕单位领导知道了不好意思？”杨美人问。

那个工商男笑着回答：“不是，我是怕领导知道我挣多少，他不好意思。”

至此，全场被笑声淹没。这一段二人转，可能不仅是逗笑，而是在极力地消除那些心里还有点顾虑的人。

这是托儿……全场都亢奋，那些制造亢奋情绪的才是真正的明白人，是这场骗局的操纵者。

小木观之，已经没有什么神秘了。常遇春请的杨梦露、卢疯子帮衬，他手下控制的骨干经理当托儿，全场一忽悠，让那些想发财的，头脑一热就义无反顾地加入了。唯一没想到的是，这些家伙真是胆大妄为，连工商局的人也敢扮。

速度是非常快的，一个小时就接近尾声了，一个半小时外聘的人员就离场了，然后，那些刚刚出来的欧立曼员工才陆续出来。小木瞧了瞧，三四十岁的居多，大妈、大婶和大叔是主力军。他明白了，这传销还是有高明之处的，比如每个经理都会针对自己擅长的群体，有的人专对打工一族，有的人专对学生群体，像这位常遇春，估计就是专门针对中年男女下手的高手。

车开出了几公里泊定，另一辆车追了上来。那个留着大胡子的常遇春笑吟吟地上得前来，和众人打了个招呼，然后递给杨梦露一个厚厚的信封。

辛苦费啊，那满脸堆笑的样子，恐怕赚的不在少数。不多会儿两车各自上路，杨美人笑着拆了信封，数了一摞，分别扔给了大头、豁嘴以及开车的张狂，那三位乐得合不拢嘴。这一天可就大几百的收入啊，而且都是工资以外的，能不高兴吗？！

赚了多少他们不会说的。杨美人把剩下的分成两份，扔给卢教授一份。何玉贵赶紧说了："卢疯子的我给，一会儿吃饭时给你们取现金啊。"

"那当然，只要现金，省得将来你们落警察手里，把老子供出来。"卢疯子提醒道。

"你……你这个乌鸦嘴，我他妈非把你供出来。"何老板被气着了。

"啊呸，我这是授课费，你拿的是赃款，一看就是法盲，还想吓唬我们文化人。"卢疯子斥着，把何玉贵气得那叫一个没治。何玉贵自动息战了，他的嘴皮子怎么可能干过讲师呢？

"我的呢？"

一个不悦的声音响起，小木提意见了。

俩打手幸灾乐祸了，给他什么都可以，肯定不会给他钱的，但终究需要一个合理解释啊。杨梦露笑道："等你走时，会给你比想象中的多得多。"

卢疯子向何玉贵使了一个眼色，卢疯子道："一看林子就是个视钱财如粪土的人，这个事业能给你的成就感，远远大于能拿到多少钱。”

“少扯淡，给不给吧？”小木直接问。

卢疯子一笑，脸一变：“不给。”

“我警告你啊，你会为你的无耻付出代价的。”小木笑着威胁道。

“我是精神病患者，对‘无耻’这个词有认知障碍，哈哈。”卢疯子轻飘飘地推开了。对于小木的软硬兼施，看样子是要使劲将其捏在手里了。

不过待遇还是蛮不错的，车进市区直驶未央大酒店，这一群骗子要庆祝此行的所获了。何玉贵把小木请上主座，杨美人陪着斟酒，卢疯子和何老板准备开怀畅饮。至于秃蛋、豁嘴那几条狗腿，自然没资格上座。秃蛋在楼下吃了，等在车里，那两个苦 × 兄弟是在隔壁吃的，随时等待召唤。

家里就是开酒店的，小木的嘴上功夫，除了说，还有能吃、能品啊。兴许是美人在侧的缘故，他边说边吃边谈笑风生，和何玉贵、卢教授谈笑风生，不知不觉一瓶酒就下肚了。在杨梦露眼中，小木确实是个奇才，南甜北咸、东酸西辣，各地菜系的美食他都能说个七七八八，而且说话间偶尔一夹菜、一敬酒，都极显教养，让她有一种说不出来的好感。

帅哥之于美女，和女人之于男人，是一个概念。两人仿佛半醉半醒，小木会随时帮忙夹菜，会轻声说：“杨姐，尝尝这个。”杨梦露也会偶尔叮嘱：“少喝点，不行姐替你。”小木严肃地说道：“男人怎么可以说不行？”杨姐会羞涩地回应：“哎哟，人家又没试过，谁知道你行不行？”

说着说着就酒酣情浓了。何老板发现小木和杨美人的小动作时，悄悄示意身边的卢疯子。见到两人几乎是头碰头，小木醉醺醺地附耳说着什么，把杨美人逗得咯咯直笑，粉拳嗔怒地拍打着小木。眼看卢疯子眼都绿了，毕竟帅哥有年龄和脸蛋的优势啊。他起身搅和着，又给小木倒了大半杯。

小木端着酒杯，醉眼蒙眬地缩手了，不和卢疯子碰杯，严肃地说道：“卢疯子，不给钱，我就不跟你计较了，不过我得和杨姐在一起啊。等等，我上个卫生间，你们想灌倒我，想得美。”

“嗨，嗨……喝成这样，还成不？”何老板赶紧去扶踉跄的小木。

“走开！扶什么扶，怕我跑啊，赶我走我都不走了。”小木端着酒，喝着，踉跄着出去上卫生间了。何老板可是小心驶得万年船，就这还招着手，让大头和大嘴跟在背后，搀着这位林导师。

酒间里的气氛有点诡异了，杨梦露对于两人征询的眼光视而不见，呷着酒轻描淡写道：“别看我，他对我来说太嫩了，不过我倒也很喜欢和小帅哥调情的感觉呢。”

那两位瞪着她，然后又互视，到底什么情况？谁勾引谁呢，总觉得有点不妥啊。

卫生间里，拿着酒杯踉跄进去的小木对着马桶直吐。大嘴看得直往后缩，到外面等着。门关上时，醉态可掬的小木一下子清醒了，他把马桶的水盖打开，小心翼翼地从身上掏出来两样东西。

一样是鲜红的辣椒，吃羊杂时他偷偷裹在餐巾纸里藏下的。

一样是黄色的浆状东西——芥末，刚才吃饭时他悄悄舀在口袋里的。

他从吸水的地方舀了半杯水，把两样东西放进去，搅和成糊状，小心翼翼地倒在手上，均匀涂抹，旋即又加水。他看着半杯浊红色辣椒和芥末的混合物，恶狠狠地自言自语：“老子从不良少年已经成长到问题青年了，居然还有人想坑我，不懂这也是心理战术吧。”

成功地让对方放弃了警惕，成功地让对方认为他已经没有威胁，这时候猝然发难，当然是最佳时机了，解决掉门外的俩狗腿就行了。一念至此，他一仰头，半杯混合物倒在嘴里，一下子辣得他直跺脚，快步往门外走去。

一出来，眼看小木就要扑倒，大嘴伸手就扶。正中下怀，小木反手一抹，大嘴登时眼睛火辣辣地疼，“啊”的一声捂着脸尖叫出来了。小木顺手又是一下，大嘴鼻子、嘴里都辣起来了，辣得跳脚直喊。

“啊？！我靠……他妈的……”

大头怒了，扑上来就抓，而且很机警地与他保持着安全距离。小木一伸手，他吧唧挡住了，又一伸手，他把小木手腕捉住了，狞笑着：“想跑，想得美……”

噗……辣得表情诡异的小木嘴里喷出一股液体。大头一眨巴眼，大叫着回手就捂脸乱揉，直奔向洗手处。小木顺腿一绊，吧唧，两货摞一块儿了。

小木拔腿就跑，边走边呸，拉着路过的服务员恐吓着：“快，卫生间那儿，两个人打架，快叫保安。”

他说完就跑，服务员一慌，直在对讲机里喊保安。外面闹起来时，好半天何老板这桌才听到不对劲，匆匆奔向卫生间。那俩人正对着水龙头一顿冲，眼睛还没睁开呢。

大嘴和大头是收罗回来的打手，那可是经历过街头混战的主儿，一眨眼就被折腾成这样了。这时候何玉贵、卢疯子才明白，林导师根本没被美色迷惑，更没有被事业感召，而是他们被他的乖巧迷惑了。

就在这个时候，小木已经从电梯下了门厅。一出门，他吐了一口，嘴里还在发烧，辨了个方向，拔腿就跑，顺手还抢了一位姑娘手里拿着的饮料，边喝边漱口，跑向连他自己也不知道的地方。

第十五章 × 路无坦途

"什么？跑了？不是和你们一块儿吃饭呢吗？怎么回事？"

"一句话说不清，赶快去追。"

"好，我马上去。"

张狂接到电话，蓦地跳起，飞奔向门厅，拿着手机上小木的照片给服务员看了，还好，服务员对这个表情怪异的帅哥有印象，指了一个方向。他大步追着，追出一公里就傻眼了，十字路口，车人如潮，这茫茫人海，去哪儿找那条滑溜的泥鳅呢？

唉……这几个蠢货。他恨恨地一甩胳膊，被气坏了。

一直觉得他不对劲，可觉不出哪儿不对劲来，反正就是觉得这位不应该积极性这么高，看来就是找机会跑呢。张狂自己都找过很多漏洞，如果是他倒是有机会，不过要放在手无缚鸡之力的小木身上，可就难如登天了，那两个狗腿可是连上厕所都跟着。

这一走，可就再难有相见之时了。

张狂此时表情倒不像怀旧，而是焦虑，极度的焦虑。他像做了个艰难的决定，拿起电话，拨通了一个特殊的号码。号码另一头回应着："欢迎致电佳美乐网络购物中心，先生您好……”

“3326 业务员，要求直接通话大经理。”张狂道。

对方话停，很快转接，又一个中年男的声音传来：“3326，什么事启用紧急线路？”

“小鱼溜了，刚走十分钟。”张狂道。

“啊，对方看那么严都能溜了？对方不会发现你的身份了吧？”中年男惊讶道。

“我也不清楚，应该没发现，门口的人看到他了。赶紧找到他，现在所有的大区经理他都见过，再待几天，恐怕老 A 都摸得着。”张狂道。

“好，你原地别动，等着接应。”对方道。

张狂挂了电话，猝来的事打乱了所有部署，就像在精神病医院一样，乱成一团糟了。

此时，他的思维像放飞了一样，满脑子萦绕的都是小木的样子。在精神病医院的慌乱、促狭、作怪，在奔逃路上的无助、吃亏，最清楚的是他饿到极处，还分了他一只鸡腿。他一直想把这孩子送出这个泥沼，后来的事真是打破脑袋也想不出。这个古灵精怪的家伙，脑子里究竟装的是什么？能让几十年的老传销分子都视他为掌上明珠。

就差最后一步了，偏偏这时候功亏一篑。他甚至想好了，等完事了，一定告诉他真相，安安全全地把他送回家，可现在，一切都走到岔路上了。

这样想着，一辆出租车飞飙着，尖厉的刹车声直停在他身侧。他跳上车，和车里几人说着什么。这辆车飞快地选择了一个方向，消失在车流中。

“找到了吗？”

“还没有，正在回放监视，他比你早离开三分四十秒。”

“那赶紧找啊，他身上一毛钱都没有，能跑哪儿去？机场肯定不会去，汽车站、火车站暂时不会去，肯定要想办法搞点钱离开。”

“稍等，我们正在监控里找。”

“我靠，你让我们等到什么时候？都找快两个小时了！”

“嘿，你怎么说话呢？靠谁呢？”

“……”

通话静默了，数辆出租车、民用车沿未央大酒店方圆十公里的各路口待命，都听到了步话机里一直没有间断的通话。不知道是什么样的特殊人物，能把几个盯梢的组都调回来，不过感觉确实很特殊，步话机明显听到的是“大经理”的声音，那些窝在车里、猫在阴暗角落里的人，都在窃笑了。

“找到了……”

“大学城后门六公里处。”

“3326 业务员，你谨慎接触，其他业务员在外围包抄，别弄出太大动静。”

出租车、吉普车、越野车，从不同的方位跃出了车位。在交通监控图上，能看到几个红点，在堵着各个去向的路口，把目标点围成了一个标准的圆形。

发生了什么事？抓捕？到现在都不知道抓捕谁。

所有试图询问行动计划的“业务员”，都被“大经理”一句话顶了回去……

其实没跑多远，这是一个聪明之举。如果跑到车站或者火车站，准得碰上何胖子放出去的人。张狂发现了小木的出现地，一下子哑然失笑了。

大学城后，一条充斥着小商品、酒吧、饭店的步行街。在一处响着音乐的地方，个高人猛的张狂一眼就看到小木正弹着电吉他，唱着一首英文歌，估计水平确实不错，周围已经围了一大圈人，女生居多。

“是个怪才啊，都能来卖唱了。”另一个下车的男子笑道。这时候放心了，他汇报道“已经找到”，得到的回复是“让 3326 上前接触”。

“去吧，3326，外面的围住了，大经理说别整出动静来。”他说道。

张狂笑了笑，还好，再迟点让这货挣上点路费，恐怕就不好找了。他慢慢靠近，往下压帽子，靠近了那个街头卖唱的艺人。

“哇，这小子好帅。”

“天后碧昂丝的《I was here》，居然唱得这么好听。”

“是啊，赶上咱们学校音乐系的了。”

“不会就咱们学校的吧？”

悠扬的歌声中，有人窃窃私语着，到高潮时，围观的开始跟着哼哼，场中央的小木，一会儿是痛不欲生型，一会儿是恨之入骨型，那投入的表情感染着这个小范围的听众，等音乐渐歇，一阵哗哗掌声响起，然后脚下的那个乐器盒里，多了很多张零钞。

小木和路过的女生们说着什么，有几位居然还拉着他自拍了两张，躲着的张狂看到了那位摆摊的艺人友好地和小木握手，两人分别，然后小木开始乐滋滋地数着手里多出来的钱。

小木数着，小 100 块了，这是路过街上时灵机一动，和那位邋里邋遢的卖唱人分成，解决今天的温饱没问题了。他寻思着，明天到大学门口举个求助牌子，刷脸也能刷够路费啊，最好骗的还是学校里的那些小女生，怎么可能忍心看着帅哥落难。

这想法让他得意扬扬地揣起钱走进商店，不一会儿拿着瓶饮料出来了，不过刚仰头一口，差点噎住，面前不远一位戴着帽子的凶汉，不是秃蛋是谁？吓得他掉头就跑。

咦，没追？

他停下了，回头警惕看看秃蛋，秃蛋慢悠悠地朝他走过来，小木不跑了，笑着看着他，抿着饮料。

“哟，不怕我抓你回去啊？”秃蛋笑着问。

“这么多人，你敢抓，我喊抢劫啊。”小木道，人多，反而让他很放心了。

“那我非要抓你呢？”秃蛋笑吟吟的，已经走得很近了，不过在安全距离之外。小木摇摇头道：“秃哥，你和大嘴、大头，不是一路人，我一直觉得你和他们在一起别有隐情，你不像坏人啊？”

“哦，是吗？谢谢夸奖，你怎么看出来的？”秃蛋笑着，不好意思地脱帽，抚了把大光头，那横肉满颤的凶脸，连笑都给人震撼的感觉。

“眼睛……眼睛不会说谎，虽然你总是凶巴巴的，可眼睛和表情不对路，传销里那些劣品都让你不忍，怎么可能是坏人？我都刺激你多少回了，要真是莽汉，早发作了。”小木道，他很得意，对于一个人的细节试探很简单，而且很实用。

秃蛋张狂呢，他试出来了，没有表面这么凶。

好像果真如此，秃蛋笑了，一笑表情变得憨厚。小木指着他道：“看，这才是你的本色。张狂，我不叫你秃蛋了，跟我走吧，我给你找份工作，放心，比传销挣得多得多，这生意别看一时风光，很快就要拉倒，这不是发财模式，而是坑杀模式。”

“我跟你走？”张狂哭笑不得地指着自己。

“对啊，难道还有更好的出路？”小木道，一怔想起了心中的那个结，好奇地问着，“张狂，你以前到底干什么的？我怎么觉得怪怪的。”

“这就是我追你的原因，朋友一场，有个秘密要告诉你。”张狂笑道。

小木也笑了，不以为然道：“心理学的目的，其实就是满足人的窥探欲望，让你乐此不疲地去发掘别人身上的秘密。你这个人好像有点表里不一，坏得不彻底，你不会是卧底到传销组织里的警察吧？”

两人都笑了，小木笑着笑着脸上表情僵硬了，一个巨大的问号出现了，跑的方向是随机选的，秃蛋怎么可能这么快找到他？

张狂冷不丁笑着问道：“你是什么时候发现的？”

小木嘴张大了，张狂平静的表情，加上他以往种种表现，让小木瞬间判断到了真伪，他惊恐地喊了声：“我靠，坑死本少爷了！”然后掉头就跑。

“以为你心理有多强呢，还是吓住了。”张狂抚着光头笑道，根本没有去追的意思。

不用追，聪明一世的小木糊涂一时了，进网的鱼怎么可能溜了？没跑多远就被两个其貌不扬的人挟住了，是冷不丁从侧面扑上来的，防都没机会，一人一条胳膊挟着，他刚喊，脑袋上就被套上了袋子，就近拽走，眼不见物时听到了人群的骚动，然后又听到了“警察办案”的喊声，接着就被塞进车里了。

车轰轰行驶着，肯定是辆破车，减震差得厉害。过了几分钟，套着头套安静的小木倒让抓到他的三个人奇怪了，司机提醒着：“放开人，大经理说了，要讲文明，讲礼貌。”

右边那位顺手一摘头套，说道：“3326说了，他很不一般，瞧见没，处变不惊啊。”

摘掉头套，小木左右看看，左边的有点猥琐，很瘦，留着撇小胡子。右边这位黑胖黑胖的，长得都不咋样，还不如秃蛋呢。这黑胖子掏着自己的证件一亮道：“别害怕，我们真是警察。”

小木惊惧地一看，姓马名烽火，他不信似的伸手拿着警证瞧瞧，又看向左侧的：“你的呢？”

那位掏出证件递给了他，随口道：“看清，姓连名强，我们是如假包换的警察。小子，我们见过面，你忘了，在汉中……”

小木瞅着这货，他做了个挨拳动作，小木一下子明白了，惊讶道：“哇，秃蛋抢钱包，是你和他合伙演戏？我说怎么这么拙劣，就在小区门口抢劫。”

骗局，一个就在眼皮底下的骗局，小木明白了对秃蛋一直有疑惑的原因了，敢情这家伙是负着特殊使命的，这真是想不沾事都难了。

两人见小木还震惊着，左边瘦子连强安慰着：“本来我们派的人就是协助卢鸿博逃出精神病院，准备跟着他寻找窝点下落，没想到你插了一腿，把部署全打乱了。不过插得漂亮啊，要光靠 3326 啊，恐怕他没机会见到那么多窝点、那么多大经理。”

说及此处，黑胖的马烽火也是赞叹不已了：“本来看你实在是个累赘，准备在汉中让你悄无声息走的，谁知道卢鸿博看上你了，不过他真有眼光啊，忽悠那么多人轻描淡写，不知道的，还真以为你是卢鸿博的弟子——该称你林导师，还是木林深？”

碰上坏人，顶多破财失身，可要碰上警察，那就更惨了，怕是啥出身都要被扒出来了，想撒个谎也难。小木尴尬地看着两人似笑非笑地逗着他，有点怒火高涨了。

“怎么了？进传销窝里都不怕，见了我们反而害怕？”马烽火意外了，似乎小木不像 3326 说得那么表面文静、内心彪悍。

“是啊，坏人有什么可怕，警察才可怕。”小木道。

“那是因为你也干过坏事，心虚。”连强笑道。

“废话，坏事一半是坏人干的，另一半还不都是警察干的？”小木刺激道。

“我靠，这家伙闷声不响的，一下就来个大屁啊。”连强怒了。小木同样怒了，针锋相对道：“没证没据没指控，你们一群人抓我，这还不是坏事？你们比搞传销的还黑啊，人家现在干坏事都文明了，你们还这么粗暴。”

黑胖子马烽火尴尬地笑道：“这……这……已经很文明了。”

“他不文明啊，说话是经过肠胃和下半身器官了，没经过大脑啊。”小木指着连强，恶心了一句，连强哪受过这等鸟气，伸手就是一巴掌骂道：“骂谁呢？小心我他妈收拾你。”

啪！小木一巴掌回过去了，连强一怒，小木恶狠狠地说道：“骂你呢，想合作就客气点！连强是吧？信不信我见了大经理，把你踢出局啊！”

“你！我……”连强举起的手，硬生生定在空中，马烽火使着眼色，让他噤声。

这个重大知情人的分量他清楚，不敢吓唬了，气不自胜地一巴掌扇在自己脸上，连扇两下自骂道：“是我不对，是我犯贱。”

没有意外，小木试探出来了，礼下于人，必有所求，而所求，恐怕就是他刚刚跳出来的地方。这点才是让他最惊恐的，因为坏人、好人都算一种人，可要和坏人、好人都有瓜葛的人，那就里外不是人了。

“小木，别紧张，我们就算有不对的地方，毕竟是警察，终归是为人民服务；坏人就是再好，大多数时候也是在干坏事，我想是非曲直，你心里自然有杆秤。”马烽火年龄较大，他语重心长道，生怕惹恼这位重要知情人。

“我紧张什么，现在就我不紧张，除了我，都紧张。”小木笑了。

“我们还紧张？抓他们还不小菜一碟！”连强不屑了。

“这牛吹大了吧，现在 3326 那个秃蛋，有暴露危险，而我又在未知之中，你们觉得我会心甘情愿地给你当狗腿？”小木问连强，连强一愣，脸上的肉一抽，紧张了。

“别故作淡定，既然知道我是谁，那就应该不会威逼，威逼不但没作用，而且还起反作用。利诱更不行，我一个月的零花钱顶你们两年工资，你们拿什么诱我？不仅方式不好选择，而且时间还不够用，因为时间稍长，我回去的可能性都没了。马警官，您说呢？”小木回身，问老马。

老马无语了，怨不得“大经理”说搞过传销的，破嘴胜过枪，心思狠过狼，他们那点小心思，被人家猜得一点不漏。

“别嚣张啊，你又抢精神病院的车，又替传销团伙办事，有的是办法办你。”司机气得飙了句。小木针锋相对嚷道：“少来了，你们警察定不了人家罪，还帮卢疯子逃跑，给他人为制造机会，这怎么说？”

司机给气坏了，一擂方向盘骂道：“我靠了，怎么抓回这么个活宝来？要不是有任务在身，我他妈非抽你啊。”

“就这出口成脏的素质，传销团伙都不收你啊，怎么警察把你收了？”小木刺激道。司机回头怒了，老马赶紧拦住他：“你少说两句。”

司机怒道：“马哥你少护他，大不了今天就把他们一窝端了得了。”

“废话，能抓早抓了，哪回端的不都是受害人，还得遣返？拿赃款的都溜了。”连强道。

“那也比受这家伙的鸟气强。”司机怒了，轰轰地踩着油门。

小木也像情绪激动，冷不丁吼了句：“停车！”

司机不服气，不停，小木不配合了，嚷着要喝饮料，不润润嘴一会儿怎么说话？七搅八搅把三个警察气得只得停车，给他买饮料，喝了两口，不好喝，换……换了三回，要抽烟，你的烟什么烟，十块钱一包能抽吗？去，买几包大重九去，100 块一包的那种。

路程本来不长，愣是被折腾了一个小时才回去，等带回专案组，送进会面的房间，闻讯匆匆而来的组长叶天书看到带人的三个外勤一个个咬牙切齿加垂头丧气，一问才知道，这个知情人难缠得厉害，不但把他们骂得像孙子，而且还把几个人的口袋洗劫了一番，不但要烟要饮料，还闹着到美容店理了个发、洗了个面才肯来。

这经过听得叶天书哈哈大笑，拍着手下肩膀安慰着：“没出岔子就算你们立功了，要是个好对付的人，就不会被传销教父看中了。我会会这位奇人去！”

他推门而入，门外的马烽火把门直接从外面关上了，两人守着门，虽然很是郁闷，不过也充满了期待，而且很紧张，现在案情的走向，这个局外人，反倒成了一枚关键的棋子……

第十六章 × 摇摆之间

……两年前，全省统一行动，打击以舒尔乐、美倍为首的传销团队，三个月共清理七地市窝点 12 个，遣返传销人员 1798 人，因为传销引发的各类治安、刑事案件有 233 桩，涉案刑事处罚的人数 19 人。统一行动过后长达一年多的时间里，传销在我省几乎绝迹。

……今年三月，各地市的传销活动又死灰复燃，而且来势凶猛，据各治安警点、派出所汇报的情况，在我省 31 市里，有 19 市 28 县均发现了疑似传销的团伙，主要特征如下：一是组织纪律更严，对外以销售点、服务站为名，以营销活动为载体，逃避排查；二是人员组成更紧密，多数以同乡、同学、同龄为纽带，外人很难介入；三是其活动更隐蔽，多数选择城郊县镇偏远、警力薄弱地区；四是手法出现新变化，在刚刚打击的成县一处传销窝点中，发现了他们用注册地在省外的 POS 机收款，给我们排查和侦破类似案件造成了较大难度。

截止到目前，各地市县汇总的涉嫌传销引发的治安、刑事案件汇总如下：成县四起，其中一起造成脱逃传销组织的人员致残；高安市 12 起，其中两起为被非法关押的传销人员，一死亡、一重伤；户县 8 起……秦山镇 7 起、黄洋县 1 起……

…………

会议室大屏幕正播放着从宏观的角度看传销在全省的蔓延，大量的案件实录、遣返人员、搜查窝点的实录、缴获的各类笔记和讲义，以及引发各类案件的简述，像是要故意震撼小木这个外人似的，放了四张跳楼轻生者的照片。

这几个画面明显触动了小木，他眼皮跳跳，脸上惋惜之情很甚，似乎是为那些轻生者不值。

会议桌的另一边，叶天书一直默然无声地观察着木林深，这位在 3326 特勤人员汇报中极度推崇的对象，他暂且还没有发现什么过人之处。甚至他翻着手里收集的资料，都觉得有种不可信的感觉，资料里的木林深、面前的木林深，以及 3326 汇报中的木林深，就像三种人格一样，很难让他统一起来。

录像播放时长 26 分钟，接近尾声，叶天书直接关了，放下遥控器看回过头来的木林深，笑着问道：“告诉我，什么感觉？”

“还不至于激发起我嫉恶如仇的感觉，再说，我的感觉很重要吗？”小木反问。

“好，不问感觉了，那问态度吧，态度很重要。天下兴亡，匹夫有责；平安天下，人人有责。我开门见山地告诉你，对于打击这种涉及面广、参与人数多、危害程度大的传销案件，我们会启用大量的便衣侦察员和普通群众参与，警民共建，你同意我说的话吗？”叶天书问，有点小心翼翼，担心对方拒绝似的。

“同意，早该打击了，这都治标不治本啊，传销就是割韭菜，割了一茬又一茬，找不到源头的打击，那是斩草不除根，春风吹又生。”小木道。

这话听得叶天书兴奋了，他敲着桌子赞赏道：“说得好，一针见血，这也是我们一直在追踪卢鸿博的原因，你看一段他的经历……”

叶天书回放着，定格在一起案件中，抓捕中，一个男子在满地打滚，小木一眼就认出来了，是年轻版的卢鸿博，审讯记录……再抓捕记录，再审讯记录……还是抓捕记录，还是审讯记录，时间跨度长达十几年，从原始的笔录已经到执法记录仪了，唯一不变的还是卢鸿博“孜孜不倦”地毁人。

“我不得不说，这种人很少见，第一次被捕，服刑一年零六个月，老婆离婚；第二次被抓，服刑两年零四个月，并处罚金十万元，第二任老婆也跑了，家算是没了，出来后他据说就疯了。前后一共抓过他五次，加上工商局的查处，先后有七地的执法机关把他送进精神病院，四次检查，都判定他是精神偏执型分裂症患者，不具备行为责任能力。他不但自己患了精神病，到现在为止，他的信徒里，进精神病院的，少说也有 100 人。”叶天书咬牙切齿地说着，无法绳之以法的嫌疑人，那是警察最大的遗憾。

小木意外地笑了，看了叶天书一眼问：“所以，你们派那个秃脑袋的卧底到卢鸿博身边，看他到底有没有行为责任能力？”

“对，到现在为止，他已经上了九省的传销案件重点监控人员，所有因为组织传销被打击的分子，都知道他，而且尊称他为教父。陕北这个地方相对落后，传销一直不算严重，可从今年三月开始，一下子遍地开花了，我们是防不胜防啊。在最近的一次打击行动中，甚至抓到了地方派出所和协警队伍里都有人参与！端了几个窝点，我们才发现，这教父不知道什么时候溜到我们辖区了，你见过卢鸿博，领教过他的能力吧，怎么说？”叶天书道。

“还不都那样？传销都是一个模子里拓出来的，封闭环境、团队教育、不断强化，这种环境里大部分人都会被洗脑。”小木道，其实都不神秘。

叶天书笑了，他道：“卢鸿博还是有过人之处的，各地的大经理都愿意花重金请他授课。外人可没人知道他是个精神病患者啊。”

小木笑而不答，像是看到了饵，却不愿意咬钩一样。

停了半晌，叶天书道：“有兴趣帮我们做点事吗？”

“卢鸿博不足为惧啊，抓他是分分钟的事。”小木道。

“要那么简单，就不会有今天的烂摊子了，这就是个精神病，不管我们什么时候抓到他，除了光人一个，什么都没有。想审口供，他就滔滔不绝地给你励志；关看守所，他能把一个号子的嫌疑人都说成神经衰弱；关精神病医院，他又能想办法逃跑，连精神病患者都能被他影响。至于我们呢，偏偏又无法对其定罪，只有授课一项，没有接触过赃款、没有拉过人头，甚至这家伙神经到什么程度，有个区域经理欠了他授课费，他就跑到派出所报案，说对方搞传销！”叶天书怒不可遏地说道。

“卢鸿博不足为虑，那些传销人员也好处理，就像你说的。斩草要除根，这个根在哪儿，就是我们想知道的。最底层，E 和 D 两级，基本都是受骗群众，到 C 一级，差不多是死硬分子，到 B 一级，应该是中坚力量，就是各个窝点的小头目，A 呢，大经理级别，差不多相当于区域经理——这得非常感谢你啊，你和 3326 同志，成功地为我们又挖到了两个 A 经理。”

何玉贵、常遇春，两个人成功上了警方的关注名单，看排出来的头像，应该是刚刚上去的，一共才三个大经理。另外又是一个蛋疼名字：马步方。

“都是假名。”小木随口道，“传销团伙里，凡是能赚到钱的，都不会用真实姓名，一旦有风吹草动，他们就会逃走。”

“对，可这些人也不是最关键的。”叶天书道，他看着小木等着他问下文，小木没问，他继续说着，“组织结构应该是这样，在 A 之上，还有一层，就是真正的幕后，这就是根儿。根儿负责纵向联系到这个区域大经理，建点、组团、拉人，在最短的时间里铺开摊子，同时又负责横向控制这些能说到天花乱坠的大讲师巡回作业，迅速收获，如果没被打击，这个团伙就会不断膨胀；如果遭遇打击，他们会舍掉这些窝点和人员，到另一处，另起炉灶——只要这一部分中坚力量在，他们在任何一个地方都能死灰复燃，这些人里，即便被法办，回头出狱走的还是老路！我们在执法过程中也发现了这个问题，最关键的还不在这股中坚力量，而在于这些从未现身的组织、策划人身上。”

图解形象地说明运作的方向，小木皱皱眉头，在传销里，有一个百分之五的分配去向不明，应该就是幕后的收获者了，他倒有点钦佩这种模式组织者的胸襟了，只拿百分之五，然后大量的资金或被组织内部消耗，或滞留在A级经理手里，一旦有事，那他们就成首当其冲的替罪羊了。

当然，那些幕后人是个谜，在金字塔的最高端，一个大大的问号，并为这个问号标注名称为：老A！

“秃蛋……哦不，3326的目标是通过卢疯子和那些大经理，去寻找老A究竟隐身何处？”小木跳跃地问到关键点了。

叶天书笑笑点头：“没错，我们精心设计了精神病院的出逃，就是把3326送到传销团队里，没想到无意你插进来了，不过结果很出乎意料，有心栽花花不开，无心插柳柳成荫啊……我想，如果有你这样一位可以接触到他们上层的线人，再加上3326的协助，我们攻破这个堡垒，问题应该不大。”

小木笑了，然后摇摇头道：“不可能，您忘了传销的本质，本质就是欺骗，和一群骗子打交道，只会有利用，而不会信任，您觉得他们会信任我，告诉我幕后老A是谁？说不定这根本就是个遥控指挥，那些区域经理都未必知道老A究竟是谁。”

“卢疯子应该知道线索。”叶天书道。

“他不会告诉谁的，他既是精神病患者，又懂洗脑，我估计自我催眠都难不住他。比如我刚进精神病院，那些医生做了手脚，有人问我姓名，我下意识地脱口就说，我叫林木生，我是厨师——这应该是让我在半昏迷中重复，一直成下意识的惯性，卢疯子和你们打交道了十几年你们都没治了他，您觉得我行？”小木道，对于卢疯子这号可爱的人渣，他觉得最好的方式是：远离才安全。

“当然行啊，你不是没被洗脑吗？”叶天书道。

“那是因为我家很有钱，根本没诱惑力。”小木道。

“但你学过心理学啊，还是变态心理学，对付卢疯子这个变态，没有比你更了解的了。”叶天书道。

“您不了解，我学变态心理学，是因为有段时间，我一直觉得自己有心理疾病，所以就选了这个专业。从变态心理学的角度讲，是用心理学原理和方法研究异常心理或病态行为的表现形式，比如感觉、知觉、记忆、情感之类的障碍，可恰恰卢疯子这种偏执型精神分裂所表现出来的行为，不是变态，而是一个精神病患者的常态。”小木解释道，这是常人对变态的误解。

不过仍然被误解了，叶天书当然以为这是推脱，他笑道：“看来，我得想办法消除你对此事的抵触心理。”

小木欠欠身子，不着急：“您还是节省点时间和精力吧，如果为了达到私人目的，我会同意，但如果安全得不到保障，我是不会同意的。你有权滞留我，甚至可以越权扣留我，但你无权要求我做什么。”

叶天书怔住了，那淡淡的声音透着一股子坚定，而这种事，一定是得自愿，他眉色稍一动，小木捕捉到了，提醒道：“在想怎么拿捏住我的把柄？没事，你可以直接问我，精神病医院开走货厢车的是我，撞坏医院大门的也是我，对此我会负责的，或者您可以罗列点其他的罪名扣住我，没关系，我理解，而且作为弱势方我不会反抗。签名、按手印、录口供，都可以，不用刑讯我一定配合。”

又把叶天书刺激到了，他下意识地摸口袋，然后又像摸空了一样，手伸出来，摸着下巴，盯着小木，一时想不透为什么谈话形势会急转直下，喃喃道：“别误会，其实可以谈的，你可以提提要求，这件案子事关重大，不尽快连根拔掉他们，还不知道有多少人被骗。”

“要求？您知道我的履历了，你觉得我需要有什么要求吗？或者，即便有，您能满足吗？”小木道，一副油盐不进的样子。

叶天书又踌躇了一下，知道对方所言不差，这种富家出来的子弟，不是给点小钱就能哄上路的，他为难地撇撇嘴，像是下决心一样，换着方式道：“好，我们不说要求了，说说良知怎么样？你来自一个富贵之家无所谓，那些身陷传销团伙里的人是什么境地，你见过了，他们被欺骗、被洗脑，变得不人不鬼，专拣亲朋好友下手，对你就一点触动都没有？但凡有点良知的人，都不会拒绝为此做点什么。”

小木看着他，脸上没有表情了，最反感的就是这种说教。

“还有，在襄庄，据 3326 汇报的情况，三十几个试图脱离传销团伙的成员，被你凭三寸不烂之舌，全给忽悠得打消反抗念头了，不但打消了，而且还义无反顾地留下当骗子，毁一个可就等于破坏一个家庭，你对此难道连一点内疚的感觉都没有？”叶天书说道，正是那件事，让他也觉出了这个人的不凡。

“有。”小木点点头道，不过话锋一转说道，“不过更内疚的是你们，传销的蔓延有它的特殊性，但何尝不是你们的职责没有尽到位？找不到它的根，又何尝不是你们失职？我想提醒您的是，没有哪一条法律规定，警察可以胁迫非自愿的公民去当线人。”

叶天书气得胃痛。他闭上眼，把桌上的资料重重一摔，起身出门了，小木嘴角泛着微微的笑意，吊儿郎当地半躺下，那样子，竟然是一点也不着急。

很快，第二位出现了，居然是白医生，进来和蔼可亲地自我介绍他是白双喜，认识这么长时间，还没介绍过呢，接下来就是劝着小木为民除害了。

对这个人好感不多，小木笑吟吟地刺激道：“白医生，您应该因为我的事受到了胁迫吧？给我制造假身份又破坏了警察的部署，这后果很严重啊。您不用解释，从您衣服上的褶纹上，我看得出您被限制行动自由有些日子了，是不是每天躺在床上唉声叹气？从您的表情上，我看得出，您很紧张和惶恐，是不是连行医资格也岌岌可危了？瞧，您的手无名指颤了几下、眼皮跳了两下，看来我猜对了。瞧，您的表情开始沮丧了，是不是知道我的履历里有学过变态心理学一项，开始后悔对我做的事了？从精神病理的角度上讲，您的症状堪虞，焦虑不安、轻度失眠、伴有间歇性头痛……长此以往，要患精神病啊。”

很快，白医生仓皇出门，落荒而逃，对门外的一干警察苦诉着：“真不行，他比精神病难对付多了，催眠和心理暗示对他都没有效果，他看我看得一点都没错，我确实焦虑、失眠、头痛，你们再把我隔离下去，我真得成精神病啊！我图什么啊？小冯可把我害苦了……”

那痛不欲生、苦不堪言的样子，还真像精神病发作了……

赏了手下一顿耳光加一顿拳脚，何玉贵坐在商务车上像没头苍蝇似的乱窜，先奔火车站，下车就如丧考妣地在人流中来回找，不一会儿又和秃蛋奔回车上，问卢教授，看意思，又想去汽车站找找。

“何胖子啊，你最大的优点和缺点，都是同一点，知道是什么吗？”卢教授很淡定地说道。

“啥意思？”何老板蒙了下。

“你说啥意思？脑袋长在屁股上，这么大个城市，你能找着人吗？”卢鸿博训斥道。

也是，何玉贵倚着车门颓然着，光行头花了好几万呢，还没怎么派上用场就跑了，赔大发了，早知道我就用个山寨货得了，正场都不上，至于花这么大投资吗？

听到这话，张狂的眼皮跳了跳，上什么正场？还有什么不为人知的生意？真勾得他蠢蠢欲动，不由得替家里担心了。他严重怀疑，把传销大经理搅得焦头烂额的小木，家里那几位根本对付不了。

“秃蛋，你说咋办？”卢疯子突来一问。

“啊？我说……我能说吗？”张狂很谦虚地说道，一直以来在这个组织里，他是个沉默寡言的形象，毕竟言多怕失，这一问，正急得火急火燎的何玉贵顺势就是一脚踹：“让你说，你就说。”

“啊，我说……我说他应该跑不到这儿。”张狂道。

“为啥？”何玉贵一愣。

“他身上没钱啊，他得先弄点钱啊。现在别说机票，火车票都得实名制啊。”张狂道。

一语点醒梦中人，何玉贵看向卢鸿博，卢疯子剜了他一眼道：“瞧瞧，他都比你明白，没钱、没身份证，要是小痞子还有地方混，像他那样的，过夜都难。”

“哦……那，卢疯子，那咱们怎么找？”何玉贵问。

“回去，换车、换住地，把近郊的小经理都叫出来，照片发到他们手机上，守着汽车站、火车站还有出城的路口、黑车趴窝的地方，多派人去找找。”卢鸿博随口安排着，张狂听得凛然心惊，这布置，他妈不比警察的差，要不知情的，真得栽进他的套子里。

“那飞机场呢，万一坐飞机走呢？”何玉贵提醒道。

“你蠢到姥姥家了，找个假证混上路就不错了，能混上飞机？”卢疯子吧唧就是一巴掌，给了何玉贵一个扇顶。

这伙人的行动力自不待言，电话一联系，近郊的几个窝点纷纷出动了。张狂驾车就近去了一趟梁庄村，高速路口附近，那下面的人干得真不赖，三十几个人就趴在高速路收费口不远，一辆一辆瞄车里的人，比警察排查还严。

扎紧路口，再返市区，为了以防万一，何玉贵要换住地，卢教授和杨讲师也要挪窝了，估计是以防跑出去的人报警。何玉贵安排着张狂去租车公司还车，之后就找个地方窝着，等待通知，毕竟张狂是个脱逃“嫌疑人”的身份。

不过张狂很清楚，不管哪一位，都根本不会相信他，一有风吹草动，他们就会消失得无影无踪……

第十七章 × 道是离别

一直到晚上七点，张狂才回到安徽路附近，专案组的驻地。严格地讲，作为负有特殊使命的人员，执行任务期间是要避免接触队里的，不过今天事情紧急，规矩都要打破了。

张狂是坐着一辆三轮车在后门下车进去的，黑暗里，已经有几个人在等待着，三个“业务员”、一个“大经理”，为了作业方便，称呼都沿用传销的规则，生怕哪一位随口说漏了嘴。

一关上门，他就焦虑地汇报着：“两个小时前，何胖子发动近郊五个窝点，120多人，在火车站、汽车站以及各路口把守，林子出逃让他们紧张了，卢疯子、杨讲师和何胖子三人分开了，去向连我也没告诉——咱们后面追踪跟上了吗？”

“就卢疯子还在视线里，杨梦露和何胖子，都跟丢了，两人专往人多的地方去。”叶天书道，下面的汇报是，一个丢在商场里，一个丢在夜市边上，这些市井厮混的龙蛇，反侦察意识相当高。

“大经理，要不趁这机会把他们的窝端了得了，就在这个市里，我就不信何胖子能跑了。”马烽火道，有点失去耐心了，另一位连强也自然附和。

张狂马上否决了，他道：“绝对不行，时机根本不成熟，我跟他们走了几天才发现，下面的发展比我们掌握的情况要严重得多，像何胖子这样的区域大经理不止一个，再端还和以往一样，除了遣返那些上当的人员，抓到组织者和起获涉案赃款的可能性，几乎没有。”

“那怎么办？上面那家伙根本不配合。”连强道。

“我就是为这事回来的，跟我说说现在是什么情况。”张狂问。

这就到高潮了，张狂瞬间发现，几位同事耷拉着脑袋，一个比一个颓丧。马烽火说：“这就是一无赖，愣把我们骂了一路，我们三个身上几百块钱全被他消费了都没落个好。”连强说：“我看见他就想揍他一顿，你是不知道他说话多难听，他居然说坏事坏人干一半，警察干一半。”叶天书也尴尬笑了，说：“他比咱们法制观念还强，吓不住也哄不住。”

“不是有白医生在这儿吗？让他试试。”张狂道。

“试了，白医生都被他说得快哭了，把局政委都请来了，结果政委黑着脸走了。”马烽火道。

张狂吃惊了，瞠然问：“到底怎么了？”

“这小子有点邪门，不知道怎么猜出政委有家庭矛盾，而且猜出来矛盾是在儿女身上，接着就嘲笑了，你连你儿子都劝不住，你来劝我？把政委气得一句话没说就走了。”马烽火道。

边上连强又补充了句：“还真猜得一点没错，政委儿子在税务局，犯了点经济问题，正被审查着，两口子因为这个事闹心着呢。”

说着这事，叶天书顺手擂了他一拳，不让他乱嚼舌根，张狂可是哭笑不得了，这才几个小时，两头都被他搅得炸了锅，而且，大家都直勾勾地看着他，好像希望都寄托在他身上了似的。

“放了他吧，送他走。”张狂突然道。

“放了？！”马烽火和连强齐齐失声。

“这种情况不能放啊，就从他的安全角度考虑也不能放。”叶天书道。

“他很聪明，知道咱们不能怎么他，那他只会变着法给你添堵，不要试图劝他，他比咱们都明白这是怎么回事，可能咱们不明白的，他都看得很清。”张狂道，“放了，有可能是两个结果，而不放，结果只有一个，相信我，他也是个性情中人，要是逼他，失望反而更大。”

在所有案子中，传销不算难的，甚至大部分时候都划不到刑事范畴，可要论侦破和追踪的难度，它一点都不比恶性案件差。那些连名字都没有一个真的的组织者、策划者、实施者，个个心狠如狼又胆小如鼠，哪怕有一点风吹草动都会销声匿迹。

这一次如果让他们溜走，那可能要再付出十倍、百倍的精力去挖掘他们的下落了，不知道又有多少善良人落入他们的魔掌。

“我就不明白了，我们警察就差到这个份儿上吗？连一句好话都得不到，难道在普通人眼中，我们和那些坏人一样可恶？”连强坐在花池边上，如是感慨道。

“我们和坏人是一个世界里的人，可他不是。他其实很精明，如果我是他，我也找不出理由回去涉险。”马烽火道。

这话连强听得不舒服了，他反问道：“人活着总该有点公德心、正义感吧？都那么精明，都没人干脏活累活危险活，那社会得成什么样？我们这么拼死拼活为什么？”

“……我们境界高呗，被崇高的理想、情操、纪律灌输了呗。”马烽火笑道，话音刚落，肩头一痛，却是叶天书顺手拿打火机砸了一下。他笑笑站起来，而这位组长却是无语，叹了声气，踱着步回到了楼里。

房间在三层，门口有守卫，未到统一行动时，人员都是尽量精简的，因为带回这个特殊人员，今天连加班的人也没有了，空荡荡的楼里，张狂沿阶而上时，能听到自己的脚步声，他的脚步声越来越慢，就连他，也在思考到底该怎么开口。

他慢慢地踱向房门。两位守卫示意了下，拉门时，被他拦住了。他站在门口，伫立了好久，像没有勇气一样。

轻轻的敲门声，在空旷的楼里听得格外真切，正翻看着资料的小木抬起头，思忖一秒钟，然后礼貌地说了声：“请进！”

礼貌是下意识的，今天他都没碰到有礼貌的人，那些糙人，都是直接拉开门进来的。

门慢慢地开了，一身橄榄色的警服，半遮半掩，慢慢显现在小木的眼前，小木的眼睛越睁越大，越睁越圆，猛地扑哧一声，笑翻了，笑得趴在桌上，笑得全身直抽，笑得两眼见泪。

是秃蛋，居然是秃蛋，哪怕穿上警服也像个混在人民队伍里的坏蛋，那长相实在一点正气都没有，怎么看都白瞎这身警服了。偏偏小木越笑，他像被揭破隐私一样难堪，越难堪，也就越难看，小木也笑得越厉害。

张狂看小木精神状态尚好，倒是放心了，饭时已过，送的盒饭，放在桌上根本没动，这家伙看样子很大胆，居然拿着专案组叶组长的文件夹看着。

良久，只等小木笑够了，张狂这才道："重新认识一下，我是警察，我的警号00892××！"

"还是以前的秃蛋帅点。"小木笑道，真想象不到，警察里还能有长相这么像坏蛋的人。

"我也觉得是。"张狂笑笑，期待地看着小木，说，"我在监控里，好像看到你研究这个传销案里的人物了。"

"一群疯子而已，有什么可研究的？"小木兴味索然的样子。

张狂慢步踱到他身边，拿起了桌上的夹本，随意看了一眼道："真没有想到，你说的都是实话，还真是个富二代啊。"

"可你一直说的都是假的。"小木撇嘴道。

张狂没有接他的茬，翻看着夹本，像在自言自语："选的变态心理学专业，那应该涉猎过行为心理学、社会心理学，甚至接触过司法与犯罪心理学，我说得对吗？"

"咦？秃蛋，你挺有文化的，怪不得那天喷了句中西合璧。"小木愕然笑道，这家伙装坏蛋装得太像了，要不是中途离场的话，恐怕很难想到他会是一名警察。

"观察细节我真不如你，揣摩人的心理，我更不如你。那天在襄庄，你把三十多个人劝下，其实做得很好，连我们叶组长也赞口不绝。"张狂夸道。

"是吗？我还以为会以此当借口，以非法参与传销滞留我呢。这都值得夸奖，我可真是替传销组织解决难题。"小木道。

"当然值得夸奖，如果真的炸了群，可能会跑出一部分来，可跑不出来的，就要受到伤害了。"张狂道，慢慢向小木敬了一个礼，"谢谢你，我代表省厅打击非法传销专案组全体警员，谢谢你。"

小木瞠然了，像受不了这么重的礼，下意识地站起来，不过在张狂觉得他有所触动时，小木坐下一摆手："少来这一套，准备把我关哪儿？麻利点，本少爷要睡个安生觉。”

“你一定会觉得，警察会胁迫你？”张狂问。

“难道不是吗？”小木警惕道。

“难道警察在你眼里，就这么不堪？”张狂讪笑道。

“你用肯定语气说这句话，就是正确答案。”小木道。

张狂被噎得说不出话来，最后笑笑道：“可能下午你和我的队员发生了点不愉快，我代他们道歉，不过你也整得他们够呛，他们一天补助才十几块钱，全给你上供了。”

提到连强、马烽火那仨人，小木坏笑道：“没事，我原谅他们了，告诉他们别记仇啊，反正我落你们手里也没好，想找回这口气，有的是机会。”

“我会转达的，不过估计他们没机会了。”张狂放下了夹本。

小木慢慢起身，知道要走的时候来了，不屑道：“下一句是要带我走是吧？走吧，认识你很好玩啊，秃蛋，等有机会出来，我找你叙旧啊。”

小木说着离座了，那副吊儿郎当、玩世不恭的样子或许才是他的本色。张狂在想，这家伙确实是见的世面多了，连老美的监狱都进去参观过，根本没有惧色。

“请，我会亲自送你走，现在是十九时四十分，二十一时的航班，直飞滨海，到时候，会有地方的警务人员接你，把你安全送回家。机票订好了，你没有身份证，我是通过机场公安订的，你放心，没有人会拦你。”张狂说道。

小木愣了，疑惑地盯着张狂，不相信地问：“想要什么花样？”

“想告诉你，不是所有的警察都那么不堪，将来想起来，最起码你也见过好警察。没什么花样，走吧，抓紧时间，路上得差不多四十分钟。”张狂匆匆走着。

小木快步跟着，追问着：“喂，秃蛋……不，秃哥……不，警察同志，这个……”

“还是叫秃蛋吧，你顺口。”

“不不，那太不礼貌，那我谢谢你啊，我以为会把我扣起来，案子不还没结束吗？”

“还有其他警察呢，还有其他举报人和线人，没事，我们费点劲，大不了再多耗点精力。”

“可是……”

“你怎么了？想留下来？那我可巴不得呢。”

“少来了，套我？”

“……怕下套，那还不快走？”

两人匆匆下楼，一辆车已经等在门口了，那一组铁三角分坐车前，张狂和小木坐到了后面，车出大门时，被叶组长拦住了，他提着一兜水果递进去，看着黑暗里的小木道：“别记恨我们啊，小伙子，有时候我们迫不及待想办了这帮坑人害人的王八蛋，确实急了点。带着，路上吃，下回来市局找我，毕竟给我们帮了大忙了。走吧。”

放弃了，话里透着浓浓的不甘和歉意，黑暗中看不到小木的表情，不过车窗合上时，那兜水果沉甸甸地放到了小木怀里，张狂伸手拿了个苹果，边啃边道：“林子，别信他，他是作秀。”

“给我的，谁让你吃了？没礼貌。”小木怒了，斥了张狂一句，把水果抱在怀里，感受着那沉甸甸的重量，好半晌一言不发。

果真是争分夺秒在赶时间，仅仅在路过机场高速口时，张狂提醒了一句，传销这帮孙子，正遍地找你呢，不过警车他们不敢靠近。除此之外再无闲话。下午和那几位就发生不快了，明显觉得还有敌意，甚至小木怀疑，这些货真是在作秀，就等着他心软，然后一头栽进坑里。

当车在机场候机楼前，嘎一声停下时，小木一下子觉得心宽了，浓浓的歉意油然而生，看看那几位警察，真不该折腾人家，直到现在那司机还一肚子气，没正眼瞧他一眼呢。

进了候机楼，在机场公安的陪同下过了安检，张狂把一张机票交到了小木的手里，犹豫不决地看着他，像有千言万语又全部咽回去了，悄悄地伸手，把手心里攥得见汗的几张钞票塞给小木，小木不要，他直塞在他的手里道：“拿着，还有半个小时，吃顿饭、睡一觉就到家了。”

“谢谢……谢谢。”小木鼻子抽抽，看看那两位，连强可没好话，翻着白眼道：“不用谢了，别让我再见到你，就是最好的感谢。”

“如果你能控制你的情绪，你将来的成就会更大，管不好嘴，是要吃亏的。”小木提醒一句，把连强气得直指小木说着："老马，看这孙子……我真想揍他一顿，我当了这么多年警察，还没公费坐过飞机呢，这么好的待遇，他都不领情。"

"你少说两句，滚蛋！老马，把他拖走。"张狂发飙了，沉声一吼，老马拖着连强远远离开了，张狂再回头时，眼光却正触到了小木的目光，小木突然说道："其实你期待我回心转意，给你当这个涉险的线人。为什么不说出来？"

"我无权这样做，即便我真的说出来，你会答应吗？"张狂道，脸上微微有点喜色。

小木却面无表情，无情地拒绝："不会。"

或许真的绝望了，张狂尴尬一笑，拍拍他的肩膀道："我理解，其实在汉中就想送你走。不管以前怎么样，要走了，别记恨我们，别记恨警察，这个世界很糟糕，有很多坏人，总得有人敢挡在他们面前，否则遭殃的都是那些安分守己的好人。就像你下午唱的那首《I was here》，天后碧昂丝是为了纪念'9·11'事件唱的这首歌，那首歌赞美的是在危难中向别人伸出手的无名英雄。我们可能不算好人，可也归不到坏人一类，希望你也理解。"

"我理解。"小木点点头道，不过话一转又恶心了，看着张狂道，"你情操太高尚，手也不够黑，别当卧底了，碰上眼光深的人，你会露馅的。"

言毕而走，小木留给张狂一个大大的后脑勺，张狂怔怔地看着他消失在人群中。

走了，就这么走了，头也不回地走了。

张狂的表情僵住了，连招手再见也忘了，满腹的期待全化作乌有了，他精心穿上的警服，现在看起来是如此滑稽，他脱了，衣服翻过来裹着帽子，垂头丧气地走着，后面跟着垂头丧气的一对，门口等着另一个，司机嗤笑道："瞧瞧，三张热脸贴了个冷屁股蛋吧？说什么来着，没用，这就是个熊包。"

"你少说两句。"马烽火示意着张狂脸色不好，回头安慰道，"3326，收网时间没多久了，大不了漏几个，少了他地球还不转了似的。"

"你们没进过贼窝，不知道那些人有多贼。咱们三个月查了不少窝点，还没有最近这一周发现得多，就我这样，顶多是个司机、打手的料，他可是能站到讲师台上的。你们想想，真有这么一位线人——那这个区域的大经理，可就都到我们视线里了，将来照单抓人就行了。”张狂无限惋惜道，最好的一个设想，没想到几天就破灭了。

说得其他几位也是好不懊丧，这功亏一篑得实在不是时候，四人在厅外，吸烟，抽了一支烟、抽了两支，张狂不时地看着厅里，好像期待小木重新出现一样，可越看，眼里留下的越是失望，老马道：“走吧，得找找那帮货的下落了。”

“3326，你回去小心点啊。”连强道。

“能不能回去还不一定呢，得等着没风声他们才可能露头，会不会再用我都不一定。”张狂道。

“那就抓吧，省厅这次是要铁拳行动了，一查到底。”马烽火道。

张狂想到了什么，却欲言又止，其实从警察的角度，永远无从洞悉每个罪案的精妙，就像他一直认为传销很小儿科，却骗了那么多人一样，那种简单直观又有效的洗脑方式，不是亲历，根本不敢相信它的威力。

而现在，有一个深谙它的人却失之交臂了，让张狂曾经满心的期待，全成了失落的惋惜。

司机的车开过来了，直到二十一时整，一架客机腾空而起，马烽火提醒了一句，几个人这才落寞地上车，张狂抬头时，只看到了航班闪烁的尾灯，在夜幕中，显得格外闪亮，而他的心，却像掉进了黑沉沉的夜幕。

没有星光、没有方向的夜幕……

第十八章 × 回头倏见

车驶出了航站楼，刚上路，老马的手机急响，他狐疑地看了眼，是机场公安陈科长的电话，负责给小木开证明出机票的，以为有了什么变故，一接听，惊得老马喊出来：“什么？没登机，好好，我马上回去。”

张狂一下子欣喜若狂了，催着司机：“倒回去，倒回去。”

“啥意思？”连强愣了。

“这小子搞什么？”司机道。

“都嘴巴放干净点，可能有戏。”马烽火明白了小木没走，那意味着什么。

车呜的一声倒了回去，几人跳下车，飞奔进去，在偌大的候机厅来回找着小木，那机场公安倒先见着了，情况是根本没有登机，广播了几遍都没找到人。

顾不上解释了，张狂带着几位同行通过了安检入口，来回寻着，想在旅客群里找到一个人还真不容易，就是机场这位公安准备拉监控寻人时，被张狂拦住了，他指了指一处机场餐厅的方向。

一眼过去，不知道为什么，所有介怀都冰释了，小木正坐在餐厅中央，悠闲地抿着咖啡，旁边放着碗碟，估计是慢悠悠地享受了一顿晚餐。

和机场这位耳语几句，送走了人，张狂三人踱向小木的餐桌，服务员吓了一跳，要问时，被一张警官证把话全咽回去了。

“你们怎么还没走啊？”小木故意问。

“那你怎么没走？”张狂也故意问。

“我吃了顿饭，误了登机了，你们呢？”小木笑道。

“我们……我们想你一定误了登机了，所以就来找了呗。”张狂道，两人笑了，却不料小木脸一拉，不客气地道：“那等什么，赶紧买单。”

“哦……快去。”张狂支使着连强。连强现在不介怀了，赶紧上前买单，一听300多的价格，再一看一碗面40多，气得他剜了服务员一眼斥着：“比传销还黑啊。”

他掏出瘪瘪的钱包，却踌躇了，马烽火赶紧上来，知道这穷哥们手边没余钱，他掏着银行卡，却不料小木已经拦着把钱给付了，剩下的几张他随手塞给老马道：“别推拒啊，这是秃哥手里藏的黑钱，送你了，估计我用不上了。”

这，马烽火一下感动得有点难堪，小木一转身，把机票扔给连强了，他道：“别说我不领情啊，我还真不领情，两清了。”

“哎呀，你看这事闹的……我、我、我郑重道歉。”连强不好意思地说道。

这是人敬他一尺，他敬人一丈的那种直肠子，下午恶相毕露的脸，现在怎么看怎么尴尬，小木笑了笑，看看张狂，张狂兴奋地说道：“我就知道，我没看错你。”

“你少得意，我可什么都没答应啊。”小木道，径自走了。

“人都留下来了，这还需要答应吗。”张狂追着，不好意思地说道。

“那考考你，知道我为什么留下来吗？”小木问。

这个问题绝对简单，可一想却很难回答，张狂想想，问老马为什么，老马愣了下，好像很简单的问题嘛，他怎么一下子卡住了，居然回答不了。

“那为什么啊？”张狂干脆问回去了。

“为了看一个心理大逆转能给一个人造成多大的影响。”小木道，看来简单问题复杂化了，都没太听懂，然后小木又解释道，“直白地讲就是，想看看你从极度失落到欣喜若狂的傻样啊。”

张狂一愣，然后小木咯咯直笑，气得他作势一掐，恶狠狠地说着：“臭小子，恶心我是吧，信不信我弄死你？”

“信啊，咱俩不都是精神病吗？”小木道，那掐的手势化作击掌，啪声一响，心有默契地紧紧一握，小木欣慰地道了句，“没扔下我，给了我两回钱让我走的人，我实在有点不好意思走了。我说秃蛋，你别老摆臭脸架子，你得多求求我啊。”

“滚蛋，想得美。”张狂不屑道。

“那别怪我不帮你啊，以你的智商，应付不来卢疯子，说不定还有比卢疯子更厉害的人。”小木道。

“嘿哟，你是揪着我的小辫子不放了，是不是？”张狂作势威胁，老马可拦着了，虚张声势道：“千万别，敢惹了这位爷，回头大经理得开了咱们。我说小木，不，林导师，我也郑重向你道歉啊，要是家里知道您没走，指不定得乐成什么样子呢！”

“我就说了，每个人心里都有正义感，都无法坐视、旁观。”连强道。

“你们快算了吧，拿的解放前的工资，抓的现代化的罪犯，过不正常的生活，偏偏心里想的还是舍己为人、平安一方。我也算服了你们了。”小木道。

这话听得极度刺耳，司机挠挠脑袋跟在背后说着：“哟，他说得好像有道理。”

“怪不得每年评优秀都没有你，思想太落后。”马烽火斥了句，连强无奈笑笑道：“搁你说，我们好像确实过得挺傻啊。”

蓦地，小木停下了，他看看跟着停下的几位，仔细观察，又微笑道：“确实有点傻，不过，是令人尊重的那种。”

张狂无言地拍了拍他的肩膀，揽着他，小木瞬间的感动之后，自嘲道：“我就不一样喽，像我这样没目标、没信仰的人，生活在于不断寻找刺激，这么多年其实我的对手一直是我爸，我是费劲周折想让他难堪。这次我突然发现挺没意思的，像遇上了一个永远不会还手的对手，一点成就感都没有。哎，秃蛋，我得申请什么条件？”

“你想要什么？”张狂笑问。

“给钱吧，我不稀罕；给身警服吧，你们肯定不收容我这号人。要不，介绍个警花？”小木笑道。

张狂不理他了，甩手走了，小木讪道：“你这个人，怎么比传销人还无耻，光想让干活，不给好处，那能给你干好吗？”

“哎哎，林导师，别生气，有我呢，我给你介绍，像你这种条件，什么花不得倒追你？”连强拍马屁道。

小木像遇到损友一样乐了，直拉着连强说道：“哟，这才是兄弟，瞅空带我看看去啊。”

“没问题，我们一起带你去。”马烽火也凑乐来了，知道年轻人的心性，哄高兴了，什么都成。

原路疾驰，增补的“送回”，部署在紧急制定，专案组人员悉数放弃休息，重回岗位，在多地加派了盯梢点，多名厅里特殊人员连夜接到通知，到专案组报到……

一个卧底或者线人，在启用之前，会有很多秘密的、烦琐的事，这是一个不眠之夜。

前一晚二十二时开始，体检、心理测试、履历梳理、建档，越是重大的案情，程序会越精密，整个过程，小木是戴着一个头套进行的，就连那些医生、警察，都无从知道这个人的真面目。

血样、尿样都要化验，染毒、有传染或者其他重大疾病的人，肯定不能用。

心理测试不合格的人，肯定不能用，因为这不是像普通线人一样问一条线索，而是要去寻找一个重要目标。

有反社会性格的人，肯定也不能用，免得养虎为患。

整个测试进行了三个多小时，之后小木被带到了一个狭小的房间，陪的人只有那个卧底哥们儿——秃蛋。

凌晨一时四十分……张狂看着这个时间点，眼睛瞟着摘下头套、坐在椅子上、慢慢抿了一口水的小木，他带着歉意道了句："对不起啊。"

对不起？小木被逗乐了，看到张狂浓浓的歉意表情时，问道："为了什么对不起？"

"为了……不该把你拉上这条路，我现在倒有点后悔了。"张狂道，坐到了他对面，看着小木，那帅气、稚气的脸庞，更增了他的歉意。

"你一半是歉意，一半是不放心吧。"小木道。

"对。"张狂丝毫不掩饰地说道，对于小木的自愿，不仅仅是惊喜。

"这样说吧，如果我回去，回到原来的生活中，会像以前那样，面对我父亲厌恶的目光，那目光就像看一坨屎一样厌恶。"小木说道，脸上是一种难堪的表情，就像他每次宿醉醒后，那种深深的自我怀疑，他说，"……我可以躲过父亲，可躲不过所有人，当我一身名牌、开着好车、刚找到点自我感觉时，又要面对那些普通人憎恨的目光，他们看我可能连一坨屎都不如。富二代过得也很艰难，你多有钱，别人对你的表情就有多假。"

张狂笑了，难道这就是理由？可这岂不是大多数人都向往的生活吗？

小木也笑了："在回到滨海已知的索然之味和留下来未知走向之间，我选择接受挑战。活这么大，还就你们把我当宝贝啊，一直以来，我都以为自己一无是处啊。"

"就这原因？"张狂哭笑不得了。

"啊，难道你觉得，是你们的除暴安良、造福一方的理想感动了我？那不可能，犯罪是一种与其他社会形态共同的东西，永远无法消除。"小木道。

把张狂搞蒙了，这心态他觉得有严重问题，他凛然道："小木，你搞清楚你的立场，你现在在警察的阵营中，对和错，要泾渭分明。"

"我知道，但我们身处的是一个混淆的世界，比如你的身边难道没有坏人？比如警察里难道没有违法乱纪的？比如你接触的犯罪分子，都是清一色的十恶不赦？没有哪怕一位，其情可悯？"小木笑道，这样的辩证法，果真把心思并不复杂的张狂听傻了，怔了半晌，起座离开，撂了句不客气的话：

“老子不跟你说话了，说多了得被你洗脑。”

真走了，不过没走远，就在隔壁几间房子之外，可能小木不知道的是，今夜动用了省公安厅数位心理专家、省法医鉴证中心的医生，有七八台车拉着不同的人在为这么一个线人服务。

体检没问题，就是有个文身，连文身的出处和含义都得查清楚。心理测试结果拿到范文杰面前时，倒把范文杰看傻眼了，清一色的对勾号，整整100多项专业术语检测项目，貌似答了个满分，他兴奋地说着：“好像测试结果不错嘛，都是对号。”

“不是，范主任，这个人有问题。”一位年届四旬的女警道。

“什么问题？心理有问题？”范文杰主任问道。

“对。”医生解释了，特别是测谎上，他能骗过仪器，连说十几句假话，比如我是奥巴马、我是女人、我是变态杀手、杀过七个人等明显错误的问题，居然没有一点心率变化，甚至连皮肤微电、脉搏都没有检测到变化。

所以结果是，这个人的话，无法相信。

一下子兜头泼了一盆凉水，光这还不够，心理医生补充了，一个正常的人，针对这种测试应该是有起有伏，比如测试认知，在观看血腥场面时，他的脉搏反而有兴奋反应；比如在回答常识性问题时，反而出现误差，所以结果是，医生郑重说了：“有心理疾病隐患。”

听得范文杰毫无征兆地“呃”了一声，打发人把医生送走，他却像热锅上的蚂蚁犹豫不决。从开始部署对传销教父的渗透工作，已经耗费了很大的精力，无意中发现这个人的潜力，费尽周折才决定启用，要真是一个有心理问题的人，和卢疯子穿上一条裤子，那警察可要贻笑大方了。

踱了良久，他匆匆出门时，才发现叶天书和张狂等在门口，这一趟变故太大了，连不轻易露面的3326也出来了，他烦躁地把两人叫过来，表格一递：“看看吧，医生说，有心理问题，这敢不敢用啊？”

“我听到了……这个……”叶天书看向张狂。

张狂思忖了片刻，想了想，让打开监视，监视器里，小木端直坐着，两手平放，浑然不似平时的吊儿郎当，张狂蓦地明白了，他和两位领导耳语了几句，径自又回到了房间。

开门，小木头也不回，张狂坐到他面前时，拿着报告，重重一拍，然后严肃地看着他，气愤地说了句："你再装！"

装的，绝对是装的，连何玉贵的打手都吃了明亏，卢疯子、何玉贵那帮子传销老手都上了他的当，骗过一个测试仪似乎问题不大。

小木笑了，笑开了花："就你们能测试，我不能测试你们？心理医生的结果是不是说我有心理疾病，而且有轻微变态及暴力倾向？"

张狂气得把报告扔给他，愤愤说着："我说嘛，就我得了病，你也不会有。"

"夸奖不错，报告我就不看了，太逊了。人是复杂的动物，而心理是人最复杂的部分。真以为几幅画面、几句问话就能测试到一个人的真实心理状态？太落后了，我们在心理学系上课时，玩的游戏都比这个高端，不信你去查查那位女医生，我测试她离异，刚刚找到让她满意的心上人，来时，说不定正和情人柔情蜜意呢。"小木道。

这叫什么事！测试医生被测试了，张狂现在都不知道木林深脑袋里装的是什么，怎么净是些稀奇古怪的玩意儿？

"闲着也是闲着，去求证一下，打个赌，输了带瓶酒回来，咱们且斟且饮，要不多没意思。"小木道。

张狂狐疑地起身了，当卧底也有些年了，什么见鬼的事都不会让他惊讶，可偏偏这个小子让他不服气。

去了十几分钟，重新回来了，手里多了一瓶酒、两个包装盒的凉菜，他放到桌面上时，小木已经笑得直抽了。

张狂尴尬地看着小木吃着，心里的震惊无以复加，范主任专程接通了女医生的电话，以组织的名义命令女医生讲私事，然后……全部印证，那女医生一年前离异，刚刚找到心上人，被紧急通知到这里之前，正和情人在一起。

不用说了，两位领导已经欣喜若狂，什么测试不测试，就这个人了。

但张狂还没有从震惊中拔出来，他觍着脸，小心地问："林子，怎么看出来的？"

"倒酒。"

"哎。"

"先自罚三杯。"

“好！”

被调戏了若干，小木笑着说了：“原因在于，测试时，我闻到了女医生身上带着淡淡的香槟味，眉线、唇膏、底霜都用上了……四十多岁的女人来这一套，还能有什么？肯定寻欢了。”

“那为什么不能是出轨、偷欢？”张狂挑着刺。

“你个傻×，要是有老公，她会掩饰身上的变化，会害怕被发现，而她的样子是生怕别人不知道，所以只能是又结新欢，而不是出轨偷欢。所以我判断她离异。”小木道，然后严肃地看着张狂，张狂剜着他，噗的一声，两人俱笑，就这眼光，当浮三大白啊。

看监控的叶天书也高兴坏了，他和老领导说着，这小子要是警察就好了。老领导可不这么看，笑道，算了吧，天天被这种人看着，你不心虚啊？

当然，对于启用一事已经心实了，两位领导默然离开，要开始安排梳理后续的计划了。

一瓶酒喝了七七八八，多是张狂抢着喝，怕把小木喝多了，喝到高兴处，张狂感慨着：“林子，你要是警察就好了，就你这本事，哪个警种都能胜任。”

“不不，我对这个职业没好感。”小木道。

“为什么？”张狂没想到，小木居然对警察没好感。

“没意思，知道不？你穿着警服、遵守纪律，那就和戴着镣铐舞蹈一样，不可能尽情发挥啊。”小木道。

说中心事了，张狂倒了杯酒，抿着嘴，重重点头，那是警察的弱点，可也恰是警察能够承载正义之名的原因。

小木可放开了，得意扬扬地说着：“现在相信我研究过犯罪了吧，我告诉你，我为什么不看好警察这个职业？那是因为，不管你多么辛苦地操劳，对于并发性的社会问题，永远无济于事。你是刑警吧，不管你们多么精彩地破案，都是在寻找和重现别人的印记，而且很多时候，你们还找不到真相。”

越说越被刺激，张狂凶狠狠地盯着他，被贬得一文不值气着了。

还有更狠的，小木继续道：“你的表情告诉我，你认同我的答案。反观作案就不一样了，那需要精妙的部署、天马行空的想象、自由不羁的实施，蔑视一切制度和权威——啧，那叫快意，你们呢……憋屈！”

砰，张狂一拍桌子，恶声骂道：“吃你的吧，再胡扯我弄死你。”

“哈哈，你太逊了，对犯罪不懂欣赏，对罪犯不懂尊重，那你这个警察的格调就不会很高了。”小木摇头道，很不中意。

张狂又被说愣了，好像挺有道理，而且他分不清是不是歪理，不过他下意识地拒绝接受，不再讲这个高危话题了，免得录音监控事后分析，给他带来一堆麻烦。

小木喝了个半醺，休息了两个小时，张狂一直没有闲着，和外勤队友在商议着最合理、最安全的方式，因为要“送回”这个线人，几队外勤一夜未眠，盯着那些在车站、路口的传销分子，那些人比警察还有耐心，就守着等小木出现呢。

当然，这也反证了小木的重要性，所以也就更让专案组费心，方案制定了若干，很多细节都考虑到了。

凌晨五时，起程时间到了，张狂匆匆推开小木住的房间时，却意外地发现，小木已经整装待发了。他端坐的神态肃穆无比，一瞬间张狂想起了自己每次临战时，也是这个样子，他坐下来，把方案递给小木，小木扫了眼，扔在桌上。

“紧张吗？”张狂问。

“我的心跳和脉搏会告诉你，不紧张。”小木笑道。

“不会有危险，你顶多会被揍一顿。”张狂道。

“当然不会有，他们需要用我，就像你们一样。”小木道，那轻松的表情，把张狂也感染了，能做到这一点，就不管小木有多顽劣，现在看上去也是那么可爱。张狂看小木若有所思，他随口问着：“能告诉我，在想什么吗？”

“不能。”小木面无表情道。

“家人，这时候最想的就是家人。好像是你爸把你送进精神病院的。”张狂道，起初不了解，不过认识小木后，发现精神病院倒是个不错的去处。

“对，是出于爱我，但我回报他的一直是恨。曾经我对他恨之入骨，这么多年，我终于得到同样的回报了。”小木喃喃道，说得那么黯然。

“所以你在期待改变？别多想了，事后会有省厅的专人向你家人说明情况的。”张狂道。

“是你多想了，总害怕我因为其他事分心。不会的，我不为谁，我本来就期待改变，就像你们警察期待能改变世界一样，我一直期待改变我自己。”小木道。

“其实不用改变，本心就是最好的。你饿极了也不会铤而走险，身上有点小钱都舍得给乞丐，一个人在一无所有时，才能看到他身上高贵的品质，我在你身上看到了。”张狂道。

小木的眼睛蓦地睁大了，用欣喜而惊讶的眼神看着对方，像发现了珍宝一样。

张狂继续说着：“你之所以留下来，是因为不想看到更多的普通人被传销团伙骗得败家破财，进精神病医院；不想看到那些浑蛋肆意妄为，为非作歹，你刻意地用顽劣的外衣包裹着自己，其实你那颗脆弱的、善良的小心肝，已经被那些罪恶触动了，你的内疚、你的愤怒、你的正义感，让你无法选择坐视。”

一瞬间，张狂也像变了一个人，木林深蓦地想起了，这家伙既然是个卧底，岂能像他表面上那么愚蠢不堪，能把憨厚和凶恶都刻在脸上的人，怎么可能是笨蛋？

“走吧，还会有更大的舞台，我们可以尽情发挥，做一对‘坏蛋’。”张狂笑着邀请道。

小木起身，很狂地道：“别忘了帮你们破完案介绍一个警花给我啊，我要玩制服诱惑。”

“那你输了，给我介绍个白富美啊，我快穷疯了，我要吃软饭。”张狂严肃道。

两人击掌为誓，神态猥琐，表情窃喜，很快入戏了，那样子绝对是商量一起打家劫舍、抢掠民女的奸贼。悄悄下楼，从后门离开专案组驻地。

清晨五时四十分，小木贼头贼脑地溜到长途汽车站附近，打探黑车出市的价格，巧了，和何胖子那些人碰上了，他不认识，可这些人认识他啊，一照面如获至宝，一呼哨十来个人围着，胶布一贴嘴，旅行包一扣脑袋，推搡着塞进车里，就那么扬长而去，车站值勤的瞧见了，管都不敢管。

半个小时后，张狂接到了电话，是消失的何玉贵呼叫他：“去哪儿快活了？人都抓到了还不见你，赶紧滚回来！”

这句话对专案组来讲太动听了，像是兴奋的G点被触到了，不过除了兴奋，又多了一层担心……

第十九章 × 疯言脱险

线人，不是个好称呼。警队里有这样一个笑话，说组织养了三个儿子，警察是亲生的，卧底是领养的，而线人，都是路边拣的。这个笑话冷暖自知，大部分线人不算好人，但也不是坏人，可在被用时，没有谁把他们当回事。

张狂每每忆起小木傻乎乎不知轻重的显摆，就替他担心，当二五仔最好的性格是低调，最好是让人忽视你的存在，而他太高调了，如果不是让人窥到那么多过人之处，专案组恐怕早把他打发回家了。

可现在，已经是大姑娘上轿、丈母娘跺脚、老太太学绣花，什么都晚了。

他像头回执行任务一样，胆战心惊地回到了集合地，打出租车回去的，刚下车就看到了那些“捉到”小木的传销分子，像人贩子论斤出价一样，几人抬着往那幢租的土豪别墅里走，小木依然高调，乱蹬、乱踢、乱喊着。

张狂匆匆奔回院里，到了门口，老老实实地躬身站到一边，脸色难看的何玉贵瞟了他一眼，没多说。

不用多说，今天是收拾这个小兔崽子，因为他的逃跑，吓得整个组织都转入地下了。

人送到大头和大嘴手里，何玉贵挥着手，把几位捉人的传销分子打发走，塞了点零钱，那些都是何玉贵手下的骨干分子，千恩万谢，出门锁好，轰轰发动着破面包车走了。

此时再看大头和大嘴，被坑得不轻，眼睛还肿着呢，两人恶狠狠拎着小木，大头摘掉了小木头上的破布包，狞笑着：“小子，你跑啊。”

说着就要扇，小木紧张大喊着：“嗨，嗨，别打脸，别打脸，老板想赚钱，全靠导师这张脸。”

也对，何玉贵赶紧拦着：“对，别打脸。”

小木保住脸了，何玉贵脸一拉，变了，直接道：“打屁股。”

大嘴迫不及待，吧唧就踹了一脚，一脚把小木踹到了客厅的长沙发上，小木疼得龇牙咧嘴，回头怒目而视道：“我靠，大嘴，你胆比嘴还大，这身衣服好几万，可都是何老板的血汗钱，看看，踢脏了，裤裆开缝了。”

何玉贵生性悭吝，这算是敲到疼处了，他上前啪唧就甩了大嘴一耳刮子：“真他妈蠢，衣服比人贵多了，能这样打吗？”

“何总，那怎么打？”大嘴欲哭无泪道，刚动手，自己倒挨了耳光。

“扒了衣服揍，他妈的，敢跑！”何玉贵恶狠狠地说道。

大嘴、大头得令，捋着袖子就上来了，小木躲到了沙发角落里，两人抓着抓着，逼到进退无路的小木猛地大喊着：“何老板，我有重要情况告诉你，咱们里面有警察的人。”

啊？！张狂吓得差点晕过去。

啊？！大头、大嘴愣了下，何玉贵吓得心跳几下，立刻问：“谁？”

“他。”小木一指大头，大头傻了。

“放你娘的屁，他要是警察，老子就是警花了。”何玉贵不信地说道，一挥手，“揍”字没说出口，小木抢白着：“给警察通风报信啊，那比警察还可恶。”

“我被警察抓过，我最恨警察。”大头解释道。

“对呀，你被警察抓过，谁敢保证没警察胁迫你？警察审你的时候，让你交代别人的事了吗？”小木问。

“让了。”大头愣着道。

“看，有当内奸的潜质。”小木断章取义，直接唬道。

大头还没来得及说“我没交代”，何玉贵倒瞪上了，吓了他一跳，小木火上浇油道：“那天他跟着我上厕所，告诉我说，赶紧跑吧。”

“胡说不是？我没说！”大头犟着。

“那你说我怎么跑的，你这么大块头，一根小指头就收拾我了，我怎么可能跑？明显是你放水了。”小木道。

“不是不是……你嘴里那个吐什么辣椒吐我眼睛上了。”大头急切地解释着，可哪能辩得过小木？小木眼一翻问道：“你们两个人呢，我就吐你眼睛上，之前你就应该把我放倒啊，这最起码没有尽到看护义务，对不对？别以为我不知道，你和大嘴看女厕所进出的女客人了吧？敢说没有？”

“这个……这个……”大头嘴拙了，看女的肯定有，可和这没关系啊，不料这也触到何玉贵的逆鳞了，一想这俩夯货平时就吃喝嫖赌办事不力，他挥手就是一耳光，打得大头眼冒金星，大嘴吓得倒不敢再抓小木了。

小木岂能放过他，严肃地一指大嘴道：“何老板，我觉得他也有问题，吃羊杂的时候我抓了一把辣椒包在餐巾纸里，他只顾吃居然没发现，您说您一天付他多少钱呢？就让他来吃来了？”

大头气着了，愤然道：“好像你光拉不吃似的。”

“对了，何老板，他们背后这样议论您的，说您光吃不拉，才这么肥。”小木把话反过来，扣何玉贵脑袋上了。何玉贵一瞪大嘴，大嘴吓得赶紧解释着：“何总，我说他呢。”

“废话，什么你我他，何总一直强调咱们是一家人，你们根本没把何总当家长。”小木训道，大嘴嘴可拙了，急切地辩着：“谁说我没当？我当了。”

“你把你自己当家长了，还是把自己当何总了？当什么了，说呀，我看你根本就没把何总当回事，就想混俩钱儿是吧？说呀，当什么了？”小木咄咄逼人。

大嘴哪反应得过来，怎么觉得“当了”什么好像也不对呢？

表情一畏缩，何玉贵却怒了，啪啪扇了大嘴两个耳光骂着：“你他妈的，就知道你俩蠢货干不出好事来。”

大嘴欲哭无泪了，明明说何玉贵光吃不拉的是小木，他却不敢吭声，反而挨打了。

不但挨打了，打得还不轻，连打带踹，何玉贵把大嘴和大头收拾了一通。这两位兄弟可是吃人嘴软、拿人手短，愣是没敢吭声。

形势急剧逆转，张狂看得哭笑不得，专案组制定了一晚上，都没想象出这种结果——又发现了小木一个优点，嘴炮比枪还厉害，栽赃、诬陷、泼脏水，简直是一气呵成，瞧他那无辜的样子，明显错误都在大头和大嘴身上嘛。

瞧把何老板给累的，揍了两货一通，气咻咻地回瞪着小木，这像杀鸡儆猴，而且似乎不收拾这猴崽子一通说不过去，小木赶紧乖巧地跑上来道：“何老板，我对咱们组织肯定忠心耿耿啊。”

“放你娘的屁，跑了吓死老子了，知道不？”何玉贵怒道。

“那更证明我忠心耿耿啊，我顶多害怕跑回家，绝对不会泄露组织的秘密，再说我都有一分子呢，这不回来了嘛，我还得鞍前马后给您老跑腿呢。”小木说着，表情诚实到无可挑剔，语气紧张而颤抖，真是见者可怜，闻者动心啊。

这下子那种劫后余生的心态被无限放大了，而且确实证明这小伙没露组织的底，何玉贵神态一松，不料又想起这等事的麻烦，他气又上来了，怒吼着：“别扮个乖样，就觉得老子不敢收拾你。”

“您是敢，可不值得啊，何总。”小木道，那细胳膊嫩腿的，真是不够收拾。

“那你跑什么？哪点亏待你了，吃得好，住得好，都把你当老的养呢。”何玉贵训道。

这个关键问题，擅自脱离组织是件很严重的事，找不到好借口，还是要挨揍的。

张狂心悬起来了，小木脸一哭丧，理由脱口而出：“我害怕。”

“害怕什么？怕警察？又没有沾钱又没犯法的，怕个鸟？我看你他妈就不想真心待。”何玉贵骂着。

“绝对不是，我害怕是有隐情啊，何总，您不了解我有多痛苦啊。”小木痛不欲生地说道。

“到底怎么回事？”何玉贵一瞅孩子委屈成这样，好奇了，一好奇，心态又被人悄无声息地挪移了。

小木一指张狂：“害怕他。”

“啊？我怎么了？”张狂愣了，这是剧情以外的，他可应付不来了，只能装傻。

“就是，他怎么你了？”何玉贵不信地问道。

“他、他、他试图猥亵以及非礼我。”小木咬牙切齿，恨之入骨地指着，那痛不欲生、瑟瑟发抖、苦不堪言的样子，真像已经被非礼了一样。

那俩被扇耳光的，扑哧笑了，张狂脸红耳赤，大张着嘴解释不出来，何玉贵怔了半天，哈哈仰头一笑，小木委屈地说道：“你还笑人家。”

何玉贵怒消了，八卦地问：“他究竟怎么你了？”

“我害怕他。就是他，半夜摸我床上，洗澡时候站在门口，老瞄我，那眼光可吓人了！他还说……”小木恐惧地说道。

这时张狂急切地喝道：“再胡说，我弄死你！”

张狂话一出口，不对了，这句是两人同时说的，小木深谙他掩饰自己的口头禅，两人异口同声地说出来，听得张狂傻眼了，心里隐隐明白，又被小木带坑里了。

小木一指道：“听到了，何总，他就是这么威胁我的。”

果真如此，何玉贵瞄着张狂尴尬的样子，联想他蹲过大狱的经历，越看越像个走后庭的，他走上前去，上上下下，看着威猛的张狂，张狂难堪地解释着：“何总，您别听他胡扯，我怎么可能是那种人呢？”

“你怎么可能不是那种人？就是是，你也不会承认的。”小木挖苦道。

“我没干，我承认什么？！”张狂怒道。

“那就是干了，你也不会承认，对不对？你又想否认是不是？”小木随口道。

“那当然，我当然否认……”张狂顺口一答，其余人一下笑起来了。

何玉贵看了眼楼上的杨梦露和卢教授，气得啪啪扇了张狂两个耳光，咚咚踹了两脚骂着：“秃蛋，你他妈发情好歹找个母的去，别冲着个公的来啊，这又不是在监狱，恶心人吗？”

“何总……我、我冤死了，我……”张狂哭笑不得地捂着脸，倒不疼，就是没这么丢过人。

“冤死你也活该，发这么高的工资，连个人也给我看不住。”何玉贵这么一闹，那怒气可是消了，回头一看笑吟吟的小木，小木赶紧道：“何总，有事您吩咐，给您办不了、办不好，您再大刑伺候行不？他们这几个蠢货不管用啊，我一个人就行了。”

“去，回房间去吧。”何玉贵摆手道，这一关轻巧过了，小木兴奋地一应声，跑了。那仨人还傻站着，何玉贵又跟着踢了几脚，骂着让三人去看着，放狠话：“再让人跑了，我他妈阉了你们一对半。”

一对半倒霉蛋低着头上楼，和杨梦露两人擦肩而过，前头大头捂着脸郁闷地说道：“不是让咱俩揍这货一顿吗？怎么反倒咱们挨打了？”

“是啊，怎么火就发咱们身上了？”大嘴气愤地说道。

张狂憋着笑，委屈地和两人套着近乎牢骚道：“可不，憋屈死了，太不把兄弟们当人看了。”

三人守在门口，小木躲在房间里，坐在墙根，笑得五官紧凑……

卢鸿博和杨梦露是笑吟吟下来的，虚惊一场，又变成了闹剧一场，没想到最后以这种结果收场，何玉贵此时气也消了，人也精神了，自然而然地又转到发财大计上了。

“知道这小子厉害了吧，愣是把祸水都转嫁到那三个倒霉蛋身上了。”卢鸿博笑着道，杨梦露补充了句解释着：“何总，你也成了他的试验对象了。”

“哦，对，本来我准备收拾这小子一顿的。”何玉贵一蒙，如是道，不过释然了，反正生不起气来了，他笑着说着，“找到就好，真找不着，损失倒是小事，得多提心吊胆啊。”

“你可收拾好了啊，这小子不粘毛都比猴精。”卢鸿博道。

“那继续用吗？不会有安全问题吧？”何玉贵警惕道。

杨梦露摇摇头说着：“不会，要出问题，早跑警察那儿了，你还指望找得到？”

也是万幸，卢鸿博提醒他，问问从他身上搜到的钱来源，何玉贵说了，这兔崽子，把给他买的好几千的LV皮带卖了几百块，还得去查查是不是这么回事呢。

这个事先搁着，三个人在厅里商量着。楼上的张狂一直看着那三位，旧事方了，新愁又生。

除了小木这个奇葩的，这帮传销的比他遇上的任何一拨团伙都难缠，比如他们议事，有严明的阶层，下层见了上层，比太监见了皇帝还恭敬；比如他们口风，从来不漏半点，而这儿的纪律，又是相当苛刻，不能落单，不能随便打电话，不能随便交谈等，真是把他这条猛龙也要缚成泥鳅了。

这不，根本无从知道对方在商议什么，片刻后，三人相携上楼，按照规矩，手下都要恭立到几米之外，何玉贵开门，卢鸿博和杨梦露缓步而入，房间里的小木，盘腿坐在床上，已经很刻苦地在学习《羊皮卷》了。

“何总好，卢教授好，杨美女好。”小木挨个点头问好，表情实在挑不出毛病来。

“不管你真的，还是装的，要再溜了，小心我扒你一层皮啊。”何玉贵皮笑肉不笑地警告着。

“是，我记住了，何总，只要没有失身之虞，这个环境我还是挺喜欢的。”小木笑道，又说起这茬，杨梦露扑哧笑了，一笑两行好看的贝齿，又是那么媚眼如丝看了小木一眼，那眼光，竟如什么事也没有发生过一样。

卢鸿博可没好脸色了，一伸手，从杨梦露手里接过来几本书，扔到床上，小木看时，却是《方与圆》《世界上最伟大的推销员》等几本书，都是励志类的，那些空泛的道理就是万金油，用在哪一行也说得通，小木凛然接着，赞叹道："哇，从来没有这么认真地学习过啊。"

"你有两天的时间学习，背不到滚瓜烂熟，后果自负；推销员那本里有对照的名单，不同的小组织适用的是不同教材，你要是搞混了，上场说错了，后果自负。给他准备几壶浓咖啡，发现偷懒或者偷奸耍滑，就往死里揍，听到了吗，何总？"卢疯子给了个疯狂的学习方式。

小木不敢吭声了，他知道别人好哄，卢疯子可不好骗，翻看着名单，小木惊讶道："东升伟业、美国 EFT、网络连锁经营、中华远程教育……不同的组织适用不同的教材，卢教授，你可得提防着，教会徒弟饿死师父啊。"

"你离师父还差远了，要不是警察盯得紧，这好事我能给你？不但好事给你，杨美女也陪你，下一拨你主持，砸了锅可别怪下面的人生吞活剥了你啊。"卢鸿博道，其实他也有点担心，这项业务的确推进也太快了点。

不料小木并不担心，一合书本问着："那既然要诚心干，您不能让我白干啊！丑话就不说大家心里也清楚，这么着设局周期都不会很长，不能最后你们赚得钵满盆满，剩下我扣个屎盆子吧？"

"瞧这小子多明白。"卢鸿博笑道。

"正要告诉你，大讲师的收入，一次申购，按申购额提成百分之二到三。"杨梦露笑道，小木凝视她时，那如同春光灿烂的笑靥，娓娓告诉他，"这笔钱除了耗费，咱们俩四六开，最少一场大几千，甚至几万都有可能。"

"那恭敬不如从命。各位放心回吧，不要打扰我学习，看来这回我自己都要月薪十万了，爽！"小木抱着书，笑得其奸无比，其乐似癫。

三个人悄然退出，房间里响起了琅琅的背诵声音，这声音从早上一直响到中午，从中午一直响到晚上，只有吃饭时稍停了片刻，更让张狂心惊肉跳的是，隔段时间就送浓咖啡进去，喝得小木真像发神经病了一样，一天一夜都在背书……

第二十章 × 如影随形

十天一晃而过。

案情在迅速推进，专案组的配置，从八人配置迅速膨胀到40余人，从半层办公室，膨胀到一幢四层楼，来自经侦、刑侦、治安几个警种的参案人员逐渐在专案组汇集，组里甚至专门为此开了大灶。

当然，变化更大的是叶天书组长，心情随着案情的推进越来越兴奋，作为行内人都清楚，对于违法犯罪最有力的打击不是外部，而是内部，只要有准确的信息来源，那些神出鬼没的作奸犯科者，在天网恢恢之下无所遁形。

今天，又有一个利好的消息传来，陕省厅从兄弟单位邀来的交流人员抵达，组长叶天书、领导组的范主任专程到机场迎接，内陆省份如此大规模的非法传销爆发不多见，请来的骆冠奇同志，正是兄弟省厅领导过打击非法传销的一位指挥员。

机场接到人，直驶专案组，上午十时左右返回，作为地主方的叶天书，亲自给骆冠奇当司机，这位来自南方的警司带着黑瘦特征，直说“太客气，太客气了”。

“还不够客气啊，能请到像您这样从取缔非法传销就开始参案的同志，是我们的荣幸啊。”范文杰客气道。

“这对我来说不是荣幸，是有愧。”骆冠奇摆手道，似乎还真是羞愧的样子。叶天书随口问着：“骆处长，和卢鸿博打交道，您是最早的吧？”

“我还不算，最早的那位已经退休了，不过他是在我手里定罪的，没想到啊，这都快20年了，他还在干。不光是我们省的公安，好几个省的公安都抓过他，我看过内部通报，像是鉴定精神类疾病，无行为责任能力？”骆处长问道。其实警匪对决，很多领域里都是熟人，那些“孜孜不倦”的坏蛋，比警察还敬业。

“嗯，这就是问题所在了，我们怀疑他有逃避打击之嫌。”范文杰道。

“这个嫌疑肯定有，但精神类疾病也不会有假，根据我十几年的经验，这就是个疯子的生意，不疯狂根本干不了。我们计算过，一个窝点成员的日程是这样安排的：六点半起床，晨练、讲课或者齐诵励志书；七点半早餐，上午要走访其他窝点成员，相互交流，也就是我们所说的交叉感染；没有午休，活动是封闭式的，一类是强化洗脑，一类是成员现身说法，和咱们的批评和自我批评差不多，而且要做笔记和心得体会。晚饭后，仍然是类似的活动，直到上床睡觉。我见过最严格的一个，简直堪比苦行僧，腌泡菜叶加白米饭，每天步行超过 20 公里，每天演讲、发言不少于四次，笔记不少于 2000 字——这种状态下，大部分人都要成为狂热信徒。”骆处长说到这些如数家珍，虽然已经离开这个领域，可仍然是说得凛然不已。

“您的意思是说，其实这一行，多多少少都有点精神类疾病倾向？”叶天书道。

“对，我们省最严重时，全省精神病医院收治的患者，有两成多与传销，或者间接和传销有关，这和侵财、‘两抢’刑事犯罪不同，他们的手段是洗脑，也就是作用于人的精神、思维，让受害者心甘情愿地为他们所驱使，说严重点，他们的手段更接近于邪教。”骆处长道。

“所以，我们才有必要毕其功于一役，除恶务尽啊。”范文杰道，推开了专案组会议室的门。

骆冠奇却是一笑，似乎很难认同范主任的话。

参会的仅多了一位保密员，案情的推进，发现窝点的分布，各点的特征、人数、活动规律，一大摞厚厚的案卷，加上天网图分布的立体指挥网，在两个月的连续奋战下，基本成形了，叶天书和范文杰仔细观察着骆冠奇的表情变化，当在他脸上发现震惊时，两人都相当满意。

一个卧底能抵得上一个中队啊，何况现在还有一位一直在制造奇迹的线人，真正的推进其实都在近十天，几乎相当于以前工作量的总和了。

范文杰示意着叶天书，叶天书踌躇满志地开始介绍了：

“四月二日，我们根据省厅的统一部署，由范主任牵头领导组，成立陕北省打击非法传销专案行动组，在展开行动后，我们意外地抓到了有‘传销教父’之称的卢鸿博，鉴于他的大讲师身份，在滞留他进入精神病医院时，我们往他身边派出了一名卧底。

“这位卧底警员的任务是，协助他逃跑，并设法追随他进入传销组织内部。方案的实施非常成功，五月十八日，他们一起出逃，之后进入了传销组织的内部，到今天六月九日，在 20 天的时间里，我们先后发现了 34 个窝点，以及控制这些窝点的 A 级经理 7 人。”

名字放出来了，是一组让人哑然失笑的名字，刘备、张飞、徐达、马步方等，甚至有几人已经确定了身份，对此，骆冠奇司空见惯，他皱着眉头，似乎想到了什么。

“您一定有疑问吧？骆处长。”范文杰问道。

“对，这个时间轴我怎么觉得有问题？前一个月只查到了数个底层窝点，之后有卧底打入内部，但也不可能推进这么快，我和他们打了很多年交道，以我的经验，别说这种可以收钱的大 A 经理，就是摸到一个窝点的 B 级经理，没有三五个月也根本办不到。”

“那是因为我们发展了一个大讲师作为我们的线人。”叶天书高兴地说道。

“不太可能吧？大讲师可是负责洗脑的，传销案件里能挣到钱的人不多，大讲师就算一种，他们巡回讲课，每场的报酬可不菲，咱们的经费，不至于让这种人动心吧？被抓到小辫子了？”骆冠奇问。

“他是红色线人。”范文杰道，点出了要害。相对红色，还有灰色和黑色的线人，那些人才是有小辫子被抓住不得不就范的，当然，黑色和灰色的危险性也是相当高的“双刃剑”，可能是伤敌利器，也可能贻害无穷，所以就更显得这种自愿的红色线人珍贵。

骆冠奇没有再问，竖起了大拇指，权当赞赏了。

“现在他在什么地方？”范文杰问。

“今天到了富县，估计中午就有消息传回来。”叶天书道，“一个窝点的寿命得三到六个月，有的已经快到了，收割完这一茬，他们会觅地重来，我们专案组的意思是，想请骆处长来把舵，协助制定一下行动方案，还有最关键的组织者、赃款去向。”

骆冠奇看着天网图，皱眉道：“别急，操之过急了，打击传销这么多年的经验告诉我，你能看到的，绝对不是主谋，事实上我们能抓到幕后组织者的机会，几乎没有。”

“但是这一次，我们有信心连根拔掉他们。”范文杰自信地说道。

“有信心是好的，不过更需要的是细心和耐心，二位看一下时间轴，再对比一下你们的日志记载，我觉得还远远不到制定行动方案时。”骆冠奇严肃地说道。

叶天书愣了，范主任也和他凑到了一起，仔细地看。十天行程2000多公里，从延川、延长，到绥德，到最北的榆林、靖边，再向南到吴起、志丹……六市12县，今天到达富县，好像是……他们很急于收钱？

而且传销组织似乎推进得也过快了，两人都说不出问题在什么地方，反观那位支援来的骆处长倒是耐心和细心多了，他叫来保密员，对比着详细的行政区划图，在一个点、一个点地比对……

此时此刻，富县，县城北敬老院三层。

三楼响着铿锵的音乐，如金戈铁马，如枪炮齐鸣，听得心跳虚弱的病人都蓦地坐起，眼光惊恐，似乎回想起了让他们害怕的岁月，像解放前？像“大跃进”？像斗私批修？像那些戴着红袖箍的男女在慷慨激昂地演讲，然后台下是疯狂的山呼海啸？

确实像，门口的张狂斜眼瞥着小木，十天里小木已经是如醉如痴，如疯如癫，此时正挥舞着双臂，大声地对着数十人的聚会演讲着：

“一张地图，不论多么详尽，比例多精确，它永远不可能带着它的主人在地面上移动半步。一个国家的法律，不论多么公正，永远不可能防止罪恶的发生。任何宝典，即使是我手中的《羊皮卷》，永远不可能创造财富。只有行动才能使地图、法律、宝典、梦想、计划、目标具有现实意义。

“只要决心成功，失败就永远不会把你击垮。

“想一想我们曾经的生活，是多么颓废。因为什么，因为那是一种失败的人生，是一种让我们自己也感到困苦、感到失望、感到毫无价值的人生。我们真的没有价值吗？我们的技艺、我们的头脑、我们的心灵、我们的身体，都是独一无二的奇迹，你们难道不愿意善加利用，而是让它随着时间的流逝而迟钝、腐朽，甚至死亡吗？

“不要告诉我你的幻想、你的计划、你的目标，我要的是立刻行动！立刻行动！立刻行动……有决心、有毅力、有勇气，让行动立刻开始，坚持到底！

“现在，我要和你们一起行动，立刻行动！

“……”

状如疯癫的激动、豪情，配着铿锵的音乐，再辅之以极具蛊惑的煽动，加上杨美女的推波助澜，整个现场的气氛很快达到了一种病态的癫狂，小木会深情地拥抱那些其貌不扬，明显属于被生活和男人抛弃的女人，很多人会抱着这位指引生活的导师忘情尖叫，至于杨美女更是一个大杀器，她会像情人一样拥抱那些神志已经不清的男子，几句鼓励，就把那些渴望成功、渴望出人头地的汉子激动到血脉贲张。

于是就开始立刻行动：掏钱！

大头看着那些花花绿绿的钞票，眼睛直凸。而大嘴，眼睛总不离杨美女身上凸出的部位，恐怕他也属于那种拥抱一下就肯掏钱的那种，气氛热烈到连门外的都被感染了，大头小声问着："秃哥，你说这到底能赚钱不？"

"我觉得能，你觉得呢？"秃蛋脸上不笑，心里在抽。

"我也觉得能啊，拉上三五个人，然后人再拉人，也不难嘛。"大头如是道，好神往的样子。

这家伙也快被洗脑了，秃蛋心里暗笑着，逗他道："大头，要不你也挂那个经理名下买点呗，只要能发展下线，肯定赚。"

"时候不到，张总说了，遛完这一圈，就让我和大嘴带个团去。"大头得意道。

秃蛋一怔，隐隐地摸到了点门道，这和警队里的"传、帮、带"是一样的，只要有几个中间骨干在，走到哪儿都能开枝散叶。他眼瞟着负责这里的 A 经理，又多了一个化名"董卓"，这家伙五短身材、满脸肥肉，正满头大汗地在收钱。

难啊，秃蛋心里在犯难，这纪律比警察的还严，除了大经理，其他人连带手机的资格都没有，已经走了十天了，见过数位大经理，但只是见过，监控和通信设备在这种刻意制造封闭环境的团伙里，全部用不上了，他们与社会和现代是脱节的。

发愁地看了几眼环境，秃蛋暗骂着真他妈会选地方，这破养老院，一个探头都没有，出去就是旧街破路，你甭指望从交通监控上找到那些惊鸿一现、收钱就溜的大经理，能剩下的，只有这些渴望发财，一点点被自愿骗光的成员。

历经两个小时，十二时三十分，准备散场，那些成员纪律性相当强，三五成组，或者十人一队，悄无声息地在小经理的带领下四散离开，各回窝点。散场时秃蛋和大头、大嘴三人已经整装等在门口了，这些天林导师和杨讲师关系发展火速，这不，已经是手挽手、肩并肩下来了。

老规矩，上车走人，离开县城，通过公安交通监控时，放下遮阳板。

在驶离县境时完成最后一道工序，追上来的A经理“董卓”，把三次讲课的费用包了一包，连车都没下，两车并行，隔着车窗就递过来了，然后分道扬镳。

司机、打手钱都是按日结算的，每场都有，杨梦露给几人各分了钱，然后按约定，把厚厚的一摞递给小木，小木接过甩甩，揣兜里了。这些日子，钱都捆在腰里好几万了，高兴了还甩给大头、大嘴几张，看在钱的分儿上，那两位早对挨揍一事毫无芥蒂了。

“唉呀，瞧你汗出的……”

杨美女掏着纸巾，关切地给身侧的小木擦擦额头，小木回报一个亲切的微笑，他试过，用酒吧挑逗的方式试过，或者不经意地摸下手，或者随着车颠撞下胸，甚至有时候胆大了，把手悄悄地放在杨美女的大腿上，杨美女有时候故作不知，有时候会微笑地拿起他的手放好，给他一个微笑和不责怪、可也不喜欢的眼神。

车上高速，目标芝阳出口，休息地永远是高速路的服务区，不谈风月时，就要谈工作了，前几日总是杨梦露教小木注意那些细节，不过现在已经成了她向小木请教细节，比如怎么看一个人的出身、个性以及心理状态等。

小木也不藏私，总结了参与人的几个特点：手糙的、腰佝的、肩膀不齐的，都是干装卸、搬砖、扛水泥等重活的；手细的、眼贼的、洗脑后眼还会骨碌转的，不是干过推销就是当过奸商，而且是没赚到钱的那种；眼看脚、手放好，一动不敢动的，都是没见过世面的乡下人；眼睁圆、张口就赚钱、天天像打鸡血的，那是刚毕业的学生，啥也不懂。

如此种种，鲜有失误，说出来总是逗得全车轰然一笑，今天又有新问题了，快到服务区时，杨美女好奇地问道：“昨晚你找的什么音乐？我看效果挺好。”

“德国党卫军军歌——闪电部队在行动。”小木咬着下嘴唇笑道，那俩不太懂，小木解释着，“就是和咱们《世界上最伟大的推销员》并驾齐驱的，世界是最伟大的——‘法西斯’！”

杨美女笑不出来了，剜了小木一眼。大头那俩不知道咋回事，还说好呢，开车的张狂听得那叫一个哭笑不得。

驶进服务区，下车进餐厅，一行人吃饭，一般都是小木扔钱，那几位习惯了，也不客气了。刚坐定，小木说着要上趟厕所，他习惯性地叫着大头和大嘴跟着，张狂低着头没吭声，眼角的余光已经瞄到了先一步到这里等候的外勤。

看得太严，厕所成了唯一能传递消息的通道。

“你们俩，别去了。”杨美女突然发话了，大头、大嘴愣了下，小木笑吟吟地问：“哇，杨姐，不怕我跑喽？”

“我们应该建立在信任的基础上，而不是看管的基础上，你觉得呢？”杨美女眼波如水，俏脸如花，盈盈道，她命令着大头两人，“坐下，以后就不用跟着林子了。”

两人战战兢兢地坐下，小木却是粲然一笑，快步奔向服务区的卫生间了，一长排格子间蹲位，在一个贴着“富婆代孕”小广告的坑位边，他进去了。

“兄弟，借个纸，用个笔。”小木轻声道，联络点就是小广告，联络暗号就是：大手、借纸。

纸、笔，从格子下递过来了，小木拿在手里，飞快写着，隔壁轻声响着一个难受的声音道：“兄弟，你可来了，我蹲半个小时了，腿都麻了。嗅觉全部失灵了。”

是老马，马烽火的声音，小木小声道：“谁让你们找这么恶心的地方。”

“实在找不到不恶心的地方啊。对了，外面监视说，两个尾巴居然没跟你？”老马问。

“是啊，我们已经开始建立起信任了。”小木道。

“那得更小心了，不会有无缘无故的信任，越放松越得提防。”老马小声说。

小木把写好的东西递回去，随口道了句：“你不知道我多放松呢，就你们紧张。赏你几张，哥现在揣一兜钱，天天拿百元大钞当手纸都用不完。”

小木抱着几瓶果汁回去，那几位尚心有余悸地看着他，似乎对他的做法还有怀疑似的。小木坦然坐下，和众人夹着菜开吃，吃得很优雅，杨美女吃了几口便放下了碗筷，一直以来她吃得都很少，每回都是到门外等着这几位吃完出来。

起身走时，她突然做了一个奇怪的动作，在小木的背后，抚了他头一把，然后双臂环着，娇躯贴上来了，娇颜贴上来了，轻轻在小木脸颊上吻了一吻。

“谢谢你给我信任的回报啊。”

她附耳说了句，翩翩走了，小木看了半晌，扭头时，那三位拿着筷子痴痴地盯着，被突来的香艳看傻了，特别是大嘴，豁开了嘴唇，简直要往下滴口水了。

“哎呀，靠得我后背好软。哎呀，真香，我还摸过她的腿呢。哎呀，我今天晚上……我去她房间，你们给我站岗啊。”小木嘚瑟着，把那哥俩羡慕的，一下子“呃”了声，噎住了。

大头噎得使劲咳，大嘴抽得使劲呃。张狂哭笑不得地看着故意作怪的小木，他的心态也在变化，原来担心小木安全，现在呢，他倒有点替传销组织担心了，引这么个狼入室，八成逃不过男的被坑、女的被睡的结果……

第二十一章 × 无声暗惊

“消息来了，又出来一个窝点，富县，西关，敬老院。”

保密员兴奋地对午餐归来的几位领导汇报，实时地传输到位了，偷拍到的成员照，周边有监控的地点提取的录像，正在根据“线人”给的体貌特征比对混杂在其中的大经理。

“又出来一个董卓……这可真够头疼的。”叶天书道，范文杰看了眼简报，递给了邀请来的骆处长，骆冠奇笑道：“在传销组织里，没有几个化名的，都不够级别，这些就是他们的中坚力量，将来抓捕，这些人也是重点对象，大部分未被消耗的内部资金，这些人手里的存量最大。”

“问题是，现在还有几个体貌特征对不上号，不知道是监控里漏了，还是这些人隐藏得好，躲过了。”叶天书道。

“所以现在最关键的是这些身份确定之类的细节问题，谈抓捕尚早。”骆冠奇已经进入角色了，熟悉了一遍案情，饭间又讨论了很久，此时他厘清了头绪，问着一个被忽视的问题，“接着中午咱们吃饭时谈的讲，我带来了数例已侦破的传销案件，对比在你们省发生的这例，二位请看，如果直观地放出时间轴和案情推进，你们第一感觉是什么？”

这位骆处长很细心，详细地做了一个时间轴，直观地看，五月十八日脱逃精神病医院之后，前十日，围绕省城周边的十余窝点迅速曝光；后十日，六市12县的窝点，也像雨后春笋般一样曝出来了，到富县为止，34处大大小小的窝点，加上窝点那些化名的大经理，全部上了名单。

“好像……太容易了点？”范文杰如是道，了解的邻省相似案例，哪一个不是动用庞大警力加上举报群众和线人共同防范的结果？而陕省这一例，此时回想，似乎战果来得太容易了。

“这一位 3326 卧底警员，是我们省厅向省外某兄弟单位借来的功勋卧底，他参与过很多大案，而且，我们使用的这位线人也很特殊，他是美国俄克拉荷马州心理学专业毕业，眼光非常独到，我们都领教过了。”叶天书道，言外之意，是己方阵容强大的缘故。

“我不是怀疑贵方的成绩，而是据我的经验判断，总觉得漏了什么。对了，卢鸿博在什么地方？”骆处长问。

保密员反复查着电脑，从日志的记录里看到了外勤的标注，他随即汇报道：“就在省城，这些天一直没动。”

“是这样的，卢疯子自知我们会对他严密监控，所以他把那位红色线人推到了他的位置，代替他，和另一个大讲师杨梦露一起巡回讲课。杨梦露也是个化名，据我们调查，她是湖北某市歌舞团女高音演员，没有查到案底，不过应该从事传销很久了。”叶天书道。

骆处长蹙眉思忖着，突然道：“要说卢疯子没疯，我可能不信；但要说卢疯子会放弃他的事业，那我更不信。我处置过很多被洗脑的传销骨干分子，那些人会狂热到哪怕喝凉白开也要把事业进行到底的程度。”

问题来了，难道卢疯子别有用意？

可他是疯子啊，较量了十几年，已经没人期待这个疯子还能幡然悔悟了。

叶天书命令外勤即时汇报，很快汇报回来了一组关键词：酒店、饭店、KTV、会所、医院，五点共同构成了这个疯子的生活，关键是医院，他用不同的身份购买了数种药物，暗处盯梢的特勤拿回了药品存根，是抗抑郁类药物。

没错，就是个患者，他自己也清楚自己的病，哪怕是活在醉生梦死中。对于警察，什么样的人渣都不足为奇，卢疯子还不算最烂的那种，最起码他很挑剔，找女人也是找会所里的高档货。

同样也有个隐藏的问题来了，范文杰主任纳闷地问：“谁供应着他这么大的开销？”

犯罪哪一行都没有免费的午餐，更没有白来的馅饼，骆处长道：“这就是问题，以我的经验，凡现身的，都不是组织者，凡组织者，都擅长于远程操控，也就是说，他不会出现在已知的这些窝点，不在这份名单上。”

这像当头泼了一盆凉水，而且是正确的，叶天书和范文杰一下子变得有点失落了。

“这个组织者是谁，在什么地方，暂且放下，对于目前的信息量，我们解释不了这个问题，那我们挑一个简单的。再回到原处，看这一组时间轴，我这样问：他准备干什么？20天推进了一个省的申购，而且是启用的不确定的新人，即便他们非常看好这个新人，也说不通啊……各位想想，一个阶层严密的组织，怎么可能让一个不确定的新人一步登天，进到他们的核心？”骆处长有点怀疑那位红色线人。

“那位线人绝对没问题，他和此事毫无关系，是卢鸿博在精神病医院偶遇的。”叶天书提醒道。

“出过娄子吗？”骆处长问。

“逃跑过，又被他们抓回去了。我们安排的。”叶天书道。

这个细节更让骆冠奇揪心了，他使劲地蹙额，使劲地在纠结中挣扎，到出口时仍然是不确定的口吻：“那就更别期待信任了，这样的组织里只有利用，没有信任。二位看，如此迅速的推进，而且据线人回馈的消息，申购额少则几万、多则几十万——我很胆大地讲一句吧，这么大金额根本不够看，传销组织之所以组织严密，除了洗脑，还有一层是，攫取到的钱，不是金字塔顶端的老A独吞，而是分级分层消耗，也就是说，上面这一小撮集体分赃，所以说这个额度，集体分的话，根本没多少。”

范文杰脸色突变道：“您是指，还有更大的图谋？”

“应该是，从他们行进方向上看，经过数年持续的打击后，他们的组织能力也在不断提高，在布置中心窝点时，发达的一线城市，他们不会选；警力汇集的省会城市，他们也不会选，要选肯定选一个交通便利、经济相对中等，而且地理位置便于逃匿的二、三线城市——我想，终点在富县以南120公里。”

骆处长道，手指在行政图上重重地点到一个城市名称上——潼关。

旅游城市，外来人口聚集，地处晋、豫、陕三省交界，难道这里还隐藏着更大的窝点？

“二位不觉得，20天不间断地申购、授课，对那位红色线人，也是一种洗脑？以我的经验，他们在甄选核心人物时，手段是相当严格和诡异的，这些人就算落到我们手里，也是死硬分子。”骆冠奇严肃道，一点也不轻松。

“那意思是，推进得这么快，是因为对方在考验新人？”叶天书好奇地问。

“再走就出省了，所以合格不合格，很快揭晓！”骆冠奇道。

这时候叶天书坐不住了，直接和跟踪的车上通话，车辆已经从芝阳出口下高速，一切正常。

好像也不正常，为什么不直接到潼关，而选择一个相对偏僻的镇下了高速？

专案组三位决策者，齐齐失声了……

下高速的时间是午后十三时，靠边稍歇，杨梦露下车伸展了下胳膊，那几位去稍远处放了趟水，这天热得啊，像个大烧烤摊子，晒得皮肤都火辣辣地疼，人走在柏油路上都松松软软的，脚不用怎么使劲就能踩个坑，那路都快化了。

“来吧，我开会儿吧，你歇会儿。”杨美女坐到了驾驶的位置，体谅秃蛋似的。

秃蛋没坚持，去哪儿，在什么地方停，怎么走，路程只有杨美女最清楚，他坐到了后座，屁股一撅，把小木靠到角落里了，小木惊得大叫：“杨姐，要不我开车吧，秃蛋又要对我欲行不轨。”

“哈哈，那你就可以体会到我的心情喽。”杨梦露没理他，反挖苦了一句。

大头和大嘴也大笑，幸灾乐祸地看着小木，张狂恶狠狠地道：“瞧你那×样，就像谁他妈把你怎么了似的。”

边骂着，边捋着胳膊，不过小木眼睛却圆了，秃蛋的食指指甲在他黝黑粗糙的胳膊上画着，然后一道道白迹成了字了：小心，要出事。

什么事？对了，突然间从镇出口下车，然后换人驾驶……突然间一拐，又驶上县级公路了。

“秃哥，离我远点行不行，你一人占这么大地还故意挤我？”小木推搡着，在秃蛋胳膊上用指甲一画，一个问号。

秃蛋回答得很直接，摇摇头，不知道，然后舌头一舔手心，在胳膊上一抹，搓了点老泥，瞬间把秘密给消灭了。

哎呀，把小木恶心的，害怕也忘了，推着秃蛋："滚滚滚，你再不滚，逼我跳车是吧？"

正闹腾着，蓦地警报刺耳一响，从路外斜刺里驶出来一辆五菱加长面包的那种警车，气势汹汹地跳下来几个穿警服、协警装的男子，奔到刚停下的车前凶恶地拍着窗："下车下车。"

杨梦露蒙了，被人开了车门，直接给拽下车来了，一个趔趄坐倒在地上，小木怒气冲冲地奔下来，张狂拦也不及，只见得小木赶紧上前把杨美女搀起来，气愤地评着理："嗨，怎么回事？穿身警服了不起了？女人也欺负？"

"就是她，铐起来。"领头那位拿着照片一对，指着杨梦露道，两位身着警服的把杨梦露扭着胳膊铐上了，小木刚纠缠几下，那领头的拎着他，吧唧就是一耳光，打得小木眼冒金星，小木气愤地骂着："我 × 你全家，我告你们去，我警察里可有熟人……"

回答直接，咚！一脚踹倒，铐走。

和兀自胡扯的小木不同，这几位老实多了，下车蹲好，抱着头，被铐在了一起，然后警车带着这辆车，呼啸而去。

炎阳当头，公路偏处，猝来的事几乎没有目击人，那警车飞驰在车辆稀少的县级公路上，倏而不见。

几乎是擦身而过，没有敢暴露的跟踪车辆，远远地拍下了这个场面，执行公务撞车的事经常有，可这有点蹊跷啊，芝阳一个小镇，传销也看不上眼的山区小镇，还能盯上这种嫌疑人？

连强比对着警车牌照、摄进像机的一位警察胸前的警号，这地方信号不好，又走到一处高地才有信号，以为是兄弟单位办案交叉了，谁知道结果出来，吓得他脸色陡变，尖叫了。

"啊？我靠，假警车？"马烽火一看，傻眼了。

连强一看四周环山的地方，心悸地说道："坏了，这山高皇帝远的，怕是咱们也要被捆住手脚了。"

司机笑着说道："你们别说啊，这假警察演得真像啊，我一点都没怀疑。"

给了司机一巴掌，连强赶紧把突来的这一新情况汇报回了家里……

"等等……叶组长，您冷静一下。"

骆冠奇紧张到起身，拦住了叶天书，听闻假警察执法的消息传来，叶天书和范文杰都彻底愤怒了，又是在外省同行面前，这人丢到家了。

"叶组长，您可想好了，万一是个试探，那个地方出现大队警察搜剿，您可是给了对方一个正确答案啊，前面所有的努力可就都白费了。"骆冠奇拦住了叶天书，严肃道，"其实这才是进入正题了，也正说明，你们卓有成效的工作，已经接近传销团伙的核心了。"

叶天书愣了，征询地看了眼范文杰，老范道："骆处长是对的，是我们太乐观了。"

"可我们启用的线人年纪太小，能扛得住吗？万一要扛不住，这几个月的布置可就满盘皆输了。"叶天书心虚地说道，免不了为那位精灵古怪的小伙子担心，用在对敌斗争上，他确实太年轻了。

"但不能输在我们的头脑不冷静上。来，坐下，我们做最坏的打算。"范文杰道。

三人小组讨论，在专案组庞大的信息支撑下，艰难地分析着、讨论着，对于芝阳镇突然消失的目标，最终确定放任的态度，不但不派出当地警力，而且把追踪的一组，也撤走了……

第二十二章 × 猝来险情

仲夏昼长，从午后毒阳炎炎，热到了晚八时才逐见暮色，高速开通之后，芝阳镇县级公路这一段几乎没有什么行人车辆，顶多是乡下的三轮加拖拉机，偶尔会有一两辆破旧的桑塔纳、面包车路过。

对，面包车，某一辆面包车里，副驾上的男子看看表，晚八点了，夕阳西下，只剩下山尖上一缕淡红，眼瞅着夜色降临，他悻悻骂了句："来回跑了八趟，连毛都没见着一根！”

啥都没看见，看来让两位很失望，车在事发点打了个旋，拐回去了，沿着芝潼线旧路，摇摇晃晃地走了。

路过一处自然村落，面包车呼啸而过。

真是你在看风景，看风景的你，也是别人眼中的风景啊。

他们最终还是被盯上了，在一处窑洞口已经待了一下午的连强，把这辆车拍摄下来，一屁股坐定，拿着相机和老马说着：“错不了，就这狗日的，一下午来回跑了七八趟。”

“反侦察意识也太高了啊。”马烽火赞道，只要路面上出现警察排查，那他们很快就会知道真相了。

司机躺在地上，嘴里咬着棵草补充着：“遇上高手了，这可不是乡下土贼该有的水平。”

是啊，可偏偏就发生在这里，几近废弃的县级公路，沿路不下几十个自然村，想跟踪不可能，想监控更不可能，这些人用原始和落后，隔绝了警察的耳目。

“怎么办啊？老马，3326 和小木怕是要过堂了。”连强道，“亏是 3326 卧底经验丰富，用了在厕所传消息的方式，否则这么突来一摁，身上哪怕有半点可疑东西，都要被搜出来了。”

“3326 老油条了，应该没问题，我就担心那小子扛不住啊。”老马担心道，江湖诡异到什么程度，怕是警察未必都能全部知道，那些狡诈的人可不好对付。

“应该不会有事，那小子比咱们鬼精多了……不过也不好说，咱们是有求于人，所以忍着很客气，人家对他恐怕不会客气了。”司机想着，如是道，话里犹豫成分很浓。

“起来……说话像他妈腚里放出来的，等于没说，走了。”

连强踢了司机一脚，让他起身，老马边传输着车辆信息，边追着两人下了路面，到了藏车的方位，等把车从路下开上来时，家里的消息反馈已经回来了。

假的，套牌车，机动车信息对不上号。

专案组此时也弥漫在一种紧张和焦虑的氛围中。

一个卧底、一个线人，齐齐消失在视线中，不管发生什么事，都让人揪心。

“卢疯子有没有动静？”叶天书问。

会议室多出来一位外勤领队，他负责实时汇报信息，直接接通，能听到盯梢的外勤汇报：在长安小吃街，龙虾店里。好像还钓了位女的，身份不明。

不过很快传回了偷拍的照片，侧脸，这家伙正和一位中年女人笑吟吟地举杯相庆。

完全不像有事的样子，最起码和刚刚发生的事扯不上关系。

思忖了良久，叶天书没主意了，看向了范文杰，范文杰笑笑道：“既然传销组织也是考察干部，我想没有那么快出结果吧？”

骆冠奇和叶天书齐齐笑了，不过仅仅是判断而已，真正发生什么事，除了身处其中的，谁又能知道呢?

范文杰明显也放心不下，他问着骆冠奇道：“骆处长，以您的经验看，会发生什么事？”

“以我的经验，只要对方发现任何疑点，那就会马上切断和新人的一切联系，当然，皮肉之苦是免不了的，说不定那就是考察的一部分。”骆冠奇道，没出事时，他显得忧心忡忡，出事了，他反而云淡风轻了。

“您别误会，我怎么觉得，您好像对这事，表现得很乐观？”叶天书委婉地问。

“那是因为我不虚此行啊，一个犯罪团伙的组织构架和行事方式，对于类似案情会很有借鉴意义。我有种预感，你们接触的这一例传销案子，可能没有那么简单。”骆冠奇道。警察的通病，案子越大、越难，越会引起职业病的兴奋。

确实新颖而耸人听闻，当托的敢假扮工商、护航的敢假扮警察，换个角度看，这个案子应该很严重了，不排除有涉黑、涉暴的倾向。

“吃饭吧，我们急不出结果来，我也有点兴奋了，他们不碰我们的人则已，都碰面了，看他还怎么藏住狐狸尾巴。”

老范如是道，起身叫着两人一起去吃饭。每个人看问题的角度都不一样，叶天书看到的是危险，而范主任，恐怕已经看到了，危险之后，可能拿到的巨大战果。

三位，各怀心思地中止了讨论。

夜幕降临了，毕竟北方乡村的夏夜风景，用美不胜收都不足以形容，抬头是满天星斗，像挂在深黛色的夜空随时都准备掉下来一样，打开车窗，扑进来的夜风会带着青草和新麦的芬芳，显得幽深的青纱帐里，偶尔会飞出几只亮晶晶的萤火虫，舞姿翩跹地在逍遥。

就在这种美景中，那辆诡异的车停在了路边，等了好久才启动，驶出不远，驶下公路，在青纱帐遮掩的一处大院里泊车，黑暗里人影绰绰，几个人小声地耳语着，汇报着这一路的一无所获。

当然，没有发现就是最好的结果，似乎其中带头的一位，穿着警服，他拧亮了灯，应急灯，递给了回来的两位，指指院子里停靠的警车。

两人忙碌上了，警车发动，点烟处插入取电，一个微型的吹风机呼呼开始工作，对着车身喷热，一加热，那蓝条子标志一揭，下来了，“公安”两字一揭，下来了，“国徽”标志一揭，也下来了，然后几个人伸手一抬，把车顶吸附的警报抬了下来。

片刻间，一辆县乡常见的五菱警车，变成了普通的白色面包车。

那些人熄灭了灯，进房子里了。

在房间一隅，头上套着袋子目不见物、双手铐在铁栅上无法移动的小木，已经保持这样的姿势数小时了。

前几个小时，没有动静，这地方温度不高，而且有点潮意，对于他又是一种全新的体验了，就像曾经心理学所学的，一个安静到极致的环境，会加深个体的恐惧感。

对，恐惧感，目不视物，耳不闻声，会让你心里开始想一切可能的恐怖景象，进而在意识中把这些恐惧无限放大。

这就是挨一拳，远没有等着随时可能挨一拳恐惧的原因。

恐惧来自于你的内心，而不是外部。小木在强自镇定着，不过无论他怎么镇定，都无法阻止恐惧的袭来，他想到了很多，被吊打？被痛殴？哪怕最坚强的人，也不会愿意用肉体折磨的方式来考验自己的意志。

而小木自以为，自己这细皮嫩肉的，根本经不起摧残啊。

怎么办呢？秃蛋示警了，应该是杨梦露捣的鬼，而且被关在这样不见天日的地方，他揣测到了，应该是等夜晚来临再下手，寂静无声会自动摧毁个人意志的。所以他相信这应该是假警察，真警察不会用类似心理战的把戏。

可问题是真警察好说，假警察不好对付啊。

好人不好当啊，要人家知道你是叛徒加内奸，怎么着也揍你个半死吧？

坏人也不好当啊，人家要考验你的忠诚，还得揍你个半死。

横竖都得挨揍啊，我靠了，这咋办？这揍我一顿太冤了，我还得没处讲理去啊。而且还没有什么可出卖的，已经出卖人家传销组织了，再反过来出卖那个组织？不能啊，没有可信度，就出卖也得有点证据，咱这德行，人能相信是警察安插的眼线吗？

思来想去，无法定论，他在想着用最阴损的烂招保命，但没有哪一样能毫无破绽。

对了，那些警察也不是省油的灯，搞的厕所传消息那一套，现在看来太完美了，想找把柄都没有啊。

对，应该是个突袭考验，在不知情的情况突然抓起来，这时候，身上哪怕藏着一星半点东西都有可能被怀疑。而现在是什么都没有，看来，只能死硬到底，当个彻头彻尾的传销分子了。

咣……一声响，吓了他一跳，他侧耳倾听着，然后听到了隐约的喝斥声，似乎是在吓唬大嘴那货，再然后，又听到了嘭嘭嘭的闷打声，听得心惊肉跳，想起了老美黑社会常见的整人手段，装麻袋里一顿曲棍揍，等出来下半生基本就得躺着过了。

又一会儿，听到了大头被揍的惨叫，把小木悔得肠子都青了，早知道传销也这么黑，我他妈就枪逼着也不来啊，这要被打个生活不能自理，那我这人生真是亏得没边了。

咣当！又抓了一个，却是杨梦露尖叫的声音，把小木听蒙了，甚至有点错觉，难不成自己判断错了，说不定就是执法撞车？再说不定，是其他传销组织消除异己，半路截走这位娇滴滴的大讲师？

嘭……嘭……又开打了，估计是秃蛋开始过堂了，小木又开始羡慕秃蛋的牲口身子架了，那揍一顿只当活动筋骨了，他没事，老子可熬不过去啊。

咣当！铁栅在响，小木浑身一激灵，吓坏了，终于该他上场了，他想起了一句诗：

“我自横刀向天笑，去留肝胆两昆仑。”

小木哪怕用最慷慨的理由激励自己都没有起作用，除了吓得尿意甚浓、浑身哆嗦，根本没有其他感觉……

第二十三章 × 别有隐情

被两个人带着到了隔壁，头套被摘，小木揉揉眼睛，灯光下的景象吓得他两腿一软，差点小便失禁。

两人正摁着秃蛋，橡胶棍噼里啪啦没头没脑地揍，被揍的秃蛋一声不吭，惊愕得小木再看桌后坐着的那位，连鬓胡子，阔额宽腮，很有古典美的男子，他正在阴笑，小木戴着手铐，瞠然一指被打的秃蛋，那警察男子问道：“怎么？对我们的执法有怀疑？”

“不不不，我表示赞赏，这种人渣，就应该用严厉的手段对付。”小木道，贫嘴一开，惊惧稍去。那警察一笑，喊了声停，摆手让人拉走，随意道：“看清楚了，不讲实话，就是这个下场，以为我们随随便便就找上你啊，知道为什么抓你吗？”

“知道。”小木赶紧点头。

“那为什么？”警察一拍桌子，怒气冲冲道。

“因为……您给点提示行不？我这个人吃喝嫖赌都沾、坑蒙拐骗都干，您问哪一件啊？”小木畏缩道。

那人被逗得差点拉不住脸，没想到是这种结果，一下子打断他的思路了，他干脆一拐弯，一指：“这小子是个小泥鳅，不吃点教训他不说实话。”

那两位揍完秃蛋，操着家伙就上来了，“啊”的一声惨叫，小木蓦地倒地打滚。

而此时，那位棍子才举起来，他瞠然道：“哎，我靠，我还没打呢？”

“反正一打就这个结果，我提前躺下。”小木惫懒地说道。

那两位打手哈哈一笑，却装不出凶相了。警察烦了：“拖起来，坐下好好说话。”

逃过了第一回杀威棒，被人拎着坐到“审讯椅”上，那警察干脆直入主题，手机上一亮杨梦露的照片，问小木：“认识吗？”

“认识。”

“她叫什么？”

“杨梦露。”

“干什么的？”

“唱唱歌，讲讲课。”

“唱什么歌？讲什么课？”

“唱《我可以抱你吗》，讲励志课啊。”

哦，终于问到要知道的东西了，那警察长舒一口气道：“往下说吧，没你的事，这位传销分子我们跟踪她有段时间了，说说，你们都去了哪些地方？见了什么人？收了多少钱？”

“不对不对，您搞错了。”小木道。

“搞错什么了？”警察问。

“她不是什么传销分子，她是我的助手，我才是传销大讲师。”小木纠正道。

又来变故了，本来以杨梦露涉案，审其他人，现在主谋易主了，“警察”一下子怔了。

妈的，假警察，和那些真警察的诱供差远了，连打蛇随棍上都不懂，应该顺水推舟问啊。

小木倒急了，提醒着：“您……在办传销案啊？”

“对……积极检举揭发，对你有好处的啊。说说吧，见着谁了？”警察问。

“不要问我是谁，我们是为了一个共同的目标走到一起的……警察同志，我们相互不问名字的，就问也是假名，和您做大保健遇上的妞一样，大家一起干就行了，问名字有什么意义？”小木道。

旁观警戒的一位，扑哧笑了，警察怒了，一吼：“出去！”

撵走一位，那警察一拍桌子怒道：“严肃点，你们这是违法，是犯罪，是诈骗群众。”

“不可能啊，警察同志，诈骗得有受害人报案，我们中间有人报案吗？那都是心甘情愿掏钱买一个未来，不存在诈骗的问题。咱们都是一家人，谁骗谁呢，你说是不是？不能乱扣帽子。”小木道。

警察倒被噎急了，一拍桌子吼道：“谁和你一家人？”

“你看你，警民一家人嘛，从群众中来，到群众中去，不是一家人还是什么？”小木道。

“得得，你少他妈跟我扯……接着刚才的说，杨梦露涉嫌巨额诈骗，你想扛罪是吧，说说，你们一起怎么干的？”警察问。

“不能，我们一起给别人讲课，都是免费的，说起来我们这算是公益事业，哎……哎……干什么？警察不可以打人的啊……啊！”

终于还是没有逃过这劫，那“警察”明显理屈词穷，不想费唾沫星子了，直接捋着袖子上来，扭脖子、摁脖子，另一位抄橡胶棍的帮忙，把小木往桌上一摁，嘭嘭嘭开始在其后背、屁股上猛捶了。

“啊……疼死了。”小木尖叫着，回头看。

那两人还没动手呢，笑吟吟地看着，冷不丁嘭唧一棍，真干上了。

一下子背像折了一样，小木挣扎着，仰头大叫着：“要命了，要死了……

“啊……疼死我了……别打了，我交代。

“啊……别打，我交代，我违法了，我犯罪了，别打我啊……

“啊……”

砰砰通通一顿猛揍，停手时，小木火烧屁股似的，乱跳乱揉一通，靠了，这家伙下手真黑，打得他浑身疼，想跑都没地方跑，被大汉拽着坐回了原位。

“你扛着吧，咱们耗吧……那个豁嘴的刘旭、大脑袋的张建强都交代了啊，以为我们没证据是不是？”那警察附身，啪的一声把一摞钱放到桌上，小木身上搜出来的，总共有三摞多，除了花销还有小四万，那警察一指道：“说说，腰里这钱哪儿来的？在哪儿？谁给的？一条一条给我说出来，没你的事啊，杨梦露这回是要被钉死了，你扛着也没用。”

“这钱是……”小木怔了，要找一个无懈可击、无法查证的理由，这些传销团伙，有项很重要的洗脑就是告诉你见到警察怎么讲。他思绪飞快地找到了一个答案，战战兢兢地说道：“捡的……对，捡的，我正要交给警察叔叔呢。”

“捡的？”警察蒙了。

“对，真是捡的，在高速路服务区吃饭，出门捡的，我承认我有据为己有的不良念头，现在我要改邪归正，上缴国家……国家法律规定了不是，一切无主之物，都是国家的，只要上缴政府，都是好同志。”小木说着，把警察逼问的话绕过去了。

“不老实。”警察翻白眼了。

“钱都交了，还有什么不老实的？”小木道。

“讲课呢，窝点都在什么地方？”警察吼着。

“窝点……我路盲啊，你们问那个豁嘴，还有那个大脑袋，他们记得清，记得狠揍一顿。”小木道，很诚实地说道。他不介意把脏水泼到那俩货身上，估计是何玉贵安排的，那俩货八成知情。

嘭！桌子一拍，“警察”吼着：“我看你他妈是不想老实交代是不是？”

“绝对不是，是你们在无理取闹啊，指控我们违法的证据有吗？说我们诈骗的证人有吗？报案指控有吗？大哥，现在已经到疑罪从无的时代了，不能凭您一点半点怀疑就抓人啊，您就逼供出来，能过检察院吗？万一我上法庭再翻供，您不更麻烦吗？我钱都交了，车也归你们了，您看我一光人，还有什么价值啊？搞这一套实在没什么意义了。”小木摊手道，用他的歪理一直在左右这位假警察试图进行的逼供。

这杂七杂八的，确实也把假警察搅得思维不清了，他拍案而起，烦了，指着小木怒气冲冲地喊道：“不老实，揍！”

带头的走了，背后那位拎着小木，往桌上一摁，大棍子嗵的一声就甩到屁股上了，小木疼得大叫着：“啊……我靠，疼得好爽……”

他一咬牙，疼得他全身汗毛倒竖，迫不得已开始用意志控制情绪。

嗵！又一棍，他咬牙喊着：“啊……屁股疼时，我要想想自己怯懦时；啊，后背疼时，我要记住忍辱的时刻……”

嗵！又一下，他梗着脖子喊着：“啊……虽然你打我屁股，可我宽容怒气冲冲的人，因为他尚未懂得控制自己的情绪，我可以忍受他的指责与辱骂，因为我知道明天他会改变，重新变得随和。

“啊……我必须不断对抗那些企图摧垮我的力量。失望与悲伤不属于我，我要面带微笑，我要控制自己的情绪，我要记住失败的记忆。

“啊……我要控制自己的命运……”

小木在嘶声变调地诵着《羊皮卷》，声音又诡异又吓人。

棍子，终于停下了，施暴的人手软了，这家伙居然不躲了，像疯了一样念念有词。

这是《羊皮卷》的励志警句，小木疼得吃不住劲，开始给自己洗脑了。

这时候，门开了，那人放下橡胶棍子了，小木回头了，他看到，假警察陪同着杨梦露、大嘴、大头一起进来了，杨梦露笑道：“你们看到了，这是何等忠诚、何等坚定的朋友啊，到现在都在诵读《世界上最伟大的推销员》。”

警察笑了，小木快哭了：我靠了，疼成这样，不给自己励志，还能怎么办？

“觉得怎么样，涂哥。”杨梦露问，两人冲到揉着疼处的小木面前，假警察看着小木道：“就他妈一泼皮无赖，而且是有文化的泼皮无赖，组织很需要你这种人才啊，哈哈。”

姓涂的假警察说了句笑话，除了小木，都笑了，小木愕然看着杨梦露问道：“杨姐……您这是……我白担心了？”

“一切都是有理由和有目的的，恭喜你，赢得了继续下一段旅程的机会。”杨梦露轻轻一抚小木的脸蛋，怜爱似的说道。

“什么意思？”小木愕然问道，内心清楚，通过组织考察了。

“意思就是，我决定聘任你了，过两天到潼关找我们，从这儿往西南，不到80公里，我们在那儿等你啊，手机、身份证带好。”姓涂的假警察扔了一部按键手机，然后把桌上成摞的钱装起来，小木一瞅急了，拦着道：“嗨，既然自己人，怎么还拿我的钱？”

“你以为你这身行头，谁给你买的啊？现在扯平了啊，到潼关从头开始，有的是赚钱机会，就看你的本事喽。走了，对了，把那个秃脑袋的带上啊，那是道上的兄弟，嘴够牢，做好说服工作啊，别记恨兄弟们。”假警察卸着身上的装饰说道。

车发动时，小木急着奔了出来，一看两辆车都被开走了，他急着喊道：“嗨，你们把车都开走了，我怎么办？”

“《羊皮卷》可以领你越过汹涌的大海，抵达梦中的彼岸，让智慧指引着你，走出困境。”假警察伸着脑袋，哈哈笑道，“这点困难都克服不了，怎么可能成为最伟大的推销员。”

轰轰两车鱼贯而走，只留下傻眼的小木，他不知道是被聘任，还是被抛弃了，抑或是被调戏了，听这话，对方也是洗脑出身，你别指望猜出人家的心思。

顾不得思忖那么多，急急奔回来找秃蛋，现在都不知道这是什么地方，打着唯一的一件应急灯寻着，喊了几声才听到秃蛋应声，等见到人时，他吓得冷汗直冒。

秃蛋被打惨了，后背的衣服破了几处，渗着血，胳膊上、手上都是血迹和瘀青，脸上没伤，只是伤痛把他那张丑脸变得更狰狞了。

“我靠了，这个疯狂的世界，李鬼把李逵打了……”

小木惊魂方定，刚发表一句意见，却不料秃蛋一个虎扑，把他捂着嘴挟制了，然后悄悄地给了他一个嘘声的动作，小木猛然警觉了：

组织考察，其实还在进行着，这种时候，恰恰是最容易露馅的时候……

开向潼关的车上，涂姓男子在拨弄着一部智能机，屏幕上显示着光线很暗的地方，两人还待在那儿，根本没走。沙沙的声音传输并不太清晰，不过能听到似乎是林导师在说话，秃蛋，你白挨揍了，自己人。秃蛋在说了，妈了个巴子的，什么自己人，再让老子碰到，我弄死他。

两人像是在发泄不满。杨梦露回身轻声问着：“涂总，是信不过我，还是信不过他们？”

“你要吃过牢饭就知道了，这年头，除了自己，没人信得过。”涂姓男子如是道，收起了手机。

杨梦露对此毫不介怀，笑着转身，随口说道：“随你，人就这个样子，取舍在你，卢疯子目标太大，他要出面更冒险啊。”

“谢谢杨美人，信不过，不等于不能用。我心里有数，再看看吧。”

这男子欠着身，靠着椅背小寐了，不知所想。

两辆车，一路畅通无阻地直驱潼关，把那两个可怜虫，就那么扔在荒郊野外……

第二十四章 × 羞侮之根

树上响起叽喳的鸟叫声，远处突突突的拖拉机声音，睡在破桌上的小木被惊醒，猛地一起，浑身发疼，他下意识地奔出大院，定睛看时，却是一处废弃的施工监理单位，只是蒙头蒙脑被关进去时显得恐怖而已，白天看来，关自己的地方是实验室，瓶瓶罐罐加破桌凳尚在，原来是存储仓库，估计还没有完全废弃，被那些人借用了。

此时已经是晨曦方露，周遭的空气带着潮意，小木大喊了秃蛋几声，却听到一声呼哨，不远处的草丛后冒着缕缕青烟，他匆忙奔过去，一股子粮食的香味立时让他感到腹中饥饿，那堆小火上，烤着几根玉米棒子。

顾不上发烫，他拽了一个，啃了一口，甜香的味道让他食欲大开，像从来没有吃过如此美味似的，他啃着嫩黄夹杂焦黄、流着汁液的玉米，很快啃完一根，又拿起一根时，却发现秃蛋正病恹恹地看着他，一下子让他想起昨晚被打的伤情。

“没事，我扛得住。吃吧，这儿还有。”张狂笑着道，又架起了一根玉米棒子，估计是近处地里偷来的。小木掰了一半，两人吃着，小木不时地看秃蛋，秃蛋像知道他的心思一样说着：“院子里留下陷阱了，3G 信号连着摄像，应该工作十几个小时没问题。去潼关的路上，很可能还要有他们的人，这时候要是呼叫后援，那就正好掉坑里了。”

“这到底是什么人？比碟中碟还狡诈。”小木道，都有点力不从心了。

“警察有天网来鉴别好坏人，他们也有他们的方式，信息无法对等时，会有 1000 种不同样的鉴别方式。”张狂道，走黑路的人，都有自己独特的方式去鉴别陌生人，他们的警觉，甚至比警察的直觉还要灵敏。

小木半晌没吱声，张狂问：“你怕了？”

“我能不怕吗？我告诉你啊，我不干了，一会儿各回各家，各找各妈。”小木愤然道，衣食无忧的，哪受过这种罪？这可是真打啊，打得他全身疼，他严重怀疑，要是像秃蛋这样挨上一顿，还能不能站起来。

秃蛋没有说话，默默地伸着手，小木知道他要那部手机，掏出来递到他手上道："吓死人了，你别劝我啊，我不干了，我铁了心不干了，我图什么啊我，吃喝玩乐日子过得好好的，非当这个内奸，亏得那几个货演技拙劣，否则看出苗头来，我得变成个生活不能自理啊。"

想起来有点后怕，说起来有点心惊，小木看样子真是铁了心了。

"手机肯定不能用，委屈你了，得自己想办法到市区。"张狂道。

"别可怜兮兮的样，各走各的。"小木道。

张狂掏着口袋，没二话，将剩下的钱拍到了小木手里，用一种带着歉意的目光看着他，小木瞠然问："什么意思？"

"你走吧。"张狂道。

"我真走了。"小木作势要走。

"走吧，这个团伙有点超乎我的想象了，我真怕你有个三长两短。走吧，家里的事我交代，就说你半路吓跑了，反正也不能把你怎么着。"张狂黯然道。

小木把插玉米的棍子吧唧一扔，怒了："少说风凉话，我他妈真走了。你看你那德行，被人打成那样子都不吭声。"

"我就是打倒几个喽啰又能怎么样？该怎么做，该做什么，你无权评价。"张狂眼皮不抬地刺激道，在看到小木犹豫不定的表情时，他突然狠狠喝了声："滚，别让老子再看到你。"

小木吓得拔腿就跑，直跑出好远，蹲在玉米地后喘着气。使劲下着决心，要离开这个是非之地，要离开危险，要回到安全和舒服的滨海，再也不要见到这群坑货。

想了很久，他又颓然而坐，似乎无法说服自己半途而废，似乎无法扔下一身伤还那么恶狠狠的秃蛋，似乎无法咽下这口恶气，想到这儿他就抚抚自己身上还在疼的地方，那股子郁闷却是无法用逃避来消除的。

手里，还攥着几张脏兮兮的钱，这是两人仅有的，他似乎有点羞愧于自己毫不客气地都攒到手里。

"嗨，怎么还没滚啊？"

张狂过来了，站在他身前不远处，小木气得一下子起来了，愤然道："管得着吗？老子又不想走了，你让我滚，我就滚啊？"

"是啊，被娘儿们摆了一道，被人揍了一顿，这口气咽不下去啊。"张狂耻笑他道。

“好像有人比别人挨得更狠啊！”小木反讽道。

“这是我挨得比较轻的一回。吃吧，吃饱了好上路。”张狂又递过来一根玉米棒子，小木不客气地使劲啃着，自然而然地跟在他背后，他背后是血淋淋的，不过脊梁依然坚挺，步履依然从容，那股子悍勇让小木不由得折服。

不过嘴上可不饶人，小木边吃边道：“秃蛋，别硬撑着啊，都被人当牲口打成这样了。”

“没事，扛得住，等老子扛过去，就怕他们扛不住。”张狂恶狠狠地说道，小木随口问道：“哎，我说，你平时屁都不放一个，他们为什么对你那么狠？”

“探你的来路啊，我是个脱逃人员身份，打死了一声不吭才是我的风格，这也是他们甄别陌生人的方式，扛不住打，三句就露底的，管你好坏人，肯定一概不用。”张狂道。

“那不对啊，你都扛住了，怎么没选拔上你啊？”小木问。

“没那么快，一般团伙收你，都会把你变到一无所有，再给你点好处，到时候你就死心塌地地跟他们走了。对了，这是不是也是心理学的什么效应？”张狂故作轻松地问。

“大棒子加胡萝卜效应。”小木随口诌了个，告诉他，“这是对待畜生的方式啊。”

“这群人本就是畜生，你觉得他们中间还有人样的吗？”张狂问，他停下来，看着小木，突然问道，“那个杨美女身份不低啊，人长得又漂亮，你不会是因为她留下的吧？”

被刺了一下，小木愤然剜了眼回道：“是又怎么样？老子爱干吗干吗，管得着吗？”

这家伙的绅士风度，已经渐渐带上了痞气，瞧着小木愤然而走，张狂讪笑了笑，他有点喜欢这小伙儿了，但凡经事没被吓破胆的，胆子就会越长越大。

两人就这么你一句我一句互损着，上了县级公路，步行了好远才碰到一辆三轮车，花了100元送到了公交车路过的站点，等到八九点，终于看到了一辆摇摇晃晃开来的公交。

路线标志：芝阳至潼关。

租的车还了，又换租来一辆，开车的还是大头和大嘴哼哈二将，两人把杨梦露送到潼关市西苑路一处写字楼，又像往常一样，开始耐心地坐等了。

少了两个人，反而觉得寂寞了，而且似乎有点想了，大嘴看着步履轻盈上楼的杨美人，随口问的却是其他事："哎，大头，你说那俩货能回来吗？"

"我哪知道？那得这儿的老板说了算。"大头叼着烟，无所谓地说道，江湖上都是萍水相逢，相识和错过都算是缘分，他懒懒地说道，"其实，那小子不赖，这几天扔给我的烟钱真不少，要是搁何老板那儿，没准能成个大经理。"

"是啊，我也这样想，那可是个文化人啊，两片嘴皮子可都是钱，比他妈刷卡来得还快，怎么着就给扔那儿了呢？万一一气之下跑了，多可惜呢。"大嘴道，连他也看出文化人当骗子的潜力了。

"我也弄不懂，不过……就这儿的老板看不上，杨美人也不至于舍得扔了吧？"大头道，这话酸酸的，刺激到大嘴了，他一想小木和杨美人的亲昵样子就来气，悻悻然说了句："妈的，那 × 黑着呢，以后咱们小心点。"

大头蓦地扑哧笑，笑得浑身直颤。

已经上到四层的杨梦露无从知道背后有人腹诽她，她来此也正是为此，这位涂绅豪涂老板的处理方式让她感觉到危机了，而且似乎确实有点于心不忍。在抬手时，她的手慢慢地僵了一下，外聘讲师这个好听的名称，实质上就是个骗子同伙、坑人当托儿的角色，是没有必要左右主角的安排的。

不过她还是来了，有一幕画面像梦魇一样纠缠了她一晚上，是在芝阳，被同伙作势拉下车，摔坐到地上时，小木奔出来，搀起她，然后护在她前面……那个细节对她的触动很大，也许是很久以来没有感觉到被关怀的滋味了，猝然见到时，让她觉得五味杂陈。

笃……笃……她念及此处，还是敲响房门了。

门开了，涂绅豪笑吟吟地把她请进办公室，涂老板的派头还是有的，威武的身姿加上连鬓胡子，倒退 1000 年，绝对是武将风格的帅男，他笑着邀坐，给杨梦露倒了杯水，坐回他的办公椅上时，开口说的正是杨梦露的心事。

意外了，涂绅豪对小木的表现赞不绝口，他扬着手机道："不错，形象、气质、内涵，全部有了，卢疯子当年都未必能达到这个水平。这一段尤其好，用的是闪电部队在行动时的音乐，语言辅之以感官刺激，效果比单纯的吹嘘要明显啊。”

是在富县那一段，这个小子用很短的时间，已经快青出于蓝了，杨梦露笑笑道：“我倒觉得还是有点太嫩了，涂总舍掉他们，不管出于什么想法，我觉得还是正确的，毕竟是个新人，不确定的因素很多。”

她娓娓道着，这是一种矛盾的心态，仿佛她期待就此让小木出局一样，尽管她很清楚，小木可以胜任这个角色。

都是骗成精的人物了，涂绅豪一下子觉出了杨梦露话里的纠结，他眯着眼看着杨梦露，慢慢笑了，揶揄道：“哟，杨大美人，动了恻隐之心了？”

“有点吧，毕竟还小，我都有点不忍心毁了他。”杨梦露道。

涂总撇撇嘴，不中意地翻了眼，放下手机，严肃地说道：“大局为重，好人毁于他恶念顿生之时，而坏人，可要毁在他良心发现之时。”

所以呢，良心这玩意儿，你可千万别有，那是要害人害己的。

“那你准备怎么处置？”杨梦露无心听他的长篇大论，反问道，这是她最关心的。

涂绅豪扔过来了手机，杨梦露翻看着，有藏在那个院子监控拍下来的照片，有手下从即时通信工具里发回来的照片，两人八点多乘上了公交，现在这个时间，应该已经到潼关了，这对于涂绅豪来说，是一个安全的测试，测试的结果不出意料。

“人应该没问题，卢疯子在这行摸爬滚打 20 年了，这点眼光还是有的，我都想象不出，他在精神病院都能找到人才。”杨梦露道，讪笑着把手机放下了。

这一点，涂绅豪似乎也接受了，如果有，折腾成那样早出问题了。他的疑虑不在小木身上，而是怀疑着另一位，他道：“林子没问题，能把自己洗脑洗到那种程度，不是一般人能办到的，我是觉得另一位有点儿不对劲，可我说不上来哪儿不对劲。”

“张狂？”杨梦露的眼睛迷茫了，一直以来，这是一位被忽视的角色，总像个闷葫芦，干什么都井井有条，属于那种行大于言的人，她摇摇头道，“不会，你都试过了，不但你试过，何玉贵都试过几次了。”

“是啊，你不觉得一点问题都没有的，也是问题？”涂绅豪道。

眼一滞，杨梦露怔了下，好像很有道理，所遇男人，吃喝嫖赌抽多少总要沾点，鲜有例外，此时再想，似乎在张狂身上没有发现，严肃、拘谨、条理，从不像大头、大嘴那样荤话连篇，也不像小木那么色迷迷的，怎么越想越觉得不太对劲呢？

末了，她笑了，直道：“我都被你说得起疑心了，兴许他就是个闷葫芦呢。”

“也许是我看错了，不过哪怕看错，也不能出差错。把人聚起来还需要几天时间，他们反正已经来了，那就从长计议吧。不过在我看来，这巴巴送上门的，我倒还不觉得有多么金贵，等等看吧，走，今天我带你尝尝这儿的美食。”

涂绅豪邀着，杨梦露起身了，她听得出来，涂绅豪对启用两人尚有疑虑，不知道为什么，这个结果，倒并没有让她感觉失望。

一直以来她都是遇人随缘，遇事随心，从未像今天这样心情复杂，莫非真的是良心发现？

绝对不可能，否则我还这样处心积虑地图什么？

杨梦露如是想着，笑吟吟地挽起了涂绅豪的胳膊，两人相携下楼，俨然一对情深伉俪……

第二十五章 × 乱象纷生

距潼关市 11 公里，高速路口。

一辆黑色的 SUV 疾驰下了高速，从 ETC 下的，车速几乎未减，直驱市区。

车里，叶天书、骆冠奇加上司机三位，刚刚联系到潼关市局，准备起程的搜寻特勤已经就位，叶天书抬腕看了看表，接近中午一时了，也就是说，失联接近二十四小时，失联的不知道怎么样，可在家里指挥的，已经濒临崩溃了。

“您放宽心，叶组长，以我和传销分子十几年的打交道经验，不会有人身危险。”骆冠奇又老生常谈了，这些非法传销，更多时是靠嘴巴骗钱，诉诸暴力的刑事案件不是很多。

当然，也不是没有，叶天书道：“北派比你们南派传销，涉暴、涉黑比例要高出很多，自四月二日成立专案组以来，我们已经接到了十九起与传销相关的刑事案件，其中死亡三例。”

不说了，骆冠奇摆摆手，传销的流毒若斯，已经是罄竹难书。

“那位卧底同志，是个什么情况？”骆冠奇又问。

“是为了方便开展工作，各省对调的人员，有的是刑事侦查局的，有的是刑侦总队的，都是经验丰富的同志，像这种失联的情况，几乎没有发生过。”叶天书含糊道，人员没问题，全国性范围的打击，凭的就是杀鸡挥起宰牛刀的压顶之势。

骆冠奇想了想，如是道：“我还没法说服自己非要采取这种极端措施，既然信息传送没有纰漏，既然他们尚未接触到核心，那危险就谈不上了。”

“但是有个线人是新手啊，万一露馅，后果可就不堪设想了。”叶天书道。

“对线人的心理评估怎么样？有逆反倾向吗？”骆冠奇问。

叶天书一怔，噎住了，木林深的种种表现，算是逆反倾向吗？

好像不算啊，根本没评估出来，倒是评估的医生被评估出隐私来了。

沉默片刻，电话忽然响了，叶天书一看是外勤家里的电话，急急接听，里面传来了保密员劫后余生的声音：

刚收到消息，安全！

叶天书算是长舒了一口气，不过马上又怒从心头起，让保密员通知 3326：“我已经到潼关了，让他直接向我详细汇报！”

这颗心算是放下了。此时，车方驶进市区，熙攘的街道，炎热的正午，如织的游客，给两位紧急赶来的专案组人员的印象很差，非常差。

因为从警务的角度讲，越是这样的地方，越难开展工作。

市区，民生街口，华府天下。

坐进包厢的小木抿了口冰镇的啤酒，很舒爽地呼了口气。

张狂却是豪饮，一口干了一杯，倒不觉得有死里逃生的庆幸，而是一种无从发泄的憋屈。

刚联系到了家里，回复很让他生气，屁话没问，让他设想和“大经理”联系，直接汇报失联的情况，从外省调来执行这任务本就让他很不舒服，上下级指挥的磨合看来进展得并不顺利。

小木可不管那么多，盐水鸭、酱牛肉、烤羊排……拣贵的、好的点了七八个菜，囊中羞涩的张狂只能给他一句愤怒的评价：吃死你。

你骂你的，我照吃我的，从昨天到今天就没好好吃一顿，这回小木吃得虽然文雅，可形象确也落了个档次，边吃边喝，吃快了手抓着鸭腿就啃，张狂提醒着："喂，你丫不自称绅士吗？不装 × 了吗？"

"跟你个糙货有什么可装的，反正你也不懂。"小木道。

张狂瞪了瞪眼，那句"弄死你"咽回去了，说多了，已经没有威胁性了，这顿饭他反倒文雅了，吃得食不甘味，心事重重的。小木几次看他，像在窃笑，下车没干别的，换了身衣服，找了家药店，草草处理了下伤处，在市区又绕了几圈，接着就吃饭来了，从张狂的表情上，小木能看出事态的问题来。

吃到半饱，小木问道："欸，秃蛋，怎么回事？前半天人还好好的嘛，怎么和家里一通话，就成这德行了？"

"说了你也不懂。"张狂道，埋下头了。

"可能你不说，我也懂。"小木笑道。

"吃了几块牛肉，你嘴上长不出牛 × 来。"张狂挖苦了他一句。

"那我吹吹，你检验一下，你失联 24 小时，这件事情况很严重？"小木问。

张狂一愣，停筷了。

"家里肯定担心，说不定已经做好最坏打算了，而且家里肯定知道假警车、假警察的事了，案情出现新变化了，而你就算汇报也一无所知，是不是很难过？"小木又问。

"还有，事情推进很快，但也存在萝卜快了不洗泥的问题，从何玉贵开始，刘备、张飞、徐达、马步方，还有昨天见到的董卓，那些神出鬼没的大经理可能都很难确定身份，唯一能捕捉到他们体貌特征的只能依靠外部监控了，可偏偏他们选的都是'三不管'地带，万一咱们背后跟的外勤漏了，或者人家有防备，好像就更难了。"小木再道。

"所以，情况很尴尬，说成果斐然也可以，说寸功未建也行，以体制内通行的衡量原则来看你……"小木笑吟吟地看着他，把他的结果说了出来，"你会被训个狗血淋头的。"

“吃你的吧！再说我弄死你！”

张狂一怒，骂出来了，一骂，小木的嘴几乎和他同时在动，说的是同样的话，然后张狂愕然看着，这学心理学的能把你说话的节奏也把握住。

小木逗了张狂一通，笑了，自斟自饮，像故意气他，报复早上对他不友好的态度。

张狂蓦地想起什么来了，赶紧拿酒，给他倒上，然后觍着脸，给了个憨厚的笑容道：“林子，别介意哥这糙人啊。”

“哟，拍我马屁，必有所求啊？”小木故意问道。

“……没有，没有，哥给你倒酒。”张狂给小木斟好，双手端着放在他面前，期待地问道，“你应该有什么发现吧？”

“没有啊，咱们不是一起走的吗？我能有什么发现？”小木道。

“不是不是，我没有发现，你应该有啊，见一面就知道那女医生寻欢去了，那些人，你应该能猜到点特征啊？”张狂道。越准确的特征，越能够给出搜寻的准确指向，而小木，肯定有这本事。

“有是有点儿。”小木抿着酒，摆着谱反问着，“可我为什么告诉你？猜错了算谁的？”

“算我的。”张狂拍着胸脯道。

“你够倒霉了，被人家打成这样，屁都吭不了一声，回头不还得被训得跟孙子一样，再猜错一个两个，哟，那你比倒霉蛋还要倒霉。”小木道，放下杯子，又补充了一句，“而且冲你早上一直骂老子，就算告诉你，也得给你下点药。”

张狂给气着了，愤愤地看着小木，啪唧一拍桌子恶狠狠地道：“再嘚瑟，信不信我真揍你？这帮人既然假警车敢造、假警察敢扮，还有什么不敢干的？背后有多少事还用想吗？我跟贩毒的打过交道，都没见过这么鬼的，根本是连我都信不过，这样的人渣放在社会上，普通人要遇上他们，倾家荡产都是轻的。”

他说得愤怒至极，或许这才是秃蛋的本色，所有的隐忍，是为了十倍、百倍的回报。

小木侧眼看着他，突然道：“其实让你愤怒的不仅仅是坏人，还有自己人，还有你所处的体制、所从事的职业……我现在看清你了，你是个理想化的人，和被传销洗脑的疯狂信徒一样，是那种极端理想化的警察。”

“是又怎么样？难道活得像你这样，吃喝嫖赌才算正常？”张狂不屑道。

“我也不算正常，但太理想化了更不正常，会被现实伤害的。”小木抿着酒，如是道着，给了他一个无奈的表情。

这家伙老气横秋的，让张狂实在接受不了，倒是色迷迷地调戏杨美人更容易让人接受一点。张狂无聊地吃着，思忖着，有点怀疑这家伙是不是又在玩心理战术，套你玩玩，根本不当回事。

“其实你并不是完全相信我，在你心里最重要的是任务。为了任务，你被虐打也一声不吭；为了任务，即便我出事了，你也会隐忍不发……对吗？”小木问，他下意识地摸摸后背还疼着的地方，像在讨一个说法。

话里有刺，刺得张狂很痛，他看看有点狼狈的小木，叹了口气道：“对。”

小木无语了，表情丰富到用哭笑不得形容很准确，这真是没把他当外人啊。

“这个世界上，总有能让你愿意不惜一切代价的事。不光我有，不光理想主义者有，你也有。比如，亲情、家庭，越是顽劣的人，有些事在他的心里分量会越重。”张狂道。

小木笑了，温馨而又幸福的微笑，那一刹那他不知道想到了什么，只是那么羞赧一笑，把这个触到他心里软处的表情掩饰过了。

两人就此无语，不过都像赌气一样，吃得风卷残云。张狂当仁不让，吃完一摆手：“埋单。”

一顿饭二百多元，加上衣服和药，两人已经所剩无几了，起身离开，下了楼，并肩而立，却失去方向了。张狂看看小木，那家伙反倒成竹在胸似的，他问着：“去哪儿？”

“你准备巴结我，还是准备相信我？”小木反问。

“鉴于我不止输过一次的经验，我决定相信你。”张狂道。

“那走吧，逛街去，在你可怜的从警生涯里，是不是都没有过游玩的经历啊？理想主义者最大的缺陷在于，他们总是幻想着去做超出自己能力的事，所以往往会以失败告终，就像你，空有一身抱负，可能力不济啊。”小木前行着，挖苦着，顺手买了两个冰激凌，递给张狂。

张狂的脸色早覆上一层霜了，他恶狠狠地咬了一口冰激凌，然后被冰得牙疼，倒还没忘了反讽：“昨天那群货怎么光打你屁股了，应该打嘴啊，这么损。”

“已经输给我一个警花了，再赌一回怎么样？我赢一对警花。”小木舔着冰激凌，刺激道。

张狂一怔，知道这家伙邪门，他下意识地问：“赌什么？”

“我判断，今天回去报告，你会劈头盖脸被训一通，什么无组织无纪律了，什么不及时通知家里了，什么工作不得力了，反正就你这德行回去，肯定是鼻子不是鼻子，脸不是脸。”小木耻笑道。

张狂脸色一难堪说道：“这还用赌？不明摆着吗？”

“赌的不是这个，我跟你赌，今天咱们把这一耳光扇回去怎么样？我最痛恨那些站着说话不腰疼的组织，不把下面的人当人啊，吃了苦受了罪挨了打，回头还不落好。”小木道，似乎有什么深意，他挑逗似的看着张狂。

张狂蒙了，不知道这货想干什么，他不敢相信地问道：“你不是妄想症发作了吧？”

“听说过异想天开吗？所有犯罪形式，都是从异想天开开始的，哪怕街头那些下三滥的骗术，都闪烁着智慧的光芒。阿 Sir，你这个警察当得真够呛，不但忽略细节，而且高度不够。”小木道，边舔冰激凌，边轻松地说着。

而张狂此时已经收起了小觑的心态，默然无声地跟在他背后，他越来越相信，这个古灵精怪的家伙，确实有他独特的方式，以及旁人无法企及的高度……

逛了一下午，买了一堆东西，住了家小旅馆，一直到午夜时分，才联系到家里。凌晨时，监视了小旅馆数小时，确认没有蹲守的眼线后，叶天书才来此和 3326 会面。

没有意外，进了小旅馆房间，关上门，叶天书就气急败坏地训上了：

“啊！太过分了，失联 24 小时，知道多严重吗？潼关市局的同事已经整装待发了。

“啊！有没有点大局观？一下午时间都在玩，以为我们不知道？

“瞧瞧你这样子，知道现在的案情多紧急吗？每拖延一天，就可能有更多的人受害。卧底不是让你没有底线，恰恰相反，你应该比别人更严于律己。

“喝酒了是吧？把你舒服的，知道家里多少人在连续工作，多少人在担心你的安全吗？你倒好，一天两顿酒，醺得很舒服？！”

劈头盖脸一顿骂，训得张狂默不吱声，就抿着嘴也盖不住浑身的酒气，训了一通，知道他受伤了，又关切地看了看，叶天书却也无语了，这份差事对谁来说也不容易，卧底要忍受比普通警察更大的压力，他详细询问着发生的情况，对了，那个小祸害呢?

说到此处，张狂开口了，他说道：“在隔壁，不过我建议您等一会儿再进去。”

“什么意思？”叶天书没听明白，愤然道，“还摆谱了？”

“对，他说您来了一定会勃然大怒。”张狂道。

“废话，还指望我喜出望外啊，你们成绩是有的，可是问题也不小。”叶天书道。

“您很快就会欣喜若狂的，而且要为今天批评我们的行为道歉。”张狂严肃道。

反天了！叶天书一愣，气更甚了，张狂不说话了，做了个请势，带着叶组长，闪身出了门，轻轻叩响了小木的房门。门开了一条缝，两人闪身进去。

在进门的一刹那，叶天书一愣、一愕，被眼前的景象刺激得瞬间兴奋不已，跟着大张着嘴，果真是欣喜若狂，失控地哈哈大笑了……

第二十六章 × 我岂凡人

肖像画，全部是肖像画！胖的、瘦的、长相凶恶的、人畜无害的，满满地钉了一墙，当看到卢疯子惟妙惟肖的画像时，叶天书一下子控制不住自己了。

哈哈一笑间，他猛地刹车，拉着张狂问着：“这是那些嫌疑人？”

张狂点点头，嘘了一声，示意着还在专注作画的小木，此时的小木又变了一个样子，庄重、专注，一手持颜料盘，一手持着画笔，调色、涂抹，那动作行云流水，能让叶天书想起警中大比武，那些身手不凡的外勤拆装枪械。

“误差有多大？”叶天书小声问。

张狂依旧没有说话，指指何玉贵、卢鸿博，还有那一对哼哈二将——大嘴刘旭、大头张建强，叶天书拿出警务通手机，拨着已知嫌疑人的捕捉图像，一眼便看出差别来了。偷拍的有点模糊，而小木画得更清楚，至于相似度，叶天书的表情已经说明了。

张狂笑而不语，那种带着某种意味的笑，叶天书也不含糊，给张狂紧紧衣领，面对面，郑重敬礼，敬礼还不够，又鞠了一躬，这下子张狂可不好意思了，他小声地说："我可什么也没干，就陪林子跑了跑腿，功不在我。"

两人咬着耳朵，叶天书看专注的小木，小声问道："没想到，他还有这本事。神了，画得真像。"

"他在荷兰学过油画……我都不相信，直到他画出个卢疯子来，吓了我一跳，跟照片似的。"张狂道，小声说着两人下午的事，跑了一趟书画店，这和案情八竿子打不着，直到小木画出一幅来，张狂直接就被征服得五体投地了。

这下可好了，叶天书兴奋得直搓手，这些隐藏很深的"大经理"，不是只抓拍到侧面像，就是根本拍不到人，他们聪明到连过公安监控都会下意识地遮住脸部。而现在问题基本解决了，有了这些神似的肖像，用不了几个小时，他们就无所遁形了。

一溜看过，啥也不说了，叶天书大拇指自己都不知道竖了几回，他和张狂慢慢站到了小木的侧面，看着最后一幅肖像。

是杨梦露，有拍到她的照片，不过画像比照片更迷人，富贵紫的长裙，回眸笑的姿势，整幅画像活了一样，正娉娉婷婷地站在三人面前。

最后一笔，小木的手悬了好久，最终落笔却在裙子上，竖抹着，多了几道褶子，明暗的变化一下更清晰了。他放下颜料盘和画笔，回头时，那两位齐齐向他竖着大拇指。

"神了，我们队里的描摹师都赶不上你的水平啊。"叶天书赞道。

张狂笑了，也赞了句："这比咱们用监视设备可隐蔽多了。林子，以后谁再说你是纨绔子弟，你直接把颜料盘扣他脸上。"

"这个一般我都懒得解释，想当年为了欣赏那些裸模，我在鹿特丹美术学院可走读了一年多呢。"小木得意地说道。

叶天书愕着问："裸模？什么是……"

"就是脱光了一丝不挂的女人，画人体肖像啊。"小木道。

"又是资本主义腐朽的那一套。"叶天书不中意地说道，不过再看这堆肖像，又赞赏道，"不管怎么说，他山之石，还是可以攻玉的。非常感谢，太谢谢小木了，我代表专案组全体同志感谢你。"

"不用谢，就这几个货，居然敢打我！他们就知道文化人好欺负，不知道文化人坑人更狠。那个带头的、连鬓胡子的，姓涂，应该有过服兵役记录，有可能还服过刑，经济条件不错，开一辆凌志车，东北人，在这儿说不定是个公司小老板的身份。"小木指着扮假警察那一伙，重点指出了那个带头的涂哥。

这把张狂吓住了，信息太详细了，要这么查的话，恐怕电脑几分钟就能检索出来，特别是服刑经历，张狂不信地问道："你怎么看出服兵役来了？"

"背习惯性地挺直，军姿标准，当然，传销里训练一段时间也能达到这种水平，不过在他捋着袖子喊着揍我的时候，我看到他的两肘，左右肘粗糙面积不一样，左大右小，那是这个动作。"小木比画着卧式射击的标准姿势，那种训练在身上留下的印记不好消除。

"服刑呢？怎么看出来的？"叶天书问。

"湿疹斑点，胳膊上、脖子上，都有，这是南方气候在北方人身上造成的印记之一，治疗不及时，都会留下那种轻微的小斑点，其实这个很好治疗，离开那地方，或者稍用点药就解决了，唯一一个不能解决的原因，而且还留下那么深印记的地方只有一个：监狱。"小木道。

叶天书被吓住了，要是正确的话，他真叹为观止了。

"经济条件呢？你是看穿着？"张狂问。

"对，腕上套了个紫珠文玩，虽然假警服不值钱，可皮带很贵啊，我看到他的皮鞋了，不管装 × 还是真有钱，那双意大利皮鞋价值不菲。"小木道。

"那车呢？你都能从脸上，看出他开什么车来？"叶天书瞠然问。

"哎呀，我说你这个人真笨啊，腰上挂着车钥匙呢，看脸能看出来？"小木不屑道，太简单了，这都打破砂锅问到底。

张狂和叶天书听得半晌无语，两人相视惊愕，好一会儿，又相视而笑，再问时，只要过眼的，小木能把人的习性说个七七八八，大致哪儿的人，有什么嗜好，开的什么车，讲到一半时，奇迹已经验证了。

远在省城的专案组人员，根据手机照片检索，用时 15 分钟确定了涂姓的男子身份。

涂绅豪，男，38 岁，汉族，于 199× 年服役于某部，退役后，于 200× 年因诈骗罪入狱服刑四年，现居潼关市复圆路复文小区 13 幢 1301 室，名下登记的，还真是一辆凌志轿车。

其实就在眼皮底下，复文小区离他们居住的旅馆不过数公里之遥，而且一点也不复杂，就在罪案信息库里静静地躲着。叶天书看到这一信息时，愣了好久，递给张狂，张狂大张着嘴一句话也讲不出来。

小木在笑，他不用看，已经看到答案了……

深夜，潼关高速路口。

大头开着车，像幽灵一样等在路边，晚饭过后，刚睡下不久他就被杨梦露叫起来了，到这儿一等就是几个小时，已经习惯雇主作风的大头一句话也没多问，两人就那么静静地等着。

很安静，也很无聊，少了小木那个活宝，气氛变得很压抑。

一直等了两个多小时才接到电话，杨梦露下车等着，不久后，一辆轿车下了高速，陌生的车，老规矩，肯定是租来的，大头如是想着。车一停，他就看到了何玉贵老板胖胖的身体从车上挪下来。

杨梦露迎上去，坐到车里，车后有股子浓重的酒味，喝酒的那位凑上来，她很烦地瞪了一眼，卢疯子笑了，杨梦露斥道：“何玉贵，他精神问题已经这么大了，你还让他喝！”

“需要我让他喝吗？要走了我都找不着人，这是硬从酒场上拖下来的。”车下换气的何玉贵说着。卢鸿博打着酒嗝道：“对酒当歌，人生几何，此番别离，去日苦多啊……露露，想我没？”

“你怎么不喝死啊？！”杨梦露生气了，开了车门下车。

卢疯子笑着也下来了，看他喝醉的样子是说不成什么了，杨梦露问着何玉贵道："何玉贵，那边还安静吧？"

"安静，静得都无聊了，不让放开干，放开干，这俩月都能收摊走人了。"何玉贵道，明显抱怨来钱太慢。

做传销是个合伙生意，像何玉贵这样的 A 一级大经理，能拿到总额的 30% 左右，剩下的，绝大多数要分流到 B、C 一级经理头上，消耗也是惊人的，杨梦露斥着他道："两个月你收几十万还要怎么着？可以了啊，细水长流，安全第一。"

"剩不下多少，租车、人工、吃住……还养了这么位大爷。对了，我们路过就是问问那俩怎么样。"何玉贵道。

"不怎么样，看样子涂老板还是心存疑虑。"杨梦露把经过详说一遍，何玉贵听完就怒了，拍着巴掌跟卢鸿博道："看看，卢疯子，我说什么来着？好容易捡了个宝，还送人了，人家还不要。就你们这一圈申购的，卢疯子顶多也就这水平，他不要拉倒。"

"哎呀，人家的生意大嘛，肯定要小心加小心了。再说我也不合适出面了，人怕出名猪怕壮啊，我这一出面就得召来一群警察，没法弄啊。"卢疯子醉态可掬地说道，看来对自己的情况也是非常了解，杨梦露劝着："这是贾老板的安排，干好了，这边的生意也有咱们一块，懂不？"

一听这边也有生意，何玉贵来劲了，使劲点头："懂。"下一句，"能有多少？"

"那看你拉多少人头了。还有，一定要把这个祸害送走啊，他目标太大，估计他走到哪儿都得带上尾巴，贾老板说了，这次摊子铺得大，绝对不能出现一点差池。"杨梦露小声和何玉贵说着，卢鸿博却呛了点小风，开始呕起来了。

该办的事，该交代的细节，匆匆说完，杨梦露走时，看到一直呕的卢疯子，又回过头，用高跟鞋狠狠踹了他一脚才走。

那车走了好久，卢疯子才擦着嘴悻然上车，何玉贵笑着递给他一瓶水，卢疯子却心知肚明道："你们嫌弃我就明说，都挣钱了，嫌我累赘了。"

"快算了啊，你这些年花掉的钱，不比谁都多啊？"何玉贵反讽着。

"那也不能半路把我扔了啊。"卢疯子气愤地说道。

"教授啊，教授，贾老板安排的……避避风头而已嘛，再开伙时候，还不得把你请出来？我跟你讲啊，去了疗养院好好待着，过段时间我就去接你，别我们还没去，你又跑了啊。”何玉贵道。

“嗯……没意思我就跑，管得着吗？”卢疯子不屑道。

何玉贵回头看时，他已经歪倒在后座上睡着了。

车绕了个圈拐回来，又上了高速公路。

凌晨四时三十分，专案组监控到了这辆车驶出省境，去向不明。

不过鉴于抓捕时机尚未成熟，又有更重要的线索浮现，专案组布置的警力没有惊动似乎根本不像仓皇出逃的那一对……

叶组长走时已经快凌晨五时了，张狂从后门送走了人，确认安全后才回到房间。

一天一夜的跌宕，让他根本没有睡意，又起身敲响了小木的房门，开门时，小木还穿着正装，也没睡，进屋才发现，这位对生活细节要求很苛刻的绅士，已经把房间打扫得纤尘不染，画像被带走了，工具装了一垃圾袋，看样子准备扔。

“这就扔了？”张狂有点儿心疼似的。

“那等着留下给人看吗？”小木反问。

也是，非常时期，要让对方知道小木有这本事，恐怕讨不到好处。张狂坐到了椅子上，换了一种新奇、兴奋、感激不尽的眼光看他。小木往床上一躺，笑着问：“秃蛋，你都输给我两回了，我严重怀疑你这号光棍会不会履约。”

两回，输了一对警花，张狂笑道：“我一定履约，我豁出去不要脸了，回头到我们局里给你介绍一对啊……哈哈。”

小木笑了，后话如何，谁又能料到，张狂却好奇地说道：“林子，我越来越发现你身上的与众不同了。”

“有吗？”小木问。

“当然，就像画画的这水平啊……能称大师了。”张狂赞道。

“你这是侮辱大师，也侮辱我啊。”小木翻着白眼道。

“是吗，侮辱大师可以理解，怎么侮辱你了？”张狂逗着他。小木一竖中指道：“这画从观赏的角度讲，就是一堆垃圾，大部分美术专业的人，都有这种起码的功底，我属于很差的那种。”

“那是因为你中途放弃了，坚持到底，你也能成大师的。”张狂道。

“错了，成了大师会更惨的，画向日葵的凡·高，因贫困交加而亡；发明透视画法的意大利画家帕多·乌切洛，一生都过着贫困孤独的生活。古今中外，大多数大师身上都能打上这样的标签：穷困潦倒、贫病交加、郁郁而终，等等。”小木笑道，一指张狂反问着，“这样的话，你叫我大师岂不是巴着我倒霉？”

“也是啊，不受非人之苦，难有过人之能啊。”张狂笑着看小木，知道应该是环境的原因，扼杀了他身上的天分。小木也看着他，似乎在重新认识他。半晌小木惊起，警惕道：“秃蛋，你要是劝我接受你的理想，我马上和你断交啊，说到做到。”

张狂笑着摇摇头，他了解小木的心思，如果不表示一下的话，会让他觉得失落，但你要表示，那后果更严重，小木这个拗性子，根本不会如你所愿。

于是秃蛋这样说：“我明白为什么你爸想办法把你送精神病院了。”

这就是个牵着不走、打着倒退的犟驴脾气，了解他的过去，张狂在想，连犯罪分子都被他坑了，那个可怜的父亲，得被儿子折腾到什么程度才能下这种狠心。

提到这茬，小木不高兴了，翻着白眼看张狂，然后平静地问他：“别忘了本少爷这个半吊子心理专家的本事，你无权评价我的家庭。据我这段时间的观察，成长为你这种意志坚定、思维单一的人，一定严重缺爱，我甚至可以判断……你根本就没得到过父爱？”

“何以见得？”张狂眼皮一跳，反问着。

“憨厚和暴戾结合在一起、忠诚和奸诈结合在一起，普通人接受不了这种极端的融合，一定是有什么东西促使你这样，应该不单单是信仰的问题，这个物质时代，信仰的影响毕竟太弱了。”小木笑道，果真是兴趣所在，一猜别人的隐私，他的兴奋劲就上来了。

“还有呢？”张狂又问。

“从你糟糕到极点的生活习惯上看，从你根本不懂关怀、拒绝关心的态度上看，从你对待女人的那种漠然眼神上看……你不会连母爱都没有吧？”小木放大招了，最后一个疑问说出来时，张狂讪笑了笑。

啪唧，小木一拍大腿道：“我 ×，看来我猜对了。”

一个心理学家和骗子是一样的，能从你表情的细微变化中找到他要的答案，小木喜形于色地追问着："说说，秃蛋，咱们难兄难弟的，我又不笑话你。"

说不笑话，其实已经在笑话了，就是啊，你还不知道什么情况呢，居然编派起我爸了。张狂稍显难堪地说道："猜对了，我是个孤儿。"

"啊？"小木瞠目了，没想到这么绝，干脆就没有，他嗫嚅道，"哦，那对不起啊，触到你心事了。"

"没什么，我一岁半就被人拐卖了，被解救出来时，已经四岁多了，对于亲生父母，已经没有什么印象了，所以，父爱、母爱，我都不知道是什么感受。"张狂喃喃道。

"哇，这么悲惨？太可怜了。"小木怜悯道，不过一看张狂这样子，他又怀疑了，直问着，"你不会是骗我吧，故意说个悲惨的故事，博我同情？"

"恰恰相反，我正要说你猜错的地方，这不是一个悲惨的故事，而是一个幸福的故事，我很庆幸，能成为一个幸福故事里的主角。"张狂道。

"幸福？"小木愣了，这里面难道还有幸福可言？

"……被解救后，我被送进了儿童福利院，一直没有找到我的亲生父母，福利院就成了我的家……所以我是吃百家饭、穿千家衣长大的，这个世界总归还是好人多一点，是那些不知名的好心人把我养大的……而且，有几位解救我的警察，怕我不能健康成长，轮流来看我……我记忆中最幸福的事，就是趴在窗户上，看看有没有穿着警服的叔叔或者阿姨来陪我玩，给我带来什么好东西……其中有一个警察，后来成了我的养父，他是个很老派的人，可能比你爸凶多了，我有段叛逆时期，没少挨他的皮带。"张狂笑道，那满脸幸福的表情，根本不像作假。

小木愣了，猜得出表象，却猜不到真相，果真人是最复杂的动物，你觉得悲惨的生活，对于他反而是最幸福的往事；相比自己就不堪了，多幸福的家庭，怎么就觉得是悲剧呢？

"然后他就送你当了警察？"小木问。

"又猜错了，他干了一辈子警察，最不想看到的就是我走他的老路。"张狂道，小木蒙了，张狂笑着解释着，"干过的才懂其中的艰辛和危险，谁愿意自己牵挂的人去从事这种高危职业？"

"那你干吗要忤逆他的意思？"小木问。

“因为我知道，他虽然不想看到我步入他的后尘，可我真的这样做了，会让他很欣慰。我没有那么高尚，可在我心里放不下那些人，那么多捐款捐物、那么多帮过我、帮过福利院孩子的好人，其实他们只是出于本心，并没有期待我们回报他们什么。就算有期待，也是让更多人，去帮助那些需要帮助的人，去回报……这个在你眼中很操蛋的世界。所以，我就当了警察。”张狂笑了，笑着看小木。

小木翻白眼了，最烦这种说教，哪怕这让他有点感动。他一躺，惫懒劲上来了，一拉被子说着：“你走吧，我要睡觉。”

“我就走，还有一句啊，林子，不管是穷爸爸，还是富爸爸，当爸的都不容易，他们不会期待儿女有什么回报，但也不至于让你报复啊，这是我最看不懂你的地方。”张狂起身，劝了最后一句，也是他一直想说的。

效果明显，刺激到小木了，回报了他一个字：“滚！”

蒙着被子捂住脸，就连不懂心理学的张狂也瞧出来了，小木知道这是错的，但他拒绝悔改!

话不投机，自然中断，张狂熄了灯，看着捂得严严实实的窗户，把窗户上的被单卸下来，又给小木轻轻盖上，这才掩门出去。

过了很久，小木才从被子里探出头来，他拽着被角擦了擦眼睛，像是因为什么难过了，不过多年来已经养成了习惯，就算再难过，也是一个人悄悄落泪。

还好，现在好像心里轻松了很多，而且有点喜欢秃蛋这个夯货了，说了这么一个他从未听过的故事，很真实，一点都找不到假象端倪的真实故事。

他痴痴地望着窗外，似乎在想千里之外的家，在想他发誓不原谅的父亲，在想他原来迥然不同的生活，渐渐地，他俊秀的脸上似乎带上了一丝明悟。

或许也不是，只是窗外透进来的晨曦曙光，一个漫长的夜，过去了……

第二十七章 × 僵局方成

左手的手机，翻页，涂绅豪眉头皱了皱。

右手的手机，翻页，涂绅豪的眉头继续在皱。

抬起头时，他的眉头皱得更甚，面前站着两位其貌不扬的属下，拿赏钱跑腿的那种，在公司挂了个保安的名，此次领的任务是监视那晚从芝阳到潼关的一对，然后花三天时间，带回来屈指可数的几张照片。

“哪儿也没去，就等在便民旅馆？”涂绅豪讶异地问。

“是没去啊，顶多下楼吃饭能瞅见。”一位道。

另一位想起来了：“哦，对了，大哥，还去了趟药店。我听胡子说，那晚揍得挺狠，八成养伤呢。”

“那另一位呢？”涂绅豪问到了小木。

“不就在手机上？”其中一位道。

“你他妈拍个站在窗口的文艺范儿照片，顶个屁用？”涂绅豪骂道。

“可就没出过门啊，兴许被吓得不轻。”那位解释着。

两人窝了三天，而且是轮班，看来能得到的信息也就这么多了，涂绅豪扔下手机，摆摆手让两人出去。其中一位不知趣地问：“涂总，还看着不？要不我找几个兄弟，直接拍翻得了。”

“什么？”涂绅豪气到了，一拍桌子骂道，“敢露面惊走了人，我他妈拍翻你！”

两人仓皇而逃，涂绅豪气得直摔桌子上的东西，素质确实是个问题，有点素质的人实在不好找，你不敲打着，他们根本无法领会上级的意图。

对，意图！

他坐在椅子上，仰头沉思着，两位坐等的人才，会有什么意图？

而且貌似不合的一对，相处得挺融洽，有悖常理啊。

还有更无法解释的地方，两人猝然被袭，吃了个暗亏，理论上不应该无动于衷，要么做点什么，要么什么也不做，离得远远的，而两人就像等着召唤。

不合理，绝对不合理。

涂绅豪摇着头，又放下了手机，以他当过侦察员的眼光判断，第六感觉告诉他，有疑点。

他抚着前额，头痛欲裂地想着，最终仍然是怀疑压过了信任，因为脑海里想到的是深牢大狱，想到的是铁门铁窗，对于那些情景的畏惧，足以让他放大任何一个疑点……

十四日：延川县查处一处传销窝点，遣返参与人员 19 人。

十五日：榆林市公安、工商部门联合行动，查处“大陆阳光”传销窝点，该团伙发展下线人员已经上百人，在查处过程中，缴获了该团伙用于洗脑的大量笔记。同一日，吴起县发生一例参与传销人员劫持过路行人，要求报警的事件，事后，吴起县公安局迅速出动，查封了非法拘禁十余人的窝点，该事件被传到网上，影响恶劣。

十六日：长安市郊襄庄镇，居民报警有疑似传销团伙扰民，镇派出所派出警力出现处置，由于对问题估计不足，出警的三名警员遭到了数十名传销人员的围攻，目前此案正在处理中。

十七日：今天。

范文杰翻到了警务内网通报的最后一页，轻声叹气，关闭了那个手机拍报的模糊照片网页，看看已经正式进入专案组的骆冠奇，又看看匆匆归来的叶天书，一时间，竟然无语。

是啊，侦察总比犯罪的实施要慢上几步，甚至更多，叶组长带来的油画肖像，刚刚确定了以何玉贵、张安平（张飞）、马剑峰（马步方）等数名嫌疑人为首的传销头脑，402 专案组有省工商总局参与，他们传来的内线消息是：这是一个有组织的传销团伙，最大的一个幕后都称之为“贾老板”，全省多少传销泛滥，均出于此人的组织。

于是就出现了这样的局面，专案组投鼠忌器，传销团伙却肆无忌惮。

范主任打开了投影电视，又把一屏的嫌疑人翻来覆去地看，肖像拿回来，确实给专案组注入了一针强心剂，但接下来吞的就是萎靡药了，查到了涉案 A 经理的真实身份，并不代表你能知道他所有的身份，比如查到的这个张安平，他在传销团伙里化名张飞，在省城酒店住宿时，却有另一个化名叫张一德，到租车时又换名了，叫张建国，究竟有多少个化名，恐怕只有他本人知道了。

不独是他，所有的涉案 A 经理，真实身份有一个，而假身份却有无数个，他们灵活地游移在酒店、租车公司、传销窝点之间，想完整地捕捉他们的作案轨迹，那简直难如登天了。

于是最终的突破点，还是寄托在潼关的两位身上，如果能从潼关打入传销组织层面，来一个上下、内外联动，一网打尽自然是最好的结果。

可也邪了，都等了三天了，却什么也没有发生。

“天书，那边有消息吗？”范文杰终于忍不住了。

手机就放在桌面上，有案情的任何进展都会第一时间通知他这个组长，可惜没有。

等待可是一种煎熬，就是深谙传销案子的骆冠奇此时也发表不出真知灼见了，他已经无数遍捋过是什么地方出了娄子，可偏偏找不出来有什么疑点致使对方突然中止了活动，而且把卢疯子这个明面上的目标送出省外。

范文杰没有从叶天书这儿找到答案，又把目光投向骆冠奇，他问道：“骆处，别惜言如金，现在这个线索太繁杂，我们该从哪儿开始拣呢？”

“我在想哪儿出了纰漏，假设他们发现卧底同志身上的疑点了，那应该把 A 经理，甚至 A 经理以下的骨干人员撤走，等风头过了再找地方重起炉灶，可没有啊，何玉贵、张安平、马剑峰……这几个骨干都在，居然还有心情游山玩水，明显是没有意识到危险啊。”骆冠奇道。

叶天书和范文杰侧耳倾听上了，骆冠奇反向假设着：“但假设他们身上没疑点，却又没有任何动作，就把一个大经理、一个打手晾着，这究竟是要干什么？”

“是不是他们对考察尚存疑虑？”范文杰如是道。

他打开了涂绅豪的画面，住宅、车辆、公司都进入了监控的视线，鉴于此人从军以及服刑的经历，监控仅设了个暗点，连尾随盯梢都没敢跟进。

从简历上也看不出什么端倪来，涂绅豪经营着一家土特产销售公司，两个仓库、四辆送货车，每天往各超市或者货运部送货，和那些事业小成的中产阶级没有什么差别，如果不是监控到杨梦露出入他公司的话，根本不敢相信这种人和传销的幕后有关联。

“这种人不好抓啊。”范文杰叹道，越是受过打击，反侦察意识越高，他们会谨慎地择清自己和案情的任何关联。迄今为止，也没有发现涂绅豪和遍布全省的传销团伙有什么来往，在潼关也没有发现传销窝点的存在。

“会不会是方向错了？杨梦露刻意把他们两人领到黑路上，然后在完成申购以后，上屋抽梯。”叶天书道。骆冠奇马上摇头否决：“不对，如果那样的话，她马上就会销声匿迹，而不是停留在潼关，既然待在那儿，就不会毫无目的。”

“那你觉得，会不会是有我们没有发现的破绽，让对方警觉了？”范文杰道。

“这个就无从知道了。”骆冠奇摇摇头。

“这个涂绅豪的身份，极似幕后操纵人。”叶天书提醒道。

骆冠奇又一次摇头否定道：“应该不是，扮警察这个活儿可是事小罪大，就做得再精妙，那些明哲保身的幕后也不会干，顶多叫别人去干。工商总局提供的消息有把握吗？贾老板有更具体的消息吗？”

“暂且没有，消息是总局的缉察队提供的，据他们讲，是收买了一个举报人，正在做说服工作，如果能提供更多的信息，那对我们的案情推进会更有利。”范文杰道。

“看来我们只能等一等了，现在这锅饭还夹生着，我们即便把这些 A 经理全部拘回来，也无济于事。”骆冠奇道。

肯定无济于事，假身份、假银行卡、遍地乱发的 POS 机、神秘的“贾老板”、貌似正常的涂绅豪，都成了案情推进的一个个障碍，罪证和罪犯是剥离的，作为警察期待的证据链，仍然是支离破碎的。

于是，讨论又回到了原点……

下了旅馆的小楼，小木又像往常一样，在门口冷饮摊上挑三拣四，最后挑了最贵的冰激凌，边舔边走。

形象在渐渐损毁，气质在渐渐堕落，不过他觉得，不用像以前那样香薰、打扮、开豪车以博人眼球，其实还是蛮自在的。

真的，穷到一无所有，那才叫任性呢，不用担心别人用什么眼光看你，反正你也不咋地。

他的身后跟着张狂，刚刚看完手机上的信息，装进了口袋，显得心事重重，家里在催，这边根本挪不了窝，只能蒙头睡觉，现在何去何从，连他也拿不定主意了。

“你身上还有多少钱？”小木回头问他。

“我哪有钱？在芝阳被人搜走了，就留了几百块，不都给你了？！”张狂道。

小木一亮手里的，除了吃饭住宿，就剩下一把零钱了，他道：“那可过不了今天了啊。”

是啊，不好过了，经费倒是能拿到，但不敢用啊，现在两人是如履薄冰，生怕哪个地方露了馅，然后再没有机会见到那些神龙见首不见尾的人物了。

张狂烦躁了，没说话，小木跟着他说着：“哎，别哭丧着脸啊，想想办法啊。”

“我能有什么办法？对方不联系，难道咱们找上门应聘去？”张狂很不耐烦道。

“哟，那敢情好，看来犯罪团伙不收咱们，咱们可以打道回府了。我做主，今天吃一顿，然后流落街头，再然后等着组织来救咱们。”小木把钱装起来，笑道。

这家伙的风凉话就不断，张狂想骂他，话到嘴里又咽回去了，以他无数次的经验证明，你要让他不高兴，他会让你更难过，于是张狂知趣地闭嘴了，无奈地继续跟在小木背后。

走出两公里，一处路拐角，一家标着四川风味的小店，正适合胃口大、钱包小的主，不需要什么选择，就这儿了两。人进了店，坐下，小木顺口连点了几个菜，那点菜的厨娘根本不是川妹子，而是个西北婆娘，对着油腻腻、黑乎乎的传菜口嚷着开火。

“喂，老板娘，桌子上好几只苍蝇？！”小木喊了。

“夏天能少了那玩意儿？！又没让你吃苍蝇。”老板娘一副爱理不理的样子，忙着擦桌子呢。传菜口出来凉菜，她顺手就给递到桌上。

那苍蝇反应比人还快，在菜上盘旋呢，小木嚷着：“看看，老板娘，苍蝇要扑菜上了。”

老板娘翻了一白眼，然后扭头撂了句：“它能吃你多少啊？！”

就是啊，至于吗？小木被噎得无言以对了，张狂笑了笑，筷子一赶，然后夹着凉菜直往嘴里塞，这家伙吃起来就是狼吞虎咽，对于吃饭向来用公筷的小木，很介意这种环境的，不过环境终究还是把他改变了好多，他伸着筷子，拣着貌似干净的花生米，小心翼翼地往嘴里放。

“凑合点吧，入乡随俗，等完事了，哥请你吃大餐啊。”张狂温柔地说道。

这声音听得小木浑身起鸡皮疙瘩，他警惕地问道：“你用这种口吻说话，绝对没安好心。你请我？骗鬼啊，就你那点工资，到滨海，也就够买一瓶中档红酒。”

“你看这人，大不了我花一年工资请你总行了吧？”张狂客气了，绝对的客气。

这么客气，这么温柔，倒把小木听傻了，他盯了张狂几眼，慢慢笑着说：“我明白了，又想请教本专家，已经帮你几回了，你都没兑现过，专家没法信任你了啊。”

“我太崇拜专家您了，而且兑现真不是问题，我的女队友很多呢，真能给你介绍几个，真的，什么类型的都有，你就是想找我这种体形的都有。”张狂笑道，快摸到和小木的交流方式了。

这么胡扯乱诌，小木倒不介意，坏笑一通，然后大马金刀地作势道：“看你这么可怜，说吧，想咨询什么心理问题？”

张狂低声下气道：“你应该知道啊，这不可能瞒过林导师您的法眼啊。”

“我好像知道，一直等着你求我呢，谁可想你脑袋太迟钝，没办法了才求我。”小木不屑道，又一盘回锅肉上来了，他自己吃着，得意洋洋地看张狂。

张狂气着了，对这个惫懒货色真是无语了，说他心机深，他三句就露本；说他城府浅，可有些话他能憋死你，就是不告诉你。

“你好像……知道的……是什么？”张狂严肃地问。

“僵局……已知的那些A经理，没法抓，抓了也定不了罪，赃款一大部分是通过POS机走的，以某些银行的管理水平，不用骗子，傻子都会钻空，而等你们顺着这条线查回来，可能黄花菜都凉了。”小木道。

张狂表情也僵了，他小声问：“还有呢？”

“你们的目的是斩草除根，但现在光见草了，不见根，恰恰能找到根的这个关键人物，现在对咱们俩的态度暧昧，若即若离，告诉我，是不是快没有耐心了？”小木问。

这是在没有看到警情的情况下推测的，张狂怔了好久才喃喃道：“神啊，怎么造出这个怪胎来着？”

小木笑着点破道："咱们的差别在于，我不屑于去做，而你是根本没想到。我问你，其实现在这个僵局可以轻松破掉，你知道问题在哪儿吗？"

张狂一愣，然后摇头：不知道。

"这就是了，问题在你身上。"

"怎么可能在我身上？"

"那我问你，一个有伤害前科，又胆敢打翻精神病院的看护逃跑的二劳分子，应该是个什么样子？"

"就我这个样子啊。"

张狂指着自己，严肃道，对于自己的扮相，他是相当有信心的。

"形似，但缺乏神似，我问你，大头经常喝得连他妈也不认识了，你喝醉过吗？"小木问。

张狂摇摇头，那怎么敢？

"再问你，大嘴见了女人，豁嘴里就流口水，嘴上挂的不是×、就是奶，你有过吗？"小木又问。

张狂又摇摇头，肯定没有，顶多扮个凶相。

"还有吃饭，不管是大餐，还是街头小吃，你都是荤素不忌往嘴里塞，根本不分好坏是吗？"小木问。

张狂点点头，肯定了，哪顾得上这个？

"还有……嫖过娼吗？吸过粉吗？打人打过个半死吗？"小木再问，问得张狂不知所谓了，再怎么说也是警察，不可能这么没底线，然后小木点出他的问题来了，"这就是问题所在了，坏人没劣迹，怎么让人家相信你是同路？而且因为你和我这对水火不相容的在一块，恐怕连我现在也被怀疑了。"

张狂蓦地醒悟到了这个严重的灯下黑问题，他瞠目地想着，越想越有道理，可以低调，但低声下气就显得很不合理了。

"那怎么办？"张狂问道。

"很简单啊，他把咱们身上的现金、银行卡都搜走，无非是探探你的底，人到走投无路才能看出究竟是个什么货色，你需要给人家一个合乎情理的表现，打消人家的疑虑。那你说说，我这样一个无业游民，再加上你这么一位有前科的人物，在走投无路的时候，该怎么办？”小木问。

“干一票，作案？”张狂脱口而出。

“对，你终于开窍了。不服气，你就这样等着，看看有没有人联系你。”小木笑道。

“这个得向家里汇报啊。”张狂为难道，卧底，特别是刚换领导，不能随便突破底线去胡来。

小木不说话，笑着看着他，张狂知道那眼光里耻笑的意味，真汇报回去，恐怕家里研究来研究去，等研究出来，黄花菜都凉了。他咬咬牙下定决心了，直道：“你说吧，咱们怎么干？”

“合理的思路应该是这样，走投无路、铤而走险，干一票，找一笔钱，远走高飞。在这个完全陌生的环境，你无从知道有多少双眼睛盯着你，无所谓，看到正好，说不定你捅出娄子，对方会替你摆平。不能太聪明，也不能太傻，钱不能太多，可也不能太少。自己想吧，我是个理论家，实干得靠你。”小木吃着，把理论给张狂摆活清楚了。

“那你是这样判断的，如果我们的表现合理，对方就会主动联系我们？”张狂道，小木掏着那部电量只剩一格的手机，放在桌上，点点头。

“要是错了呢？那我们搞到钱，岂不得假戏真做，远走高飞？”张狂担心地问。

“就几百块钱，你还想待着？你要是等的时间太长了，岂不是更不合理，钱从哪儿来？在潼关有什么关系？暗中是不是有人资助你？你忽视了一个重点，这就是个骗子团伙，骗子最高明的，就是他们的心理战，还有他们的识人眼光。我也是刚想清楚，在长安开始用你，不等于信任你，而且用的时候，可以随时抛弃你，这是正常的骗子手法。假如我们现在被抛弃，对于他们而言，不但没有损失，而且还赚了。”小木道。

听到此处的张狂点点头，应该如此，给的钱，全部拿走了，要用你，你还得乖乖就范；要不用，你自己滚蛋，他思忖片刻道：“看来，你还是正确的。”

“我就没错过，是你缺乏信任而已。”小木笑道。

“真他妈个浑球，今天才点醒我。”张狂愤愤埋怨着。

小木不恼不怒地回敬着：“你个蠢货，以你们的效率，研究、讨论、然后再安排，不也得投鼠忌器，到没办法了才想办法？”

“那我信你一回，要是错了，我真弄死你。”张狂咬着后槽牙道。

“别弄死我，有本事你弄人家去。”小木道。

“你直说，想作什么案？”张狂问，好奇地看小木，逼到绝境才发现，小木的决心似乎比他还大。

“别误会，这案得你作，我就负责给你策划一下。心理学上讲，犯罪是很有快感的，很多犯罪的动机就是为了体验快感、成就感，我迫不及待想试试了……唉，我说秃蛋，你听我指挥啊，别用你那套低智商方式，我教你玩个高智商的，天黑之前，保证咱们满载离开！”小木眉飞色舞地道。

这家伙不愧是研究变态心理学的，一说起犯罪来，自己倒先兴奋上了，连吃带讲，条理清晰，丝丝入扣，而且作案的方式排出来，把张狂吓了一跳，果真是个好有创意的作案模式……

第二十八章 × 破局需狠

啪……一部破手机被摔在地上，摔手机的重重跺了几脚。

咚……远远观望的一辆车里，那人的心一抽，赶紧拉司机，小型的定位仪上面信号消失了，司机赶紧启动车辆，慢慢地开过那两位刚刚吃饭出来的饭店，街边，那部手机已经被踩得稀巴烂了，两人互视，赶紧汇报：“大哥，那俩把手机毁了，要走了，我们跟不上了。”

命令转瞬即来，副驾上的人放下东西，依着组织上指示，开始徒步跟踪，他快跑了一公里，才看见那两位，就在前面潇洒走着，像什么事也没发生过一样。

前行的两位：

小木在笑，张狂有点郁闷，果真如此，没想到被人盯得这么紧，这一摔手机，就把狼招出来了，要不摔，还真发现不了。

他像自言自语道：“我有点小看他们了，早该想到，涂绅豪侦察兵出身，这一套应该玩得很溜。”

“最没出息的就是事后诸葛亮啊。”小木挖苦了他一句。

“今天你这个事前诸葛亮要是干不好，老子可就不是没出息的问题，恐怕将来归队都没出路了。”张狂道，带的是一种哭笑不得的表情，现在分不清谁对谁错了，他明明知道小木的做法肯定是错的，但却相信他的思路是正确的。

于是，警察被线人拉下水了。

没走多远，张狂已经发现了后面的尾巴，提醒着：“可能他既不相信我们，但也防着我们逃走。”

“当然得防了，万一你跑派出所告密去，他们得提前准备啊。”小木头也不回地道，根本不在意这个细节。

“从什么地方开始？”张狂问。

“你真是白混了，哎，我说秃蛋，你以前跟什么案子，我真为你的智商着急啊。”小木道。

“老子跟的都是抢劫杀人类恶性案件，有纪律，不能告诉你。”张狂道。

“怪不得这么蠢，敢情天天和抢劫的土贼混一块。我告诉你，单纯的暴力犯罪，那是所有犯罪类型中最原始的。”小木斥道。

张狂急了，直骂着：“那你玩个现代的我瞧瞧，你想坑高利贷一把的思路虽好，可高利贷人家不是傻瓜，能白给你钱？”

“你看你，急什么？”小木话却是稳了。

“那我不急，你说吧，从什么地方开始。”张狂道。

“办证刻章哪家强，街上随便找面墙；治疗性病哪家强，街上随便找面墙；借钱贷款哪家强，还是街上随便找面墙……喏，到了，这街上的每一面墙，都蕴含着巨大的商机，那可是江湖人士眼中的一座金矿啊……”

小木站定了，他面前不远，一个胡同口子，满墙都是小广告，连街面的台阶侧面，都喷着小广告。

上书：办证刻章，立等可取。

下书：当天联系，当天放款。

横批：治疗阳痿早泄，就找西关老军医。

张狂愣了，不知所谓，然后小木附耳告诉他这么这么干，他翻白眼了，小木又威胁了几句，他无奈点头了，拿着部手机，在街边路牙以及墙上，找着新喷字样的电话号码拨出去，就一句：“喂，您好，能给办个证吗？急用，身份证丢了，住不了店买不上车票啊。”

办个假证？

太小儿科了，张狂对此不屑一顾，如果不是真的无计可施，他没准真得摁住小木揍一顿，这家伙干点正事怎么着都怏怏不乐，可一开始做这事，兴奋得喜上眉梢啊。

两人隔开半公里，不得不说这些办证的效率是相当高的，等了不到 20 分钟，就有一位套着大褂子、穿着大裤衩的干瘦男子出现了，他绕着太白路转悠了两分钟，便准确地找到目标。

很容易找，小木正仓皇地来回观望，绝对是丢了证，实在没办法的。

“你要证？”那男子把电瓶车停在路边，胆子很大。

小木点点头：“是啊，找张跟我长得差不多点的，要不住店买车票都麻烦。”

说得懊丧之极，那男子一看小帅哥这模样，基本没有警惕心了，手往裤兜里一掏，一大摞身份证，他边挑边看着小木，埋怨着：“这娃水灵得很，我上哪儿给你找一样的？差不多就行了。”

“那我找找。”小木伸手，夺了那人手里的身份证，那人一怒，正要威胁这位外地人两句，小木蓦地一笑，眼光示意着他背后，那人一回头，正有一位大汉朝他奔来，又听得身边要身份证的在说，钓了个做假证了，全录下了，摁住了。

“哎呀，坑死你爹了……”那人撒腿就跑，小木在背后追着嚷着，“站住，警察……别跑。”

追得并不快，追了几步就停了，那做假证的早吓破胆了，飞也似的奔了。

小木这才溜溜达达地回去，骑上了假证哥的电瓶车，晃晃悠悠地往前走。

咋回事？接头的是谁？怎么被吓跑了？

车里一直尾随的两位看在眼里，心里可是一堆糨糊，眼看着那小子骑着电瓶车溜达，一位催着：“快跟上，一会儿别跟丢了。”

“没事，涂哥把兄弟们都放出来了。”开车的说道。

“这是咋回事？哎，那个大个子呢？”副驾上这位问。

司机明显发蒙，随口道：“你问这么多问题，我能知道，我不成大哥了？”

两人搞不明白，电话就来了，说也说不清楚，电话里又被涂哥骂了一通，转悠了四条街，几辆跟踪的车都凑一块了，哥几个才明白，这家伙是逗着大伙玩呢，根本就是没目标地闲逛。

“哎，不对不对，你看他接电话了。”又一辆车里的人，指着停在街边的小木道，小木接着电话，然后单车加速，呜的一声又往太白路附近走。

“快，跟上。”副驾上的人催着，似乎看到苗头了，赶紧和涂哥联系。

绕过太白路，进了幸福街，穿进和谐社区，离刚才交易的地方不远，在这个旧区小胡同的深处，一幢老式的居民楼前，小木车子一停，跟着等在门口的张狂上楼了。

三层，一个几十平方米的小单元楼房，进屋锁门，张狂一指卫生间，小木猫在门缝上一瞧，哎呀，可不是那刚才卖身份证的小伙子，还是秃蛋凶悍，早把人治得服服帖帖，乖乖地坐在马桶边上。

诱出来，再吓跑，仓皇跑走的，哪能想到其实对方并不是想抓他的人，而是想找到他的窝点。

对，窝点，张狂勾着手指，让小木到另一房间，一进门一鼻子油墨味道，满桌子都是各类合格证、资格证、毕业证的样本，打印机、扫描仪、电脑一应俱全，张狂从家里搜出来不少罪证——身份证一两百张，还有一堆打着标志的银行卡，半成品的假证也不少，差不多就是印个名加上铜印，就能变成人民币了。

“小窝点，水平一般，估计连派出所也懒得抓他们。”张狂道。

小木四下寻着，像在寻思着怎么办，张狂嗤笑他道：“不用找了，这是个穷鬼，家里一共没有两千块钱，我刚才问了，刚开张，广告才做了两天，就碰上咱们了。”

“够了。”

小木点头，起身，表情喜悦间，又带上了几分促狭，他找着记下的电话，拨出去了：

“喂，您好，请问您是好兄弟小额信贷公司吗？哦，当然有事，找您借点钱成不？四万，我家就是幸福路和谐社区五纺厂旧楼，三单元302房间。哎哟，谢谢，还上门服务，太好了，好，我等着您。”

这货的口吻怎么听怎么像个谄媚的太监，倚门的张狂只待他挂了电话，嗤笑他道：“把人家高利贷的当傻瓜了？你连一张对得上脸的身份证都没有，人家能把钱给你？”

“一个成功的罪犯在实施犯罪时，其心态应该是这样：确保别人比你傻。”小木笑道，把一摞身份证全部扔进了纸盒，看样子根本不靠证，准备刷脸了。

张狂看着他，摇了摇头，进卫生间收拾那个卖假证的了……

涂绅豪的凌志车泊到和谐社区口子上时，已经是一个小时以后的事了，一泊下来，等在口子上的手下凑到车前汇报着：“涂哥，就进了这个社区，这个小区太大，一时半会儿，找不到具体去哪儿了。”

涂绅豪看了副驾上同来的杨梦露一眼，满脸狐疑，两人是一起吃饭时，被惊到这儿来了，安生了几天，一下子有动静了，却又不知道究竟发生了什么事，特别是对方把手机都毁了，这样子怕是断后路了。

“说说，到底怎么了？怎么莫名其妙就把手机毁了？”涂绅豪道。

手下掺杂不清地汇报：“饭店出来，莫名其妙地就把手机毁了，没信号，我赶紧汇报，然后看见他和一男的接头，再然后那男的不见了，还有那大个子不见了，我们赶紧盯着小帅哥，然后兜了个圈，小帅哥也不见了。”

从经过怎么可能回溯到理由和原因，涂绅豪气得摇上车窗，撂了句：“赶紧找，找到通知我。”

“好嘞。”手下得令，两人钻进了小胡同，和公司数位小伙子，开始漫无目的地在这一带找了起来。

两人猝然消失，而且是以这种方式，太出乎涂绅豪的意料了，让他狐疑地问杨梦露道：“到底出了什么事？”

“应该是对咱们失望了，要走了。”杨梦露道，浅浅一笑，是一种与她不相干的表情。

“不能啊，他怎么走？身份证、银行卡、现金，全被人收走了，他们已经在小旅馆待了三天，身上那点钱早该花完了，你说怎么走？”涂绅豪问。

“莫非是？”杨梦露想到了什么，眼睛大了一圈，涂绅豪接上了：“干一票再走？”

“还能怎么样？被你逼得上梁山了。”杨梦露道，不管逼去干什么，都不是好事。

涂绅豪摸摸连鬓胡子，像是有点尴尬，不过瞬间又笑出声来了，笑吟吟道：“梁山几千人马，也不过一百单八将。”

“什么意思？”杨梦露稍显不悦地问。

“你说呢，这大中午的，又是老式居民小区，门挨门、户挨户，人得蠢到什么程度才会找这种地方下手？再说就是下手，两眼一抹黑的，能找着钱吗？”涂绅豪以他特有的目光，批评着两位蠢贼的行径。

杨梦露欠了欠身子，坐正了，深有怨念地说道：“看来，你是准备彻底放弃他们了。”

入局她有点不忍，可出局，她却又有点可惜，特别是知道这几日两人落魄到只能在地摊吃面的地步。

“这真不需要遗憾，您应该庆幸没把这么蠢的拉进来。”涂绅豪道。

“那还等着干什么？我们可以回去休息了。”杨梦露催道，以她的老江湖眼光，估计今天不会看到好下场。

“不、不，现在我倒有兴趣了，打家劫舍可不是每天都能碰到，不用等多长时间，他们急于离开，说不定已经下手了。”

涂绅豪笑道，还真是兴致盎然，准备看一场好戏了。

出乎意料，足足耗了半个多小时，整片小区毫无动静，没见闹腾，没听到警车的声音，连人都没瞧见，热得涂绅豪都快没有耐心了，终于有电话来了，发现那辆电瓶车了，在五纺厂旧楼，还有一个更震撼的消息，手下人看到马土锤带人进去了。

“马土锤来干什么？”

“马土锤是谁？”

“给人收账，放高利贷的。嘿哟，不会是这俩货搞的吧？他们借高利贷的钱？”

“可能吗？”

“是不可能啊，那些人可不比银行，手里不可能出现坏账。”

涂绅豪和杨梦露相视瞠然，超出他们的认知了……

这时候，小木已经开门迎接到了高利贷公司派来的业务员，一个不规则形状脑袋的汉子，带着两位獐头属下，一瞧就是人渣系列，一开口你会发现猜错了，绝对是极品人渣系列。

“你借钱？”自称姓马的汉子问，一看小木，直接问道，“你这样还用借钱？直接刷脸，有的是富婆埋单啊，哈哈。”

三个人哈哈大笑，小木已经换上了假证哥的破衣服，谦虚地道：“那看来我这张脸，就是还款保障啊。”

“不，那不成，皮肉生意我们可不做，带我们看看。”马哥道。

这是放款前的审核，这些人的眼光可比银行的业务员犀利多了，两室无厅的小房子，旧式的，没啥家具，侧屋里都是乱摆的设备，卫生间有个修水龙头的傻大汉，说是借钱人的朋友，几眼看过去，那三位看小木的眼神就不怎么友善了。

“房是租的吧？”一位手下道。

“对。”小木诚实回答。

“不是本地人吧？”又一位戏谑地问。

“对，大哥眼光真不错。”小木赞道。

“我他妈敢说，你就给我一张身份证，都是假的。”马土锤龇着牙，气愤地说道。

小木依然诚实地回答：“不瞒大哥说，我证件很多，包括我自己的，就没有一件是真的。”

这话听得卫生间的张狂都差点笑出来，他真想不出什么环境能培养出小木这类坑货来，那嘴说什么话都是张口就来。

“这娃坏得很啊，消遣大爷来了，兄弟们白跑一趟的车马费，你看怎么办？”马土锤怒了，恶相出来了，像这号人，根本不在借贷之列，他怒不可遏地上前揪住小木说：“你以为我们是银行的，想骗贷就能骗出来？！”

手势停了，是小木拦住了，手里拿着几张百元钞，一副很不屑的表情看着，像施舍给乞丐一样，他气愤地嚷着：“车马费，500 块够吧，不借可以啊，小看人什么意思？好像放贷的就你们一家似的，门在那儿，自己走吧。”

哇，这狂的，把见惯借钱低声下气的放贷业务员看怔了，马土锤不客气地拿起钱，要装时，又觉得不好意思了，这好像很没出息，一怔间他把钱又扔到了桌上：“不是兄弟们小看你，你他妈房子租的，人是外地的，身份证也没有，拿我的钱跑了我找谁说理去？好歹你也找个本地人担保啊。”

“担保我没有，但是信誉我还是有的。”

小木开始动手了，一箱子一拉，指着一堆身份证、银行卡说：“你们也看出来了，我就干这个的，生意刚开张，除了被警察端窝，怎么可能走？”

他又拿出租房合同来。交了两年房租，才过了四个月：“我傻啊，我赔了房租走？”

当然还有，打印机、电脑、钢印模、假证坯子，诸多东西一亮：“瞧见没，一张 200 到 500 不等，我们手艺是全市最好的，要不是我们增加了信用卡套现，以及代办大额信用卡业务，你给我钱看我要不要？”

那俩放贷的业务员，眨巴着眼看着小木排出来的东西，八成在估值呢，马土锤瞅着瞅着，脸上恶相消失了，不知不觉他的心理在变化：这小伙的气度实在不凡，唉，瞧这业务蒸蒸日上，又有多种经营，怎么着几万块钱的还款能力不在话下吧？

“话不多说了，各位大哥，请……车马费，认识一场，交个朋友，有生意直接来找我，我的名片……”小木给三位分发着，车马费奉上，那是搜假证哥的钱。

马土锤上上下下看了小木几圈，没走，很正式地对两位手下说：“给他钱。”

小木的自信和大度，还有这个蒸蒸日上的生意，终于打动他了。

“我可没身份证啊，就算有给您的也是假的。”小木故意说道。

“我们这行，认人不认证，日息二分五，十天……那儿，签个字，捺个手印，我留你一张照片，潼关这地方，还没有我马土锤要不回来的钱，给你了。”

“我借四万，这才三万？”

“利息先扣了啊。”

“那不成，你这一下就扣一万，那我还差点呢。”

“不够是吧，借条签字为证啊，再借再打条。”

“太过分了，那你提前说啊。”

“提前说你不签怎么办？”

小木拍桌子瞪眼和放高利贷的嚷，那三位却也不客气，该骂照骂，给钱却是必须给，你不要都不行，就这么着，打了四万的条，直接被扣掉一万的利息，那三位得意洋洋地走了，小木呢，垂头丧气地把三人送下楼，那三位放话了：“小子，放老实点啊，到期不还钱，小心我们拆了你的黑窝。”

小木什么都怕，可能唯一不怕的就是黑窝被拆。他忍着笑回了楼上，关上门笑得直抽，这时候张狂早傻眼了，那三万块钱可是货真价实的，连身份证都没有，就这么从高利贷人手里拿走了，他揣上钱进了卫生间，一掀浴帘子，那位假证哥嘴被缠着胶带，正“唔唔”地想说话呢。

张狂随手一撕封口带，假证哥欲哭无泪地说着：“× 你妈的，你们太缺德了，把老子抵押给高利贷的了。”

“那要不，我替你报警？”张狂问。

“啊，别别，大哥大哥，放我一马吧，做人不能这么没良心啊，这是把人往死路上逼啊。”假证哥吓坏了，那么干，还不如抵押给高利贷呢。

说着话，冷不防张狂一个勒脖子动作，嘴里嘶嘶说着：“别反抗、别反抗，睡一觉就好了……醒来自己走啊，高利贷可比警察黑多了。”

那人慢慢地失去意识了，被勒晕了，小木瞅得兴奋不已，而且有点紧张地问：“不会死人吧？”

“没事，用不了一个小时就醒了。”张狂把他平放好，探探脉搏和鼻息，起身走人。

“哎，秃蛋，这招教教我。”小木兴奋地跟在他背后追着。

“就你这张嘴，都不知道要坑死多少人，还用学这个？”张狂有点凛然地说道。

“一技傍身不是坏事啊……这才借了多少？你再给我一天时间，我还能拿回好几份钱来。”小木不屑道。

“被人逮着，你是找死啊。”张狂回头无语地看了这小木一眼，说实话，这娃貌似胆小，可在某些方面，实在是胆大得让他害怕。

“你看你这人，如果我们走了，他上哪儿找去？如果我们走不了，自然有人还钱，看把你急的。”

小木笑道，坐到了电瓶车后座，张狂骑着电瓶车，两人晃晃悠悠地出了胡同，向下一处目标驶去。

半个小时后，涂绅豪手下又看到了让他们瞠目结舌的事，那两位回了趟小旅馆，尔后又马不停蹄地租了辆小本田飞度轿车，直奔高速路去了，这时候，老板才打听到马土锤放债的事，看这样子，分明是骗走了高利贷三万块钱要仓皇出逃的架势啊……

第二十九章 × 揖客入门

车驶得飞快，张狂一眼瞟到车速上了130迈时，他提醒着小木："你慢点行不行？"

哦，习惯开好车了，一下子还不习惯，小木放慢了速度，保持在匀速100迈，此时张狂却不时地往后面看，今天乱拳出手的目的，是为了引起关注，可现在看来似乎岔了，背后根本没车追来。

"不用看，反应没那么快。"小木道。

"那要根本没反应呢？"张狂担心道。

"这不钱也有了，车也有了，你不是让我走吗，咱们正好各回各家。"小木笑道，张狂的回答是吧唧给了他后脑勺一巴掌，小木干脆哈哈大笑了。

这家伙，平时干什么都是推三阻四、不情不愿的，可今天干得却是信心高涨，直到现在张狂还没搞清楚是怎么办到的，结果这事不但办到了，他还拿了两个假得不像样的证，给几千块钱直接连车都租出来了，那些租车公司根本不审。

"我说秃蛋，今天是不是上了一节生动的教育课啊？"小木打破了沉默。

张狂悻然道："对，你小子不是研究过犯罪，绝对干过。"

"这你可冤枉我了，我以前既没有机会，也没动机啊。"小木道。

"生手不能干得这么顺溜吧？这里歪歪道道这么多，我就不信你生打生就知道。"张狂以他警察的敏感判断道。

"什么歪歪道道？"小木没明白张狂说什么。

“喏，你说的，街上随便一面墙的商机。”张狂道。

“哦，你说的细节啊，这个细节已经传遍世界了，这假证是有相当大的市场的。”小木道。

不提也罢，张狂此时好奇心起，追问着：“那放高利贷的怎么就信你了？”

“你笨啊，高利贷的谁也不会信，他们就是吸血蚂蟥，办事只看重你的偿还能力，以及资产价值，是谁不重要。”小木道。

“可你连证件都没有啊，身份都确定不了，他居然把钱给你？”张狂信服了。

“那租房的成本两万多，假证那么多，一变现也值几万，还有设备乱七八糟的，要远远大于他们给的三万块。恰恰是这种人，高利贷最不怕你跑，也不怕你报警，因为不管怎么样，损失都要大于他们的三万块，所以，他们自恃自己的能力可以威慑到你，当然就敢借钱给你喽。”小木道。

瞥眼看了张狂一眼，小木显摆着：“其实高明的骗术和心理学是共通的，让他们探到底细，他们自然把我当成做假证的，心理优势有了，警惕性就低了，觉得反正一假证佬，逃不出他们的手心，再让他们瞅瞅我的资产，远远大于三万块，还怕不给你？反正在他们的地盘上做生意，那些犄角旮旯，正是他们爱钻的地方。”

张狂抿了抿嘴，压抑着心里的震惊，蓦地又想起一件事来，追问着小木道：“那租车呢？那证假得那么明显，总不是骗术吧？不怕你把车开走不还回来了？”

“这是潜规则。”

小木淡淡道来：“租车公司的车都是全保的，都是年限不短的旧车破车了，他巴不得失盗、被骗，然后报警，让保险公司赔偿呢。别说正常的丢失，没准隔段时间，他们得自己想办法让车丢失呢……什么？保险公司不是傻瓜？是啊，可架不住保险员精明啊，租车公司和保险员一合计，弄点保费出来分赃不就行了？

“所以，犯罪的是你，得利的是他，他为什么审核你？他巴不得骗子把他们的车全骗走呢。”

小木谈兴方起，瞥了无语的张狂一眼，知道这些阴暗面最能触动警察的职业敏感，他谆谆教导着：“秃蛋啊，这你郁闷什么？警察的责任是维持秩序，风气的堕落和道德的沦丧，不是你们的责任，这些不是靠一两个人的努力就能补上的，所以对待职业不用太过认真，太认真了，最终吃亏的是自己啊。”

这句听得张狂怒了，他回头看了眼，还没有出现追来的车，气鼓鼓地说道：“你少给我嘚瑟，我怎么觉得我也上当了？”

“你上什么当了？”小木问。

“要是追来，可以继续做任务；要是没来，你正好借这机会大摇大摆地走人是不是？”张狂醒悟道，这个小木，可能比他想象中要精明。

小木粲然一笑回道：“这是高智商犯罪必备的素质，要么达到目标，要么达到次要目标，两个结果都对我有利无害，哈哈。”

“你等着，要出境还没反应，我非捏死你。”张狂气着了，现在也是绳子拴脖子，只能硬着头皮走了。

两人互骂互损着，车速未减，一路向前……

其实追来了，真的追来了，只是出发晚了十几分钟，而前面车又跑得很快，一直没有见到车影，其间涂绅豪还怀疑方向错了，又耽搁了一会儿，后面的手下从租车公司得到的消息是，还在高速出省境的方向，涂绅豪这才加速，一路直追。

租的车上有定位的，他现在只怕那一对坑货，猫到一个地方拆了定位，再把车当废铁一卖，那以后可就人间蒸发了。

两辆车，涂老板的凌志加速后，已经远远把大头和大嘴开的那辆商务车甩在了后面，杨梦露从倒车镜里已经看不到后面的车了，她见涂绅豪兴奋得两眼放光，随口问了句：“涂总，您没事吧？别急，开太快了。”

“人才，人才……”涂绅豪喃喃道。

“人才？”杨梦露没明白。

“当然是人才，我刚明白他们是怎么干的，摸了个做假证的窝点，然后拿窝点当抵押，从马土锤手里骗了三万块钱。”涂绅豪喜出望外道。

杨梦露皱了皱眉头，这超出她的认知了，难度自不待言，她问着：“就这个，让你改主意了？”

“这还不够吗？高利贷那行里可都是火眼金睛，想骗他们不但后果严重，而且难度相当大，都是混成精的人物……哎，我就奇怪了，这俩货连个正式的证件都没有，怎么着就把马土锤坑了一把？”涂绅豪兴奋地说道，这肯定不是使用暴力了，是有借没还，而且是嘴皮子功夫，恰恰这种人才，才是他梦寐以求的啊。

试想一下，什么道具都没有，居然能成功行骗，那要是有点还了得？杨梦露明白了，笑道：“哦，我好像明白了，应该是林导师的杰作，他那张嘴，能把卢疯子说得哑口无言。”

涂绅豪却在后悔，直拍方向盘道：“哎呀，识人识面，难知心啊，看来还是我多虑了。”

杨梦露笑出声来了，涂绅豪看了她一眼，不悦地问着：“笑话我？”

“是啊，人家上门你看不上眼，人家掉头走，你却拼了命追，早知如此，何必当初啊？”杨梦露翻着旧账。

涂绅豪却是一笑道：“这不是不知道他们有多大能耐嘛。哎，对了，这样的人，怎么可能在精神病医院？”

“怎么了？我倒觉得，精神病院对他们来说，是个最合适的去处。”杨梦露如是回答道。

对呀，光着屁股一转眼都能骗个钵满盆满，这么疯狂的变身，比卢疯子当年都不遑多让啊。

“也是，没点疯劲都干不了咱们这一行，哈哈。”涂绅豪道，哈哈大笑着。

他也有点疯了，因为在视线里，看到了那辆正“仓皇”逃走的飞度车……

张狂第一眼看到时可是要乐疯了，他使劲地在小木脑袋上拍了一巴掌兴奋地说着：“哎呀，小伙子帅呆了……哎呀，你是把他们算得死死的。哎呀，小子，改行当警察吧，跟哥回去当卧底去，就你这小脑袋瓜，再坏的人都被你坑死啊。”

“坐正了，马上并行了。”小木吼道。

张狂一敛神色，坐好了，幸福来得太突然，他有点失措，问小木：“怎么表演才像真的？”

“表演什么？这就是本色演出，他们打了我一顿，把我的钱抢走，还指望给他们好脸色？操家伙，准备砍人。”小木状似疯癫道，那彪悍到失色的样子，把张狂吓了一跳。

然后小木做了一个让后车惊讶的动作，几乎到并行位置时，小木一打方向盘，从凌志车前绕了几米，把涂绅豪吓得急踩刹车，车速一慢，那小飞度却是拼命加力，车后冒着一股子黑烟，轰然跑了，而且越跑越快，一下了拉开了几十米的距离。

“看来，我有点过分了。”涂绅豪自责着，不过车也在加速，紧紧地跟在飞度车后，又安排着杨梦露打电话，让后面的加速上来了。

后面使劲追，前面可了劲儿跑，张狂被车速吓得冒冷汗，他小心翼翼提醒着：“林子，慢点，咱开的是飞度，不是飞机啊。”

“仓皇才能表现出你此时的心态，怎么？准备主动停车，回去跪舔认干爹啊？”小木问。

好像也对，张狂一握手里的铁管，标准的流氓装备，他点点头道：“那怎么接火？”

“找个出口。”小木道，车速一点未减，直奔下一出口。

十几分钟后，飞度车拐下了高速，出了收费站泊定了，车就置于收费站摄像头不远。张狂蓦地明白了，这是一种很心虚的表现，到人多的、有摄像头的地方，正符合两人生怕被对方追杀的出逃心态。

他暗暗给小木竖了个大拇指，很快那辆凌志下高速了，轰轰开着，直冲到他们车前，车头几乎顶住了，下车伊始，把涂绅豪吓了一跳，人高马大的张狂，手里握着根黑黝黝的铁管，林导师比较没出息，躲在车后探头探脑，看到他的一刻，在教唆着张狂：“秃蛋，揍他……往死里揍！”

“嗨……嗨……有话好说……张兄弟……”涂绅豪举着手，手心张开，很友好地上来。

“说个逑啊，今天你人手不够啊，单车都敢追我们。”张狂彪悍地说道，铁管扛在肩上，很是有准备打家劫舍的风度。

“这说哪里话啊，咱们一家人……这不中午准备找你们回去，怎么就走了？”涂绅豪客气地说道。

“大路朝天，各走一边，老子爱走就走，你管得着吗？我说，你狗日的叫什么来着？咱们这笔账也得算算了啊，你他妈仗着人多势众，欺负老子干不过你们是不是？”张狂恶狠狠地说着，单臂一指，直戳到涂绅豪面前了。

小木说了，你越狠，他越喜欢你，说不定会爱上你。

果真如此，涂绅豪笑吟吟地，根本没有怒意，回头示意着车上的人，杨梦露款款下车，拿着两个包，直接扔到车前盖上，那是搜走的两人的东西。涂绅豪笑道："兄弟，不打不相识，不打不相信啊……东西都在里面，你的还是你的，将来我的，也有你一份怎么样？"

张狂看看东西，心在狂喜，梦寐以求的目标，触手可及了，不过他铁管未放，不屑道："老子信不过你。"

一收东西，不准备同流合污了，涂绅豪却走到他面前，双手一撑，后背露给张狂道："兄弟你是气没消啊，来，怎么打的你，你打回来，欠兄弟你的，我涂绅豪加倍还回去。"

这一下子，让张狂对此人的豪爽顿生好感，杨梦露俏生生地走上来了，笑吟吟道："张狂啊，你和卢教授是患难之交，卢教授和涂总也是患难之交，相信我，兄弟间不会有隔夜仇的。"

一红一白，说得张狂倒下不了手了，谁知道此时变生肘腋，涂绅豪刚觉得转机来了，准备回身时，"哎哟喂"腰一疼，一个趔趄差点栽倒，怒目回头时，却是小木钻出来下黑手了，朝他腰上狠狠踹了一脚。

"打得老子屁股现在还疼，少卖乖，这就是我们的钱。"

小木怒容满面，把东西抢手里了。

涂绅豪悻然起身，一笑道："不够劲，再来。"

"来就来，以为老子真怕你们啊。"小木大仇得报，又要来踹，被杨梦露拽住了。

涂绅豪现在可没有半点怀疑了，哈哈大笑着，一点也不介意气急败坏的小木。杨梦露拽着小木，嗔怪道："你怎么成了这样子？"

"少来了，你和他站一块的，根本没把我们当兄弟。"小木怒道。

"今天以后，我保证没人把你们当外人。别闹了，都多大个人了，玩过家家有意思啊……林子，来，我坐你的车，张狂，你给涂总开车吧，要是谁再拿你当外人，你冲我来。"杨梦露道。

有个美女确实不一样，张狂发不出火来了，小木被拽上车了，加上涂绅豪的示好，两车一换位，估计是走不了，杨梦露暗暗和涂绅豪使了个眼色，对于悻然接受这个结果的张狂，涂绅豪表示了更大的亲近。

这个亲近，后来的大头和大嘴都看到了，涂总和秃蛋，是勾肩搭背上车的。

这场戏接近尾声了，张狂被带到车里，是涂总亲自开的门，而且是涂总亲自开车的，先上了高速，大头和大嘴跟着走了，小木临上路又变卦了，车一停，杨梦露好言劝慰了很久，她温柔地问道："又怎么了？"

"不能回去，回去亏大了，高利贷的钱没用上，还得倒贴利息呢。"小木想到这茬了，杨梦露剜了他一眼道："多大身家了，那点利息还算个事？回头跟涂总说一句，马士锤的老板和涂总关系不错。"

"真的？"小木警惕地问。

"当然是真的，信不过我？"杨梦露无奈道。

"少来了，你骗我干了一路活，临到头挨了一顿揍，现在让我信得过你？"小木狐疑道。杨梦露凑近了浅笑道："那你为什么还留下了？"

"有个落脚地，总比单干强……可你们也太不够意思了，至于这样把我们折腾来折腾去吗？"小木道，重新发动着车子。

"你很快就会知道理由的，虽然你信不过我，不过我还是想告诉你一句话。"杨梦露道。

她侧着身子了，不像平时那么勾人，带着几分正色看着小木。小木随口道："有话就说，你这表情什么意思？"

"没什么意思，其实我倒是期待你蠢一点，那样的话，就不会有人关注你了，涂总也不会追来了，然后你就可以过上平庸但安定的生活。"杨梦露透了口气，仿佛这话她憋了很久似的。

小木琢磨着话里的意思，狐疑地问道："其实你的意思是，不想让我掺和到事中来？"

"有这个意思，不过今天我才发现，你天生就好像是干这个的，我拦着也没用。"杨梦露道。

这句不经意的话触动到小木了，也许这才是杨梦露的真实面目，一个女骗子，一个良知尚未完全泯灭的女骗子，莫名地流露出她不该有的担心了。小木瞠然了片刻，轻声问道："你要告诉我的，就是这个？"

“不，我要告诉你的是，适可而止，不要陷得太深，陷得太深的话，有时候想回头，想重来的机会都没有了。”杨梦露轻声道，向小木做了一个与语境不合适的鬼脸，嫣然笑了。

骗子总是如此，她的表情和她的语言，你只能去意会。

偏偏小木就是能意会到的那位，他目光开始柔和，开始流露出依恋，开始闪烁着喜悦，他的整个人慢慢地倾向杨梦露，那是准备一亲芳泽。杨梦露像被目光捕捉到了，她眼敛下垂，有点紧张，她脸颊发红，有点羞涩，像知道即将发生什么，却又害怕发生什么一样。

蓦地，小木布捕捉到了她的红唇，努着嘴吻上去了，很促狭地捉着她的香舌，很坏地捧住了她的脸颊。杨梦露被吻袭得紧张不已，有点笨拙地迎合着，一个回合的激吻，她像陷在销魂蚀骨的温柔乡里，呻吟和梦呓一样，不过更深入的动作惊醒她了，失魂间，胸前凉意已起，她感觉到了，一只手已经很肆意地抚上了她的左胸。

她慌乱地抗拒着，畏缩了，喃喃着“不可以不可以……”侧过头，推开了小木。

激情来得不是时候，不是地方，被推开的小木垂涎欲滴地看着她。她整整衣裙，貌似生气地说道：“以后不许这样，我都能当你阿姨了。”

“找个喜欢我的阿姨，不容易啊。”小木驾车，启动，过了收费站，从收费员异样的眼光中接过了卡，直驶上路。杨梦露微笑着斥了句：“喜欢你的阿姨，不代表能接受你的非礼啊。你比表面上成熟多了。”

一吻知意，那种感觉不会是生手啊，小木没借口了，只是揶揄道：“可你和表面上一样年轻啊。杨姐，我能感觉得到，你心里有一位，而且他已经把位置占满了。”

“怎么感觉出来的？”杨梦露诧异道。

“因为没有女人能抵挡得住我的柔情眼光，你是例外。哈哈，真的，我觉得你喜欢我，但接受不了我，对吗？”小木笑道。依据他在女人堆里打滚的经验，越是这种风骚露骨的女人，恐怕越不容易上手。

“还是别讨论这个了，真相会让你失望的。”杨梦露依然如故，顾盼媚笑间，你无从揣度她的心思。

车疾驰而回，直接到了公司。涂总和两位相谈甚欢，几盏茶后，安排好住处，又诚邀二位赴宴，这就不用提了，当坏蛋的生活每天都充满了新奇和刺激，两人的牛 × 生活掀开新的一页了。

当日，监视的外勤把发现的异状回报专案组，专案组几位欣喜若狂，不过讨论来讨论去，还是没有搞清楚，这两人貌似是弃子的，怎么一转眼又登堂入室了？而且是最彪悍的那种，监控的画面拍到了涂绅豪给张狂、小木敬酒，饭后又一起到娱乐场所嗨皮了。

这可是被人当心腹的节奏啊，监视处，偷拍到了 KTV 里一群美女簇拥着 3326 和小木的画面……

第三十章 × 又见佳人

每个案子都是千丝万缕的，402 的案子始发于陕省，却有一丝连接到了千里之外的滨海。

六月十七日，中午时分，一辆徽牌的外地车驶进了滨海市湖南路，这里毗邻近郊，满街的嘈杂多了几分市井味道，少了几分都市气息，在人车混行的路上龟速行驶，驾驶员四下张望着，似乎在寻找着什么。

噢，找到一处不显眼的小门脸，挂着黑泥烫金的字牌：庆臣饭店。

这一下子让他的心放松了好多，把车泊到远处，慢悠悠地踱到饭店门口，拾阶而进，差不多就是大排档的水平，十几张桌子，两层，未到上客忙时，一位面容姣好的姑娘在吧台算账。服务员把他请进来，倒茶，问着吃啥，那人莫名其妙突来一句：“你们老板姓林？”

啊……服务员机械点点头，回头看吧台，吧台算账的姑娘不悦地问道：“来吃饭还是找老板？”

“找老板，顺便吃饭。”那人笑笑，是位中年男子，身材发福，笑吟吟得不像坏人。

吧台姑娘伸着脖子喊着：“爸、爸……有人找。”

片刻，一位系着围裙的男子出来了，瘦瘦的，在围裙上抹着手。姑娘一指来人，那老板上前躬身笑道：“这位先生想吃点什么？我们庆臣饭店的盐焗鸡，远近闻名，要不来一份？”

那人没接茬，笑着拿出了一张照片，问老板道：“有位小伙子，托我带个口信。”

“啊？不认识，这谁啊？我告诉你啊，这个逆子在外面不管借多少钱，与我无关啊……不走我马上报警，青儿，打 110。”老板瞬间被照片刺激到了，咆哮起来。

“哎，等等……我是问下，这不您儿子吗？至于这样吗？”那人好奇地问。

“法院都判给我前妻了，再说他也成人了，不能让当爹的把他当老子养着吧？我警告你啊，他的事与我无关啊……这个小王八蛋，在外面骗了多少人了，迟早得被警察抓起来！”老板气愤地说道。

那姑娘上来了，挽着父亲的手臂，嘟囔着：“爸，别理他……又来要钱。”

拉走父亲，那女的生气道：“还不走啊，等着管你吃饭？告诉你爱去哪儿去哪儿，就是不改姓，这也不是他家。”

明白了，前妻的儿子，后娘的闺女，轻重自知。那男子笑了笑，没再多说话，起身尴尬地走人了。

人走了，那位姑娘匆匆回到吧台打电话，刚打完电话，店里老板已经好奇地立在吧台前了，看看店里无人，小声问：“毅青，到底怎么回事？”

“阿舅，别问这么多行不行？任务。”姑娘笑道，他们明显不是父女。

关毅青，警察。她远房舅舅的生意，恰恰用上了。

她已经收拾东西准备走了，等了几天，就等这一茬，开店的舅舅急了，追问着：“那照片上是谁呀？给我找了个儿子，把我店名都改了……嗨，你走了，我咋办？”

“哎呀，阿舅，店名就别换了，估计他们也就来这一回，您做您的生意。我走了啊，再有人问，还是这样说啊。”姑娘笑着回道，出门厅，把亲戚老大个郁闷地留在身后了。

匆匆进了路边一辆车里，她递着手机道：“还真来了，亏是有准备，要不就得露馅了。”

司机是郭伟，市局的，一直负责和各省专案组的横向联络，他看了一眼道：“看来案情不小，千里迢迢都来求证。哎，你舅没露馅吧？”

“露不了，我舅人多精啊，他巴不得经常有警察光顾他这小店呢。”关毅青笑道，接回手机时，她好奇地问道，“咦，郭伟，你说，这小子是不是真被省厅招走了？”

“估计是，直接从厅里来的任务，要不是咱们接触得早，都不知道怎么回事，现在有一组外勤监视着冯医生和老木的家呢。”郭伟发动着车道，对此没多评价，在一个打击犯罪的大前提下，警察的眼中，一切有效的方式方法，都是值得尝试的。

车上了路，郭伟看关毅青若有所思，他笑着道：“怎么了？毅青，给个逆子当了个便宜妹妹，不舒服？”

“快算了吧，老木家资过亿，小木光每月零花钱就顶我一年工资，我巴不得有这么一位亲哥呢。”关毅青笑道，说到此处，郭伟皱眉了，有点狐疑地问：“可按你说的，都这身家了，和传销的瞎搅和什么呢？我看这样，是真被陕省发展成线人了。”

“我看呀，还真没准有什么小辫子被揪住了。赶紧，去冯医生那儿，得稳住老木，时间越拖越长，万一真爹找儿子，那可谁都包不住了。”关毅青笑道。

出了湖南路，加速驶往冯医生心理诊室的写字楼，幕后的工作有时候甚至比前台还要麻烦，少不了又得编一通瞎话，让老木放心等着那个逆子幡然悔悟……

一线之牵的潼关市，华府天下小区，张狂立在单元楼口，倚在涂老板的车前，等着小木。

犯罪组织的行事方式让他想起了队里经常听到的领导报告：能者上、平者让、庸者下。而一无是处的小木无疑是能者了，和涂老板待了一天，据说高谈阔论了数小时，一天就飞黄腾达了，老板的专车接送，安排在华府天下一幢100多平方米的单元房里，每天三顿都是涂老板陪着，陪完饭还有陪酒陪唱的，这家伙就像天生要过灯红酒绿生活一样，在这个环境里，已经是如鱼得水、乐不思蜀了。

九点多，张狂电话催了一次才起床，半个小时才下楼，快到楼门口，张狂进去了，一把拉起小木下了地下室，话不多说，直接亮了两张照片给他看，让他记住。

他叮嘱着："快到关键时候了，千万别露馅。他们可能去滨海查你的出身了，这是给你找的爸。"

"你有病，爸也能乱找？"小木怒了。

"没办法，凑合吧。还有，这是你妹，叫林毅青。你是林庆臣前妻的儿子，她是后妻的女儿，你在外面欠了一屁股债，有家难回。就是这么个情况，万一问起来，别露馅。"张狂叮嘱道。

"你妹还差不多。"小木听得肚疼，这些警察也够奸诈的，后路都准备好了，不过他看到女人的照片时，明显眼睛一亮，"咦？这莫非是个警花？"

"好像是，滨海那边402专案组安排的。"张狂道，直接烧了照片，往外走着。

"喂喂，就这个妞给介绍下成不？"小木追着，动歪心思了。

张狂为难道："我不认识，一个系统不是一个队的，再说我也没去过滨海。"

"哎，你们不都是一个专案组吗，这点小事都办不了？"小木怒了。

"402是全国性的，各省市都有，我说开个玩笑你真当真了，给组织办点小事，就得赔你个警花？你也不撒泡尿照照，警花可都是久经考验的为人民服务的战士，和你这类小资余孽，能搭上调吗？"张狂开始耍赖了。

小木气得咬牙切齿，直戳着张狂骂着："秃蛋，你可想好了，小心逮个机会，我坑死你。"

"少来了，咱俩拴一条绳上的蚂蚱，你别吓唬我。"张狂不在乎地说道。

小木气得狠狠在他背后捶了两拳，不过对于人高马大的张狂，只当是挠痒痒了。他直上前开着车门，故作姿态道："林导师，请。"

"太没信誉了啊，瞧瞧人家涂老板给多好的待遇，昨晚还说了，喜欢什么样的女人，他全包了，唉，交友不慎啊。"小木摇着头，坐进车里了。

张狂嘘了声，让他闭嘴。只要开始上路，连玩笑也不开了。

两人同乘一车出了小区，径直驶向涂老板的土特产经营公司，那是合法的经营公司，到目前为止，家里还没有查到这家公司的问题，连一点偷税漏税的问题都没有。

其实也简单，这是过犹不及，在现时的环境里，一点问题都没有的地方，只会让人觉得问题更大……

线索的另一头，连接着暗处布点的外勤，连着远在省城的专案组驻地，疏而不漏的天网正排兵布阵，把一个一个节点的碎片化信息，还原成一条条符合案情走向的线。

十五日，张安平（张飞），又化名张国庆，出现在铜川市。

十六日，追踪马剑峰（马步方）的踪迹，追到了榆林，这个消失的大经理，又有了一个新的身份叫马襄，随着一个旅行团走，居然是在旅游。

更离谱的是，刚刚做完申购的徐能慧（徐达）出现在呼市，那位在富县露过一次面的董卓，十六日晚再出现踪迹时，已经到鄂尔多斯了。

今天，一个新消息是，设在滨海市的检测点被触警，滨海市警方传来了到湖南路庆臣饭店探底的嫌疑人照片。

何玉贵？！

居然是何玉贵，这个家伙和卢疯子消失后再没露面，没想到却在滨海露面了，更没想到的是，居然是去查小木的底细。

嘭！叶天书有点激动地拍桌子，直朝骆冠奇竖大拇指，亏是这位老侦察员的提醒，他传递着信息道：“刚收到的消息，这家伙居然跑滨海去了，还是你经验老到，否则我们这回可要犯错误了。”

“既然是骗子，就不要期待他能信任谁。”骆冠奇放下信息简报，排着一干嫌疑人的去向，范主任回省厅汇报去了，就剩两人守家，这种线索藤缠麻绕，一时厘不清头绪的煎熬，还真不是那么容易熬过去的。

这不，叶天书边踱步边罗列着滚瓜烂熟的信息：“骆处，发展到这儿，我又看不明白了，理论上判断，好像有大动作，好像有咱们没有发现的窝点，但实际上您看这几天的通报，这帮神出鬼没的大经理，在榆林的、延川的、滨海的，甚至跑内蒙还有几个人，我是越看越迷糊啊。”

骆冠奇抬头，疑惑地问：“您在担心什么？”

“我担心南辕北辙啊，我们在省城，3326 同志在潼关，而这些大经理分布在三省数市，需要监控的窝点，又分布在全省不同地方，我怎么觉得有老虎吃天，无处下口的感觉啊。”叶天书道。

“那是因为你们的工作太卓有成效了，这正是他们的运作方式，你看……”骆冠奇打开了政区图，用电子笔点着几个发现点，“传销的运作模式是，到一处地方生根，然后再开枝散叶，可作案绝对不在当地，而是把这些招到的人，运到另一个地方，这就是我们看到的，每端一个窝点，都是五湖四海的人，唯独没有本地人，即便有本地人加入，也会被骗到陌生的地方，方便他们洗脑。”

“您是说，他们在做准备工作？”叶天书道。

“对，滨海、榆林、内蒙古三省市，可能还有我们没有发现的地方，如果是准备的话，那下一个聚集的窝点，就会是这儿——一个还没有被传销污染的地方……”骆冠奇道，将电子笔点到了城市的名称上：

潼关！

“您是说，这些人会很快汇集到潼关？”叶天书狐疑地问，如果那样，就是最好的结果了，正好可以将其一网打尽。

“否则就无法解释这种情况了，知名的大讲师杨梦露滞留潼关，涂绅豪看样子比杨梦露的级别更高，也在潼关，我们两个自己人，也被他们留在潼关。潼关又是一个跨界区，向北入晋、向南入鄂、向东入豫，没有比这里更好的逃脱地方了，半个小时就出了省境。”骆冠奇点着潼关的交通要道说着。

叶天书脸上一直留着狐疑，似乎有无法解释的心结，不过连他也讲不出什么地方不对，骆冠奇好奇地问道：“叶组长，您是担心，万一方向错误？”

“方向应该没错，可我怎么觉得，太容易了？”叶天书恍然大悟道。

“这个有解释。”骆冠奇笑道，“那是因为你们做到的事太不容易了，居然把数位大经理的肖像都描出来了，这在大部分传销案例里，都是很难办到的，现在是按图索骥，当然要事半功倍。”

“如果是这样的话，当然最好，但目前为止，幕后那位贾老板还没现身啊。据工商总局传来的消息，举报线索是，这位贾经理一直负责策划组织传销，江、浙、沪几地发生的大宗传销诈骗案都出自他的策划，去年年底定罪的几位嫌疑人，也讲到了这个神秘贾老板的故事。”叶天书道。

“我倒觉得，这一次我们有可能见到贾经理的真面目。”骆冠奇笑道。

然后他看着叶天书，又示意桌上的通报，叶天书恍然大悟了，指着说道：“你是说，这条线应该是贾老板控制着？”

到滨海反查小木的出身，能指挥动何玉贵，能让涂绅豪和杨梦露守口如瓶，似乎没有其他人了，叶天书一下子期待起来。

“以他们的行事作风判断，他们会把一个精心装扮的傀儡摆到台前行骗，自己藏身幕后得利。”骆冠奇笑道，“我不知道你们的线人是个什么人物，不过我想，他们应该已经确定下一场骗局的傀儡了。”

对，已经通过了种种考验，应该符合使用条件，如果傀儡选的是小木，那幕后就无从遁形了。

叶天书长舒了一口气，一想到小木，反而是他唯一不担心的，那小子太像个骗子了，连骗子都被他骗得死死的……

午饭又是一顿大餐，而且意外的是大嘴和大头都上了桌，吃饭的地方是潼关有名的望西都大酒楼，吃的是西北风味的大宴，烤全羊、腌焖鱼、吊烧鸡，吃得可真油腻，大嘴、大头和张狂几位，止不住地满嘴擦油。

席间涂绅豪几次注意到小木文雅地嚼食，轻柔地沾擦嘴巴，不时地和杨梦露会心一笑，似乎对于小木的外形有说不出的赞赏和满意。

饭后换车了，把大嘴、大头和张狂打发到另一辆车上，安排他们回公司，涂老板亲自驾驶一辆车，载着杨梦露和小木离开。

得嘞，张狂有点郁闷，就他妈再信任也是打手级别的，和小木到不了一个层次上，而且猝来的意外让他感觉到了，要开始了。

开始吗?

好像是，车上杨梦露笑吟吟地回头，看后座的小木，从她的角度，能接触到涂绅豪示意的目光，她启唇问道：“林子，过得还满意吗？”

“嗯，挺好。”小木点头道，杨梦露刚要说话，小木又补充着，“就是缺美女。”

涂绅豪哈哈大笑，这才是英雄风范。杨梦露笑道：“所以给你介绍个美女。”

“要干活了吗？哎，我说杨姐，咱俩搭配岂不更好？金童玉女，所向披靡。”小木道。杨梦露哭笑不得道：“我都能当你阿姨了，还玉女？”

“当然，在我眼里，您就如兰如玉啊。”小木揶揄道，没勾搭上这位阿姨，实在是件憾事。

涂绅豪却忍不住了，笑得上气不接下气，说道："露露，看来林子对你是情有独钟啊。"

"得得……不跟你俩废话了，从今天开始不许吃喝玩乐了啊，用心准备一下。一会儿见着人，她会教你怎么做。林子，没问题吧？"杨梦露直接说道，涂绅豪都觉得这样安排有点突兀了，心加快跳了下。

小木凑上来问："分我多少？"

涂总瞬间又踏实了，这么上路让他放心了，他笑道："你要多少？"

"那得看做多大生意了，咱们得双赢，双赢才能合作下去，亏了谁都没意思不是？"小木道。

"哈哈，这话我爱听。"涂绅豪道。

"亏不了你，不过能挣多少，就得看你的能力了。"杨梦露淡淡说道，瞥了小木一眼，眼中闪过一丝惋惜之色。

其实路程并不远，开发区的金科凯越商业楼区，接洽的人已经等在那儿了。小木明白杨梦露讲介绍美女是什么意思了。迎接他们的美女一身干练的深蓝色职业套装，穿着黑丝袜高跟鞋，身姿婀娜，搁那儿一站，就像盛夏怒放的玫瑰。

她笑吟吟地上前与他们握手，喜形于色地上下打量着小木，赞叹着："哦，比想象中帅多了。认识一下，我叫贾芳菲，接下来的事，听我安排。"

"好的……乐意效劳。"小木优雅点头，报之一个暧昧的微笑，右眼轻轻一眨，挑逗的眼神已经送出去了。

贾芳菲领着小木进楼了，涂绅豪和杨梦露却没有跟着，两人目送着小木和贾芳菲的身影很快消失不见。一切显得自然而然，自然得涂绅豪都有点不自然了，他狐疑道："这小子一点好奇心都没有？怎么问都不问一句就跟着走了？"

"有这么一位国色天香的美女陪着，你觉得干什么还重要吗？"杨梦露笑道。

也是，要不谙风流可就枉少年了，涂绅豪哈哈大笑着，直赞杨梦露最懂男人。他邀着杨梦露上车，扬长而去，对这里即将发生的事，竟然是不闻不问的态度……

第三十一章 × 一骗相承

厅堂，优雅信步而过，步履如风，如撩人的香风，如醉人的春风。

黑丝、高跟、美胯、蜂腰，那会让人有心神荡漾的魔力，顾盼间，瑶鼻如玉，美眸似水，不管正常还是不正常的男人，都会被勾起犯罪的欲望。

她也在打量小木，眉眼挂笑，表情揶揄，像是看到了一件钟情的衣服的那种见猎心喜。小木对自己的形象还是有几分把握的，他笑着侧头问：“我已经通过组织严格考核了，您为什么还用这种审视的眼光看着我？”

“过了我这关才算通过。”贾芳菲笑道，又审视了一眼，带着他进了电梯。小木随口问：“那您看，我能过关吗？”

“但愿不是银样蜡枪头。”贾芳菲笑道。

“绝对不会，我的本质和表面，都会让您惊艳的。”小木笑着，斜斜地抛来个调情的眼神。

贾芳菲故作未见，或者美女对于大多数撇开的调情会自动过滤，她笑着边摁电梯按钮边对小木道：“我听上面说，你是个天生的骗子。”

哇，这么直接，小木严肃地摇摇头道：“传言有误，我需要更正一下。”

“怎么了？难道不是骗子？”贾芳菲笑着问。

“不，我的意思是，我不光是骗子，还是小偷。”小木道。

贾芳菲愣了下，奇怪地问道：“是吗？复合型人才啊，会偷什么？”

“偷女人的心啊，比如，像您这样的美女。”小木抿嘴笑着，眼神露着窃喜。

贾芳菲一笑，同样回敬了一个转折道：“那你要失望了，咱们这一行良心早被狗吃了，所以，你面前的美女，是没心的。”

“那也未必哦，能说出这句话，就说明心还在呢。”小木微笑道。

这一句，让贾芳菲怔了片刻，好像一个瞬间，面前这位浮滑的小男生感觉就变了一个样子，距离在迅速地拉近，感觉似乎有一种不该有的信任慢慢升起。

小木却敛起了神色，不再那么轻浮了，调戏女人，要适可而止，要留点余念，留点好奇，然后那些余念和好奇，会勾引着女人一步一步沦陷。他突然发现，这个女人，似乎比杨梦露好上手多了，根本不像杨梦露那样，哪怕就 100 个壮汉脱光了站在她面前，她也会处变不惊。

叮了一声，电梯到了，贾芳菲收回了目光，笑了笑，压抑着心里的奇怪感觉，带着小木前行，步履间直入正题，就听她说道：

“你有两天的时间来熟悉公司的运作规则，达不到要求，Get Out。”

“OK！”

“你必须熟知公司每个中层人员的名字、特性，时间也是两天，达不到要求，Get Out。”

“OK！”

“你有两天的时间变身为这家公司的总经理，语言、气质，每一个细微的一言一行只要出现差错，Get Out！”

“OK！”

贾芳菲连说几个要求，都得到了背后“OK”的答复，这让她停下来了，回头诧异地看着小木，似乎觉得这个小骗子口气太大了点。

小木笑笑，不予解释，现在是脚踩两只船，那分从容和自信，可不是单纯的骗子能比拟的。

果真征服贾美女了，她笑了笑，继续前行着道：“看来是比料想中要好一点，不过别大意，你要面对的是家境相对富有，眼光和见识都不错的客户，这不像传销小窝点里那些关起来被洗脑的产品。”

变种了，这是个洗脑水平更新、更隐蔽、更大的窝点。

小木思忖道：“万变不离其宗，当一个优秀的骗子，不一定需要智商优势，只要在某个特定的环境下有相对的优势就足够了。”

贾芳菲头也不回地说道：“从现在开始，不许再提‘骗’这个字。”

“OK。”小木道。

贾芳菲在标着总经理办公室的房间门前停下来，这里散发着淡淡的刚装修过的味道。她打开门，领着小木进了房间。

豪华的大班台，落地的观景窗，房间里，酒柜琳琅，茶台古朴，站在窗前，可以俯瞰潼关全市，小木信步走过，表情并没有流露受宠若惊，这一点让贾芳菲非常满意，她坐在老板椅上，转了个圈，笑着问小木：“你好像一点都不惊讶？”

“作为总经理，难道应该对自己的工作环境感到惊讶吗？”小木优雅地打开酒柜，挑了瓶酒，浅浅倒了两杯，笑着递给贾芳菲一杯，眉眼传情地轻晃着杯身，抿了口酒，然后表情一变，又吐回杯里，愕然问道，“拜托，总经理这里都放的假酒？”

“道具，不用太认真……对红酒的品鉴力达到你这种水平的人不多。”贾芳菲根本没尝，把杯子放下，拉着柜子，又是一大摞书，排到了桌面上。

换了，是《民间资本富中国》《赢在资本》《资本游戏》等几本金融类书籍，小木随意翻看了几眼，这种理论要比《羊皮卷》那种万金油的励志话难学得多，也在这时候，贾芳菲终于看到小木脸上稍显的为难之色了。

“有难度？”贾芳菲问。

“两天时间，你背背看？”小木拿着一本砖头厚的《资本游戏》。

“能背下来的人还真有，但未必能用，也不用那么认真，但你不能一无所知，必须浏览一遍。”贾芳菲道。

小木放下了书，有点狐疑地问着：“时间不用搞得这么紧张吧？这儿缺的东西太多了。”

“缺什么？”贾芳菲笑着问。

“员工呢？”

“很快就有了。”

“中层管理者呢？”

“已经在路上了。”

“车辆呢？”

“很快就租回来了。”

一连几问，贾芳菲对答如流，小木明白了，骗局尚在筹备中，装修个公司，租几辆车，雇上些人，再配上他这个总经理，就可以开张了。两人像心有灵犀一样，默视片刻，相视一笑。

对了，不必那么认真，这年头，搞个公司还不都是这么骗人的？

小木装模作样地问着：“哦，那……我这个总经理，总得配个秘书吧？”

“不就在你面前吗？”

贾芳菲轻声道，款款起身，让着座，一副躬身聆听的秘书表情。小木笑着坐下，感觉了一下老总的环境，然后手指一点，指挥着："贾秘书，把本季财务决算传到我的电脑上，顺便再帮我泡点咖啡，我要认真看一下，有什么拜访就别打扰我了，去吧。"

"好的，林总。"贾芳菲喜上眉梢，小木的瞬间入戏，看上去是那么自然而然，她温柔地回了声，然后轻扭着腰肢，款款出门了。

又一个骗局，从这里拉开帷幕了……

与金科凯越商业楼区直线距离四公里的地方。

连强、马烽火，两人各背着一大包东西，气喘吁吁地沿阶而上，一路上两人不停咒骂，这货真会挑地方，那楼层高得愣是找不到一处可以监视的水平点，只得弃车步行，到相邻的山上找地方。

找到一处，连强试着一米长的监视镜，勉强可以平行看到了，从监视境里，可以看到小木正坐在办公桌前专注地学习，两人坐下歇了口气，把这个情况汇报后，连强发牢骚道："催命似的，能出什么危险，这人不好好的吗？"

家里得知小木和3326分开之后，就开始催了，一分开，就意味着要建立新的信息渠道，可这些骗子一个个精似鬼的，外部根本没机会接触啊。老马看了看监视镜，喘着粗气道："这不怕万一吗？大经理可说了，现在的成败全系于他一个人身上了。哎，我说强子，这又是什么情况，怎么就一个人？"

"马哥，你别考验我智商行不行？我能知道吗？"连强瞠然道，要能知道那些骗子想什么那才见鬼呢。

"也是，哎，赶紧想想，怎么和小木建立联系，到底发生了什么情况？"马烽火道。

"自己看不就行了。"

"看不出来呀，他好像坐在那儿学啥呢。"

"要不化装进去？"

"快算了，就咱俩这体貌特征，摸黑窝点还凑合，进那种高档写字楼区，一瞅就是偷东西的，保安那关你都过不了。"

"歇会，歇会……歇会再说。"

两人换着位置，观察着小木的动静，可偏偏什么动静都没有，他就在那儿安安静静地坐着呢，窝都没挪一下子，顶多站到窗前看看窗外的景色。

几支烟过后，监视的两位刚喘过气来，家里的催报又来了，老马立即汇报。什么也没发现？真的什么都没有，一个人也没有。正干什么？看不出来，太远了。没法找近点的地方，22 层楼呢……

连强看到了，他回头道："等等，老马，有个女的。"

他的视线里出现了位女人，连强在使劲调着焦距，奈何距离太远，无法捕捉。

"等等，有个女的。"马烽火汇报着，凑到了监视镜上，不过放大的倍数顶多能看到缩微的人影，他又汇报着，"没法拍摄，距离太远。司机正在找地方，是和一个女的在一起，像在讨论什么。"

"干什么吃的？一个监视点也找不到！"

那边，叶组长怒气冲冲地挂了电话。

两位监视的外勤，相对无语。

贾芳菲是被"总经理"召唤来的，时间过了三个多小时，下午五时左右，时间明显是不够的，她进门，恭立在小木面前，微笑着问道："林总看得怎么样？"

结果，在小木表情上没有看到震惊，这一点让贾芳菲有点意外，纬恒商务的筹备她的自信是满满的，似乎不能接受这种无动于衷。

名字不重要，重要的是运作模式，从加盟变化到资本运作了，费用从 2900 元升格到 29000 元了，从租个房子洗脑成了高科技洗脑了——装潢考究的公司，邀请影视公司拍摄的企业宣传片，还有这些貌似很上档次的企业图册以及学习资料。

小木饶有兴致地看着贾芳菲，玩味良久才说道："你期待从我脸上看到惊讶的表情？"

"难道一点都没有？"贾芳菲好奇地问。

"有，非常震惊，意思是，两天后，会有很多客户来撞关，然后我们要用表演，征服他们的钱包。"小木直接道，省略了"骗"字。

"对，你干过了应该清楚，申购的难度还是有的，而且你征服别人钱包的机会，并不多。"贾芳菲道，观察着小木，不放过一丝细节。小木慢慢地合上了扉页道：

“那我就奇怪了。”

“奇怪什么？”贾芳菲好奇了。

“当然是你们这些文字和影像资料啊，都是些空泛的资本运作理论，还有的影像资料，仅仅是一些简单的介绍，我看不出用它来征服别人钱包的成功率有多高啊。”小木道。

贾芳菲笑了，这是入门资料，看来自己有点小觑组织上派出来的骗子专员了，她慢慢地倾身到小木身边，伸手，点着鼠标，头垂得很低，低到小木的眼皮一垂就能看到胸前的风光，她打开了几个隐藏的根目录，然后弹出来一个文件框，输入一行密码。

屏幕显示出来了数个文件夹。

“看来，组织还是不太信任我啊。”小木讪笑道。

“组织里，从来就没有信任，一直是量入为出，能达到什么程度，就为您量身定做什么教程。”贾芳菲笑道。

小木浏览了一遍，这就很详细了，整理的电子笔记是问答式，像剧本一样，能模拟回答出客户所有的疑虑。

比如你会担心这是骗子公司吗？公司给你合法的注册执照、企业代码、法人资料等。

比如你会担心这种赚钱方式合法吗？公司会告诉你，这比股市、期指的盈利率要低得多，不合法？那不笑话吗？不合法能正式注册？

比如你会担心投资的安全系数。公司会告诉你，当然有风险，现在连商业银行都允许倒闭了，何况一个商务投资公司？风险和利润永远是并存的，不过有兴趣的话，您可以考察一下纬恒商务投资公司。

于是就回到了原点，会告诉你，我们公司总部位于新加坡，在世界各国有多少处分支机构，目前在中国多少省已经开设了分公司，等等。网页当然有，不过还是内测版，没正式上线；P2P 平台当然也有，不过网页 logo 还没做完，几乎无法想象，两天的时间，这么多繁杂的事会怎样运作成功。

不知不觉又看了半个小时，一直蹙眉的小木舒展眉头时，才想起了旁边的贾芳菲，他歉意地道了句：“对不起，贾秘书，我看得有点入神了。”

“我喜欢看男人专注的样子。”贾芳菲俏立着，回敬了一个媚眼，轻声问道，“还有疑问吗？”

“有。”

“请讲。”

“目标不好找，前期的投入这么大，少了不划算，多了不好干，要找的目标必须有一定的经济能力，这个难度就大了，不像传销找人，逮到谁是谁。”

“目标已经物色好了，这不是你考虑的范畴。”

“那前期的工作呢？再犀利的语言也不可能对目标洗脑一次性成功，让他们心甘情愿地掏钱，但要留在一个这样的地方久了，您觉得安全是不是没有保障。”

“考虑得很周到，不过这事已经有人在做了……你的问题很多哦。”贾芳菲道，她是笑着说这些话的，不过让小木警惕了，确实不应该问太多，不过已经知道得够多了，其实这个传销没什么两样，目标已经找好，洗脑恐怕已经进行了，就等着拉到这儿忽悠一圈可了劲地使劲挤一回，榨干其油水。

所不同的是，传销叫“申购”，这个叫“投资”。

“还有一个问题，”小木想了想，竖着指头道，“或者，也可以说是一个建议。”

“哦，那我倒想听听了。”贾芳菲笑着看着他。

“剧本很好，不过我觉得应该加上点实质的东西。”小木起身，抚着下巴，思忖着走了两步道，“单纯说教、洗脑，有时候会引起副作用的，对于有警惕性的个体，如果他在心理上一直抱着排斥心态的话，你怎么洗也没有用的，那种排斥心态，就像一种自我催眠，不管你讲什么，我都当是假的。”

这个理论好玩了，小木回头时，贾芳菲正站在他背后认真听着。

于是他更自信地说道：“很容易理解嘛，比如现在手机短信通知你中奖，估计已经没人相信，为什么？假的太多了。即便是真的中奖，你也不会信了。”

贾芳菲点点头：“那怎样解决呢？”

“这种事，应该做一个心理落差，就像你看到一个衣衫褴褛的老头儿，初看不屑，但下一刻，有人告诉你，他家的房拆迁能拿到1000万的赔偿费时，那你的心态会从鄙夷，迅速转向……”

“羡慕和嫉妒？”

“对，就这个意思。”小木道。

贾芳菲想了想，向他竖了个大拇指，合理化建议，绝对合理化，她越想越觉得有道理，甚至还出去拨了个电话，像在请教，片刻后进门笑吟吟地夸小木：“名不虚传啊，老板对你的意见很重视啊。”

“别客气，应该做的。”小木优雅道。

“具体的解决方式呢？”贾芳菲款款上来，站在小木的身侧问。小木注意到了，她戴着一根银灿灿的项链，很细，那暴露了她的身份，小木信手伸过去。一瞬间，贾芳菲脸色稍变，不悦地看着他。

“先别问解决方式，我告诉你要注意的第二个细节。”小木说着，伸手，环向她的颈项，把这条细细的链子摘下来，放在手心递给她道，“这种廉价的铂金项链，不应该出现在一个大公司老板的秘书身上，那会暴露你囊中羞涩的现状。”

“那应该戴什么？”贾芳菲虚心请教着。

“什么都不戴，丽质天成就是最好的印象。”小木笑道，这句赞美听得贾芳菲心花怒放，一转眼小木又补充着，“或者戴一个不容易辨认的，翡翠或者玉之类。”

那份自信和笃定，让贾芳菲不得不折服了，她下意识地问着：“还有吗？”

“还有……我们之间，是不是该有点实质性的东西了……”小木笑着，嘴角歪歪的，像垂涎欲滴。三句话又露本色，贾芳菲瞠然，给他个白眼道：“你不觉得有点太快、太早了？还真准备把我当‘小蜜’用啊？”

“不，不，你理解错了，我是说时间够晚了，我们该有点实质性的活动了。”小木纠正道，然后正色告诉她，“不准备吃晚饭了？”

哦，是这样，贾芳菲瞬间明白了，这家伙是故意调侃让她往歪路上想，等你真理解歪了，他又成正人君子了。

这么左撩右撩的，贾芳菲可有点心理失衡了，她稍显不悦地转身开了门，向小木一示意：“好吧，吃饭。”

小木拉拉衣领，大摇大摆地走出去了，他知道，这位貌似无动于衷的美女，心理已经开始倾斜了，未决的难题、未满足的好奇，都会勾引着她，一步一步，和自己离得更近……

第三十二章 × 再骗倾人

潼关波澜不惊，而潼关以外，一场突然袭来的风波已经接近尾声。

十五时，榆林，三家镇，地方分局协同工商部门，突袭了两个正在洗脑的窝点，解救被传销团伙非法滞留的人员 47 人。

十六时三十分，省城长安郊区襄庄，驻地派出所在工商部门的协同下，查封了一家堂而皇之开办讲座的传销团伙，现场收缴无证产品千余份，滞留审查的人员 171 人。这个团伙颇有创意的是，租用了当地一所天主教堂，把布道的神父也发展成下线了。

十八时，延边县行动现场图像传回专案组驻地，解救 51 人。一个特写镜头是，光传销人员做的各类创富笔记，装了满满两大麻袋。

十九时三十分，省厅范文杰主任汇报归来，在餐厅直接让服务员打开了电视，地方新闻打击传销的综合新闻报道，他细细地从头看到尾，之后饭筷未动，叫着骆冠奇、叶天书回专案组办公室。

新闻对于专案组来说也有些突兀了，命令是从省厅直接发出的，可疑惑的是，像这种伤点皮毛的小行动，根本不需要这么高的规格啊，前行的范文杰像是已知两人的疑惑，道："下午在和徐厅的汇报当中，接到了省工商总局的信息，和咱们获取的信息是一致的，他们确实在准备实施一项更大的活动。"

于是，省厅就顺水推舟，在各地甄选了三个小窝点，做一个表面文章，让那些潜藏的传销骨干认为，警察的步子，比他们落后不止一步，骆冠奇笑道："很有必要，一般情况下，完成一次申购之后，传销团伙会甄别个体的经济条件，除了有潜力和表现优秀的留下，剩余的都会被抛弃，或者切断联系，任凭他们自生自灭。"

"其实他们这么反常地遍地开花，对我们也是个试探，或者说，是在转移我们的侦察视线？"叶天书接上了。

"应该都有，十几年打而不绝，都快成精了。"范文杰道。

进了会议室，三人习惯性地落座，当天汇集的信息放到了范主任面前，他扫了一眼最关心的，问的也是两位留守最担心的："什么？分开了？情况怎么样？这个金科凯越商务区的信息查到没有？”

一连数问，叶天书小心汇报着：“范主任，对于涂绅豪这个地头蛇，我们还不确定他究竟有多大能量，所以，地方的警力暂时未敢惊动，在潼关的只有一个组三个人，他们分手乏术了，后续刚派过去一个组，差不多该到了。”

范文杰知道个中苦衷，大部分时候，只要一跨地域，连自己人都不敢相信，他扔过信息通报道：“下午我向徐厅汇报，厅里的方针不变，指示是，我们不能满足于打伤打跑，给他们喘息之机，而是要打残打死，不给他们死灰复燃的机会。这方面，工商的缉查总队会给我们及时提供举报信息，届时全省的公安、工商，将组织一次联合行动，作为这次行动的指挥中枢，我们千万不能掉以轻心。”

政治课来一堂，然后案情开始梳理，但坐在指挥部后方，是永远无法知道前方的变化的，很快这个议题又到了潼关，那里发生了什么，他们究竟在筹划着什么，都成了引导思路走向明朗的必由之路……

此时，此刻，小木正走向悦客西餐厅的洗手间。

传销组织最大的优势就是封闭，隔绝一切现代化通信的东西，传讯的方式都采取极端落后的方式，他在饭餐开始之前，已经瞄到了钻进西餐厅的连强了。

进门，直接被连强拽住了，小木笑了笑，连强快速说着：“环境安全，究竟发生了什么事？”

“主题，纬恒商务投资；标的，每份69800；场地，金科凯越商业楼22层到25层；吸收人员，目前不详；公司现有人员一位，贾芳菲；与涂绅豪、杨梦露的关系，不清楚。”

小木的思路很清晰，一分钟就汇报完了，听得连强一头雾水，愣道：“不会吧？只有一个人？”

“加上我两个。”小木道。

“那骗谁去？”连强问，就两个人，出乎他的意料了。

“据说其他人很快就到了，我说你脑袋让门夹啦？我才入门一天，我能知道多少？”小木道。

“那也不对呀？69800，可能吗？”连强不信了，要是传销滚到这么大雪球，那可要破纪录了。

“这是一份的价格，绝对有这么多，那公司连装修带租赁，我看没有百八十万下不来，还收 2800、3800，那不得赔本？！”小木道。

“我靠了，这帮骗子，可真够拼的。”连强瞠然，要是下本就百八十万，那准备骗多少，可以想象到了，绝对是一个震撼的数字。

“就这么多，我正在替组织勾引这位妞，从她身上找到更多信息，别打扰我了啊。”小木道，洗了把手就要走，连强听着不悦了，一拦小木，把即时的监听小东西塞到他手里。

此时再看，这货哪还有当时死活不从的样子，明显是兴奋得跃跃欲试，连强嗤笑着：“小心点，如果觉得不对劲，直接毁掉。哎，我说，林子，你想搞破鞋就说搞破鞋的话，别挂上组织的名义行不行？”

“行，那我奋不顾身地去搞破鞋了，请组织支持我啊。”小木笑道，话反过来了，听得连强哭笑不得，却也不敢拦着，走时，小木顺手又掏着口袋，随便拿了一摞钱直接塞进连强衣兜里，连强急忙推辞道：“不，这不行。”

“这不是给你个人的，工作需要，穿好点再来装 ×，这是西餐厅，不是大排档，你看你这样，胡子拉碴、满身汗腥的。”小木说着，已经加快步子溜了，后面的连强骂了句，却又有点莫名的感动。

小木优雅地坐回原位，向对面的贾芳菲露齿一笑，轻抿着香槟，切着小牛肉，然后优雅地放进嘴里。贾芳菲头一回发现，一个人的吃相能优雅到这种程度，你不得不叹服。他切出来的小牛肉颗粒几乎都是同样大，看上去给人一种赏心悦目的感觉。

“芳菲姐，你好像胃口不太好啊。”小木轻声问，保持着目光的注视。

那目光像火一样灼热，贾芳菲下意识地避免直视，笑了笑道：“你在国外待过很长时间？”

“嗯，不短……”小木道，警惕地想这是不是一个测试。

似乎不是，贾芳菲好奇地问道：“那为什么选择这条路呢？”

怎么想也不应该沦落到这种地步啊，好歹是个海归呢。小木笑笑自嘲道：“这是个教授遍地走，海归不如狗的年代，世界的中心在中国，留洋的含金量和国内山寨一样，已经假到令人发指的程度了……您不会被这个名头唬住了吧？”

小木突然想起了损友苏荣乐说的话，看来自己确实离开久了，不太懂国情了，这一路下来，他感觉比十年留学目睹的还要多。贾芳菲一笑，莫名地觉得这样的坦诚，反而让人觉得他更可爱了，当然，也更觉得此人深不可测。她轻轻放下刀叉，压低了音量问着：“你下午说的心理落差……有详细点的建议吗？”

“很简单啊，给别人一张大饼，肯定要比画个饼更有说服力啊。”小木道。

对了，任何说教和授课，无非就是鼓吹，就是给别人一个愿景，就是在画饼充饥。

可这是骗局啊，真给饼还叫骗局吗?

贾芳菲思忖着，小木见她转不过弯来，小声教唆着：“古语讲，将欲取之，必先予之。很简单啊，你需要摘掉别人心理上的怀疑，用你现有的条件完全可以办到，你们公司的宣传片做得就不错，花了不少钱吧？比如，我就看过这样一条新闻，说某某土豪公司，拉了一车现金给员工发年终奖；说某某土豪公司租了一架飞机，集体出游。你想，要是看到这样的实力，是不是比你鼓吹更有效？”

“噢，我明白了。”贾芳菲恍然大悟道，思忖着那种场景。

小木直接出了个现场发现金的办法，现炒现卖，成捆的现钞，垒成一个金塔，哎呀妈呀，在那种情况下，再聪明的人，智商也会急剧下降，再怀疑的人，警惕性也会消失，对吧?

嘴上如是说，小木心里在出坏水，他妈的，敢用这办法，非让你们穷得再没翻身机会。

贾芳菲却像是相信了，思忖道：“虚虚实实……其实，可以用这个思路，做点影像资料。”

小木点头笑道：“对，虚则实之，实则虚之，咱们几千年文化里，就处处闪烁着这种智慧的光芒，与天斗、与人斗，都是其乐无穷的。”

贾芳菲眯着眉眼笑了，她举着酒杯，和小木浅浅斟了一口，轻声细语地请教着，而小木在综合着自己所见所闻的骗局，给贾芳菲提着合理化的建议，比如一个国际化的大公司，要建点在潼关这样的二、三线城市，你得准备好合理的解释；比如你召这么多人来，得做好细致安排，否则被当成非法集会那就麻烦了；比如你对公司的成员，得有一个统一的模式，否则山寨味道太浓会让人怀疑的，毕竟现在信息化太发达，找到疑点太容易了。

贾芳菲饶有兴趣地听着，频频点头，小木从这妞从容的表情上揣度出这些安排工作恐怕都已经做得很好了，说了半天，他突然停住了，显得有点不好意思地说道："哦哦，Sorry，我是不是班门弄斧了，这些公司是不是已经准备好了？"

"当然。"贾芳菲笑道，"不过听到你的建议，我感觉还是挺欣慰的。来，为我们的事业干一杯如何？"

"干！"小木端着酒，笑吟吟地和美女碰了杯，他心里有点暗惊，就像一次一次看到超乎想象的骗局一样，这一次，恐怕比想象中更大。

贾芳菲却像心不在焉一样，总是那么有意无意地端详着小木，临近饭终时，小木才瞠然发现，自己漏掉了最关键的一件事。

对了，一男和一女，搭配就出戏啊。

他轻摇着酒杯，眼睛透过杯身看着对面的贾芳菲，一念至此时，贾姐姐那娇颜像红酒一样带上了绯色，在这个响着轻柔音乐的环境，很容易让人浮想联翩啊。

"你走神了，在想什么？"贾芳菲像在明知故问。

"我如果说想你，不会让你觉得很煞风景吧？"小木调侃道。

"有点，告诉我，男人都这样吗？看到一个漂亮的女人，然后脑垂体会自然开始意淫？"贾芳菲调笑道。

她侧头微笑时，带着一股子调皮的味道，像和干爹撒娇那种，小木笑道："男人肯定是这样，那么是不是会发生这样一种情况，一个美女在见到一位帅哥时，脑垂体也在意淫那种两情相悦的事？"

"嗯。"贾芳菲嗯了很长时间，像肯定，不过表情又很丰富，她笑眯眯地反问小木道，"你在试探我？"

"你不也在试探我？"小木反问道。

"那你要小心了，我是个骗子，专骗感情的那种。"贾芳菲笑着提醒道。

这种口吻却充满暧昧气息，小木抿着酒，坏坏一笑，轻声告诉她："你都看得出来，我是个多情的人嘛，看来我们的确可以开始实质性的行动了。"

“你确定？我怎么一点也没发现呢？”贾芳菲摇着酒杯，否定道，不过她揶揄的口吻、浓情的目光、微笑的娇颜，却在告诉着小木一个截然不同的答案。

很简单，这女的能上！

小木根据自己泡过N多不同种族的妞的经验，如是判断道。

这段调情，跨过了千山万水，传回到了远在几百公里之外的省城长安……

专案组驻地，一个偌大的格子间办公室，音频播放着，画面定格在西餐厅，透过橱窗后，一对浓情的男女，分析音频的几位男女警察，偶尔露出会心的一笑。

说是调情，不过换一个角度看，在警察眼中，又是一种语境。

“我们这位内线做得很漂亮，透露出来的信息很多，这家公司做过企业宣传，那从影视制作上，应该能查到端倪。”

“刚装修完，提供装修的单位应该能找到。顺着这条线，查查付款的账户。”

“既然收款每份是69800，那他们肯定要准备账户，不可能全部收取现金。”

“既然人员已经在路上了，那肯定以某种形式把不同的目标聚集在一起，查一下车辆租赁，严密注意近期出入潼关的车辆。”

“这个贾芳菲，查查她的底子。”

范文杰、叶天书、骆冠奇三位带队领导，沉浸在不断涌现的线索里，显得有点兴奋，一个内线带回来的信息，可比卧底和外勤要直观和翔实得多，在场的都已经隐隐感觉到了，这么多艰难反复，终于快到揭开这一黑幕的时刻了。

两人调情结束时，已经晚上九时了，外勤在汇报着目标的去向，这时候，三位指挥员才意犹未尽地收回了心思，几位加班的内勤，在重听着，生怕落下一个疑点，而且以此为线索，几个方向的排查在迅速展开。

很快，潼关全市有提供装修业务资质的单位列出来了。

很快，全省联网的车辆租赁登记单位列出来了。

很快，对贾芳菲的排查结果出来了。

最终这个结果还是让范文杰皱眉头了，户籍资料找不到匹配对象，“贾芳菲”这个名字的检索，全国能检索出两千多位，无一例匹配。而犯罪信息库的检索，则毫无所获。

“除了涂绅豪，其他人员可能都是假身份，而只要这些假身份的不落网，那涂绅豪这位明面上的人物，也就是安全的。”叶天书看了眼检索结果，如是道。

既然是犯罪，那肯定要掩饰在现实生活中的身份，只是像传销团伙这些人的作假方式，比其他类型要高出一个档次，而且更难办的是，他们大多数时候不吸收有前科的人员，于是连警察赖以侦破的罪案信息库也派不上用场了。

不过骆冠奇的观点不一样，他笑着提醒道：“这正说明，我们的方向是正确的，如果敲几下键盘能查到案底，那会让咱们的疑心更重。”

三人俱笑了，范文杰主任道：“大部分案例的侦破，都是顺藤摸瓜，而这一次，看来要守株待兔了，我在想，千万别守错了啊，你们两位辛苦点，千万别放过任何疑点，从现在开始进入临战状态，对于这位内线，要建立 24 小时监视保护——他的价值越来越高了。”

“已经在做了，后续的队员和连强、马烽火他们刚接上头了。”叶天书道。

“3326 怎么样？”范文杰问。

不行，叶天书摇头了，他解释道，3326 的体貌特征以及履历，顶多能到打手级别，现在被当司机使用着，根本进不到这个骗子团伙的核心。

对于这种结果，几位领导可真是无语讪笑，精心准备的卧底效果不大，谁承想半路倒拣了个宝。几人踱步到会议室，意犹未尽地讨论着，刚出门，范文杰突然想起忽视的一个人，回头道：“卢疯子有下落吗？”

“哦……”叶天书掏出 iPad，查着反馈的消息，汇报道，“何玉贵出现在滨海市后，滨海方面查了下他的行程，根据他使用的假身份查到高铁乘车行程，然后在中州市发现了卢鸿博的踪迹。”

“他在干什么？”范文杰警惕地问，这个卢疯子是打开这个案件的突破口，现在却像出局了一样。

“本来都没找到人，结果从中州市 402 专案组的通报里发现了。”叶天书把手机递给范主任，老范一瞧，哭笑不得道：“啊？又被送进精神病医院了？”

“对，又在一个传销窝点授课，被抓了个正着，滞留了两天，没法遣返，也没法处置，只能和咱们一样，送进精神病医院强制治疗了。”叶天书道。

这个哭笑不得的结果让范文杰一下子没反应过来，他还回了手机，瞠然问着：

“那看这个意思是，这些大经理用他时，都不介意，而用完了，就撇过一边？这也太功利了吧？”

虽然是个名人，看来在这个传销团伙里的位置不会很高，否则就不至于三番五次被抓了。

“应该是，我想，幕后的贾老板，是不是也在玩明修栈道，暗度陈仓这一套？而卢疯子也是其中的一枚棋子，也能起到点转移视线的目的，从邻省的通报上看，他们省的传销活动，只是零散出现的，不像咱们这儿，是重灾区。”叶天书道。

这时候，骆冠奇插进来了，笑着解释道：“卢疯子的目标太大，像潼关这种精心策划的局，肯定不能用他，他这辈子也就这样了，那些大经理请他吃吃喝喝，然后重复出入于看守所和精神病医院。”

“可怜之人，必有可恨之处啊。”

范文杰如是评价了句，对于这类人渣，没有什么同情可以给予……

部署在调整，各地的警力能交叉使用的，已经上了名单。

处于最前沿的监视点，人员扩充了，省城来此的有一个组，带来了一辆伪装好的通信车，那可是大案要案才能用上的，司机两人、通信两人、三三配组的外勤组，加上连强他们，可以组成三个组了，这么强大的阵容，可见专案组对这个内线的重视程度了。

晚22时30分，监视镜里，小木和贾芳菲回到了居住的华府天下，进了单元楼。

“强子，这个内线怎么养的？直接钻他们肚子里了。”

一位新来的外勤，羡慕地问了句，像这种内线，简直是可遇不可求的。

几位认识的不认识的，打了个招呼各自分开了，他们的任务是听从调遣，保护内线的安全，可并不知道是谁，在什么地方。

连强回到了监视点，夜宵盒子一扔，刚要说话，却发现马烽火和司机鬼鬼祟祟地看着监视镜来劲，他狐疑地上前，好奇地问着：“哟，不会看见肉戏了吧？”

司机赶紧掩饰：“没有，两人谈理想呢。”

绝对有事，连强把人推到一边，凑在镜头上一看，他的下巴直掉，小木和贾芳菲在房间的沙发上激吻，贾芳菲骑在他身上，很香艳的那种，激吻着，贾芳菲两手一举，已经拽下了衬衫，满屏是白花花的娇躯。

“去去……我看看……”

“别挤，别挤，我还没看呢。”

“哦……哦，我靠，这就干上了？”

“强子，不是说他们才认识一天吗？”

连强笑着纠正：严格地讲，半天！

惊讶的嘘声再起，哦哟，半天就上手，大师级水平啊；哦哟，瞧镜头里两人，眼瞧着就脱光了；哦哟，小木抱着像白羊一样的贾芳菲进了卧室，然后拉上了帘子……哦哟，啥也看不见了。

司机火急火燎地打开监听的音频，哦哟，放浪的笑声，亢奋的叫声，兴奋的喊声，种种声音起伏得让人遐想无边，听得人心里那叫一个七上八下，足足十几分钟，那呻吟和调笑就没有停过，听了好久，终于偃旗息鼓了。

这听得人像跌宕起伏了一个高潮似的，心一漾一漾，众人意犹未尽时，声音又来了：

女声，贾芳菲的声音，在嗔怪小木道：“果真是个骗子啊，骗我到你家。”

“没骗啊。”小木在否认。

“要和我谈几个亿资金投资控盘的事，不是你说的？”贾芳菲在埋怨。

“你听错了，资金反过来念就对了。”小木调笑着。

“资金反过来，金资……精……子？”贾芳菲掉坑里了。

“对呀，刚才我在你身上投资了几亿……那什么精……哈哈……”小木坏笑的声音。

“讨厌，流氓。”贾芳菲嗔怒了，扑上打闹起来了。

连强几个愣了几秒，齐齐喷笑。

千里之外的专案组，一室加班人员哄堂大笑，连难得见到笑容的范主任，也露着微笑，或者，是有点哭笑不得。

对呀，这谁骗谁呢？

第三十三章 × 三骗倾城

雪球慢慢越滚越大，不断浮现的线索，让警方嗅到了这股传销力量的不寻常之处，对于数县、市郊窝点的打击，本就是个投石问路，其结果也正如所料，那些遍布各地的大小经理根本不为所动，依然我行我素，或者警方的解救和取缔，也正中他们下怀，替他们甩掉包袱了。

二十日，省厅召开了各县、市公安局长会议，会议内容就是联合全省各地工商部门，开展打击非法传销活动的总动员会。会后，各市、县驻地的警力开始了莫名其妙的大调换，似乎以前泾渭分明的辖区，全部打乱成一盘散沙了，而与此同时又接到了打击非法传销专案组的严令，不得擅自行动。

这个奇怪的举动让市县一级公安部门腹诽不断，传销带来的各类危害已经在这个内陆省份凸显，再等下去无疑是养虎为患啊。

其实，上面比下面还急，范文杰主任最多一天向省厅汇报了六次，关于潼关的推测成为一个悬而未决的关键棋眼。

很简单，如果那儿真聚起了各路传销大员，那就是事半功倍。

如果判断失误，那就会重蹈老路，会陷入越打越蔓延的怪圈。

二十一日中午，范主任的专车匆匆赶往专案组驻地，是汇报途中接到消息直接赶来的，这个消息很意外，那些大经理还在行踪飘忽，先到潼关的反而是老相识了。

何玉贵，又是何玉贵！

下车伊始，叶天书已经跟着上来了，范主任直接问道："什么时候到的？"

"十一点四十五分，乘了一辆省际大巴，直接到了开发区，随行 20 人，男女各十人，正在做面部识别。"叶天书汇报道。

"贾芳菲的身份确定有进展吗？"范主任问。

"还真有，一直查不到出处，后来我们用了简单的方式，就从这些确认身份的大经理的社会关系里找，结果还真发现了。"叶天书笑着汇报道。

又是一个惊喜和惊讶掺杂的消息，这个贾芳菲原名贾圆圆，居然是何玉贵的一个远房侄女，西北财经大学会计专科毕业，没有查到像样的就业经历，估计一直就投身传销事业。

匆匆上楼，专案组的信息组长看到叶天书，快步回身走过了，把最新的消息提供给了他，叶天书扫了一眼，却是刚刚根据账户关联查到的涂绅豪的底子，他递给了范主任，老范来不及看，直接问道："有什么问题？有多大问题？"

对，必须有问题，否则摁住定不了罪，那等于白忙活了。

"明面上看，没有什么问题，但要仔细推敲，好像问题不小。"

"在哪儿？你让我看会计报表啊？"

"对不起，经侦刚找到疑点，我急着汇报来了。您看，从去年十一月到今年四月，他们的销售额是6400多万，在潼关，这算纳税大户了，但往下查，关联销售的公司，五个月倒闭了四家；还有他们的发货量、车次记录、库存地等，都与这么庞大的销售额不符啊。"

明白了，这是个空头公司，就是为了合法地洗钱，用进货存消化那些转进账户的资金，再以员工工资、收货支出的方式提现，一进一出，把赃款洗白。

"哦，怪不得他们选土特产这个行业，收货时大量提现都是正常的。"叶天书恍然大悟道。

"还有，我们提取了银行方面的录像，留存三个月的，主要办款的，就是贾芳菲。"信息组长汇报道。

范主任兴奋地说："那这样说，贾芳菲很可能是涂绅豪的钱管家？"

"应该是这样，涂绅豪案底不少，他手下收罗的人里，有数位被打击过的人员，这个迹象表明，他在当地应该是个黑恶势力的代表，估计这也是传销团伙把聚集地选在潼关的原因之一。"信息组长汇报道。

"来，我来看看，外勤跟上了吗？"范主任且走且道。

"两个监视点，跟得很紧。"信息组长道。

进了会议室，在数个分屏的大桌面前，回放的录像能看到鱼贯下车的男男女女，都被迎进了公司，何玉贵、杨梦露、贾芳菲都在画面上能看到，唯一没看到的，就是那位"红色线人"。

范文杰看了叶天书一眼，有点紧张，叶天书附耳解释着："他现在是公司老总级别，不需要出来迎接。"

老范哈哈大笑，好消息一来，就不止一个，这个还没消化，又有新消息来了，保密员汇报接到了省工商总局缉查队的加密信息。

叶天书随手拿起，和范主任回办公室，这个消息似乎很保密，进了办公室才给了范主任，范主任一看哑然失笑了，在座的骆冠奇、叶天书，两人瞥了眼，也是相视而笑。

省工商缉查处的重大举报是发现了疑似传销头脑的人物。

而这个人是：林木生。

“看来演得不错啊。”叶天书瞧着影印件，是小木挥斥方遒、激扬演讲的画面，文字配的解释是，新一代的创富神话，六个月首位挣够1040万的A级经理，西北财富巅峰论坛的邀请人、纬恒商务投资的现任最年轻的区域经理：林木生。

“他被推到前台了啊。”骆冠奇笑道，应该不是演得不错，而是身不由己。

范主任的想法却不在此，他关心的只有一件事，长舒一口气道：“看来聚集地是潼关无疑了，这些人飘来飘去，我是真怕又漏了啊。”

叶天书也是心情大好，他把几份信息都交给了骆冠奇问着：“骆处，您看，不会再有什么反复了吧？这一天我可等了好几个月了，就等着把他们一网打尽呢。”

“应该没有了，但是，还有一个谜没有解开，老A在哪儿？”骆冠奇问，敢情他一直在想这个。

哟，兴奋过头了，这个一直悬而未决的问题，至今尚无答案啊。

“从目前来看，我认为就在聚集的这些人里，最差，他们中间，也应该有知道老A是谁的人，组织这么大个活动，参与人数众多，肯定要有统一的规划，组织者和策划者，我想应该就在他们中间。”叶天书道。

到这时候了，肯定是大鱼、小鱼、虾米，先捞净再慢慢查，范文杰狐疑地问道：“骆处，以您的经验，可能是谁？”

“这个我真不敢妄下定论，我和传销这些人打交道十几年，体会最深的不是他们诡异，而是我们的不力……最早连相关法律都没有，我们广西最繁华时，第一代教父领着十万信徒，可以直接破坏一个城市的民生和商业体系。那时候抓到传销分子，顶多是教育罚款，直到愈演愈烈，才发现已经刹不住车了。”骆冠奇忆起了旧事，满脸尴尬。

说的是数年前全国性的飓风行动，广西是受灾最重的省份。被打击后，连金融体系也受到殃及，银行存款直接消失数个亿。

“是啊，我们意识到它的危害性时还是晚了，直到现在，相应的法制建立还是滞后的，零几年才增加了组织和领导非法传销罪，之前的传销头目，连量刑定罪都是个问题，即便以现在的法律法规，底层的头目也顶多定一个非法经营罪，之所以蔓延如此，还是量刑太低啊。”范主任道。

骆冠奇点点头，深有同感，他介绍着：“终归是有了，还是可喜的。这些年的变化倾向是这样，一线城市的高门槛的重打击，让他们开始把目光投向内陆、偏远省份、偏远地区……选择陕省这个地方就是这种思路。在管理层面上，他们惯用的是管理层和团伙分离，出于安全考虑，免得被警察一锅烩了；经历数年打击后，从分离式已经上升到了隐蔽式，像贵省这一例，不排除他们和黑恶势力相勾结的可能，同样也不排除那位老A，还根本没有露面的可能。”

这像给迅速推进的案情泼了一瓢冷水，让范文杰、叶天书两位领导沉默不语。

片刻，骆冠奇有点不好意思地补充道：“对不起，也许只是我的猜测，我可能天生是个阴谋论者。”

“你看呢，天书？”范文杰举棋不定，问叶天书。

“不管他是谁，我想这一次他跑不了吧？！即便老A跑了，他这些虾兵蟹将只要被一网打尽，那照样能换来全省数年的安宁。而且我觉得，只要这帮人被钉死，那老A自然就露出真面目了，我就不信，这里面没有一个人认识他。”叶天书道。

骆冠奇点了点头，勉强接受这个相对乐观的判断了。他突然笑了，笑着拿着一摞信息通报道：“你们这起案子要有意思了，卧底、线人、举报人都钻到他们组织里了，看来要有一场好戏看了。”

“对，这场好戏，我们一直在配合他们演出，他们想转移我们的视线，那我们就出大力气打击那些被抛弃的小窝点；他们想让我们忽视案发城市，我们就装作忽视了，而且他们想找一个替身脱罪，我们都给他们派去了。我就不信，这种情况下，还有谁能把马脚遮得严严实实，滴水不漏。”范文杰道，他们态度更乐观了。

商议之下，专案组做了一个决定，协同工商部门、电视台、报纸媒体等，当日便开展了声势浩大的打击非法传销活动。

别误会，是宣传活动，攫取的都是县、镇一级已被取缔的小窝点，快马加鞭地制作专题片，全部拉到省、市、县电视台播放，据说是政治任务，必须在当天播放。

数百公里之外，林木生总经理接到电话，匆匆下楼了。

骗子的世界一天一个样，两天不重样，三天大变样，这个真不假，办公室已经有人了，小木不知道这是从什么地方运来的男女，不过他看得出来，应该是异地招聘的，专选俊男靓女，这么齐刷刷的，OK，工装一穿，说国际化的大公司都没人敢怀疑啊。

路过副总办时，门虚掩着，他悄悄一瞄，和他上过床的贾芳菲正和老熟人何玉贵在闲聊，那个像乡下土财主的何老板，已经改换门庭了，胡子一刮，前额头发剃了点，领带一打，土财主转眼变成公司副总了，瞧那举手投足的派头，小木估计这货练了不少时间。

他没打扰，现在已经放得很松了，他这个“总经理”还是蛮有点自主权的，什么都不用干。他蹑手蹑脚地走了，说起这茬还是一种偷着乐的心情，那晚借着酒意盎然，撩得贾秘书春心萌动，然后就大战三百回合，说起来小木对这个不管是传销还是骗子团伙，都是投入不少。

一路谑笑着下楼，下楼才发现，秃蛋司机是载着杨梦露来的，出门厅时，让小木眼睛亮了，又被杨美女惊艳了一下。

小木佯装喜出望外的表情，张臂迎着，嘴里喊着：“哎呀，杨姐，我可想你们了。”

说着就拥抱上了，一抱就不客气了，头错着，闻着颈项里的芬芳；身挨着，体会胸前的温柔。杨梦露挣扎片刻，却发现小木故意使坏一样，抱得好紧。

咳、咳……张狂在咳着提醒，故意站到近前煞风景。

促狭一番的小木瞪了张狂一眼，放开了杨梦露直道：“杨姐，你干吗领着他呀？看他这凶样，多没安全感。”

“哟，我怎么觉得和你在一起，更没安全感呢？”杨梦露笑道，像嗔怪一样，伸手捏捏小木的脸蛋，小木不客气了，拉着她的小手，垂涎欲滴地吻了吻。

张狂看不下去了，他脸色难堪地问着杨梦露，杨梦露指挥他搬东西，后车厢一开，秃蛋抱着一大包书本样的东西往楼上搬，小木诧异方起，杨梦露随手抽了一本给他。

《连锁销售实用系列1-12》《连锁销售操作指南》等几本印刷精美的小册子，小木一看，不屑了，老一套了，杨梦露提醒着："翻开，别光看封面。"

一翻，小木瞬间傻眼了，自己的照片被印在上面了，他瞠然问着："大姐，你把我挂到非法出版物上，生怕警察找不着我是不是？"

"那有什么，你可以矢口否认，就说肖像被侵权了，自己不清楚啊。"杨梦露笑道。

小木可是被这个招数惊到了，没想到这群货出手这么快，再翻，又让他瞠然了，是他和一位面熟的人物握手，再放眼前细细看看，他认出来了，哭笑不得地说着："姐，你把我和地产大亨放一块，不寒碜人家吗？"

"PS的，你比他帅多了。"杨梦露笑道，温婉一揽，身子一靠，顿时有降温去火的功效，那温香软玉靠得让小木发不出火来了。

不过越看越让他心里暗骂，他们为了打造这个明星经理，看来是下了苦功夫了，和地产大亨的合影、财富论坛上讲话的留影，甚至还和某国家领导人合影，至于文字，更是吹得没边了，六个月挣了1040万、半年晋升经理、一年晋级区域经理，年收入4000万，纬恒商务投资最年轻的区域经理，VC、VL国际风投美誉其"投资金童"的人物。

炒黄金、炒白银、炒房地产……什么热炒什么，主要业绩已经为多少多少名投资者挣了多少多少钱。

"你很快将是万众瞩目的成功人士了啊。"杨梦露笑着提醒道。

小木牙酸地说着："我吹了20年的牛，加起来都没有这个大。"

"算小的了，财富不过一组符号，还不都是吹出来的？"杨梦露道。

"吹出事来就不好了啊，我说姐啊，你们这是把我当傻子卖，然后你们自己数钱玩？"小木直截了当地问道，貌似生气了。

"我会一起和你站到前台，这总行了吧？等事情一完，我会和你一起走，怎么样？"杨梦露声音越来越低，面对面地说着，离得越来越近，近得小木能看到她鼻尖细细的汗珠子，看到她眼中倒映着的自己的影子。

这女的是个凶器，对男人是绝杀的，那种含情脉脉的眼神，让你马上宽衣解带脱光裸奔都义无反顾。

小木痴了，吞吞吐吐地问道：“你别骗我了，你也是身不由己，到时候，咱们走得了吗？就算走得了，可能装满口袋走吗？”

这是个现实问题，现实到杨梦露对小木的信任增加了许多，她轻启朱唇道：“那你相信我吗？”

相信？这个字眼在骗子的世界里是不存在的，就像小木郑重点头一样。

不过杨梦露却像当真了，她附耳轻声道：“我会告诉你，在合适时离开……一起走。”

此言像涓涓溪流，驱散着夏日的燥热，小木慢慢地神往了，慢慢地情不自禁了，凑上嘴唇去了，却不料，被杨梦露纤细的手指挡住了，她笑着示意着下来的张狂，拉开两人过于亲密的距离了。

一触即离，这是技术性的挑逗，岂能逃过小木的眼睛。

眼看着杨梦露指挥着秃蛋搬东西，眼看着又来了一拨人，次第搬着东西进了公司，杨梦露拽着怏怏不乐的小木道：“走吧，会会你的老朋友去。”

何玉贵和贾芳菲也迎下来了，进了电梯，像强迫症的自我洗脑一样，已经尊称小木为“林总”了，无论态度还是表情，都尊崇到了极致，把林总恭敬地请进电梯。

林总的心思可不在生意上，他一只手放在了身侧贾芳菲的腰上，摩挲着，然后将目光移向贾芳菲，贾芳菲娇羞地移开视线，就像真是小蜜，不拒绝老板的调戏一样。

而另一只手，慢慢地伸着，移到了杨梦露的背后，迟疑片刻，狠狠地捏了几下。杨梦露的眼光看向他时，一秒钟的错愕后，变成了微笑，那种任君采撷、我自娇羞的微笑。

“……摸得爽是爽，就是心里为什么这么紧张呢？”

小木在暗暗地、坏坏地如是想着，从未想过传说中的危机四伏的线人职业，会是如此香艳，要这么干的话，他倒嫌日子过得太快了。

一转眼的工夫，公司又大变样了，烫金的名牌钉上了，中英文对照；企业的标语、企业文化理念，上墙了；装饰精美的图画沿着走廊镶上了，一溜眼下去，全是“林木生”总经理意气风发的照片……

其实就脸蛋是，身子还没准P的是谁的，都是假的，公司是假的，经理都是假的，投资也是假的，刚刚入驻的员工，肯定也是假的，甚至连身边两位美女的眉目传情，也绝对不会是真的。

所有的都是假的，不过一个如假包换的骗局，可真的要上演了……

第三十四章 × 排兵布阵

……现在播报一条刚刚收到的简讯，今年以来，我省公安经侦部门，以打击传销骨干、摧毁传销组织体系、破获传销案件为目标，对传销案件坚持深度侦查经营，集中开展打击。六月以来，分别在我省榆林、延川、靖边等地，一举打掉从事非法传销的团伙9个，抓获传销经理级以上骨干人员38人，有效地遏制了非法传销活动在我省的蔓延……目前，在全省打击非法传销专项工作会议上，省公安、工商等相关部门集体签署了责任状，省政法委书记×××同志指出，下一步工作，要以“无传销市”、“无传销社区”创建为重要载体，抓好宣传教育，不留死角、不留余地地进行网格化防控……

张狂带着一行男子进入涂老板的办公室时，涂绅豪正在观看这则新闻，昨天晚上的，今晨重播。来人带头的居然认识，是马土锤，领了一伙歪瓜裂枣，看这架势，张狂估计不会有什么好事。

“涂老板……那，人来了，有事您吩咐。”马土锤鞠躬点头哈腰道。这位人渣蛮有意思的，不管说话办事都像个傻×，这不，涂绅豪没理他，他拍着马屁道：“哦哟，涂老板您信这玩意儿啊？当今社会的三大假啊，一是小广告，二是卖假药，三就是电视新闻报道啊。”

“你懂个屁。”涂绅豪骂了句，明显觉得这货太蠢。

可马土锤自认智商可不低，直道：“我都能报道了……强化源头治理，夯实基层基础，群防群治群管，等等。”

话音方落，电视新闻里美女主持人果真播报着：要强化源头治理，夯实基层管理，做到群防群治群管。一瞬间，张狂看马土锤的傻样，扑哧笑了，马土锤笑着解释着："一样的、一样的，打击高利贷，扫黄打非，差不多都这一套，都是群防群治群管，他不宣传，生意还没这么好做呢。"

愣了片刻，涂绅豪哈哈大笑，直赞马土锤有文化，有长进，马土锤点头哈腰地给涂老板敬烟、点火，涂绅豪瞥了半晌才犹豫地道了句："土锤，办事一定得讲规矩啊。我是怕你这张漏嘴管不牢啊。"

"不能啊，涂老板，派出所传讯我不下 50 回了，您打听打听，我漏过一句话没有？给老板们跑腿，我是恨不得三条腿跑起来给老板们办事啊。"马土锤夸张道。

人渣里有这种奇葩也不多见，张狂咬着嘴唇笑，涂绅豪观察良久，不知道出于什么原因，还就准备用这货了，这种交易相当简单，一拉抽屉，一摞钱，拿出来吧唧往马土锤怀里一扔，土锤哥蘸着唾沫一扒拉，义正词严道："哟，涂老板，你下任务吧，谁惹着您了，我去把他三条腿都敲断。"

"没人惹，不过得用你们几个两三天工夫，回头还有报酬，烟酒茶饭管够。你呢，跟着张狂，随叫随到。张狂，你这两天就和他们到一块，回头任务我安排你，把兄弟们招待好一点啊。"

涂绅豪摆着手，看样是准备预备役人手了，张狂应了声，开着门，土锤一伙千恩万谢，出门了。

开始了，但在开始时，却让张狂揪心了，他和小木分开数日了，在防范甚严的团伙里，几乎没有传讯的可能，一切全靠外勤的监视获取信息，现在，最终一役即将拉开帷幕，而他，却是计无所出，仍然处在最底的打手阶层，根本无从知道上面的安排。

没想到今天是这么开始的，更没想到，马土锤远比他想象中的奇葩，下楼开始就套近乎了，瞅着张狂问："咦？兄弟，你啥时候跟涂老板的，我怎么瞅你眼熟啊？"

当然眼熟了，假证窝里见过，那时候张狂是留了一脸胡楂儿修水管当马仔。那钱后来是涂老板替还的，不过这个缺心眼应该只认识钱，对人的记忆不深，张狂掩饰道："不可能，我长这么丑，可能眼熟吗？"

"哎……我说，我想起来了。"马土锤追着张狂，张狂停下，等着给他解释一句，却不料这货说道，"我长得也丑，咱俩你瞧像失散多年的兄弟啊，怪不得这么眼熟……你们说像吗？”

一问众人渣，齐齐附和，长得真像，简直就是亲兄弟。

把张狂气得肚子直抽，只得带着这帮失散多年的兄弟，进驻开发区一处租赁空房，这里，距离金科凯越商务写字楼不足两公里，到地方张狂才发现一件乌龙事，涂绅豪的选址绝了，和马烽火带的外勤，选到一处了。

他又惊又喜又好笑，用啤酒、扑克牌把这群货安顿好后，用买东西的间隙，居然能直接和车里窝的队员打招呼了

小木起程稍晚，这个团伙的行事方式他有点看不明白，本以为杨梦露和何玉贵是下线，送给涂绅豪这里，可没想到的是，涂绅豪现在几乎销声匿迹，根本对他不闻不问了，反倒是何玉贵和杨梦露又出现了，身边没有大头、大嘴两个看护了，可多出来的这位美女更难对付。

白天和你待在一起，晚上和你睡在一起，除了干她，不可能干其他。

现在小木懒洋洋地躺着吹空调，还真不想到热得出汗流油的外面去。他侧躺时，无意中看到了枕边的一缕长发，于是他就痴痴地盯着这缕长发，而思绪像癔想一样，会飘移回到两个人赤诚相对时疯狂的镜头。

小木回味着，这一趟疯狂之旅，想想还是尽快结束的好，此时再想，他觉得一点成就感也没有，这个女骗子其实根本不用勾引，她会反勾引你的。

电话铃声响了，卫生间的贾芳菲喊了声：“宝贝，帮我拿下手机。”

“噢，好嘞。”小木应着，懒洋洋起身。

卫生间里，正对着镜子的贾芳菲已经梳妆完毕，只穿着三点式，露着雪白的肌肤，自恋地欣赏着自己曼妙的身材，小木递进手机时，她也不避讳，直接接听，应了几声“嗯”，然后让小木准备走，其他人等在下面了。

小木没走，站到她背后，在她雪白的肩上吻了吻。贾芳菲笑着问：“还没疯够啊？”

“不是够，是过头了，我现在只想睡觉。”小木道。

“宝贝，今天还有正事要干呢，等完事了，你想睡多久就睡多久，我都有点喜欢上你了。”贾芳菲双臂后绕，环着小木的脖子，回吻着他，眼中竟多了几分依恋。

“恐怕好日子都长久不了，告诉我，我们这样子，还能温柔几天？”小木轻声问，不舍地道。

“今天、明天……没关系，过段时间我们可以重见的。”贾芳菲安慰道。

“那我会怎么样？我可在法人代表位置上啊。”小木道。

“你在我身上时，怎么没担心啊？现在怕了？”贾芳菲剜了一眼，拍拍小木的脸蛋。

女人，尤其是美女的刺激挖苦，是一种最好的激将，小木嘿嘿笑着，抚过她裸露的肌肤，欣赏道：“我当然怕，我怕良辰苦短，美景不再啊。”

“相信我，老板对这个还是有谱的，在彻底崩盘以前走，都是安全的。快，准备一下，要走了。”贾芳菲笑着，吻吻搂搂抱抱，又一次用女性最温柔的体贴，唤起了这位小男人的自信。

两人相挽着下楼，何玉贵已经等在门口了，顺手一扔车钥匙，做了个鬼脸。小木一摁车钥匙，却是泊好的一辆宝马，像见猎心喜一样，他径自上车，熟稔地把车倒出来，停在两人面前。

上车离开，何玉贵笑着问小木：“还喜欢吗？”

“租来装门面的，又不是送给我的，喜欢管用吗？”小木不客气地说道。

何玉贵不高兴了，直斥着：“嗨，我说你小子屁事没办，这么高待遇还怎么着？租车不用花钱啊？租房不用花钱啊？还有芳菲……”

后面贾芳菲赶紧咳嗽，何玉贵及时刹车不说了，换着话题道：“……我说林子，养兵千日，用兵一时啊，是骡子是马，今天就得出来遛遛了，这个资本运作和推销产品不是一个概念，要来的成员，都是家境殷实的，不可能像小窝点那样关门洗脑。你要做的，就是你的经历、气质、语言，去征服他们，让他们相信，你确实挣到钱了。”

小木笑了笑，好奇地问着：“那给我多少啊？”

“差不多能买这辆车啊。”何玉贵笑道。

几十万？这点钱小木还真不看在眼里，不过他笑眯眯的样子，却像是动心了。

一路闲话，俱是如何以温和的方式洗脑之类的词，到了公司，又成两人尾行“林总”上楼的架势。说来也怪，金科凯越商务楼住的商户不少，小木总认为在这地方作案实在太扎眼，可待了两天才发现，是自己的见识浅了。开发区人口本身就少，不杂不乱，高档的商务区又少见警察，商户彼此间不闻不问，要干点擦边的坏事，没有比这儿更合适的地方了。

电梯到层，进走廊，轻柔的步子，清脆的高跟鞋声，公司男女在门口恭敬地齐声弯腰问好，光可鉴人的走廊中间，贾秘书轻轻推开了门，以极度恭敬的态度请着林总进门。

一进门，贾芳菲跟着进去了，一下子关上门，背靠着门，一把拉住小木，不容分说地吻上来了，就像猝来的激情无处发泄一样，两人搂抱着厮磨着，片刻放开，小木愣了下，只觉得贾芳菲不老实了，根本不是摸他，而是趁着接吻的机会，把他的口袋摸了一遍。

此时，贾芳菲的手上，多了一部手机。小木吓得一个激灵，亏是没敢用他们给的手机打电话，否则糊里糊涂，又要露馅。

“哟，还是根本不相信我啊？”小木佯怒道。

“不，是从现在开始，不再怀疑了。”贾芳菲拿出身上另一部手机，笑着给了他，“用这部大气，显得有身份，林总，人快来了，可以找找感觉了。”

言罢，她笑吟吟地走了。

“侥幸、侥幸……亏是老子累得晕头转向，没来得及和组织联系。”

小木压抑着心跳，坐回了大班椅上，平复着情绪，骗子的诡变世界他算是领教了，步步是坑啊，一不小心就得栽进去，还好，运气不错。

等侥幸心态过后，问题接踵而来了，对呀，怎么和组织联系呢？

他为难地思忖着，作为一个成功的两面派，该站到哪一面他很清楚，可现在和组织行动联系断了啊，要是这边得手了，那边还傻等着，那可麻烦了。

入伙以来头回有点纠结，他极力开动脑筋想迂回方式，在房间里踱来踱去、计无所出时，已经看到了一辆外地牌照的越野车泊在楼下停车场了，接着，又是一辆大巴，下来了很多人，不久后，又是一辆……

“又是一辆，辨认车牌，检索机动车辆信息库。”

“面部识别，以 402 专案信息库为模板。”

“把这个送给叶组长……”

“外勤联系保持畅通……”

“后援组在什么地方，让他们汇报方位，注意坐标位置，让他们在高速路管理处集结。”

“呼叫出省检查口，确认随时可以封路……”

“……”

专案组已经忙翻了，刚刚和工商缉查的指挥系统接频，在扩大的屏幕上，全省几十个警力集结地正在忙碌有序地进行着，统一指挥的调试正在进行，行动任务的分派、发起行动的时间却尚在未知之中。

当然，这取决于潼关的进展。

一幕幕来人的镜头，捕捉到的面孔被分离、识别，外勤的频道里呼叫不断，前方的警力明显捉襟见肘，从上午十时起，聚集到金科凯越的各类车辆已 40 余辆，其中包括数辆省际大巴，进出人数粗略一估算，有数百之众。

当熟悉的面孔出现之后，会议室焦虑的范文杰主任重重一擂拳头，心头的悬石终于落地了。

张安平（张飞）、马剑峰（马步方）、董辰国（董卓）、刘勇（刘备）、徐能慧（徐达）等十几位大经理及手下的骨干分子齐齐现身，叶天书此时却倒吸一口凉气，其实有几位骨干分子，是几天前才被遣返的，又出现在潼关了。

“骆处，我们得好好谢谢你啊。”范文杰感慨道，跌跌撞撞终于走到今天，离成功只有一步之遥了，骆冠奇笑笑道：“这个不急，我还是惯常的，要向两位泼一瓢冷水。”

“赶紧泼，我就等着呢。”范文杰道，越是泼凉水，越能发现布置的漏洞。

“第一，证据很关键，必须拿到证据；第二，抓捕时机更关键，早了未形成犯罪事实，晚了要逃之夭夭了；第三，赃款，咱们关起门来说，我不怕你们笑话，大部分案例里钱都很难往回追，只要一收钱，他们就会迅速转移，我们广西甚至发生过转移到境外的事。”骆冠奇提醒道。

“对，说得好，证据，他们是逃不了了，赃款嘛，他们只要不是扛着现金走，就难逃这次清查，时机，最关键的时机，我们要在形成犯罪事实之后不长时间里，给予雷霆一击。这个由线人来办，以他的信息为准。”范文杰道，一说到这茬儿，他随口问着，“对了，线人联系上了没有？”

没有。叶天书最怕问到这个，他难堪地说道：“不好办啊，那个传销女，就是贾芳菲，白天和他待一块，晚上和他睡一块，根本没法接近啊，通信工具根本不敢用。”

骆冠奇也笑了，范文杰瞠然思忖道：“3326 呢？”

“他们分开两三天了，3326 现在和涂绅豪召来的人在一起，估计是望风和打手的任务，他根本无法进入那个层次。”叶组长道。

这种时候，一个小小的节点都可能铸成大错，范文杰急了，直拍着桌子嚷着：

“通知外勤，无论如何都要联系上线人，行动之前，务必拿到确切消息。你马上去办，千万不能出现任何失误。”

“是，我马上办。”

叶天书也紧张了，匆匆奔向指挥部。

焦虑，同样困扰着小木，他拿着贾芳菲给的那部大气手机，犹豫了好久才咬牙准备拨号，不拨不行啊，再不聆听组织安排，那搁这儿骗上几十万算谁的。

拨的是临出发前给的 400 号码，不料刚拨通，就传来了一声蛋疼的机械音：您使用的手机已经欠费，请续交话费，谢谢！

“哎呀，我靠……”小木被气得欲哭无泪了，价值一两万的高档手机，里头装的居然是欠费卡。

这时候，门敲响了，他收敛形色，喊了声“请进”，然后贾芳菲笑吟吟地现身了，给他做了一个请势。

没办法，作为林总，要接见那些远方来客了，他知道，这个组织惹不起，这个骗子的游戏，还得硬着头皮进行下去……

第三十五章 × 破茧重生

“你好像有点紧张？！”

贾芳菲不悦道，很烦这种关键时刻掉链子的男人，她的眼中，蓄满了不悦，仿佛在说：老娘怎么找了你这么个窝囊货色。一念至此，她干脆关起门来，很严肃地看着小木，这时候，可容不得半点差池。

“我能不紧张吗？以前是骗贫下中农，现在是骗富人地主，当然紧张了。”小木掩饰着自己，刚刚确实有点慌乱，不过紧张的问题却不是贾芳菲所想。

“紧张也来不及了，成败在此一举了，你要掉了链子，有你好看的。”贾芳菲愤然道，没想到变脸这么快，小木怔了下问：“什么后果？”

“最起码让你没机会再碰女人。”贾芳菲威胁道，上前狠狠掐了小木一把斥着，“你床上挺疯的，怎么这时候不行了？记得在床上说什么来着，还要养我？！”

“哎哟，凡床上脱光了说的话，都不能信，男女都一样。”小木惫懒地说道。

蓦地，贾芳菲出狠手了，纤手向下一伸，小木顿觉裆部一紧，他吃疼地倒吸凉气，而贾芳菲却恶狠狠地斥着他：“你他妈是不是男人？”

啪……小木挥手就是一耳光，贾芳菲哎哟一声，脸侧过去了，小木也恶狠狠地警告她：“老子是不是男人你最清楚，我他妈就紧张，也不会因为去骗人紧张，顶多怕被你们几个狗男女骗了。”

出离愤怒了，贾芳菲慢慢地侧过头，抚抚脸蛋，挨了耳光却一点也不着恼，反而慢慢地笑了，笑道：“这才是男人，我都有点喜欢上你了。怕我骗你？至于吗，我们在一张床上可都躺两天了，没有人比你更清楚我了。”

“少废话，带路。不就是骗人家掏钱吗，让你们开开眼。”小木霸气地道。

这才是总裁的霸道风格，一敛神色，剑眉怒眼悬胆鼻的，那气势顿时出来了。贾芳菲暗暗称赞，上前开了门，在前面恭请着，只等出了门，她又恢复了唯唯诺诺的小秘书角色，轻遮着脸，跟在小木的后面。

安排是这样的，参观公司、午饭、座谈，来了多少人小木不清楚，来的人分属多少个大经理，小木也不清楚，他的身份不需要清楚，只需要接见一下那些远道而来的客人。

手法又变化了，如果不是身处其中，根本不敢把这事当成传销。

秘书办隔壁，请来的业务员正在给新晋成员授课：……纬恒商务的运作模式是这样，入门级是6.98万，时限是一年，一年内只要您发展的投资商加入购买一份，那您就能得到7%的收益，超过十份的总额，收益率为19%，您发展的客户，再发展客户，您也可以得到不低于5%的回报，这样算的话，其实您只要发展三位客户，就可以成功回本，因为您客户的客户，也相当于您的客户……在我们公司，最快的一位，用了五个月零十二天，就挣到了第一桶金——1040万……

隔壁的隔壁，一位男业务员在给另一拨成员讲解着：

……纬恒商务投资的资本运作模式，我想大家都清楚，还有什么不了解的地方，我可以现场解答。有人问了，合法与否，回答得很简单，我们工商注册和企业代码各位可以查证一下，公司的P2P平台，在深圳、广州、珠海等沿海城市，筹资总额已经达到了12个亿，迄今为止已经为在线的客户赚到了4.2亿利润。又有人问了，投资的安全怎么保障？有风险吗？我们的回答是，现在连商业银行都允许破产，也就是说您的钱存银行都有风险，投资怎么可能没有风险？当然，我们会为客户做好最贴心的保障，目前有国际VC、PICC两家投资担保公司为我们担保，您的6.98万投资，最低限度，在一年内可以得到等于银行定期存款的利率收益……

隔壁的再隔壁在放录像，企业文化宣传由中、英、法、西班牙、日等几个语系同时在播，小木路过时瞥了一眼，怕是这么“国际化”的大公司，早把那些期待发财的人撩得蠢蠢欲动了。

“都是平时训练的内容，可能会有很多苛刻的问题，你照本宣科就可以了。”贾芳菲在他背后轻声提醒着，现在她倒觉得有点心虚了，如果不是前台非推出这么一个人来，她是铁定不会选这种生手的。

小木不高兴了，压着嗓子道：“你们做的剧本，那就是一堆垃圾，现场会千变万化的，当骗子首先得有良好的应变能力。”

“哦，那我放心了，看来你有这种能力。”贾芳菲强作欢颜道，这时候，只能鼓励了。

“不，我还没有，这不正准备去实践嘛！”小木道，一句话又把贾芳菲推到冰窖里了。

两人进了电梯，敛着形色，找着感觉。一层之隔，片刻工夫，气宇轩昂的林总从电梯里出来了，何玉贵带头欢迎着，鼓掌介绍道：“这就是我们纬恒商务西北区域的总经理，也是你们一路上听到过的传奇，大家欢迎林总！”

马步方带着队，二十几人，排成两列，把小木请进了会客室，这里琳琅满目的水果、饮料、鲜花已经摆好，就等着座谈开席呢。人进去时，贾芳菲拉了何玉贵一把，稍迟了片刻，她小声说着：“情绪有点不对，上不了大场面。”

那紧张样子，怕出娄子，何玉贵愤然小声道：“你都和他睡两天了，到这节骨眼上才发现不对？早干什么去了？”

“你行你不跟他睡去？我是刚才发现的好不好？”贾芳菲郁闷道。这时候，应该信心百倍，像打鸡血一样亢奋才对。何玉贵一拦她，什么也别说了，小声道：“好赖只能是他了，来不及了，你准备一下，不行就快点，拉到饭店吃饭吧，反正时间还够。”

两人交头接耳片刻，进了会客室，贾秘书笑吟吟地给上座的客户倒着茶水，不时地瞥小木，越看越气，这货坚挺了两秒钟，又蔫不拉叽了，越看越没精神。

何玉贵咳了几声，马步方知意，站起来道：“给大家介绍一下，这位就林木生林总，纬恒商务投资西北区经理，下面，有请林总给咱们讲几句，大家有什么问题，也可以直接问林总。关于投资类的事，林总是业内行家。”

稀稀落落的掌声不算热烈，或许是小木面色太嫩，直接让投资者起疑了，毕竟现在财富神话太多了，鱼目混珠的实在不好分辨真假。小木半晌都没有吭声，把会客室的人扫过几遍，七女、十五男，年轻的有二十几岁的、年老的怕是有五十开外了，中间没有让他感兴趣的漂亮女人，顶多有个模样可以的，一张嘴牙是歪的，多层次户型，兴趣骤失。

能到这儿，那唯一的共同点，恐怕已经被大经理们忽悠得蠢蠢欲动了，今天就是见证实力，下定决心，让他们没掏的掏腰包，掏过的再多掏点了。这个时间段小木脑子里绕过无数种所学理论，却发现没有哪一种理论，能适合这种年龄跨度如此之大的场合。

没办法，即兴发挥了，小木想了想，还是本色演出，他懒洋洋地靠在椅背上，很随便地把手机扔在桌上，像是不屑于这种场合一样道：“大家别听何副总和马经理吹捧，你们听到关于我的故事，里面的水分很大啊，对外宣传是一回事，咱们坐在一块儿，又是另一回事。”

这货改剧本了，何玉贵气得剜了贾芳菲一眼。

更猛的出来了，小木两手一摊道：“坦白讲，六个月挣 1040 万确实有点吹牛了，除非你是个官二代、富二代，人脉关系特别广……不过话又说回来了，真是个官、富二代，倒不必做这种投资了，没准人家直接就把钱送你们家里了，大家说对不对？”

场上轻笑声起，这是实话，真要富得流油，谁还乱找门路。

马步方（马剑峰）可有点心虚了，牛皮已经吹出去了，要是在最后吹破了颗粒无收，那他可就惨了，他狠狠地瞪了何玉贵一眼，何玉贵只当没看见，这时候，谁也挡不住林总这张破嘴了。

“看来大家喜欢实话实说的方式，我也喜欢，那我今天就和在座诸位讲个大实话，首先，没有哪一种赚钱模式是万能的，生意上还有同行不同利的说法，可能同一类生意，有人能干得风生水起，有人却干得倾家荡产，这是现实存在的情况，我们在拿出自己的辛苦钱来时，必须具备这种鉴别能力。”小木严肃地说道，话说得有理有据。这时候，投资者一个个可真打起精神来了，生怕漏掉一个字。

苦就苦了贾芳菲了，现在马步方、何玉贵都用威胁的眼神看她，恨不得把她生吞活剥了。就是嘛，培养吹牛 × 的，你给培养成说实话的了，那不砸场子吗？！

“次之，在投资时，你得考虑自己的能力。糙话讲，就是你自己能吃几碗干饭，自己心里得有数。不要做超出自己能力的事。你们暂且也不必问我，因为你们的问题无非是两种：投资安全不安全？这是一种；能不能赚到钱？这是第二种。第一种我就不讲了，我讲得再多你们觉得也是老王卖瓜，自卖自夸。每一个新生事物出现时，总要经过很长一段时间才会被世人接受，远的不说，十几年前，互联网经济概念提出来时，都觉得是泡沫，是骗局，可现在大家看，它已经改变我们的生活了。十几年前阿里巴巴、京东刚刚做出来时，也没有人给他们投资，大家都觉得他们说的是天方夜谭，都把他们当成骗子，就说咱们公司 P2P 平台，现在仍然有人质疑它是个非法集资平台。其实判断的方式很简单，等一等，看它的结果，不过等结果被大多数人知道时，机会就已经丧失了。”小木道，他在努力地用自己平时涉猎的知识来描述一套让大家能接受的说辞。

在别人看来，这位林总的样子，要比那些每天都像打了鸡血一样的经理和蔼多了，那举手投足之间的从容，那言语诚恳间的随和，都像春风化雨，不知不觉中都听进去了。

有点意思了，何玉贵看看贾芳菲，脸上有喜色了。

大谈了一番机会的丧失，比如阿里巴巴，被万恶的日本鬼子和美国洋鬼子看到了先机，投资滚了几千倍，这个故事总是能勾引国人错失几个亿的遗憾心态，成功地调动起了气氛，小木把第二个问题顺水推舟地放到了桌面上，也就是大家最关心的：能不能赚到钱？

肯定得能呀，马步方和何玉贵这俩货，正不善地盯着他呢。

“……这个能不能赚到和赚多少，大家千万别抱着一个狂热的心态去做它，我可以诚恳地告诉大家，即便以我上一代很广的人脉关系，我也没有赚到 1040 万……”小木道，等在座成员怀疑的目光又起时，他话锋一转道，“不过几百万总是有的，但这个最主要的成功之处在于，我们家就是开饭店的，有这种先决的条件，可以接触到不同层面的人，所以做什么事也事半功倍。在座诸位，以我的眼光看，你们中间，有人就确实不适合这个投资，可能根本赚不到钱。”

这又是搞什么呀？刚听着舒服了一分钟，又开始刺耳了。

在座的男女老少，抱着怀疑的态度在互视，似乎在看谁赚不到，似乎在看是不是暗指自己，看了一圈，谁都像，又谁都不像，都又看向了林总。

林总起身了，这时候就像自我催眠地进入了亢奋的状态，神采奕奕的小木将在座一位一位看过，握手，寒暄，互问姓名，那些人或恭敬、或怀疑、或好奇，在这个年纪不大的林总面前，反倒显得稍有点不自然了。

一圈转过，小木指着那位牙齿多层次户型的中年女说道：“陈大姐是吧，我能猜出您之前的工作，您信吗？”

“啊？猜我？”陈姐愕然道，明显不信了。

“嗯，我试试……您之前应该是公务员……”小木犹豫地道着，在慢吞吞讲出时，明显看到了陈姐脸上的窃笑，瞬间他改口道，“可又比公务员更优越，这种职业……老师，当过老师。”

右手掌沿，习惯性粗糙，不是抹桌子久了，就是抹黑板时候长了，一言出口，那陈姐站起来了，小木知道猜对了，他故意道：“我不需要知道结果，因为我已经有了足够的判断，在我看来，如果您不改掉您习惯性的问题，这趟生意您是不适合做的。因为我从您的眼光里看到了过度的自信，那是因为您在长年的职业生涯已经养成了‘我说你听、我做你学’的行为模式，这种模式在社会上是行不通的，不是所有人，都像小学生一样买您的账。请坐。”

嗞……凉气猛吸，一个队的，已经有人凑上来小声问了，那位陈姐吓得只剩下频频点头了，看林总时已经抱之以无上尊崇的眼光。

“您……张海明，张叔是吧？”小木在一位中年男的身边停下了，那位年届半百的老头儿有点倚老卖老了，只是笑了笑，随口道：“你要猜中我的职业，我就在这儿投资了。”

“我已经猜中了，但您不适合干这一行啊。”小木同样笑着，呛了优越感满满的老头儿一句。

“我……不适合？”老头儿嘴唇耷着，好像被气到了。

“大叔，别生气……您现在工资不低吧？”

“那当然。”

“单位还不用上班，对吗？”

“那当然。”

“儿女也成家了，对吧。”

“是啊。”

然后小木笑吟吟地不问，老头儿优越感瞬间凝结在脸上了，对呀，这是怎么看出来的？旁人更是奇怪地等着小木下文。小木笑道：“我说您不适合的就在这儿，工资旱涝保收，生活衣食无忧，像您这样工资优渥的公务员，是很难体会做业务人的艰辛的。”

有道理，非常有道理，那老头儿双手合十，微微作揖，权当听从忠告了。

绝对不会听，越老越贪，而且这句暗含恭维的话，已经把老头儿的得意心态撩拨起来了。

又一位，男子，二十七八岁，和小木年龄相当，刚停到他身边，小伙子赶紧起身，鞠躬，崇拜地问："林总，您刚才是……"

"问我怎么看出来的？"小木道。

"对，太神奇了，我和陈姐他们都走了一路了，今天才知道。"小伙子笑道。

"我还看得出，你做过销售，卖过什么产品？"小木笑着，凝视着对方的脸庞，那张亲和、微笑、恨不得抱着你认亲兄弟的表情，让小木猜到了一个准确的答案，"好像是虚拟产品？卖保险的？"

"啊？！"小伙子一愣，丝毫没觉出小木的口气是疑问句，频频点头，兴奋地问着，"林总，您是怎么看出来的？"

"很简单嘛，如果一个陌生人在一分钟内会表现得和你亲如一家，除了卖保险的还有谁啊？"小木笑道，他看到了小伙子眼中的疑惑，释疑着，"答案在眼睛上，眼睛是心灵的窗户，透过这扇窗户，高明的人应该能看到心灵。对于一位推销员来讲，能看到客户的喜怒哀乐是非常重要的，你们搞清楚，现在纬恒商务的 P2P 平台的准备金就够十个亿，请大家来这儿的原因，不是需要你们几万块的投资，也不需要投资人，而是需要一个能把理念推销出去的人。所以，你们如果不放下自己心里的纠结，也就不可能做好这一件事，即便你们投资了，也不会有任何收益。"

小木道着，概念一再转换，又绕回了原点，几个细小的动作，像点燃希望的星星之火，把与座的诸人烧得忘记自己的纠结了。

对呀，这得学会怎么看人，怎么赚钱哪！看人家这样，确实有不同凡响之处啊。

相比要付出的那点门槛费用，这个千载难逢的机会，越来越不舍得错过啊。

此时渐入佳境，何玉贵已经喜不自胜了，心里暗暗直赞，示意着贾芳菲下楼，不一会儿，第二拨人就悄无声息地进来了，这种讲座万一引起共鸣，那是最容易感染的，看"林总"那样子，简直就是个超级病毒，能把人感染得浑身忘乎所以，根本不考虑投资风险的问题了。

从 20 个到 40 个，从 40 个到 60 个，直到会客室再也挤不进去人了，小木已经到了忘我的状态了，曾经在俄克拉荷马大学学过的无数理论，现在有了真实的实验体，他在尽情地挥洒着，从风险投资讲到 P2P 平台、从直销理念讲到市场倍增、从西部发展联系到资本运作，气氛稍有降温，他就会选出一个两个成员，从言行举止准确地指出对方的出身、性格和心理上的缺陷，奇准的判断会让那些没玩过这种游戏的成员瞠目结舌，再也不敢对林总稍有怀疑。

于是计划又走上岔路了，准备 20 分钟的座谈，延长到了一个小时，当雷鸣般的掌声响起，听者有点废寝忘食了，从走廊到下面一层，一个个兴奋地在窃窃私语，带队的大经理混在人群里更是喜不自胜，因为很多人，已经从林总身上看到了希望，已经接受纬恒商务投资这个新生事物了，当然，顺便到财务科刷一下卡交一下钱是必不可少的。

楼上的小木可是苦不堪言了，嘴皮子吧嗒了一个小时刚歇两分钟，第二拨就来了，见过的“董卓”“刘备”那俩大经理，直接拉上来 100 多号人，贾芳菲给了他一个鼓励的握拳动作，何玉贵给他躬身倒水沏茶，那上百人的成员队伍早在下楼的同行嘴里听到了这位传奇的林总名不虚传，一双双像打了鸡血的眼睛，饥渴地看着小木。

没办法，只能硬着头皮上了，小木开始放大招了，批量作业，手指一戳指点着，你你你你……一连挑出来了七八个人，直接道着，之所以挑你们，是因为我看到你们心存疑虑，无非是投资的安全，无非是能不能赚钱，这一次就从你们开始，教教你们，如何把自己的理念，推销给别人。

什么滔滔不绝、什么口若悬河、什么口吐莲花、什么天花乱坠，都不足以形容小木那两片片刻不停的嘴皮子，那样子像神鬼附体、邪魔上身一样，又开始感染其他人了……

第三十六章 × 见缝插针

潼关西阳路，华府家宴饭店，热闹的宾客济济一堂，停车场却留着很多空位，这个奇怪的现象，是因为一件事：包场。

对，包场，300 人的接待能力尚不足，酒店方全员开动，一二三层全部改成了高档的自助餐，专为招待纬恒商务这家大户的就餐。

第一拨比预计误了 40 分钟，紧跟着就全部延误了，负责这儿的是杨梦露，不时地跑向门厅迎接，又时而电话联络着公司方，她得到了一个让她意外的消息：延误的原因是，林总的讲话太精彩了。

接下来就是一个震惊的消息了，是涂绅豪的电话，惊喜地告诉她，进账远远超过预期，他都有点遗憾没有在现场听听“林总”是怎么忽悠的。

其实站在一定的高度看，这就是个骗局，唯一的目的就是让那些远道而来的“投资人”慷慨解囊，掏腰包加入纬恒商务的资本运作，这个计划的实施一直以来杨梦露都认为难度相当大，不过现在看推进的速度，难度不是问题了。控制住节奏不要做得太过，才是个大问题。

此时也容不得仔细谋划了，第二拨客户来了，她和大经理刘勇忙着接待，把人请上二层，又安排着车，把用过饭的第一拨客户，分送到宾馆稍事休息，这事没做完，第三拨人就已经上路了，十几分钟后接到了第三拨，又是百十人，分乘两辆大巴来的，大经理是徐达，把客户领上餐厅。就餐的间隙，杨梦露已经按捺不住惊讶了。

其实传销没那么容易，所有忽悠别人掏口袋的事都没那么容易，更多的时候，这些大经理是为业绩发愁，可今天邪了，一个个，不管是收钱的，还是交钱的，怎么都这么兴高采烈？

“徐经理……您来一下。”杨梦露招着手，像要请帮手，把和客户谈笑风生的徐达叫过来，领到了餐厅外的走廊上，这货依然笑吟吟地，似乎没有从兴奋中清醒过来，杨梦露小声问着：“公司到底发生了什么？据说林总讲话很精彩？”

“哎呀，不是精彩，是太精彩了……杨姐，咱们这拨人都够能吹的了，可把咱们绑一块儿，没有他一个人吹得好。”徐达凛然道。

有吗？士别才几天，就得刮目相看了，小木的水平她是清楚的，杨梦露不相信地说着：“没那么玄乎吧？”

“哎哟，您想不出那种玄乎劲来，咱们好歹是倍增，人家讲资本运作，是从1：3的配资，直接拉到1：300，翻100倍。我他妈都没听懂……可鄂尔多斯来的那十几位小老板，还都听懂了，下楼直接就每人买了几份，最少都五份起步，我告诉您，要不是十份封顶，那些土炮，敢砸几百万。”徐达神往地说道，这么看来，林总的高度要高得多，总而言之，就是一句：

林总不是凡人啊，吹个牛 × 都这么不同凡响。

“你说的什么呀？去吧去吧，自己都搞不明白，当什么经理？”杨梦露听他说不出所以然来，挥手屏退之。徐达笑了笑道：“搞那么明白干什么，进了咱们腰包，还不都是肉包子打狗？”

杨梦露嘘了一声，示意他别胡说，两人一前一后又回到了餐厅。杨梦露拿着准备好的餐卡，按着人头分配，晚饭还得在这儿，这一次聚会可是下了血本了，现在看来，都是值得的。

她娉娉婷婷地在人群中穿梭而过，以她职业的敏感，捕捉着这些客户流露出来的真实心态：

有人在说了，那位林总年纪不大，不过确实有两下，我们这队十几个人问他，被他说得心服口服。另一位纠正了，当然有两下，瞧人家那身行头，衣服都得好几万，腕上那表认识吗？劳力士金表，限量版的，好几十万呢。

又有人说了，林总真帅啊，是个女人。旁边那位补充，你就别想了，下辈子托生美女再想吧，看人家秘书漂亮的，能注意到你？

还有人在窃窃私语了，我刷 69000 了，能不能赚了钱啊？旁边的在补充了，林总说了，公司领进门，赚钱靠个人，人家只能保证不赔本，这已经很不错了。

至于赔不赔本，不用怀疑了，公司的实力在这儿呢，旅游全包，餐住全管，怎么看都是一家相当大气的投资企业。

杨梦露越听越心惊，她没有想到小木会成长得如此之快，即便团队在前期做的工作不错，但要达到这种效果，都无法缺少一个最有说服力的事实——本来小木是个摆设，而现在，他成了最有说服力的事实，公司精心准备的其他实力展示，反而成了摆设。

又一拨人在说话，杨梦露注意到了，放慢了步子，那些人一个个彪悍长相，蓄胡子的不少，其中一位马裤后还别着短刀，她知道都是内蒙古来的，属于那拨在煤和矿上发了小财的土豪，他们商议的居然也是“林总”。

“……林总以前肯定做过配资，其实这个才是一本万利，比如用 1000 万配资，一比三扛杆可以从银行融到 3000 万，总值 4000 万的股票账户，一分仓，400 万一仓，只要招到十个客户，每人 100 万，你就回本了……然后你再拿着这 1000 万现金，再向银行融资，仍然可以配到 4000 万，年化收益 300%，是完全正常的，甚至还要高。”

“那咱们是不是有风险啊？”

“有，风险不在钱上，而在于合不合法上。”

“老三，你别吓唬我啊，我可是跟着你来的。”

“你看你这人，合法的事你做不好，也叫非法；非法的事做好了，做早了，也是合法的……还不和咱们经营煤矿一样，一个资源整合，咱们都成非法经营了。”

“风能和太阳能都是国有的，何况煤矿，哈哈……”

一阵粗豪的笑声，杨梦露送上餐卡时，那几位还不忘调戏几句，有位带头的手快，顺手摸了杨梦露臀部一把，杨梦露技术性地一闪避，还是愣生生被揩到油了，她虽然面带微笑，可心里却在羞恼地骂着：“敢摸老娘，等着哭爹喊娘吧。”

对于这类货色，她是一点也不同情，不过一路行来听到越来越多关于“林总”的表现，却让她多了一份隐忧……

两个阵营的对垒，那种剑拔弩张的气氛，不身处其中，是无法体会的……

专案组已经到了临战的状态，以各地市局、分局、派出所为节点，构筑起来的天网，正寻机而动。专案组会战的大分屏上，切换到各集结点，已经是清一色的警车如林，警员林立，只等着一声令下，精准地切向那些像毒瘤一样的窝点。

十三时，异地调拨的警力到位，分别从芝阳、华阴、三门峡方向进驻潼关，在距潼关不到 20 公里的地方待命。与此同时，又出现了新情况，金科凯越这个聚集点人员开始分散，一部分到了华府酒店，而且在面部识别过程中，发现了各省重点监控名单上的数位嫌疑人，都是被打击过的传销分子。

人群分散，有可能造成恶劣影响，抓捕时机不成熟，放弃。

十四时，试图进了金科凯越写字楼的外勤受阻，无法与在内部的线人联络，究竟有多少人、多少组织者、详尽的运作方式、能不能找到有力的证据，都让专案组投鼠忌器。

十四时二十分，省工商缉查总队传来举报人的消息，消息称，以金科凯越为名的传销组织，已经非法敛财超过 2000 万，这个消息从省人行的监控微机上得到了证实，监控到了数台“纬恒商务”“纬恒投资”为名的 POS 机，在省境内收款，而这些收款的 POS 有多少台、是不是还有没被监控到的，都是个未知数。

十四时四十分，卧底警员 3326 传来消息，有人抽走了大头、大嘴两个人，他怀疑是涂绅豪已经在密谋逃跑，这个消息是错误的，外勤连强已经跟进这两位心腹，而另一位外勤马烽火，已经带队追上了涂绅豪，这个重要人物的行为却让人难以解释，他轻车简从出省境了，到了离潼关 200 多公里之外的义马市。

这时候，让专案组开始怀疑捋出嫌疑人关系树有错误了，似乎这位涂绅豪，和整个传销组织的关系很微妙。

到十五时，没有最新消息传来，专案组的三位指挥员，坐在会议室里闷着，眼睛直勾勾地盯着屏幕，等着新线索的浮现。从他们这儿可以直接看到金科凯越的门厅监控画面，其实就一步之遥，却没有机会进到那个严密的组织里。

“这是一锅夹生饭啊。”

叶天书挠挠后脑勺，不再掩饰自己的焦虑，聚集人总数要比警力还多，成分复杂，在两个地方，又是那种高档的场所，万一抓捕出现疏漏会产生恶劣影响，实在让当警察的犹豫。

其实警察不惧怕罪犯，但他们怕的是那些站在道德的制高点上，肆意妄为的舆论。你不下手，他们说你不作为；你下手轻了，他们说你和坏人穿一条裤子；你下手打击了，他们又会挑你文明执法的毛病，而他们的言论，你又不得不顾及。

“夹生就夹生，就全生也得吃下去。”范文杰喃喃着，他闭上眼睛就能回忆起数次出入精神病医院的情形，那股子无法发泄的愤怒让他斩钉截铁地道，“你们不要有心理压力，担责任还轮不到你们，有我在前面顶着，你们放手干。如果我真的因为尽职而被问责，那是我的荣幸。不要犹豫，只要有机会，就全部拿下。”

“是。”叶天书起身道，不过声音没那么坚定，他在犹豫地问着范主任，“是不是再等等？里面究竟什么情况，实在不清楚，一幢写字楼里，人员太多，计划正在制订中……”

“现在 3326 无法发挥作用，线人被羁绊在楼里，目标又分成了两拨，范主任，稍等等，机会还没有出现，以我的感觉，这个精明的线人，在这时候不可能不想办法，只要他出现，哪怕出现在楼里，也有可能和我们的外勤接上头。”骆冠奇提醒道。

对此，范主任只能表示默认了，他转移着话题问着：“资金的走向，误差有多大？”

“可能会很大，今天这个收款是最大宗和最集中的一次，至于每个大经理在带队到来之前已经发生了多少收款，那就无从知晓了。”叶天书道。骆冠奇补充着：“传销的组织里，对于钱款的处理是相当严密的，有专人负责转账、洗白，收钱的绝对不管账，但用 POS 机大批量这样收，倒是不多，因为这个涉及跨行 T+1 结算，无形中会加大风险。”

“也就是说，我们还有一个工作日的时间？”叶天书问，隔天结算，必须通过省行的运管处，从那里完全可以追踪到资金的去向。

骆冠奇却摇摇头，否定了叶天书的乐观判断，他说道：“他们用了多少台？不清楚，这么大的抓捕行动，万一有藏匿的、漏网的、损毁的，我们向省行申请资金冻结都会出现麻烦啊，还有，并不是一种付款方式，现金、手机银行、ATM、网银，都可以用到。”

这就是高科技带来的便利，侦破在进步，犯罪照样在升级，叶天书为难地撇撇嘴，看向了一直一言不发的范主任。全省的统一行动筹备两个月多，会战打响的前夕，敌情却卡住了，他深感有负组织的重托。

“叶组，又出来一拨，有 80 人左右。”

叶天书听到了呼叫，切换了屏幕，看到的依然是兴高采烈的人员次第上车，看样子是吃饭去了。

“呼叫外勤组，无论如何，想办法和内线联系上。”

叶天书在喊话里，如是命令道。

这时候，小木已经是浑身汗湿，颓然而坐，数小时不停地辨识人、说服人、忽悠人，他快累瘫了。

“你还行吗？”贾芳菲不知道什么时候回来了，倚门问道。

小木脑袋往桌子上一搁，苦不堪言道：“姐姐啊，我真不行了，还有多少人哪？”

“还有一半。”贾芳菲笑眯眯道。

“啊？你杀了我吧。”小木痛苦地闭上眼睛。

贾芳菲娉娉婷婷走到了他身侧，附身轻轻一吻：“那我怎么舍得……没事，我先安排他们去吃饭了，都怪你啊，谁让你这么优秀啊，预计 20 分钟的见面，硬被你拖长到一个小时了。”

那埋怨，明显是夸奖嘛，此时贾芳菲看小木也是两眼星星闪烁，真想不到，找个替身却成了宝贝，这家伙讲的资本运作，比传销教材好用一倍都不止。她站到了小木身后，给他捏着肩膀，轻声问着：“林总啊……我一直担心你解释不了公司的运作，真没想到，你讲的配资太好了，鄂尔多斯那几位老板，晚上还想私下向你请教呢，我看啊，他们是真有心在你身上投资了。”

“你傻啊，理论上是这样的，可银行的融资机构谁是傻瓜？想把它变成现实，前提是你得搞定银行，假如你能达到这个前提，那还需要投资吗？干什么不赚钱？”小木道。

其实就是谎言，只不过省略掉了必需的条件而已，就像说赚钱最直接的方式，你可以扛着 AK47 去银行拿啊，前提是，你有本事拿走而且得有命花。

贾芳菲笑了：“有这个理论就了不起……咦，林总，以前你究竟是干什么的？怎么去了精神病医院啊？”

“我是妄想症患者啊。”小木起身，严肃地告诉贾芳菲，看她似乎不信，他说道，“别说配资，你就讲怎么抢劫中央银行，我都能给你一个详细的方案。”

这个接受难度有点大，贾芳菲愣了下笑了，笑道：“那你找到了施展自己的舞台，这一次，可比抢银行还挣得多。”

嗞……小木被激得心一跳，吓住了，而他却像兴奋异常地问着：“收了多少钱？”

“八位数了。”贾芳菲情不自禁，附身吻了小木一口，接着鼓励着，“打起精神来，再加把劲，我觉得这些人潜力还是相当大的。”

上千万了，还不知足，小木喉头直打结，紧张了，骗了这么多钱，这他妈算谁的？

“害怕了？”贾芳菲轻佻地撩着他的脸蛋。

“怕什么？撑死胆大的，饿死胆小的。吃顿饭，他妈的继续干。”小木掩饰道，那外强中干的样子，惟妙惟肖，怕是贾芳菲再也不怀疑他是一条贼船上的同伴了。

歇息片刻，两人起身，下了一层，此时整层员工已经开始加速吃着简单的午饭——盒饭就着矿泉水，准备吃完继续干呢。小木下楼却拽住贾芳菲了，很郑重地讲，今天人太多，和这些人一起吃饭不太合适，万一饭局上问个不停，又要耽误时间，那个，简单点，咱们就近吃点饭，赶紧回来休息一下。

这个想法正中贾芳菲的下怀，两人乘着电梯下楼，中午时间人不多，电梯里多了一位检修的人员，和两人点头笑了笑，出了电梯之后，小木这毛病大的又停下了，两眼愁苦地看着外面骄阳似火，带着撒娇的口吻道："哎呀，我又不想去了，饿过头了，要不，你给我带回来点吧？"

"那也行……可是……"贾芳菲看着小木，好像有点警惕。

"两份冰激凌，香草味的；烤鹅饭，最好再来杯冰镇的啤酒，蓝带的……其他的你看着办吧，随便吃点，我真是太累了。"小木惫懒地说道，一副阔少指使人的嘴脸。

贾芳菲可一点也不介意，她轻轻一吻小木道："那上楼等着我，别乱跑啊。"

"嗯，快点啊，我先睡会儿。"小木道。

直看着小木进了电梯，贾芳菲这才出了门厅，驾着车飞速去准备吃食了。

这个间隙被捕捉到了，二层那位维修工又进来了，小木直接说："暗号。"

"啊？什么暗号？"维修工愣了。

"一看你就是个死条子，装得一点都不像，电梯检修有跟着客人一起下楼的吗？"小木问。

"我还担心又错过了，居然被你看出来了。"维修工面露喜色，像久别重逢的战友一样拉住小木，深情地来了句，"同志啊，可盼到见你的机会了。"

"少扯近乎，那个秃脑袋呢？我信不过你。"小木像故意为难一样，那人却也早有防备，直道："秃脑袋说，让你听我的，不听弄死你。"

这句话实在不友好，他是小心翼翼地说出来了，不料小木一听这一句，一笑道："暗号对上了，自己人。哎，我说，你们怎么还不抓人啊，我都快装不下去了。"

嘘……那人轻嘘了一声，在电梯上到 11 层时，拉着小木就出了电梯，这层未租赁出去，一过昏暗的走廊，闪身进了一个还是毛坯的大厅，进去一瞅，哎呀，靠着、窝着一溜男子，呼啦一声，都像见到亲人一样，把小木围住了……

第三十七章 × 奇人奇能

这毛坯楼层，大夏天蚊叮虫咬，闷热异常，一个个早都汗味熏人了，猝然被这么多人热情地围上来，小木吓了一跳，很夸张地反应道："同志们辛苦了，我代表组织向你们致以崇高的敬意。"

"什么？你代表什么组织？"领头的一位听蒙了。

"啊，传销组织啊。"小木笑道，他笑着突然觉得不对了，看大家都瞪着他，小木一下子脸色也不好了，直斥着，"太没幽默感了，没意思。"

"哎呀……幽默感我们还是有的，不过在这儿已经窝了一天多了，就那么点幽默感，您觉得能剩下吗？"扮维修工的打着哈哈，不敢和小木开玩笑了，赶紧问情况。

"有多少人？"

"没人了，基本都走了。"

"收了多少赃款？"

"那我能知道？"

"谁负责收款，哪个是主谋？"

"那我更不知道了。"

"嗨，我说，你这线人都和女嫌疑人睡了，什么也不知道？"

"你们知道得都比我多啊？！"

几句就呛住了，看来交流有难度，一干早快憋疯了的便衣个个怒目而视，没承想是这么个货色。小木也生气啊，求人都没见过这么不客气的。

僵住时，维修工伸手，把哥儿几个推后，他拿着电话拨到了3326的手机上，小声嘀咕了两句，递给小木道："秃脑袋的电话，他跟你说。"

小木鼻子哼了哼，接住了，一接没好话："秃蛋，你狗日的在哪儿呢？"

不知不觉间，小木身上的匪气更重了，听口音，那位同志对他是相当尊敬，聊了片刻，小木把手机扔了回去，伸手要着："东西。"

哇，这么直接。任务其实就是这个，还生怕线人有逆反情绪，没想到这么简单。

一要东西就有看点了，领夹换上了，手表换样了，手机抠开电池加东西了，还往小木的小腿部位绑上了东西，用胶带缠好。这是根据远距离拍摄配好的样式，不细看，看不出是作假了的。

不知道线人懂不懂，不过在警察看来，这是相当危险的，要被当场逮着，被群殴到生活不能自理都是轻的，扮维修工的那位提醒着："主要是收款的地方，尽量拍到人的面部，以及 POS 机的编号，在发起行动以前，尽量避免他们藏匿或者损毁这些证据。"

小木点点头，很轻松的样子。

那位带头的不忍了，对此人的好感多了几分，他放缓语气道："小兄弟，千万小心，要是有突发事件，我们可来不及出手。"

"小心什么呀？现在满楼道二十几个人，我是老大，都听我的。"小木不屑道。

"听？听……你的？"维修工愕然道。

"那可不，你们再晚来一天，这个传销组织，估计得把我推到教父的位置上。"小木得意道，许是从中也得到了不少的乐趣，对于一个深谙变态心理学的人而言，这种实践的机会还真不多。

不说了，那位闭嘴了，这货有点邪门，维修工把东西缚好，教给他使用的方法，其实就是以隐蔽方式提取影像证据，小木却关心着结果，他好奇地问着："喂喂，我说，上午那么好的机会，为什么不冲进来查封啊，还得等到什么时候啊？"

带头的指挥说了，辨识身份，保护证据，抓到主谋，要考虑的范围太多，而且不是一地动手。小木一听更不乐意了，他撇着嘴道："少来了，我看你们就是嫌起获太少，让他们多收点，把猪养肥再开刀。"

"人家要不收，怎么抓？需要动用刑警和特警力量吗？那是工商税务查的事。"带头的道。

"哎，我说哥哥，你们犯什么傻啊？早开始收了，其实旅行团那就是一个洗脑模式，同吃同住同游，还有比这个更好的方式吗？我敢说，在来这儿之前，他们早收了不少了。"小木提醒道。

维修工吓住了，愣了一下说道："我靠，流动窝点？"

“你以为呢？”

“那他们还聚在这儿干什么？”另一位问。

“谁嫌钱少啊？再集中一洗脑，一看公司实力，让没加入的赶紧交钱加入，已经加入的死心塌地，给他们拉下线呗，统一思想、提高认识、齐心协力，把事业从胜利走向更大的胜利。”

小木夸张地道，纯属顺口胡诌，可把那些警察听傻眼了，领头的说了，赶紧汇报，维修工说了，天黑之前肯定行动，具体行动以你发出的信号为主，据家里判断，这些远道而来的客人，肯定还要有一次聚会，那时候，就是最好的动手时机了。

“准备好吧，下午十七点。”小木道。

“啊？你知道确切时间？”维修工愣了。

“废话不是，他们要来听我讲课呢……走了啊，等着，一会儿把信息给你们传下来。”小木轻轻松松地出了这个楼层，沿步梯上行一层，进了电梯，回公司了。

“这个货有点欠收拾啊。”

带头的给了小木一个精准的评价，那一干早窝得浑身起火的便衣一致认可，确实欠收拾。监控上追了几天，这家伙和那些传销分子没有什么两样，甚至有过之而无不及，特别是他和女嫌疑人贾芳菲走得太近，不得不让带头人担心安全问题了。

想到此处，有人提出同样的问题了，他问：“谢队，这小子和那女的，可是滚床单的关系，要是漏点口风，好几百人，咱们可是抓都来不及了。”

“是啊，我也在想，现在可是那么多钱都到手了啊。”带头的想得自己倒紧张了。

扮维修工这位反驳了，直道：“谢队，用人不疑，疑人不用，谁都不容易，他和3326是从精神病医院开始追到现在的，谁能没点脾气啊？”

“也是，重复一下家里的命令啊，我们任务是保证这位红色线人的安全，他现在身上戴着窃听和偷拍设备，一旦出现危险，我们要在最短时间里把他安全带走。”带头的谢队道，众人应声，这时候，调试设备的惊咦了声道：“谢队，进去了，进去了。”

一拨队员，凑到一块儿了，音像传输很清楚，能听到线人的脚步声，能看到他身前那个貌似财务科的地方，蓦地，线人讲话了，像在训财务上的人……都坐直喽，你们不能以这种精神状态面对咱们的客户，啊？餐盒就随便扔着？知道不知道，你们的每一个细节，都代表着一个大公司的形象，全体起立，清理桌面上的垃圾，然后整队到卫生间用凉水洗把脸。保持昂扬的精神状态，是我们的成功之本。

慷慨一训话，得了，十几个男男女女，收拾着垃圾里的餐盒，果真乖乖排队出去清醒去了，这倒好了，十几台 POS 机的画面传回来了，一摞一摞刚装订好的签名单据传回来了，一本一本统计的花名册传回来了，从传回的图像上看得出，线人是在从容地做这些事的，而且还和回来的几位负责账务的人员聊天，对方很尊敬地称呼其为林总，问收款金额，那些人都如实汇报。

从没想到是如此轻而易举，藏在暗处的便衣们由喜到惊，再由狂惊到狂喜，都面面相觑着，估计心里是一个同样的想法：

这位哪是红色线人，根本就是传销头目嘛。

此时此刻，整个专案组也沸腾了，三位指战员迅速跑向大厅，那一段传回来的音像，打开了整个行动的症结，喜怒不形于色的范主任笑得合不拢嘴了，他一笑，专案组都笑了。

没有比这个更直接、更有说服力的证据了，所有的传销案例最难抓的就是这种证据，而现在，全部暴露在眼前了，离外勤组的直线距离，不到二十米。

“通知小谢他们，直属特勤组增加一个任务，务必保证这些证据的安全，行动发起的第一时间，先摁证据后摁人。

“调派一组，和 3326 里应外合，把涂绅豪这股势力先剪掉。

“连强一组，盯紧大头、大嘴这一对嫡系，他们很可能是其中某位安排的退路，行动开始前，先摁住他们。

“通知马烽火，务必盯牢涂绅豪，发现有出逃迹象，可以随时拿下。

“知会各市、县指挥员，原地待命！”

范文杰发布着命令，最后一条发完，已经在向省厅汇报了，此次的全省统一行动，当然需要更高级别的领导来坐镇指挥。

打完这个电话，他招手让叶天书、骆冠奇两人出来，就在走廊里稍等片刻，他笑道：“一会儿，咱们一直迎接徐厅和省工商总局领导去，骆处啊，这次真得谢谢你啊。”

“范主任，跟我客气什么啊，能参与这样一次行动，是我的荣幸啊。”骆冠奇谦虚道。

但凡大的行动，对于警察来说都是一种荣幸，范文杰遥想初到渭南的时刻，他感慨道：“不容易啊，真不容易，天书，还记得咱们在精神病院吗？”

“记得，从那儿打开了一扇大门。”叶天书笑道。

“终于等到关门打狗的这一天了，还有一个多小时。不怕你们笑话，我有些年没这么激动过了。”范文杰看看表道。

其他两人都笑了，其实到了这种时候，谁的心里都会激动，会为整个声势浩大的行动激动，会为作为警察终于扬眉吐气而激动，当然，更会为激浊扬清、荡涤污垢而激动。

20 分钟后，一列五辆警车的车队抵达专案组驻地，省厅领导、省工商总局领导齐齐莅临，要在这个不起眼的后勤装备处，指挥这一场有史以来最大的打击非法传销统一行动。

指挥室 40 个分屏上，列出了九市三十余县的集结点，公安、工商、特警，各类制服整队待发，整个行动的聚焦点在潼关，周边市县调集的警力超过 2000 人，正潜伏在高速路、国道口以及市区的集结点，那一屏一屏、密密匝匝的行动队伍，让观者自然而然地领略到一种肃杀的氛围。

徐厅进去时，却没有这种大战之前的紧张气氛，齐齐起立敬礼的专案组成员身后，正播着一幅似乎与案情无关的影像，斜对着镜头的一位女人，正浅尝着什么美食，偶尔伸手，会喂她对面的人一口。

“这是……”省厅领导、省工商总局来人，怔了下，这场面和行动太不搭调了。徐厅回头看了范文杰一眼，范文杰轻声汇报着：“这是按您的要求，把现场实时的音像传回来了。”

“这是那位红色线人？”徐厅问道，早知道 402 专案组的两条膀臂，一个是 3326 卧底，另一位就是这个神秘的红色线人。

“对，有点顽劣，年纪还小，男女作风也有点问题，不过我们无权要求他……”范文杰突然发现，从警察的角度不好介绍这个人，老范看向叶天书求助，谁知道叶天书和骆冠奇故作未见。

是啊，冠以“红色”字眼实在不相称，“黄色”还差不多。

介绍尚未结束，画面动了，那位女人起身，像是临时起意一样，吻了她对面的线人一口，亲昵地问：“宝贝，我给你揉揉肩？”那线人说：“我现在食欲刚满足，没性欲，一边去。”

专案组成员个个在笑，叶天书、范文杰对着几位观战领导，脸色有点尴尬，徐厅哈哈大笑道：“好，看得出，主动权在他的手里，这是好事嘛。主动权在他手里，就等于在我们手里，看来今天，我们要亲历一场没有悬念的大行动喽。”

与会领导坦然坐下，气氛为之一松，轻松地讨论着案情的几个节点。随着时间的慢慢流逝，随着屏幕上那两位的调情，案情也推进到了最关键的时刻……

第三十八章 × 处处机锋

十六时四十五分，杨梦露、何玉贵在金科凯越门厅口，看到了最后两辆大巴驶来，两人相视一笑，齐齐上前迎接。

“露露，这次收成，咱们都可以退休了啊。”何玉贵小声道，喜形于色。

杨梦露头也没回道：“退得了吗？”

“也是哈，退了，都不知道还能干什么。要不，咱俩再去组个团？”何玉贵试探着问。

杨梦露一笑，反问：“你行吗？这可不是一个两个人能干得了的事。”

“加上林子，准行。哎，我告诉你，小家伙跟我那远房侄女挺黏糊，我看啊，笼住他没问题。”何玉贵笑道，已经开始想下一步运筹了。

这回真让杨梦露皱眉了，拉人头可是传销组织的生存之本，为了拉人，方法是无所不用其极，看来何玉贵是把侄女也用上了。她没有评价，只是稍显厌烦地摇了摇头。

“怎么了？我怎么看你一点都没有高兴的意思？”何玉贵负手而立，副总的派头拿得十足。

“这把玩得太大了，我真高兴不起来。”杨梦露像是心有余悸地说道，何玉贵却无所谓地道：“生意就是越做越大嘛，总不能干了十几年，还是那么大盘子吧？前些年那些境外的老板多黑，割一茬儿直接走人，换地方重新开张，我们呀，也得学学人家的思路。”

“你学吧，我可没心劲了。”杨梦露道。

“那你不干这个，还能干什么？”何玉贵问。

“老娘想嫁人从良了，不行啊？！”杨梦露浅浅一笑，风情万种的美眸间，撂给何玉贵如此彪悍的一句，听得何玉贵直笑。

这其实是组织里的一个笑话，上层的总结洗脑的目的是，把男人变得没有廉耻，把女人变得不知羞耻，所谓洗脑就成功了，这个模式培育出来的成员，骗人坑人都会习以为常，唯独不可能是安安生生地当正常人。

“笑什么？”杨梦露不悦地问。

“我在想，包括我在内，和你上过床的人那么多，你该嫁给谁呀？”何玉贵龇牙笑道。

杨梦露笑意盈盈，不过眼里含着杀机，凑近何玉贵，何玉贵方识到危险准备后退时，脚上一阵剧痛，是杨梦露用高跟鞋狠狠教训了他一下子。

“老娘就是毁在你们手里的，小心有一天我坑死你啊。”杨梦露恶狠狠地说道。

“不提了，不提了，多少年的事了，那时候咱们不都还年轻吗？”何玉贵吓坏了，赶紧安抚这位。

车停了，人来了，两人转眼间像没事人一样，笑吟吟地和来客握手言欢，请着众人上楼，依然是这位风姿绰约的大讲师，娉娉婷婷领着一群客户，像往常一样，把他们领上了不归路……

十六时五十分，在潼关布防的警力开始秘密向金科凯越写字楼靠近，这个旅游城市里容易隐藏的就是旅游大巴，把穿着普通装束的警察成车地往汉中路、开发区路、迎宾街运送，与此同时，最精锐的突袭小组，已经扮成职员潜伏在楼里，只等着最后的行动信号。

这时候，一直伏在离事发点两公里的张狂也坐不住了，涂绅豪给他的任务，是带着马土锤这一帮人，以防有意外支援，可现在没有意外，这些人就成了累赘了，快到这个任务时间点时，他思忖方定，佯装一个电话来了，然后一招手喊着众痞：

“嗨，兄弟们，老板来话了，安排任务了。”

早有点醉意的马土锤拍着胸脯道：“啥事，秃哥你说，兄弟们听你一声号令，让干啥就干啥。”

醉醺醺来了句，看有个货还在喝，马哥怒了，一把打掉他的酒瓶子骂着：“狗日的喝死你，听秃哥讲话，干活了。”

有钱能使鬼推磨，看来涂老板的钱还是相当有用的，张狂一抱拳道：“先谢谢众兄弟了啊，涂老板刚才说了，有几个欠了他货款准备跑的，让咱们兄弟们出手，把他摁住。”

众痞一听这话，笑歪了，马土锤尤其笑得厉害，干这活儿，兄弟岂不是太拿手了？！

说走就走，张狂带着七八位烂痞下楼，边走边联系着连强，他负责盯着大头、大嘴那一对，那对心腹二将看来也负有特殊使命，电话接通他问着方位，小声告诉连强：“等着，我给你找几个帮手。”

匆匆下楼，上车，大头和大嘴藏匿的地方不远，离金科凯越的后门，也就十几米。到地方后，张狂一指，马土锤一伙二话不说，下车气势汹汹地就围在两辆车前了。

啥情况？惹着哪条道上的兄弟了？大头愣了。

这货怎么这么面熟？大嘴瞅着马土锤，似乎在哪儿见过。

“嗨，嗨，下车。”马土锤吼着。

“大哥，啥意思？”大嘴问。

“让他妈你下车，听不懂啊？”马土锤直接揪上胸脯来了，连拖带拽地把大嘴拽下来。那边的大头和两位望风的小伙儿蒙了，两人问大头：“汇报不？”大头说：“肯定是地痞流氓，要是警察，怎么可能这么没素质？”

结果，没汇报，大头赶紧下来，赔着笑脸说好话，说来说去，就是不知道哪里惹着这帮兄弟了。

“那俩，也过来……认识涂老板不？”马土锤歪着眼训着话，车上待着两位，生怕这帮歪瓜裂枣、满嘴酒气的货色胡来，也赶紧下来了，直点头道：“认识啊，怎么可能不认识涂老板。”

“那就对了，欠涂老板的钱还想跑……知道爷是谁吗？潼关一霸马土锤，没有爷收不回来的账。”马土锤酒壮胆气，吼道。

大嘴却发现车里坐的张狂了，他觉着不对劲，拉着大头，大头一看，惊恐间想到了什么，不过已经晚了，张狂下车，气势汹汹地就一句话：“少跟他们废话，揍一顿，搜身……扣车。”

一声令下，马土锤这帮烂痞还真不是光吹的，出拳照鼻梁嘭一家伙，见血；踢腿照裤裆就是一脚，蛋碎；不敢反抗，打倒在地，大脚丫子猛跺；敢反抗，亮家伙，腰里大皮带、兜里甩棍，抽出来就是没头没脑一顿揍。霎时间，把四位打得满地乱滚，哭爹喊娘。打得行云流水，解决得摧枯拉朽，而且还没人敢问。

车钥匙拿走，手机拿走，张狂指挥着众痞把四个人押上另一辆车，车里已经有人了，张狂随口说这都是自家兄弟，塞了一摞钱给马土锤安排着，赶紧回去待着，一会儿警察来人，有事涂老板摆平，没兄弟们的事。

马土锤这夯货可是感激得无以复加了，呼哨一声，众痞上车，冒着烟飞快溜了。

这行动迅雷不及掩耳的，可让连强长见识了，正发愁自己几个人动手怎么能悄无声息解决那几个呢，可谁料这么利索。那帮人转眼走了，连强还没有省过神来，拉着张狂道：“喂喂，3326，你这不胡来吗？有这样抓捕的吗？”

“警力不足嘛，办事不灵活怎么行？”张狂道。

确实够灵活了，要警察抓捕谁敢这么狠？车里窝的四位在越野车的后厢里，个个面露疼色，头破血流了。张狂跳到了车上，一回头，眼露凶光，另外几位一扯铐子，大头、大嘴瞬间明白怎么回事，惊恐地看着他，浑身直抖。

“大头，大嘴，兄弟一场，一来一往，扯平了，现在给你们一个立功赎罪的机会。说，谁安排你在这儿，你在这儿接谁？”

张狂直接问道，这个节点，他觉得应该是够层次的人才能办到，两辆车，一辆丰田，一辆别克，要按组织的行车方式，不是一般人。

“不说是吧？你小子自己看看，今天还有人走得了吗？”

连强给四个铐上，透过灰蒙蒙的车窗，被捕的已经看到了，从一辆加长公交上，像下饺子一样往下撂人，一下车，都噌噌噌地从后门往楼里奔，犹豫了几秒钟，铐子上手时，大嘴就崩溃了，忙不迭地说道："我说我说……是贾老板，贾老板让我们等在这儿的。"

"哪个贾老板？"张狂唬着问。

"贾……贾……我不知道她叫啥，就那个女的，何老板的亲戚。"大嘴苦着脸交代道。

贾芳菲？

难道贾老板就是她？！

张狂心里一跳，他惊恐地跳下车，直接拨通了叶组长的电话，把这一新情况迅速上报……

十六时五十分，在穿衣镜前看着自己的小木听到轻微的敲门声，他随口喊了一声"请进"。

话音落时，他的脸上已经成了庄重的表情，镜子里的那个自己，对他本人而言有点陌生了，原来的不羁长发，现在是中规整齐的寸发；原来可以随性的表情，现在已经千变万化，小木恍惚间，都无法接受自己的变化了。

一有人来，他就会下意识地换上一副"林总"的表情，终于该上场了，最后一场演出他倒不担心，他担心的是，此事过后，该如何自处。

有高跟鞋的声音传来，小木的耳朵动了动，诧异了，不是贾芳菲，而是另一位，贾芳菲高跟鞋的声音清脆急促，节奏明快，而现在的声音却轻柔晦涩，不是一个人。

他没有侧头，于是进来的杨梦露看到了在半开着门的卫生间里，整装待发、斗志昂扬的小木……或者，应该称林总？

"你都不回头看看是谁？"杨梦露问。

"用心去听就足够了，不用看。"小木道。

两个人总是用带着机锋的语言对话，这时候，杨梦露似乎已经按捺不住了，她快步上前，进了卫生间，一关门，整个人靠着门，用奇怪的眼光看着小木。小木从镜子里能看到风姿婉约、笑容满面的杨梦露，他笑着问："你这是想干我，还是想干其他什么？"

两人暧昧由来已久，小木孰无正形，杨梦露敛着形色，走近一步，压低声音告诉他："听我的，快走吧。"

说着，她还塞给他一张卡。小木眼皮子一跳，不知道其所为何来，怔怔地看着手里的卡问着："什么意思？咱俩私奔？"

"好啊，不过卡里只有十万，你可能养不起我。"杨梦露道，爱怜地一抚小木的额头，轻声告诉他，"你不会真傻吧？骗局就要谢幕了，再不走，你可就真成主谋了。"

小木一头雾水，怎么看这姐姐也不像警察组织里的人啊，可他又不敢讲自己究竟为哪个组织服务，猝来的变故把他听愣了，难为地问道："还走得了吗？"

"走得了，再过一会儿可就真走不了了，乘电梯下负一层，从地下停车场走。等你哦。"杨梦露声如蚊蚋，话未说完，又听到了敲门、开门的声音，杨梦露乘隙在小木额头上重重一吻，然后拉开卫生间的门，刚进门的贾芳菲啊的一声，惊讶地看着卫生间里尴尬而立的一男一女，诧异过后，瞬间怒目而视。

"你们……你们在干什么？"贾芳菲愤意十足地问，不善地盯着杨梦露，像护仔的小母鸡，警惕地插到了两人的中间，杨梦露却坦然一笑道："你想，应该干什么，就干什么喽。"

"出去……不要脸。"贾芳菲怒斥道，指着门。

杨梦露轻蔑地看着她一眼，不屑道："咱们就都没要过脸，谁说谁呢？"

说罢，她摔门而去，气得贾芳菲花容失色，回头一把抢走了小木手里的卡，警惕地问着："她跟你说什么了？"

"她说……"小木狐疑地看着贾芳菲，一下子搞不清两人的关系了，喃喃半天干脆道，"她说要和我私奔。"

"哈哈……"贾芳菲仰头大笑，像听到了一个捧腹的笑话一样，直笑得两眼见泪，边笑边告诉小木："知道她多大了吗？快能当你妈了。知道她儿子多大了吗？和你差不多了。知道她和多少男人上过床吗？和今天会议室来的人差不多。私奔……哈哈……"

不知为何，这事让小木非常尴尬，他尴尬地看着贾芳菲，多少带上了点可怜，毕竟耳鬓厮磨、赤诚相见过，不管怎么恨骗子行径，可一想很快她就要被警察带走，小木竟然有点羞愧的感觉，就像欺骗了一个女人的芳心一样，哪怕她是个女骗子。

这种羞愧，却让贾芳菲误解了，她愈发觉得小木和杨梦露有一腿，一下子没忍住，从大笑憋出来几滴泪，一抹鼻子，她掩饰似的将脸侧过一边。

“跟我来。”小木叫了声，拉着贾芳菲就进了卫生间。一关上门，贾芳菲误解了，还以为他要行不轨之事，她气愤地推着小木喝斥着：“都什么时候了，你想干什么？”

“我……你他妈听好了，再耍脾气，死都不知道怎么死的。看看这是什么？”小木低声吼着，然后一亮手机，顺手一滑盖，那是窃听的装备，贾芳菲瞬间变色，然后小木顺手把手机扔进了洗脸池子，拧开了水龙头，闪烁的光点被浇灭，贾芳菲可是吓得不轻，她紧紧地拽着小木的胳膊问着：“到底怎么回事？”

“这女的是警察的人，她把咱们卖了。”小木顺口编道，把脏水泼到杨梦露身上了。

“啊？不可能，她入行比我叔都早。”贾芳菲道。

“你叔是谁呀？”小木问。

“何玉贵啊。”贾芳菲道。

“那我问你，她有机会接触到收的钱吗？”小木问。

“这个没有吧……”贾芳菲一愣，瞬间又反应过来了，不确定地说道，“可能有，我负责转出，洗一遍回来，再负责分下去，上面是谁在操作，我就不清楚了。”

“那不就是了？！卖了你们，她拿钱走人，万一她和幕后有一腿呢？”小木给了个无懈可击的猜想，反正无法证实。

这时候，贾芳菲起疑了，她疑惑地看着小木问着：“你……你到底是谁？是叫林木生吗？”

“应该不是，就像你也不叫贾芳菲一样。”小木明眸如水。

这含情的眼眸失效了，吓得贾芳菲拉开门就要走，小木在背后说着：“你可想好了，第一个戳破谎言的人，会被群殴的，现在聚着几百人，你们几个大经理应付得来吗？”

这一吓，听得贾芳菲又返回来了，她欲哭无泪地看着小木，一下子全身像要瘫软一样靠着门，掩着面，哭都哭不出来。要在这时候出事，后果谁也不敢想象。

蓦地，她像发疯一样死死盯着小木，像要扑上来的小母狼，恶狠狠地问着小木：“你究竟是谁？”

“是谁不重要，重要的是，我们可能确实喜欢过对方。你，相信我吗？”小木道，看着贾芳菲，突然明白一个男人之于一个女人的含义，那份无形的责任很重要，是区别一个人和一个畜生最直观的表现。

很不幸，小木觉得任凭她自生自灭，实在不是人干的事。

贾芳菲眼神柔和了，她颓然道：“相信你？你真的以为我傻？杨梦露就是贱到人皆可夫，也不可能是警察的人。”

“但并不排除她把咱们都卖了的可能，她让我把监听带进会场，我想，恐怕今天咱们都走不了了。我不是警察，我再问你一句，你还相信我吗？如果有危险，我会帮你，而不会害你。”

小木道，用他最真挚的眼光凝视着她。

女人的心总是软，哪怕是个骗子，在这个无从判断真伪的时刻，贾芳菲除了点头已经无从选择了，不管是谎言被戳破可能带来的可怕后果，还是被警察抓到的后果。她一点头，小木附耳几句，然后情节开始急剧变化，小木抽着毛巾绑住了她的手，直接把她捆到马桶边上，在她身上摸索着，抽走了几张银行卡。

这妞很精明，身家都塞裤袜头上、大腿根上。小木搜走了东西，又出来找着胶带。

离开时，贾芳菲已经结结实实地被缚起来了，嘴被封着，两眼噙泪看着他。小木一狠心，关上了门，离开了，他从容地上了一层，出了电梯口，对着迎接的客户们扬手致意，迎接他的是雷鸣般的掌声。

这时候，他的手悄悄摁了信号的开关。

进驻警力开始逐层封锁电梯、楼层，22层以下的潜伏便衣，开始飞速奔上楼，冲向财务室控制留守人员，以金科凯越为中心，运送警力的大巴、中巴、闷罐车，加足马力，径直驶向目标。

也在这时候，负一层，地下停车场，最后一班电梯洞开，杨梦露走出去之后，电梯停步，显示正在维修，一行人走向她，直走到她面前，挡住了去路。

“我要直接和缉私队的钟队长说话。”杨梦露道。

“我就是，谢谢你举报的线索，东西呢？”一位男子分开人群道。

杨梦露掏着一部手机递给对方，钟队长翻查着信息，账号、名单、运作模式、各大经理的名字以及发展的下线人数，大致的收款金额等，他如获至宝地收了起来，面带喜色道：“辛苦你了。”

“不辛苦，我这辈子也被传销害惨了，我只希望看到他们得到一个比我更惨的下场，钟队长，你该履行诺言了。”杨梦露道。

“介于你提供的重大举报线索，在查证没有其他犯罪的前提下，专案组将不会追究你的刑事责任。请。”钟队长让开了路。

杨梦露匆匆奔向一辆红色的国产夏利轿车，那老旧的破车和她绰约的风姿实在不符，不过她此时已经顾不上什么了，匆匆上车，驾车驶离了停车场。停车场外，两辆标着特警的运兵车，在夏利车驶离时，发动着横亘在路上，最后一道口子合上了……

十七时十分，潼关行动指挥部汇报，包围完成。

省城专案组行动命令即时下达，全省十地市，万余行动人员，在同一时间，奔赴预定目标。

第三十九章 × 天崩地裂（1）

“哦……原来她是你们的举报人？！”

范主任恍然大悟，在看到杨梦露离开，前方钟队长发回的信息时，工商总局缉查总队这个神秘的举报人，终于显出真面目了。

杨梦露和一个讲师，两个人居然都是内线，所不同的只是她选择向工商主管部门举报。

叶天书也被这个结果惊讶到了，他随口说了句：“怪不得总局提供给我们的信息，可以和我们侦察相互印证，也是个高规格的举报人啊。”

“嗯，确实是。年后我们按总局部署介入非法传销的调查取证，缉私总队钟世海队长在三月份摸到了杨梦露这条线，经过我们多方的政策攻心，她答应为我们提供传销组织的消息。这个女人原名叫杨芸，十多年前误入传销组织，搞得倾家荡产，连歌舞团的工作也丢了，据钟队长反映，她也是不得已以此为生啊。”工商局领导随口道出了这位举报人的无奈之处。

徐厅长叹了一口气道：“和那些刑事犯罪没有什么两样，一只脚踏进来就是不归路。”

“还好，她还算聪明人，没有一条路走到黑。”工商局领导道。

“形成案卷时注意一下措辞，对于线人、举报人一定要严密保护，这种大案子，不可能没有人关注，千万不能让为我们工作的人寒了心。”徐厅长道。

叶天书、范文杰齐齐称是。

此时，接驳前线的行动组已经完毕，各行动组的现场画面开始回传，一屏一屏闪烁亮起，俱是公安、工商的行动车辆在风驰电掣地赶赴现场。

那些小窝点不足一观，专案组的目光，齐齐盯在中央大屏上，显示的地点是：潼关！

那里，是整盘棋的棋眼，是整个扫除行动的风暴中心。

但对于处在风暴中心的小木，却觉得时间过得……真他妈慢啊。

掌声响起来，人群簇拥上来，在何玉贵的引领下，进了25层简易装修的大厅。数百人的队伍济济一堂，一眼过去，一层楼的空间都显得狭小，一面墙作了一个简单的LOGO，那是主席台，台上用大块的红布蒙着，等着揭晓今天的惊喜。

真是不作死就不会死啊，这馊主意还是小木给贾芳菲出的，结果被采纳了，下午何玉贵匆匆组织的就是这个，要给前一阶段表现优秀的大经理们当众发奖，全部用现金，以彰显纬恒公司的资金实力。毕竟在成摞的人民币面前，大部分人都要被亮瞎眼、蒙了心。

其实也是个托儿，大部分都是大经理们自己掏腰包，转一圈再回到自己腰包里，给新晋经理发的钱，寥寥可数。

小木在欢呼声中走向主席台，何玉贵却显得有点心神不宁，附耳问着：“秘书呢？”

“啊？大姨妈来了，在卫生间血崩呢，一会儿就上来。”小木瞎话随口就来，无可挑剔的谎言，听得何玉贵连求证的机会都没有，他推着小木：“上吧，上吧，发个言，照单给大家发奖。”

小木被簇拥着上台，人群渐渐安静，在经过亲戚朋友拉拢进来，再经历大小经理的一路洗脑，再经过今天的实力展示，恐怕对于资本运作的那个美好未来，已经是深信不疑了，那眼光投射着一种病态的狂热，就是即便不狂热，也会被周围那些狂热的心态感染。

有句名言叫：只要你煞有介事，就有人把你奉作神明。小木在自我催眠着，这个场合，必须当神了，哪怕神经病的神也成。

也有一个著名的巴霖效应：每分钟都有一名笨蛋诞生。小木知道，必须把这些人当成傻瓜来对待了。

他一举手，满场皆静，鸦雀无声。

他一环伺，满场跟着他的目光在动，像聆听神谕的信徒。

“今天……我要告诉你们一个真相。”小木挥着手，开场来了个雷霆万钧，用神棍的表情引领，提高了音量道，“这个真相是……我是一个骗子。”

满场哗然，怔住了。小木高声喊着：“因为，我在欺骗你们，放下你们原来固守的诚实、本分、勤劳、辛苦，让我们一起干不劳而获的事……我大声问一句：你们愿意吗？”

满场皆笑，齐齐大喊：“愿意！”

“谢谢大家……谢谢大家。”小木几次鞠躬，找到这种刺激的感觉了。他踱了两步，腹稿已成，挥手道：“不是我们非要背叛原来的自我，而是因为我们活在欺骗中，已经忍无可忍了……5 年前没人相信有着百年历史的莱曼兄弟会轰然倒下；10 年前没人相信中国一线城市的房价会直线暴涨；20 年前没人相信在世人眼中安逸悠闲的欧洲大陆会发生债务危机，这些没人相信的事情都实实在在地发生了，危机就潜伏在我们身边，一切想通过勤劳和诚实享受幸福的想法，都是欺骗，古往今来就没有实现过……

“我还要告诉你们一个事实：九十年代，我国的货币量为 1.5 万亿，而在去年，我国的广义货币量，已经131万亿，增长了近100倍，它引起的直接后果就是，我们手里的钱，越来越不禁花了，它是穷人杀手，因为穷人只有银行里的那一点点钱。而当恶性通胀导致货币危机时，穷人连银行里那一点点钱都保不住，于是我们就变得越来越穷。”

小木说着，这时候才觉得书到用时方恨少，想当初真该去野鸡大学好好进修一下，否则吹牛也不至于老觉得卡住，不能讲得更深。

不过已经够了，全场静得连一根针掉在地上都能听得到，那些炽热的目光里，闪耀着对林总的信任——说得太好了，亏是把钱交给纬恒投资啦，没有后顾之忧啦。

“不要紧张，危机是危险，但同样也是机遇。事实上，每一次危机的发生，都会有巨大的机会出现，所以我的忠告是，别做受害者，做一个稳定投资者。”

小木在心里焦虑地喊着，警察怎么还不来？！不过表面却是庄重而严肃地喊着：

“相信你们选择的纬恒商务投资，我来告诉大家，为什么我们有信心，因为我们投资的是商业地产、股票、证券，是可以不断上涨的资产，这些资产可以抵御通货膨胀对我们购买力的伤害；为什么我们有能力做到这一点，那是因为，我们在P2P、信托领域，已经有了一定的市场控制权，完全可以消化通货膨胀带来的不利影响。想一下，你们投入的69000块，每发展三位投资者，你本人就可以收到不低于总额10%的投资回报，三位，仅仅是三位，在你们中间，已经有很多人做到了，他们发展的不止三位，二十位、三十位、五十位的都有……”

小木说着，他眼睛瞥到了，楼梯口望风的匆匆挤进来了，正挥着手叫何玉贵，何玉贵警醒了……他心里一忖，坏事了，那些警察上来了。

急毛了，来不及吹牛了，小木一回身，噌地揭了红布，露出一摞摞齐刷刷的、亮瞎人眼睛的钞票。全场嗷的一声，情绪直接被推向高潮了，小木也疯到高潮了，他张臂大呼着：“今天，就是见证这个财富奇迹的时刻，我要把这些钱，全部分发给准备不劳而获的兄弟姐妹们……天上不会掉馅饼，可是会掉人民币！哈哈……”

他一抓一把一拆一挥手，猛地朝人群中央一甩，来了个天女散花。那些已经激动到不可自抑的男女双手挥手，边抢钱，边喊着：林总万岁、林总万岁。

这一喊，小木也疯起来了，一抱一抱乱扔，边扔边兴奋地喊着：“拿去吧，都是你们的了，信纬恒，梦想成真；信林总，永不受穷。”

以小木为中心，哗哗像雪片飞撒的钞票，攒动着人头，伸着无数双手，在抢着、在抓着，一会儿就成了人摞人，疯狂的喊声、兴奋的尖叫声、乱糟糟的争夺声，响彻一层，独独上来报信的被挤到墙根了，几位掏钱的大经理欲哭无泪，看着乱场，心痛至极地推搡着抢钱的喊着：“别抢，我的钱，那是我的钱。”

“滚你的，是我的，信林总，不受穷。”一位抢到钱的，眼睛发红地喊道。

试图阻止抢钱的，迅速被哄抢的淹没了，处在风暴中心的小木乱扔着钱，见乱场了，心里也有点慌，一只大手抓到了肩膀上时，他回头一看，是那位眼神阴鸷的马步方，正两眼血红地看着他，喊着：“我靠，你他妈不想活了？！”

嘭，小木回头一家伙，马步方猝不及防，正中鼻梁，一下子眼冒金星、鼻血长流，再看却是小木拿着一整摞钱当武器，他回手顺手给了一女的，教唆着：“拿着，砸他，钱归你了。”

没拆封的一厚摞钱啊，那女的瞬间兴奋地拿着钱，嘭嘭朝着马步方直砸下去，几下钱散了，人哄抢上来了，把两人瞬间摞倒在人堆下面了。

这时候，终于看到一队队手持防暴盾、防暴棍的警察井然有序地进来了，沿着墙根排着队伍呈包围形，本来以为会有难度的，还好，都在忙着抢钱，根本顾不上反抗。

四周迅速包围，警力开始穿插、分割，又是一个乱局的开始，那些抢钱的嘭嘭拿着钱砸防暴盾，不管你怎么喊话，根本停不下来，满屋都是嘭嘭嗵嗵的声音，直到一位警察眼见事态不好控制，朝着窗户外鸣枪示警，大喊着：全部蹲下，否则以袭警论处!

压住要沸腾的事态了，分割成的四堆人，一堆也要有一二百人，先放门口的，前面吼、后面催着，一个一个出门，出门后抵抗心态可就一点都没了，整个走廊全是警察，两列防暴盾只留一条通道。

十七时二十五，潼关行动组汇报：事态基本得到控制。

这时候，整个传销队伍被分成了四拨，男女分开，正在已经疏散的楼层里被甄别身份。张狂带着连强，两人挨着楼层，在抱着头、沿走廊蹲着的传销人员里找小木。

财务室轻松就控制住了，收款的POS机、单据、名册、电脑硬盘，全部起获，连疑是“贾老板”的幕后操纵人物贾芳菲也被逮到了，不过奇怪了，她居然被捆在“林总”办公室的卫生间里了，而且最邪门的是，居然漏掉了一个重要的人物——何玉贵不见了。

“真邪了，那个何胖子从哪儿溜了？”张狂边焦急走着，边奇怪问着。

步话里嗡嗡响着，连强顺口道：“天台上发现了钢筋人梯，这家伙可能先上的天台，是不是从疏散人群里走了？”

“这个人不能漏了，他在团伙里位置不低。”张狂道。

“已经布置下去了，五公里以内全部封锁着，他逃不了。”连强道。

张狂的脚步蓦地停了，有人在他腿上拧了一把，他低头，看到了蹲在墙角的小木，那贼头贼脑窃笑的样子，让他白着急了，连强也笑了，笑着喊了句：“来几个人，这是重要嫌疑人，带走。”

几个防暴装束的警察上来了，黑布兜头一套脑袋，连强和张狂挟着小木就走，直进到戒备森严的电梯里才放开。小木伸手要摘头套，被张狂拦住了，他说：“小子，你还是戴着，要有人瞧见，你要成史上最大的内奸了。”

“哦，那还是戴着吧。哎，我说秃蛋，你们来得也太慢了，我都快编不下去了。”小木笑道。

“你以为容易啊？这幢楼有一两千普通公司职员，光疏散得多长时间，到现在还没完。对了，何玉贵溜了。”张狂道。

“我靠……怎么让溜了？”小木怒了，一摘头套，气愤地说道，“他要逃出去了，肯定知道我有问题。”

“跑不了，光这一片，动用了1000多警力，封锁了几公里区域呢。”连强安慰道，到最底层了，赶紧告诉小木，“快，戴上，你还真别和警察是自己人啊。”

“我有什么怕的？！”小木不屑道。

“我们怕啊，要说出来和你这号传销头目是自己人，那得多丢人啊。”张狂笑道。

小木套上头套，狠狠地捶了张狂两拳，不过只是引来了更大的笑声而已。

下楼，出门厅，通过正在疏散的队伍，直接上了一辆闷罐车，悄无声息地把这个重要目标保护起来了。

不到半个小时的时间里，扑向目标的行动遭遇到了不同的结果，相比而言，潼关反而是最平和的。

延川某幢楼：一队外勤架着破门器，嗵的一声撞开防盗门，冲进去的瞬间就遭到了顽强的抵抗，桌子、凳子、椅子都成了武器，连女传销员也扣着脸盆、拿着擀面杖和行动组对垒，以为是个小窝点，冲在前头抢功的工商缉查人员，噼里啪啦就被打了个满头起包，直到更多的警察冲进去才控制住事态，那些窝点被毁、笔记被抄、经理被铐之后，很多已经执迷不悟的传销人员哭天抢地，劝都劝不住……

渭城某地：小经理已经溜了，留下了一个烂摊子，解救的传销人员100多名，查抄的笔记装了七麻袋，还有抱着小孩参加传销的，更有一家老小都在窝点的，那场景简直是扶老携幼、全家上阵，看着都让人心下恻然。

平陵某地：被查抄的窝点以妇女为主，妇女又以中年大妈为主，几乎是清一色的娘子军，被围在聚集地，大战开始了，唾沫星子直对防暴盾，说着嚷着，变成了拍大腿骂娘，骂娘急了就开始呸呸呸唾沫大战，处在中心的一队防暴警，出来时防护装都湿淋淋地湿透了，全是不同口味的唾沫……

最激烈的在俞林：那里有幢著名的传销楼，全部租住着外地做传销的，而且很多一村一伙，楼下有巡逻、楼上有瞭望，警车刚包围那些人就组织起来了，持着凳子腿、床腿，上百人队伍齐齐冲击封锁线。行动组的急了，防暴盾从一层加到两层、从两层加到四层，不料还是小觑了民间力量，几乎是毫无花哨的吆声直撞，四层盾形队被撞倒了一片，外围的迅速救急，把百人队围在中间，场面迅速升级为混战，几次鸣枪示警都不奏效，不得已，行动组嘭嘭扔了两个催泪弹，其中一个被悍不畏死的又给扔了回来，倒把包围的警察呛得直咳嗽。好在驱散了一部分人，连抓带跑，继续升级成巷战模式，工商、公安还有闻讯紧急增援的治安联防，开始堵小胡同抓人。

各地回传回来的现场景象或激烈，让人担心；或可怜，让人揪心，那些麻木的、目光呆滞的、已经身无分文、哭天抢地的传销人员，甚至愤怒地把情绪发泄在现场的警察身上。

专案组汇报的数字在以几何级数型疯长，从 500 突破 1000 用时不到十分钟，从 1000 突破到 5000 也用时不到十分钟，接近十八点，数字已然到了 8000，仍然在攀升。

“徐厅长……新闻报道的事。”范文杰轻声提醒着。

徐厅一直在注视着各地行动的进展，闻言轻声喟叹了一声：“做一个详细的遣返计划，和铁路、公路交通运输部门联合一下，妥善处理，新闻发布往后放放。”

“好，我们再把计划完善一下。”范文杰应声道，接踵而来的更麻烦，遣返近万人的工作，有的忙活了。

“同志们，再加把劲，辛苦一下，今天我和你们一起加班，上万人的传销队伍，真是疯子的盛筵啊，我相信在场的，你们心里都没有大案告破的欣喜，因为这不是荣耀，而是耻辱！我们，今天，在这里，向我们头顶上的国徽起誓，首恶必除，那些组织者和策划者，一个也不能漏掉。绝不能让他们再流毒在社会上。”徐厅有力地说道。

数十个现场指挥点，铿锵地回应了一声：“是！”

一场声势浩大的打击行动，在风驰电掣、摧枯拉朽地向胜利进发……

第四十章 × 天崩地裂（2）

距离封锁现场中心两公里，省四建刚竣工的楼宇，警车泊定，张狂、连强匆匆拾阶而上。

四层，沿墙根排了一排，马土锤众兄弟倒霉了，刚完事不久就见大批警车，像疯了一样往金科凯越围，心里还纳闷呢，就打了几个人，至于动用这么大的部队吗？一干烂痞本就心虚，没敢露头，结果还是没跑掉，被一队荷枪实弹的警察给定点包饺子了。

“警察哥，我们啥也没干，你不能这样对待人民群众啊。”一位烂痞试探道。

警察面无表情，根本不予理会。

“嗨，警察叔叔，您吭个声啊，我们究竟犯什么事了？”又一位烂痞道。

看守警察仍然毫无表情。

马土锤怒了，直骂着："问、问、问，问他妈什么？！没看他个屁条子，知道个屁。"

嘿哟，居然出口不逊，那警察有反应了，怒目而视，马土锤什么人啊？潼关一霸啊，从派出所到分局，就没他没进去过的，他一梗脖子，和警察较上劲了："来啊，有种你打死老子！"

警察直接把马土锤的气焰压下去了，可他偏偏不蹲好，于是戏剧性的转变来了，来了几位警察，上前押着他，要带走，这下马土锤可吓坏了，啊啊啊吼着："兄弟们给我做证，老子要生活不能自理了，都是警察打的啊，回头给我做证，我要告他们去。"

不容他分说，直挟到门外，一看来人，马土锤瞬间喜出望外，直喊着："耶耶，秃哥，还有这位兄弟，看不出来啊，后台这么硬呢？"

马土锤一下子不紧张了，认识的秃蛋和他另一位兄弟，明显自己人嘛。也不对，那两位一直在笑，马土锤突然觉得不对了，惊愕地里外看看，然后一拍脑袋，大惊失色道："这他妈不是走眼了，是瞎眼了。"

警察，两人肯定是警察，他妈的，这也太郁闷了，马土锤这回是真紧张了，求着秃蛋道："秃哥，可都是您指挥我们干的啊，我这说起来，可是替警察办事啊，不能过河拆桥啊。"

"没证没据的，不能乱说对不对？"张狂矢口否认道。马土锤欲哭无泪道："不能这样吧，臭不要脸是形容我们的词，这您都要抢走？"

"可人是你们打的啊。"连强放着手机视频，给马土锤一亮，把马土锤看得脸上肉直抽，这么狠，怎么也得是个故意伤害吧。连强收起手机，悠悠道，"故意伤害啊，怎么也得拘你三五个月啊，更何况，涂绅豪涉嫌重大诈骗，你涉不涉案得好好查查，这个案子，估计得一两年工夫。"

"啊？我马土锤可从来堂堂正正收债，从来不诈骗啊。"马土锤自证清白道。

张狂一翻白眼反问："以你的名声，你说话，有人信吗？"

也是，声名已臭，能指望谁相信？马土锤给将住了。

这时候，连强一拍他肩膀道："但是，注意，这个但是……你们刚才打的，是涂绅豪涉案的嫌疑人，所以，你对人民是……有功的。”

“啊，对，我们是跟坏人作斗争。”马土锤顺杆儿爬了。

“所以，您得继续帮我们和他们作斗争。涂老板的仓库在哪儿，手下还有不少人呢，怎么都没见着？”张狂问。

马土锤不敢吭声了，连强逗着：“潼关没有你们收不回来的债，当然也没有你找不到的人，帮兄弟们一把，你瞧，合作愉快，就没你的事了。”

“这太不仗义了，传出去坏了我马土锤的名节啊，我和警察是势不两立的啊。”马土锤纠结着，恨得牙根痒痒。

还好，就这德行，也没警察敢和他沆瀣一气啊，连强被逗乐了，张狂笑道：“土锤啊，金科凯越的摊子，涉案金额几千万，看来你要死扛了，好吧，成全你的仗义，保全你的名节。嗨，几队的你们？”

貌似要结束了，这一刹那，马土锤的心理防线迅速崩溃，他赶紧拦着：“别别别，你看有事好商量，我生平最恨的就是骗子，我和他们也是势不两立的，您看……这个……政策我是知道的啊，你们光说，我没法信啊。”

一番讨价还价，只要自己没事，马土锤迅速做了一个决定，出卖了涂绅豪的黑窝点，其实就为了脱身，在自保时，还谈什么仗义？他直接领着人去端涂绅豪的窝点了。

抓捕和疏散几乎是同时进行的，金科凯越这个资本运作窝点足足600人，而整幢楼也有上千人，公司正常的秩序被打乱了，抓捕完成后，开始甄别身份时，底层的疏散还在进行中，停车场被清理，警察、警车沿场子包围了一圈，看来要征用这个地方了。

十七时四十五分，从省专案组传来消息，漏掉了一个人，何玉贵，纬恒商务的副总。

围这么严还把人漏了，上面措辞严厉，掘地三尺也要找到人。回放监控的在找，设卡盘查的在找，还有一队特警，回溯这个漏网人员的出逃路线，很快发现了，从25层通向顶楼的人梯，可以直上天台，而天台另一侧的入孔，可以直接下到楼背面的安全出口梯上。

所以，应该是在行动发起之前，先上楼顶，再乘隙钻进安全出口，混在疏散人群里走的。

开始回放录像，过了20分钟，终于找到了端倪，不是肉眼找到的，而是面部识别软件发现的，这家伙不知道是怎么变化的，变成了个光头，穿着打扫卫生人员的服装，混在疏散的人群里，躲过了排查，时间是十七时二十四分，过了第一重包围圈。

正在警方四处寻找下落时，有个奇妙的故事发生了，被捕的嫌疑人张建强（大嘴）的手机响起来了，侦察员迅速判断，这可能是脱逃的何玉贵来的接应电话，一面让张建强接听，一面迅速定位。

两组机动外勤迅速包抄，在距离金科凯越写字楼3.7公里、开发区路岔口一处垃圾清运点，围住了信号发射地。

拉枪保险、叱呵，翻找片刻，那位神秘的何玉贵大经理，抖抖索索地从一个绿色的垃圾桶里举手站起来了。

二号人物落网，从他藏身的地方，搜到了数十张银行卡及不少现金，他离出逃只有一步之遥了，此地离最后一个检查点，已经不足两公里了。

距潼关百余公里，省境外，三门峡市，建工路。

自行动发起，马烽火带着两组外勤，一直咬着涂绅豪的行进方向，这位侦察兵出身的嫌疑人相当警惕，在当地居无定所，待了两天，换了不下七个地方，侦察员监视到，他随身带着笔记本电脑，在副驾上是保持常开，似乎也在等着什么。

专案组根据各条浮现出来的信息判断，涂绅豪的主要涉案行为是：洗钱。

空头公司，假交易，假进出账，潼关的收银转账，聚集起来的大笔资金，在通过各银行的结算后，会分流到设定的账户中。这些账户的控制者，就是这位在传销团伙成员中少有露面的涂老板。

十七时后，潼关行动开始，当地支援的警力和马烽火两组会合。

暂缓抓捕，专案组需要知道，他在临危时会干什么，会往哪儿走，会和谁联系，或者还有什么藏匿未知的犯罪事实，

十七时三十分，侦察员监控到，在一家咖啡厅小坐的涂绅豪不停地拨电话，明

显是坐不住了，这些电话有不少联系回了潼关，有银行的，有物业的，甚至还有公安局的，这么大的行动纸里包不住火，所以，他嗅到了危险，开始离开。

留下的线索，潼关就可以照单传唤了。

十七时四十分，涂绅豪最后一个电话打给当地海联大酒店的一个住客，而后手机被毁，信号消失。

抓捕命令随即下达。

十七时五十分，涂老板那辆显眼的凌志车飞驰上了建工路，从这里直通黄河大桥，过了黄河大桥，又出省境，车速极快地行驶上了黄河大桥，驶过中段时却是暗叫一声苦也。

查车！

前面排着看不到头的大货车，车速刚缓，后面又是不断驶来的货车，四条车道被挤得几乎没有空隙，他刚刚咒骂了一声，车就被围住了，等候已久的外勤控制住了他，这几乎是个插翅难逃的环境，连反抗的机会都没有留下一点。

随车的电脑里，查到了与潼关纬恒商务相关账务处理的信息。没错，这位正在等着结算。

与大桥上同时行动的是海联大酒店，警察冲进去时，这个租赁酒店房间开的公司办事处人员，正准备转移账目，干得很彻底，连电脑硬盘都拆下来了……

涂绅豪落网的时间点，张狂、连强带着马土锤，正风驰电掣地赶往潼关市隆发建材市场，谁也没想到，涂绅豪的一个隐藏窝点，居然会放在与他生意根本不相干的建材市场，连强都有点信不过这个夯货，不时地套话问他，马土锤可不乐意了，直表白：“看不起兄弟我是不是？我告诉你，兄弟我说话一口唾沫一个钉，要他妈找错了，我唾地上的，我再跪舔回来你信不？”

张狂拿着手机递给了连强，连强一看信息皱了皱眉头，涂绅豪最后的去话、受话方区域，就在桃林路北段建材市场，和马土锤提供的消息吻合。

连强笑了，收起手机时，马土锤正贼眼溜溜地瞧他，他笑着问：“土锤兄弟，我说，你怎么知道他这窝点？”

“潼关就这么屁大点的地方，成编制的地痞流氓，你不可能不认识啊，这比认你们警察容易多了。”马土锤道。好像在理，他说了，婊子是一茬一茬，搞完一茬换一茬；骗子是一拨一拨，骗完一拨又来一拨；至于混子，那就是一窝一窝，这窝不舒服就换个窝。所以只要招当地人的，怎么可能他不认识？他在这街头可混了20年了，公安局局长都熬走好几任了。

张狂和连强听得直笑，这狗日货身上还不知道背了多少案子，像这种小错不断、大错不犯的货，哪个警务区域都会头疼。当然，今天算是派上大用场了。临到建材市场，马土锤压低声音讲了：“一会儿哥不能进去，当二五仔将来生小孩没屁眼是小事，可丢了饭碗让道上兄弟们小看是大事，咱想混就得保住点名节不是？”

这个最低要求被满足了，马土锤这才交代了：“里头一窝，六七个人，不知道干啥的，有个叫孬蛋的货，欠过我钱，我上门找事，然后被我老板临时叫住了，不让我来，我就想，这地方有问题，别问我老板是谁，打死我也不会说的啊。”

对于放高利贷的老板，张狂可没兴趣，下车直接把马土锤铐在车里，带着四人小组，朝着一家指认的燕翔地板砖门市扑了进去，就一个服务员。存货的地方果如马土锤讲的，在地下室。外勤冲进去时，几位男子正在拆卸机器、装箱清理东西，这些人没有什么战斗力，轻松解决，铐了一串。

查获的东西可让张狂一干警员大跌眼镜，速印机一台，各类传销专业的资料堆了几方大小，制作水平相当高，彩印出来的铜版页，堪比广告画，打包清运的东西连强认出来了，是摄录器材，这家伙，估计连简单的影片制作也难不倒他们。

十八时十分，涂绅豪的最后一个窝点被查封，现场勘察以及对其公司的搜索开始。

这时候，已经忙得焦头烂额的张狂又接到新的命令，要求他带人接应从三门峡押解归来的队伍。走到半途，张狂才想起，还把小木扔在现场呢，又折回去接人。

至于马土锤，威胁一通，放了，这号极品人渣，没有谁还指望教育他走正道？

那家伙千恩万谢，直说了一通要脱胎换骨、重新做人的鬼话，下车就撒丫子跑了……

金科凯越的现场经过一个小时的忙乱，渐渐恢复平静。

省专案组传回来准确的体貌特征，照单抓人即可，而最难处理的不是嫌疑人，而是那些参与传销的人员，偏偏这些人与以往的传销人员不同，不但家境殷实，而且很多人还是自己驾车来的，对于猝然被滞留，紧张之后就开始渐渐起哄了。

第一拨被带下来，有挑头的开始理论后，乱哄哄地就开始冲击外围的警察封锁线了。

“啊？凭什么抓我们？呸！”

“凭什么搜身？凭什么扣留我们的证件？我呸，你吓唬谁呀？”

“来呀，朝我开枪。”

一个人吼，十个人应，几十人起哄，调拨警稍一退缩，那些人叫嚣更甚，直冲着封锁线，把几个警察摁倒在地，跺一脚的、踢了帽子的、吐口水的，眨眼场面一团乱。

乱子一起，只会越来越大，外围的往回奔，里面的使劲冲，带头的几位男子狂吼：“冲出去，他们不敢把咱们怎么着，冲啊！”

那些人发财梦刚刚破灭，怨气一下子被点燃了，一群人像席卷的浊流，冲垮了第一道封锁线。张狂、连强驾车来时，恰恰看到了这一幕，车在人群前急停，张狂在车上拔走了连强的佩枪，连强吓得直喊：“嗨，3326，注意方式。”

“注意个屁，乱起来谁他妈也挡不住。”

张狂大踏步飞奔上来，朝天“砰砰”连鸣两枪，人群瞬间像被阻挡住了一样。带头冲击的眼见气势要颓，吼着：“朝我开枪啊，我靠了！”

西北莽汉，没怕死那点尿性。张狂二话不说，上前一把揪住这位莽汉，厉喝着：“铐起来，带头冲击封锁线的，全部铐起来。”

几位警察扑上去，摁住了带头的一个。一个狠人，吓蒙一群，张狂冲着人群一步一步地往前走，他高举着枪朝向天空，神色狰狞地大吼着：“警察的枪口不会对准你们，因为你们是上当受骗的群众，而不是嫌疑人，不要一错再错了！”

他在向前走着，人群在慢慢向后退着，一个人气势竟可以有如此排山倒海的压力，让那股混浊渐渐退缩，消弭于无形。

小木在车里看到了，这一刻，小木突然涌起一种激动，因为深谙阴暗现象的本质，他在生活中从来都拒绝什么高尚的东西，可在这一刻，他觉得，没有比这个理想主义者再完美的表现了。他看到了骚乱的人群退回了停车场，他看到张狂像怒目金刚一样，站在被踩乱的封锁线上，秩序在迅速恢复。

因为他站的位置，就是那条最后的底线，无人再敢跨越……

第四十一章 × 天崩地裂（3）

“……这才是我们的中流砥柱啊，执法可不是麻秆打狼，既怕狼跑，又怕反咬，他是谁？”

徐厅问，范文杰附耳道了声，知道了真实身份，老徐似乎为张狂不是自己麾下的虎将有点失落。

不过目睹现场的专案组人员，对于这位便衣的表现可是叹为观止了。群体事件，一个火苗能炸一群，失去理智的群众甚至比有组织的犯罪还让执法者头疼，而这位，把握得恰到好处，要真炸了群开始集体冲击，那后果不堪设想。

整整一个小时的雷霆行动，行动过后，触目惊心。

俞林市，闹事最激烈的传销楼，整整一条街都像战乱后的现场，鞋子、衣服、垃圾桶、各类揭竿而起的武器遍地都是，这是查获的最大的一个组织严密团伙，聚集的有1500余人众，几乎动用了半个市的警力加上工商的执法队伍才把局势控制住。

监控画面里，那些愤怒的、不甘的、仇视的目光每每会出现在镜头里，镜头如果拉近，会看到成群蹲着的男女老少，在朝着镜头竖中指、吐口水。

延川市，查获的窝点里，各类管制的刀具应有尽有，警方在此按图索骥，找到了假扮“工商干部”每每串购演双簧的那几位，经核实，都是窝点小经理的身份，在他们的住处，搜出了大量工商的制服，估计干这种事，不是一天两天了。

富县，在甄别传销人员身份时，又出了乱子，藏在人群里的头目教唆起乱，把现场临时拍照取证的队伍围起来了，这些人似乎都深谙法不责众的道理，一鼓噪、一发动，那些洗脑的传销人众可不管三七二十一，向断了他们财路的人挥舞着拳头。

于是打起来了，这里距离潼关较近，警力调拨至潼关一部分，现场百余警力和工商执法，愣是没有挡住同等力量的传销队伍。这支队伍被聚起来后，砸了执法记录仪，掀了两辆警车，浩浩荡荡地挥着拳头游行上街了，一直围攻到县政府去了。

“联系富县的现场指挥，给他十分钟，控制不住事态，就地免职！”

徐厅起身时，愤怒地说道。

他带着一行人下楼，专案组的驻地外波澜不惊，省城没有受到影响，但生活在平安里的人们，哪会知道在身边已经发生了如此危急的故事？

楼外，已经泊好了一列警车，出门时，徐厅对着专案组几位敬礼，那几位郑重回礼，就听老厅长道：“全省之害，最重在潼关，辛苦你们了……务必在最短的时间里，揪出主谋，摧毁他们的组织。”

“是！”

三位起程的人员齐齐回应。

以突审、查证、遣返三大块为中心的处置预案，即时启动。

十九时，张狂、连强一组，两辆车，自省境检查站出口，又绕回高速，车泊在应急道上，等着押解归来的马烽火。

两人同乘的一车上，多了一位——小木。停下时，他溜溜转着狡黠的眼珠子，不知道在想什么。连强给他递烟，小木谢了，不抽，然后连强打开车窗，自己抽上了，不过歉意地对小木说了句：“不好意思啊，我这瘾太大。”

意外地，小木对这几位糙汉越来越没有恶感，不时地听着两人叙述各地案情的推进，从他们兴奋的表情上，他能感受到很多，从精神病院的四顾茫然，到各个大小窝点的触目惊心，一路跌跌撞撞，所以小木对于他们此时的兴奋几乎是感同身受。

兴奋，对，小木也是一种兴奋的心态，不管他曾经如何质疑正义之名，但真正等正义得到伸张时，他依然体会得到那种自心底而起的兴奋。

是为那些精神病院里还没有从传销的骗局里醒过来的人？还是为那些终于可以走出来，不再深陷于其中的人？他说不清楚，但他的心情，总归不像在窝点里那么战战兢兢。

“咦？林子怎么不吭声了，不像他的风格啊？”连强问。

张狂忙着看案情，随口道了句：“你别逗他，指不定给你憋个响屁，能熏死你。”

嘴上功夫张狂领教过，他是轻易不敢招惹小木的。连强哈哈大笑着，扔了烟头说着：“3326，你这就不对了，陕省的这起大案，林子居功至伟，就你都要放在其次，怎么连个好脸色都不给人家。”

“你给个好脸色试试。”张狂头也不回道。

连强却看不下去了，回头看若有所思的小木，他好奇地问着：“咦？林子，你们之间……好像发生过什么不快？”

“没有，他不愿意和我说话，是因为一开口，就会凸显出智商上的缺陷，所以他总是避免和我交流。”小木郑重地说道。张狂点头：“看看，知道老子为啥不敢吭声了吧。”

连强哈哈大笑，小木的狡黠、张狂的粗莽，这一对是怎么配合起来的？真是奇怪。说到此处，张狂看看时间还有一会儿，回头盯着小木，眼皮跳了好几回，嘴唇动了好几下，似乎想说什么，愣是没憋出来。

“我说你怎么了？你们俩……怎么有交流障碍了？”连强看不懂了。

“不对，这家伙的表情里，有潜台词。”张狂瞅着小木，坏坏的、促狭的，那像看到美女走光的小损样，以他的经验判断，肯定有什么没告诉他的。

张狂又重新审视了小木一遍，严肃地说道：“小子，有话快说，有屁快放，少给我打哑谜。”

“也没什么，就是你们的嘚瑟和得意，会很快被郁闷和遗憾取代。”小木道。

啥意思？两人齐齐看向小木，连强催着：“有啥你说啊，你想憋死我啊？”

“我说了你们不信啊。”小木道。

“那你还没说呢？”张狂催着。

“你们俩坐正，放平心态，如果确定不紧张的话，我就告诉你们。”小木道。

这家伙神神秘秘的，似乎真知道什么内幕，而现在，案情推进已经快到了萝卜来不及洗泥的程度，张狂知道疏漏在所难免，他语重心长地道：“没事，有什么事告诉我，千万别忌讳，我们兄弟一场，都当彼此是自己人了。”

“那就考验一下兄弟感情。”小木笑道，“我说三点，第一点，可能你们要对我采取措施，最难做的人就是线人，只要有疑点，线人就里外不是人了，我可能要遇到这种尴尬情况。”

“不能，不能，有什么事兄弟们给你扛着，谁他妈敢动你？没有你这张嘴，根本没有今天这么轻松。”连强道。张狂想了想，直接问，“另外两点呢？不要考虑第一点，不会发生的。”

“第二点是，起获的赃款，可能要丢一部分，而且要丢一大笔。”小木道。

“啊？你小子不是私藏钱了吧？林子，可别犯那错啊，那可要命了。”连强吓坏了。张狂说了：“不可能，就个替身，可能接触到钱吗？就金科凯越的现场，早就搜得一干二净了。”

小木没理会，直接说第三点了，他道：“我说第二点的原因，是因为第三点，钱我拿不走，可有人拿得走。”

“谁？”两人惊讶地问道。

“就是主谋，你们现在尚不清楚的老A，他应该已经带着钱走了。”小木若有所思道。

可能吗？连强和张狂面面相觑，张狂掏着手机，梳理着案情的通报，一条条进展，现在尚停留在甄别身份、取证核实时，等核对出来尚需一段时间，而这时候，小木怎么可能得知主谋已走？

“不可能吧，今天可是连根拔了。”连强愕然道，专案组的推断，主谋应该就在何玉贵、涂绅豪几个人中间，张狂狐疑道：“这种情况下能火中取栗，我觉得没有人能办到啊。”

两人疑惑不解时，又看向了小木，小木笑道：“别看我，我也不知道，我只是试着猜测验证一下。”

僵持间，车上的步话突然响了，在呼叫连强，转接加密线路，连强依言把电话回了过去，下车接听后，陡然色变，招手让张狂下车，然后附耳一句，把张狂也给吓蒙了。

潼关行动组命令：控制有重大藏匿行为的人员林木生。

而且，这是向省专案组请示后的命令，在抓捕贾芳菲时遇到了意外，她已经被人捆在卫生间里，身上的东西已经被搜走了，而且在行动发起之前，线人“林木生”毁掉了嵌在手机里的音像录制设备。

骤来噩讯，可把连强和张狂难住了，好半天两人都没上车，实在不知道该怎么面对小木，仿佛是两人犯了错一样。过了许久，车窗慢慢摇下，小木俊秀、白皙的脸露出来，饶有兴致地看着尴尬的两人，对于要发生什么，他似乎一点也不奇怪，只是悠悠地说道：“看来我猜对了啊，我从线人要变成嫌疑人了。”

没有埋怨，小木显得很坦然，只是在车窗徐徐升上去时，那表情，已经显得冷漠。

第四十二章 × 天崩地裂（4）

车队疾行近两个小时，专案组派驻潼关一行抵达后直驱开发区金科凯越大楼。

夏季日长，晚八时天色方黑，此时已经华灯初上，在金科凯越大楼四周已经加了三道封锁，抵达时，闻讯赶来的采访车正和面无表情的特警们交涉，他们遭遇冰山了，反正不管怎么说，特警就是不放行，那些嗅觉灵敏的记者，一看到专案组就齐齐堵上来了。

范文杰一看，居然是省电视台的，来得比他们都快，他支使着叶天书下车应付。电话交涉之后，给了两个限制采访的条件，可录像，不访谈，而且暂不播出，等待最后定论。于是两位特权记者，扛着大摄像机，跟着进了现场，

触目而见的现场，饶是见多识广的记者也惊得“咦”了一声，大楼四周加上临街的空地，分了五批，齐刷刷地蹲着数百人，民警正在给他们分发盒饭，精神尚可的还能吃点下去，精神不怎么样的，差不多就在偷偷抹泪，抹着抹着一想被骗走的钱就哭昏了。

记者拍了若干场景才明白，这是一例特大的传销案，不排除蓄意诈骗的可能，被骗的群众现场有600余人，总金额过千万了。他们听得这么有新闻价值的东西，带队的又急急打回电话，让台里去挖掘更有价值的东西了。

潼关行动组总指挥杨士卓、省工商缉私队队长钟世海在门厅和省厅来人会面了，相互介绍，握手寒暄，直上现场。

22层，取证已经接近尾声，来的省经侦专业人员，正通过POS机、网银以及

缴获的账目核对资金总额，追踪去向，按照银行 T+1 的结算规则，这些资金大部分还没有通过省行运管中心转走，省经侦的来人粗略汇报着：

“网银转走的正在追踪去向，POS 机收费，目前核对金额为 2420 余万元。”

“根据工商缉查提供的消息，这个纬恒商务和新加坡的纬恒投资根本不相关，企业注册、企业代码，甚至验资报告都是假的，上线纬恒 P2P 也没有电子注册，仅仅是个网站而已。”

“总金额的核对还需要点时间，他们不是集中收款，还有一部分是私人收款，钱的去向比较乱……”

这些都是已知的内容，范文杰、叶天书、骆冠奇明显也没有什么兴趣，三人径自到了标着总经理的房间门前，墙上还挂着小木指点江山的照片，很可笑的一个画面，也是很可笑的一个骗局，谁可能料到，居然能滚到这么大的雪球。

进门，现场勘察过了，几处都有标志，电脑存储的东西正在提取，这是本案的一个关键节点，可能意味着对一个人定性的问题，叶天书犹豫地看着范主任几眼，老范明白意思，直接道：“是什么就是什么，该怎样就怎样，不偏不袒，谁也不要有顾虑……谁来汇报？”

其中一位技术侦查员站出来，叶天书道：“说详细点。”

“是……长安市刑侦总队技侦支队第四组技术侦察员谢晓波汇报如下，线人发起行动前七分钟，把手机里的音像录制设备扔进了洗脸池，浸水后失效，在此七分钟的空白时间里，我们无法得知他详细的活动。”技侦员详细汇报着，给来人指出了发现贾芳菲的地方及其被缚的胶带、毛巾。

这其中有一个问题，貌似在团伙中位置不低的贾芳菲，在被捕后，无论是办公室还是身上，什么都没有查到，不像其他传销分子，全部家当就差不多都绑在身上，一查一个准，而这个贾芳菲，连手机都被销毁了。

这就是问题的严重性了，如果是销毁证据，那麻烦就大了。

“你去吧。”范文杰打发走了技侦员，看向行动组杨士卓，随口问了句，“杨组长，你怎么看？”

“突审开始了，几乎所有人都指认，林木生就是纬恒的总经理，所有的事都是他策划的。”杨士卓道。

一听这个指挥员就是个棒槌，这么快审出来的东西就当真了。范文杰没有揭破，叶天书笑了笑，不吭声了，杨指挥员意识到了，他的话锋一转道：“各位领导，这个人即便不是主谋，也有重大嫌疑，像贾芳菲这么重要的人物，现在是一推六二五，什么也不承认了，就像雇来的临时工一样，挣工资的，您说这么大摊谁信啊。”

“楼上看看去。”范文杰直接打断了，背着手出门，杨士卓前行带着路。

电梯直上两层，这儿的场面更刺激，一群特警重兵包围的背后，是点钞机刚刚清点完毕的现金，500 万多一点，现场搜查后，多了一部分现金，另一桌是银行卡，按照传销人员提供的名称标示，足有几千张，同样正在登记中。

经历过现场的特警结巴地汇报了一番，即便表达能力不怎么样，来人也听得出当时现场的疯狂，台上在疯狂撒钱，台下在疯狂哄抢，然后行动组突袭，包了个饺子。叶天书莫名地回忆起小木那狡黠的脸来了，这符合他唯恐天下不乱的风格。

其实这是一个线人相当完美的成就，却在最后抹了一笔不和谐的色彩，相比杨士卓认为的藏匿、销毁证据，叶天书倒更相信，是因为两人的私情而促使小木做了这么一个手脚。

“尽快查实涉案资金的总额。”

“是。”

“加快突审，这么多证据摆在这儿，我就不信他们不认罪，很难审吗？不是传销是什么？不是诈骗是什么？审不下来，换人上。”

“是！”

“人员甄别和遣返，钟队长，你多辛苦些，治安和派出所来的警力，交给你指挥，要尽快、安全、稳妥地把人员遣返，不留后患。”

“放心吧，范主任，我们已经开始准备了，天亮之前就可以完成。”

…………

“对了，杨组长，省台有采访的记者你接待一下，除了涉及案情的东西，其他可以谈谈，毕竟是潼关方面的成就，一定注意措辞。”

“是！”

出了门厅，各忙各的，记者一追来，杨组长直接接火了，省专案组几位趁隙离开。

安排妥当，巡视一圈，车队直驶开发区分局，陕省传销大案的若干骨干人员，全部就近羁押在这里突审，距离现场不到六公里，整个分局已经被重重戒严，在戒严圈外面，范文杰、叶天书、骆冠奇下车，终于重见追踪这一案月余未归的几位主力了。

连强、马烽火、张狂，快步上来，齐齐向几位敬礼，人瘦了，又黑又瘦，范文杰不知道准备了多少话，一叹气，却是一句也说不上来。

“闲话咱们回头再叙，人呢？”叶天书扮这个黑脸了，也只能由他来扮。

“在分局。”连强道。

“究竟怎么回事？”叶天书追问着，老马油滑，直摇头道：“我不清楚，我带队抓涂绅豪，刚回来，半路才和他们撞上。”

“你说。”叶天书问张狂。

张狂直撇嘴道：“我也不知道啊，从进金科凯越，他和我就分开了，我真不知道之后发生了什么。”

“连强，你也是这个态度吗？”叶天书问。

“那个……他和贾芳菲倒是关系不错，不过，我觉得还是给咱们办事的成分大点，那边顶多是逢场作戏，可是……”连强也讷言了，实在说不上话了。

至于问了没有，问了，小木啥也没说，看得出来，这小子铁了心要包庇贾芳菲。

而这三个小子，也铁了心包庇那个小子。

骆冠奇笑了，他意外地插了句道：“线人和嫌疑人产生案情之外的感情，这种事常有，不过想替嫌疑人开脱这种事，倒不多见，我倒有点喜欢这位线人了。”

“骆处，你就别添乱了，要是查实他真的销毁证据了，那将置我们于何地？卸磨杀驴，还是兔死狗烹？”范文杰看得远，一针见血地提出来了，他的角度不一样，有点厌恶这种挟功犯错的人。

这拨人没有急着进去，一方面在梳理案情，另一方面在等突审结果，当然，可能都没有讲的顾虑还有一层，现在最棘手的是小木了，没法处理，如果真要查实贾芳菲有重大案情，那小木这个包庇而且销毁证据的人，可就真要引火烧身了。

半晌无果，范文杰表态了：“你们别争了，想想，他毕竟是在册的红色线人，该怎样定调，就即便开脱，也应该有开脱的理由，这么多双眼睛看着呢，又是这么大的案子。3326，你的经验多，你说呢？”

“我没什么说的，反正我觉得不能针对他，他一没捞着钱，二没犯事，总不能给我们办了这么大事，我再把铐子锁在他手腕上吧？”张狂直接道，马上被叶天书斥责了：“你是执法人员，不是江湖好汉，有这么说话的吗？”

“叶组长，文明执法，依法办事，本身就是伪命题啊，真文明、真依法，那什么事都办不了，我们查都查不下去。”张狂道，直接把叶天书噎住了，是啊，从精神病院走到今天，就没有文明过，不是阴谋论者，都见不到这个结果。

“哎，对了，我想起来了。”连强突然道，他看了张狂一眼，其他人追问时，连强把小木的三个猜想说出来了，一听范文杰愣了，愕然问着：“什么？他猜到要对他采取措施？看看，我就说了，这小子是故意的，这么严重的问题他都敢犯，根本就是目无法纪。”

“等等，”骆冠奇插进来了，他好奇地问着，“你是说，他猜测钱丢了一部分？”

“对，他说很大一部分，原因是，主谋溜了。”连强道。

马烽火一听，十万个不相信地反问着：“不能吧？怎么越听他越像主谋了，什么都知道了。”

“不不，我倒是认同他的看法，一直没有确定这位老A究竟是谁，但案情紧迫，我们只能采取倒挂的方法，先撒网，后捡鱼，但以我的经验来看，这么大的组织和策划，那个主犯，绝对不会在现场。”骆冠奇道。

“是不是涂绅豪啊？他在三门峡设的中转点，还有在潼关隆发建材市场设的黑窝点，不论从资产，还是活动上看，都像这桩传销案的策划人……对，大部分传销教材，都是他的黑窝点出的。”马烽火道。

这个命题让骆冠奇不敢轻下定论了，像，又不像，又很像，但最终确定的，需要证据、证人、证言，又该从哪儿出呢？

讨论僵持时，电话来了，是省专案组直接联系的，范文杰接的，在接听后，一天行动斩获的兴奋一扫而光，他目光黯然地看着骆冠奇，喃喃地说了句：“不幸言中，刚刚核对的消息，起获的账户里，有一批先期进入账户的赃款去向不明，被转走时间，是今天下午十七时到十九时之间。”

“正是咱们行动时？”叶天书瞠然问。

“我靠了，这到底是谁？在咱们眼皮子底下做的案。”连强欲哭无泪了，辛苦一场，大鱼溜了，他没有注意到自己说了句粗话，还是马烽火赶紧捅捅他，示意他闭上嘴。

“别看我。”骆冠奇看了大家一眼，直接提醒着，“找线人，他最有发言权，我是凭经验猜的，如果他也猜到了，我想，他肯定发现了什么。”

不用讨论了，齐齐上车，通过戒严区，直进分局，一行人直接闯进了分局办公室，这个被用来滞留小木的地方很宽敞，小木依然是那个吊儿郎当的德行，吃着泡面，脚搭在桌上，有一下没一下地点着鼠标，那画面大家都看到了，是最简单的游戏：扫雷。

人进来的时候，他面无表情，或者说很倨傲的表情，谁也没理……

第四十三章 × 天崩地裂（5）

突审在迅速推进，其结果却让人大跌眼镜……

在问及所有有关纬恒商务投资事项时，所有的被捕大经理都称“不知情”，注册、企业代码什么的，都不知情，顶多知道的是总经理“林木生”策划的。对这些张口就是瞎话，编多少假话眼都不眨一下的传销分子，要不是专案组早有安排，你根本无从分辨他们说的是真是假。

应对审讯在传销里也是一门必修课，所有人的表情、语言如出一辙，像流水线生产出来的一样，对于警察的大多数回答一致：不知道！

处在副总经理位置的何玉贵是重中之重，这位赔了侄女又折钱的老传销分子选择了一言不发；而他那位和线人走得很近的侄女贾芳菲，又是一番说辞了，一直力证自己就是被雇来当秘书扮花瓶的，至于被捆成粽子是怎么事，她说了：“我喜欢性虐游戏，这不犯法吧？”

专案组突审人员连上两拨，无一突破，在这些靠嘴皮子吃饭、一开口就滔滔不绝的人面前，任何诱供都不奏效，所有人都在极力撇清和那笔巨额赃款的联系，因为他们清楚，参与传销和组织策划传销，是完全两个不同的量刑标准。

从异地抓捕归来的涂绅豪就不同了，查获的证据颇多，他选择了开口，但说出来的上线、主谋，也是林木生，还煞有介事地编造了一个“林木生”如何策划、实施这起传销的故事。

两个小时的突审，大量的询问记录，矛头齐齐指向“林木生”。

突审人员以为这个主谋是板上钉钉了，却不料从省专案组传来的回复是：重新制订突审方案。

没人知道，所谓“主谋”是高规格的线人，谁都可能是，唯独他不可能。

换上来的方案，主导方向放在去向不明的赃款上。

钱是个好东西，可这里表现奇怪的是，谁都不认赃款是自己的，哪怕金科凯越现场被砸出来的500万，也没人认账，都宁愿当贫下中农，说来说去，都是自己三餐不继，被传销组织骗进来的事。再审何玉贵时，何玉贵悲中从来，号啕大哭了，哭哭啼啼地说，不但一分钱没赚着，还把攒了十几年的身家全赔进去了。天杀的林木生，把老子坑惨了！

失控了，审讯暂时中止，不过失控也意味着心理防线的崩溃，突审组开始重点关注这一位。

扑朔的案情突审汇总到范文杰的手机上时，他正站在分局综合办的门口，盯着无动于衷的小木。手机传看了一圈，在这一拨知情人里，很清楚这些人的攻守同盟尚未打破，所谓“交代”，不过是照着剧本来演戏，传销组织对此已经有详尽的安排，连百般抵赖的招数也一条一条写好让你照本宣科了。

突破口，难道在这儿？

范文杰看看叶天书，叶天书却犹豫了，小木坦然自若的表情，让他有点汗颜，他回忆起初识时，自己百般劝服，强把他拉进这个旋涡里的旧事，换位想一想，能做到这个程度已经是孰为不易了，如果不是此事羁绊的话，这个小纨绔怕是早已回家，早过上他无所事事的生活了。

“你们谁去？”叶天书轻声问，声音几不可闻。

然后几只手，包括叶天书都毫不客气地在背后推了张狂一把，仿佛是张狂主动站出来一样，范文杰被大家这个小动作差点逗笑了，张狂有点无语地回看了一眼，然后走上前，好在有同行，骆冠奇跟着他，也上前几步，饶有兴致地打量着这位建立奇功的线人。

“你别这个德行好不好，谁把你怎么着了？”张狂直接说道，没客气。

“你也别这个德行好不好？我还没怎么着呢。”小木反驳了。

状似置气的一对，让骆冠奇笑了笑，他伸手示好，笑道：“认识一下，我叫骆冠奇，和你一样，也是临时聘到专案组的。”

“不客气，还是有差别的，你是自己人，我是外人。”小木握握手，淡淡道。

“你的事我清楚，看得出，你想保贾芳菲？”骆冠奇单刀直入地问，小木一怔，骆冠奇加着砝码道，“或者不是想，而是已经做了。在行动之前，把她捆在卫生间，搜走了身上的东西，这样的话，就避免她在现场被抓，而且避免在她身上查到与案情任何有关的证据？”

这是个难题，承认就意味着认罪，张狂不友好地看了骆冠奇一眼，又看看小木，生怕小木栽到坑里，没承想，小木点点头道：“对，这很明显，我没准备瞒着。”

说了这句，深谙法律的小木又补充道：“但你们也拿不出证据来，不管是证明她是主谋，还是我拿什么了，你们都没有证据啊。”

老范重重哼了一声，无语了，其余和小木相处不错、颇有好感的几位，郁闷了。

这家伙聪明一世，糊涂一时，这个糊涂也有着他的小聪明。

骆冠奇倒不急了，他拉着椅子坐下，回头看了范文杰一眼，没有什么表示，他放开直说了：“姑且不论对错，这么做，总有原因的吧？”

“不是不论对错，我知道是错的，可我，却还是那样做了。”小木舒了口气，思忖片刻，两手支着下巴，慢悠悠地说道，“当我看到很多人在精神病院，因为传销而变得神志不清时，我很痛恨那些人。那些把我带进窝点，逼着我为了自保不得不和他们一起骗人的，我恨不得把他们一个个都送进监狱。适逢良机，我和你们站到了一起，我不否认，你们是对的，不管用多么激烈的手段铲除这颗危及大多数人的毒瘤，都是正确的。”

他悠悠说着，并不是哀求，也不是博取同情的表情和口吻，话锋一转道：“执法在理论和宏观上，都是人性的，但从微观和具体到某个个体上，却是反人性的。像秃蛋，像我这样的，就算再有正义感，也是见不得光的，骗子在骗人，我们也在骗人，为了博取骗子的信任，然后再狠狠地骗上骗子一把，再然后，就可以用机智勇敢这个措辞，来形容我们自己并不光彩的行径，你说对吗？”

“对！”骆冠奇直接肯定道，“我当了几十年警察，对此深有体会，怎么说呢？这是一件无奈的事，在面对受害人家属时，难道我们能告诉他们，说他们的亲人遭了多么惨痛的不幸，不能，只能用谎言安慰他们；在面对媒体的时候，难道我们要告诉所有群众，他们生活的环境是多么糟糕，不能，只能用谎言敷衍；在面对形形色色的罪犯的时候，难道我们能告诉他们，你会被判多少年，你死定了？肯定也不能，我们会骗他、诈他，甚至用更激烈的方式对待他们，就为了把他们送去该到的地方，让其他人生活得更好一点，哪怕我们自己接受谴责，你说，我们有错吗？”

“没错，我赞成。”小木道。

“谢谢理解，那我就不明白了，为什么还要帮她？”骆冠奇反问道。

“因为我无法说服自己坐视不管，尽管她是有目的的，但我感觉得出，在某些方面，她是真的喜欢我，男女那种事，掺不掺假能感觉得出。如果我一言不发，如果我坐视不理，那和由我亲手把她推进坑里，又有什么区别？你们是警察，你们可以以崇高之名做这些事，而我，明显没有你们那么高的素质啊。”小木淡淡道，话里不无嘲讽。

“可她毕竟是嫌疑人啊，而且有可能是此案的主谋。”骆冠奇提醒道。

“错，她不是，她不过是一个恋爱失败，生活和事业都处处受挫的普通女人，被人领到传销这个行业淘金来了，我怕的就是你们过高估计她的位置，而对她采取什么手段。”小木道，他抬起头来了，很决然，很肯定，若有所思地说道，“说她是主谋，你们不觉得可笑吗？一个能做这么大盘子的主谋，会被我这样一个手无缚鸡之力的人捆起来？如果她真是主谋……那你们，似乎就不用出现了。”

很清楚，真是主谋，小木的事公事公办就顺理成章了，话里带刺的回答，让在场的几位很不舒服，骆冠奇又回头看了看范主任，再要说话时，小木却打断了他的话道：“你不必费口舌，明显你在组织里也不是主谋，说再多也没有作用。”

骆冠奇被刺激得眉头一皱，话咽回去了，这时候，范文杰无法保持沉默了，他踱步上前，骆冠奇把位置让出来。老范盯了小木几十秒钟，像在下决心一样，终于开口说道：“如果她是主谋，会被定为非法组织传销罪，你也要为此负责；如果她不是，那就简单了，你应该清楚，对于非法传销的量刑一直就很轻。告诉我，谁是主谋？”

“谢谢。”小木笑笑，直接说道，“大多数被捕分子，会指认我是主谋。”

“这正是幕后策划好的剧情。”范文杰道。

“再往深一步查，大经理们会指认何玉贵是主谋，而何玉贵会指认涂绅豪是主谋，涂绅豪呢，又会往回推，会说何玉贵，或者贾芳菲是主谋。”小木道。

“你的意思，他们都不是？”范文杰听出来了。

“对，幕后人无非两种情况，第一种情况，根本没有出现在你们的视线中，但操纵这么大个盘子，这么多的人，似乎隐藏在幕后不那么容易，所以我一直在想这一种是无法成立的，应该是第二种。”小木道。

“是什么？”骆冠奇急切问着下文。

“被所有人忽视的那一位，就是了。”小木道，表情显得玩味。

“杨梦露？”骆冠奇跳出个名字来。

啊？张狂几位齐齐“啊”了一声，然后叶天书马上指出道：“不可能，她是本案的举报人，一直和工商缉查总队的钟世海联系，她举报这些传销组织比你进入还要早，而且行动发起时，是她把更详细的收款信息资料交给了钟队长。消失的赃款，都是在本次聚会之前，由各大经理藏匿的款项，这些消失的赃款分属于七地二十多张银行卡，钱是在她被送走时消失的，那个时间段，一直有工商缉私队的人员陪同着，她根本没有机会将其拿走，远程操纵都不可能，时间点卡得太准，否则那些大经理知道了，早炸锅了。”

否定了，杨梦露根本没有作案的时间和机会，不过好在也猜错了，小木所指的并不是她，他提醒着：“我说的不是她，她太显眼了，不适合这个身份。”

“那是谁？”张狂想得头痛欲裂，却想不出还有一位这样的人。

“我、你们都犯了灯下黑的毛病了。”小木道，“第一，收罗、组织、策划这么大的一个传销摊子，没有经验办不到，没有人脉办不到，所以应该是个老手。第二，从3000多的收费，飚升到69000，这种明显的犯罪升级，也不可能是入行几年的新手所为，一个很大的资金盘子在不同的人手里转来转去，没有信任基础办不到，那更说明，这个组织磨合得相当严密。第三，主谋肯定是一个让所有人信任的传销死硬分子，绝对不会妥协、和警察合作的那一类人，这些人被抓之后罪名都不重，如果想出来还有东山再起的机会，必须依靠这类人，传销打而不绝的根子也在此，他们犯罪所得，远远超过犯罪成本。第四，传销的上下级之间是不联系也不认识的，这个人，可以把所有人连在一起，而且，应该是被警察忽视的一位，只有被忽视，他才有机会从容地作案。”

张狂脸色耸动，像碰到了什么恐怖的事一样，脱口而出道：“你是指……卢疯子？”

小木笑了，点点头。连强和马烽火面面相觑，老马道：“不能吧，他可是真疯了，这边开始时，都把他送进精神病医院了。”

“那就更好查证了，查一下他还在不在就知道了？你们不觉得，住在精神病医院，是个再好不过的掩饰了？这就是个疯子的生意，不疯还真玩不转。”小木道，想通了所有的节点。

面面相觑了片刻，范文杰直接拿起了手机，拨回到专案组求证，这个求证需要转接到异地警方。等着电话时，大家的心都在抖，要是这么个疯子，把数千警力摆了一道，最后拿着钱逍遥法外，那可要滑天下之大稽了。

小木静静地看着，好像很确认这个结果，他没有再嘲讽这些警察的张皇失措，其实连他也是刚刚想通了其中的蹊跷，就像他了解过的高智商犯罪一样，要么达到目标，要么达到次要目标，而现在，消失的赃款已经证明，目标达到了。

电话用时 15 分钟才打回来，范文杰开着免提，就放在桌上，他似乎想求证一下这个匪夷所思猜想的正确性，专案组接通了异地警方的电话：

于六月十八日被送进精神病医院的患者卢鸿博，于六月二十二日下午十五时会见家属时逃跑，去向不明，正在查实精神病医院管理是否有违规行为。

跑了，消失了，消失的时间是在今天，行动开始之前，这个巧合意味着什么，让从警的诸人有一种毛骨悚然的感觉。如果真是卢鸿博的话，那今天的警力、今天的行动，将会成为这个疯子最精妙的一步棋：

火中取栗，然后逃之夭夭。

办公室死一般的寂静，空气像凝结了，气氛降到了冰点。

第四十四章 × 天崩地裂（6）

扫除行动从晚九时开始，渐渐接近了尾声。

除了潼关，余地的传销团伙基本都是被洗劫过的贫下中农了，路费都得警方想办法解决，而这一次的清运相当庞大，仅俞林市一地就有千人之众，各地仍有零星汇总回来的人员，粗略计算，人数已经过万了。

专案组的人越来越少，分赴各地指挥甄别人员的、组织遣返的，还有根据经侦查实信息，连夜和省各行接洽，冻结账户的，很快，偌大的一个专案组，已经看不到几个人了。

徐厅没有走，在楼道里接了一个长长的电话回来之后，就一直阴着脸，同来的工商领导没敢多问，尔后，一向谨慎的徐厅却发布了奇怪的命令：敞开调查，并向媒体发出了邀请信息。

而且又来了一个市局的总动员，本来保密规格相当高的行动，一下子像解密一样，动员的市局人员，就近分赴全省数个重灾区，协助梳理案情，并建立有效的反馈通道，要尽快消化掉这个不稳定的因素。

是夜，不知道多少警车在通往各地的交通要道上，披星戴月、风驰电掣。

不知道多少各级的新闻采访车，与警车同行，奔赴一个足以引发全国瞩目的新闻发生地。

这样一股浊流、一股裹挟着沉渣泛起的浊流，随着雪片般飞到网上的图片报道，席卷着整个网络，那些被查抄的窝点、那些汗牛充栋的笔记、那些被洗脑后像行尸走肉的受害群众，为外部揭开了一个疯狂世界的端倪。

还好，这一次，没有舆论指责警方的行动……

二十一时四十分，叶天书看看手机上的显示时间，然后翻开了网页，在短短一个小时里，陕省警方的重大行动，解救近万传销人员的新闻，已经登上了各门户网站的头条。

他默默地把手机递给骆冠奇，骆冠奇扫了一眼，又示意范主任看，范主任瞥了一眼，却是兴致不高，新闻之于警务人员，大多数时候都太过缺乏真相，比如这些由记者报道出来的东西，就阉割掉了很多，真相远比现在能看到的残酷多了。

具体怎么样被洗脑省略了，那种封闭的环境，为了洗掉你的反抗意识会无所不用其极。

由此引发多少刑事案件省略了，被逼急了跳楼的、铤而走险的，还有炸群出现内讧的，在这个疯狂的世界，本不相干的人会打到头破血流，就为了一个虚无的“发财梦”，那些真正发了财的，谁还会管他们的死活？

还有一个更深层次的社会问题，一个成员就意味联系着一个家庭，毁掉一个人，带来的连锁反应会有多大谁也无法估量，或许那些能被遣返的都算幸运的了，很多不幸铤而走险的、精神崩溃的，恐怕再也回不到原来的生活了。

现在，这些始作俑者就在他们面前。

分局的监控微机室，被隔离的十数位大小头目，审讯处于暂停阶段。不愧是长年浸淫传销洗脑的人物，在他们中间，竟然没有一个惊慌失措的。

“骆处，你说得对，对于传销的打击和量刑，确实太轻了，这些人，送上断头台都是合乎民情、顺乎民意的事。”范文杰道了句与他身份不相符的话。

骆冠奇笑了，轻声道：“如果传销会被判死罪，那他们肯定能找到新的作案模式，他们会想尽一切办法规避法律风险。”

“其实这句话是贬义啊，可在现今的社会中，好像味道变了。”叶天书道，各行业都在讲这句话，其中的潜台词是，要绕开法律的条款。

“是变了，整个社会的大风向，不再是以道德的高低标准取向，而是以贫富差别来分门别类，那肯定要颠覆很多东西，比如，当一个人不违法，可也不道德，或者违法却没有受到制裁，这类事情其实对法制环境的破坏最大。”骆冠奇道，说完了，他还看了范文杰一样，歉意道，“对不起，范主任，我是随口说说。”

“没事，我们不道德的地方也不少，这次我的感触也不少啊。”范主任道，他扬头示意，“挑一个吧，验证一下。”

没有证据能够表明，是卢疯子在操纵着这一切，而被捕的人中，竟然没有一人提到卢疯子，这个意外的结果，让专案组一行更确定卢疯子的涉案可能。

骆冠奇分析着：“化名张飞的张安平，马步方也就是马剑峰，还有董辰圆、刘勇这些大经理，我想他们的位置应该比何玉贵低一级，可能他们眼中的‘贾老板’就是涂绅豪，但何玉贵也在言辞凿凿说贾老板确有其人，这好像就说不通了。”

“杨梦露呢？如果中间还夹了这么一位传话，那就说得通了。”范文杰提醒着。

“那说明，何玉贵这个人智商还不算够用，应该是被推到前台当枪使了。”骆冠奇道。

“会不会真像线人判断的，这一个局中局，这一帮人在设局，全省范围内广种薄收，是为了掩盖潼关的大手笔；而我们也在设局，设局把他们套进来，在我们和他们对垒之外，也有人在设局，而且设的局，不但把他们，也把我们都算计进去了。”叶天书道。

高智商犯罪，要么达到目标，要么达到次要目标，操纵者会立于不败之地。

这是一个繁复的设局，等于是牺牲了上上下下同伙，自己带着钱远走高飞。骆冠奇想了想，意外地点头了：“很像传销金字塔尖老A的风格，出卖果断、六亲不认。”

“那最容易撬开嘴的一位，就是他了。”范文杰指着涂绅豪道。

涉案最重，损失也最惨重，如果真是被同伙骗了，那就容易策反了。

三人齐齐点头，意见统一了，从涉案最重的人身上下手……

窗外的星光如豆，肃穆的天空显得缥缈，就像即将失去的自由。

囿于一室的涂绅豪刚刚走出被捕的心理适应期，这时候他在下意识地告诫自己：挺住，挺住！

必须的，挺住，否则你就得接受坦白从宽、把牢底坐穿的结果，和那些狡猾的警察打过交道了，他们的心理把控能力丝毫不逊于专业人士，就像刚才接受的询问，他们会试控你讲会钱是怎么收的，交了就没事了。会让你供出同伙，然后告诉你没事，其实他妈都是一条绳上的蚂蚱，没事才见鬼呢。

咣……门开了！

又一场审讯开始，换了两位穿着普通半袖衫的男子，年纪都较大，在涂绅豪看来，差不多应该是同等量级的对手了，他睁开了眼，睥睨着对方，又闭上了。

“不要这么顽抗，我们不是审讯的，来找你谈谈。”骆冠奇突来一句俚语，广西土话，接近白话的发音，叶天书根本没听懂，不料涂绅豪顺口说着：“有什么谈，有证有据就判吧。”

然后，涂绅豪眼睛猛地一睁，直眨巴：他妈的，露馅了。

叶天书笑了，卢疯子就是广西人，那么这两位，肯定在某些地方有点交集，最起码交流没有障碍。

“开局不错，来，抽支烟。”叶天书客气地说道，自点一支，隔着桌子递过去，直接递到了涂绅豪嘴上。涂绅豪也没客气，叼着抽着，警惕性上来了。

“其实我们非常同情你啊，像你这样的大人物被出卖，心情肯定不好受啊。”骆冠奇道。

涂绅豪“切”了声，笑了，没理会，在他的所知里，车上查到的东西不足以定罪，三门峡的窝点，他可以推到何玉贵或者贾芳菲身上，潼关的事嘛，就是那位“林总”主持的喽。

“有句话叫不怕狼一样的对手，就怕猪一样的队友，您认为如何？”叶天书道。

涂绅豪有反应了，直接否认：“我不认识他们，不信你把他们叫过来对对质，看他们认识我不？”

不承认，也不用承认，何玉贵以下的大经理，级别还不足以认识幕后这位洗钱的。

叶天书没理会，像自言自语道：“其实这句话不准确，应该这样说：不怕猪一样的对手，就怕狼一样的队友。因为堡垒都是从内部攻破的，不瞒你说啊，刑事案件里，有一半侦破来自涉案人员的供述，如果都宁死不屈的话，我们这警察根本当不下去啊。”

像只乌鸦般絮叨，听得涂绅豪不明所以，他也不敢轻易接茬儿，生怕进了套子，只是抽着烟，警惕地看着。

“别觉得我们诱供，我们不说话，让事实说话，让事实告诉你，你是怎么被出卖的。”骆冠奇道。

平板，放在眼里，现场录制的东西，第一个文件播放：马土锤在痛揍大头、大嘴两人，接着又举报涂老板的黑窝点，土锤兄弟说了，这事不能传出去啊，否则哥的名节没有了，在道上没法混了。

哦哟，可把涂绅豪给气得翻白眼了，咧着嘴、苦着眼，恨不得把这个蠢物剁上几十刀。

“第二个出卖你的人，你猜是谁？”骆冠奇笑着问。

涂绅豪没吭声，眼睛阴骛地盯着看，平板的文件开始播放，是地下停车场，杨梦露把东西交给钟队长，然后匆匆离开，关于杨梦露的，这是仅存的东西。

不过这个东西足够了，一下子看得涂绅豪如遭雷击、目瞪口呆了，嘴唇翕动着，一直在喃喃无声说着：不可能啊，不可能啊。

“不想说点什么？我知道你期待着疑罪难判，然后顶多安个非法经营罪，判上三五年出来，还有人资助你东山再起，对吗？”骆冠奇问，涂绅豪不敢吭声，叶天书提醒着：“可惜了，今天的收款没有转走，可在此之前的收款，下午五时以后，被人分批转走了，那个时间正是你准备逃走的时间。你说，拿走钱的是远走高飞呢，还是会顾念和你那点同伙之情？”

涂绅豪欲哭无泪了，无法证实的真相、纠结的心情，让他显得难堪不已，叼在嘴上的烟忘了抽了，滞滞地看着两人。

“你可以不说话，别以为我们没办法判你，还有第三个出卖你的人，想知道是谁吗？”骆冠奇道。

“谁？”涂绅豪绝望地问。

门，应声而响，踱步进来了一位，看到这位警察，涂绅豪的眼睛凸得快掉下来了，烟头从嘴唇上滑落，掉到裤子上都浑然不觉，那表情，状如白日见鬼一样，被吓傻了。

是张狂，他抬步上前，把烟头捡走，笑笑道：“涂老板，感谢你的盛情款待，等你服刑期满出来，我们还可以做朋友啊，我很欣赏你的豪爽。”

敬礼，叶天书摆摆手，张狂离开，骆冠奇笑着问：“是不是不用我们问了，光假扮国家公务人员就能判你三年以上徒刑，印制非法出版物、非法经营、策划组织传销，数罪并罚……我说涂老板，您这个主谋的后半生，得在监狱里度过了啊。”

涂绅豪崩溃了，一闭眼，嘴咧得大大的，痛不欲生地嚎道：“主谋？我就是玛拉戈壁滩上那只最倒霉的……哎呀，坑死老子了，怎么这屎尿都扣老子头上了，我连传销那些坑货都认不全，我有那么大能耐吗？你们不能抓不着主谋，把事都扣我身上吧？”

“可目前看来，只能是你啊。”骆冠奇道。

“所有的证据都指向你啊。”叶天书道。

被讹住了，涂绅豪两眼血红，很快反应过来了，这个死局唯一的出路，只能是出卖其他人，只是出卖，那意味着，从此之后，再无后路。

骆冠奇和叶天书起身，貌似要走，根本不准备谈的样子，临近崩溃的涂绅豪急急开口道：“嗨，嗨，别走别走……我交代，我全部交代，我、我、我要检举……”

没有意外，检举的那一位姓卢，名鸿博。

两人一直在暗中合作，以一个虚拟“贾老板”的名字组织各地传销团伙，从中牟利，一个负责人员组织、一个负责钱款洗白，两人分工合作已有数年之久。

主谋，终于确定了。

不过却没有带来一点欣喜，销声匿迹的主谋和他带走的赃款，成了此次行动最大的遗憾……

第四十五章 × 天崩地裂（7）

凌晨二时，审讯全部中止，专案组与地方会同，集中精力清理纷乱的账务。

在外部，人员的甄别仍然在继续，蜂拥而至的媒体谁也舍不得放过这样难得一见的新闻素材，连邻省的也来凑热闹了，网上已经传得沸沸扬扬，省城专案组开始布置当日的新闻发布会，厅局里的笔杆子都被调来了，就为了连夜加工这个要公之于众的案情通报。

凌晨四时，除滞留潼关的涉案人员，以涂绅豪、何玉贵为首的十余名重点嫌疑人，被解送异地羁押，这个异常的决定透出对当地警方的不信任，市局的领导连夜把状告到了省专案组，告状的时候才知道，是省厅来人亲自押解的，于是知趣地闭嘴了，行内人肯定猜测得出，不是案情重大，就是案情反复。

此时，铁路公安也总动员了，自俞林、延川、富县等地，多个车次加挂车厢，分批遣返传销人员，恐怕受害者不止他们，多地的警力被调空了，为了送这些人，连最基层的派出所都被抽走了近一半的警力。

一个蔓延全省的毒瘤带来的危害，在以迅雷不及掩耳的速度消除。

凌晨六时，最后一稿在厅局笔杆子熬得通红的眼中出炉了，以涂绅豪、何玉贵、马步方等嫌疑人为首的传销团伙，精心策划了明修栈道、暗度陈仓的作案模式，在外围，纠结几十名臭名昭著的传销分子，在全市十余地市发展下线，建立传销组织，通过洗脑的方式大肆敛财，在引起多地的警方注意时，他们又以此牵制警力，在靠近省境的潼关市，炮制了以纬恒商务投资为名，假托“资本运作”名义，变本加厉地实施侵财犯罪。

这个故事足够匪夷所思了，即便拿掉了其中关键的地方，也不影响它的震撼力，因为，还有一组组真实的数据支撑，当天“6·22”打击非法传销专项行动，捣毁窝点27个，抓获经理级头目120余人，解救传销人员9400余人，各地收缴的非法资金，逾5000万元。

上午八时，陕省公安厅新闻发布会，此案一经发布，便迅速登上了全国各大网站及媒体的头条，在内陆省份也发生这样大的传销案例，让观者一片哗然。

上午九时，一辆无标志的越野车驶进了闹闹嚷嚷的省城西客站广场泊定。

这里已经成了警车和警察的海洋，自广场至候车厅，直到登车，都是警察排着人行通道，在数着脑袋，声嘶力竭地维持着秩序，相比其他地区，省城郊区窝点的几百人实在不够看，不过造成的乱子也够大了，前一天是省治安总队全员出动，才把这些传销分子鼓噪着要围攻市政府的气焰压下去。

透过车窗望去，那些依然穿着廉价西装、背着简单行李的男女，唯一不同的是脸上狂热的表情已经被一种颓丧代替，喊到名字时，一个个在磨磨蹭蹭地走着，小木的眼光注意到了一位，也是高个子，塔沟武校那位，站起来比遣送他的警察要高出一个头来，小木想不出他怎么又流落到省城这儿，不过那高大的身躯、那愤怒的表情，让小木心里像被刺了一下，很不舒服。

车里坐的是熟人了，连强、马烽火和司机，再加上张狂，在他们脸上同样看不到大案告破的欣喜，这类传销案的受害者不是一个两个，而是几百几千人，那些受害人的境遇，足够冲淡你心里除了怜悯的任何情绪。

“这是最后一拨了。”马烽火轻声道。

“出了好几起乱子，劝着劝着就打起来了，咱们这儿算好的了。”司机道。

连强似乎还没有从连夜归来的疲惫中恢复过来，他撇撇嘴道：“打掉团伙组织，能消停几年了。我就不明白了，好好的日子咋不能过，前几年邪教也是这德行，不种地不上工，天天学什么功，非学成神经病才算圆满。”

“有黑就有白，有警就有匪，要是没有对抗，没有对错，那生活和生命就没有存在的意义了。”张狂意外地感慨了一句。

几人都看他，似乎奇怪，这个糙人好像被小木感染得有文化了。

反倒是小木变糙了，不耐烦地说道：“走吧走吧，说这些屁话有什么用？！”

司机笑了笑，倒出车来，直驶向机场路。张狂问他道：“有什么感想？”

“你希望我有什么感想？”小木反问着。

“希望你明白，再值得同情的坏人，他仍然是坏人，他做的大多数事都是坏事，是坏人，就应该受到惩罚，否则这个世界的公平就无从谈起了。”张狂道。小木翻着眼反驳着：“这个世界有过公平吗？我和这事一点关系没有，你们硬把我拉进来，办了这么大事，回头差点又把我抓起来。贾芳菲才多大？她能操纵起这么大团伙来吗？以起码的逻辑判断她也不应该是主谋啊？假如仅仅是一个参与的，也被你们定成重点嫌疑人，这也叫公平？”

砰砰几句，张狂傻眼了，这歪理好像更有力。马烽火见小木情绪不好，劝他道：“贾芳菲的事领导不是说了吗，查实定性后，依法办就行了，她要真涉案不重，也不是大问题啊。”

症结还在贾芳菲身上，怎么也看不出睡了两天感情发展得有多深，小木要冒着坐牢的风险，死力保她，而且还保成功了，身上没有搜到赃款等证据，贾芳菲对于拿钱的事又矢口否认，传销团伙又从来都是拿钱不签字，看样子还真定不到非法组织传销罪名里。

这其实是给警察带来了更多的麻烦，张狂想想道：“已经是网开一面了啊，你别蹬鼻子上脸，好不好？别说线人了，就自己人犯了错，回头都得关禁闭、停职、写检查。”

“谁蹬鼻子上脸了？就事论事，为什么揪住人家的错不放呢？有多大错？就算有错，也功过抵消了啊？”小木道。连强听不进去了，不解问着：“她有什么功啊？”

“我的功啊，我的功抵她的过还不够啊？”小木道。

一车人扑哧全笑了，团伙里待了几天，小木的耍无赖水平大有长进，明显是在胡搅蛮缠。其他人不理他了，要不是看在真有功的份儿上，搁这几位糙警，非把他摁住揍一顿不可。

可不说话，又很沉闷，而且不得不承认，小木肚子里的货色确实不少，走了不远，连强就好奇问着：“林子，我就搞不明白了，就是个逢场作戏，你至于这样吗？”

“简单点说啊，就是个站街妹你糟蹋了人家一通，好意思不给点钱啊？”小木如是道。那几位竖着耳朵，扭过头来，好奇地看着他，似乎小木的品位不该如此之低。小木说：“我们之间发生了什么，你们知道，其实色诱也是剧情之外的，她根本没必要这么做，我就一个人，跑都没地方跑，上面有涂绅豪压着，身边又有人看着，她就什么都不做，我都得按着他们做好的剧本来演戏。”

“什么意思？”马烽火没明白。

“意思就是，她喜欢我，我也喜欢她，哪怕就是露水姻缘，也是出于喜欢，而不是出于什么目的。她一直把我当成同行，她虽然是骗子，可我，难道不是一个更坏的骗子？不但骗她信任，而且骗她上床，最后还是骗过她，把她交给警察……我当时犹豫了很久，后来下不了决心，我要就那么把她推坑里，她将来知道实情会恨我一辈子。”小木道，在对待女人上，他总是下不了狠心。

“不管你怎么做，她都会恨你一辈子的。”张狂道。

“区别在于，我可以心安了……跟你们说感情干什么，你们又不懂。”小木落寞道。

“那……说说案情，什么端倪都还没发现，你怎么就知道主谋拿钱跑路了？”连强问。

“就是啊，你当时怎么就想到卢疯子了，要早说多好。”张狂懊悔地说道。

“这就是高智商犯罪的特点，从犯罪的角度讲，如果得逞了，他们团伙获利可观；如果失手了，他本人获利可观，要么达到目标，要么达到次要目标，幕后必须立于不败之地。从警察的角度讲，你哪怕是行动当天就抓着他，他还是个疯子的角色，不会成为操纵幕后的人，当然，如果他意识到有危险，那潼关的案子根本不会发生……也只有在他觉得绝对安全，已经跳出你们的视线之后，才会实施作案，所以，早知道是他也没用，你们已经抓了他无数次了，不照样没定罪吗？”小木道。

这算是个邪门人物了，现在想想，还真是对卢疯子佩服得不得了，幕后和涂绅豪策划，前台却大摇大摆地当讲师忽悠，被警察抓住就装疯卖傻，前脚一放人，后脚就继续干，碰上这种货色，谁又防得住？

“厉害啊。”连强凛然道。

“当然厉害了，他见我第一面，就看出来我在国外生活过很长时间，而且家境不错，还看出我母亲去世了。我早该想到，这么精明一个人物，就真疯了也不可能是普通人啊，怎么可能会在中途莫名其妙地被撵出局？”小木道。

“不，我是说，你很厉害。”连强朝小木竖了个大拇指。

“别拍马屁，我和他还差一截，最起码我当时就被秃蛋骗了，一直觉得他不对劲，但说不上来原因。我现在都怀疑，卢疯子把咱们俩都拉到伙里，是不是有故意的成分，以他的眼光，不可能漏掉你身上的破绽啊？”小木道，狐疑地看着张狂。张狂不信地问：“难道，他能看出来我是卧底？既然看出来，那就不应该把我带到团伙里啊，那样岂不是引狼入室？”

其他人笑了，小木却若有所思道：“如果真是如此呢？你想一想，混迹了20年，家破人亡了，天天被警察追来追去，是谁都会厌倦这种生活啊，假如有一个机会能拿到一大笔钱，可以潇洒地过上富家翁的退休生活，为什么不呢？丢了1000多万啊，就这个案子做成功，以团伙的分成和消耗模式，他都拿不到这么多。”

“你是说，他把同伙都出卖了？”马烽火惊讶道。

“这个还用奇怪吗？涂绅豪不也只坚持了几个小时，就把他出卖了？而他出卖，把这些人送进监狱，等出来，还不都物是人非了？这样多好，没有直接的涉案证据，仅凭涂绅豪的口供，连通缉令都签不下来。他这样安排，藏得这么深，等警察明白怎么回事，他早就远走高飞了。我甚至可以判断，这时候，卢疯子没准正窝在那个角落里，等着看陕省特大传销案的侦破进展呢。”小木道。

说得众人凛然心惊，不过这一点倒让张狂嘘了口气补充道：“他要看着就好了，涂绅豪和何玉贵成了主谋，正是他愿意看到的。”

“那当然，恐怕警方也不愿意承认被一个疯子骗得团团转，最后还让他捞了一大笔钱跑了吧？”小木道。

话里又有刺了，张狂剜了他一眼道：“你他妈一天不讽刺我们几句会死啊？”

“死倒不至于，就是活得不舒服啊……啧，这次谁是头儿啊？民主推举一下。”小木问。

三根手指，齐齐指向他，虽然口角不断，但经历了这么多，早已被小木的古灵精怪折服了，此时方见小木的笑脸，他大气地道：“那我就不客气了啊，得定规矩啊，规矩就一条，谁敢对我说难听话，扣伙食费啊……谁敢让我不高兴，小心我半路溜了啊，反正我也不是嫌疑人，你们没治啊。”

“哎哎，对，怎么会呢？”连强赔着笑脸。

“没事儿，林子，他再敢骂你，我们俩摁住他，让你下手。”马烽火道，哄着小年轻高兴。

小木哧哧坏笑着，全身直颤，看看张狂，身子挪挪问他：“秃蛋，瞧见没有？你已经被出卖了。”

“少他妈嘚瑟，要什么结果也没有，我路上非弄死你。”张狂脸上肌肉颤抖着，恶狠狠地威胁着，这种话已经威胁不到小木了，他笑着反问：“那你的意思是，等有了结果，我他妈弄死你，才算公平。”

张狂不废话了，直接掐脖子勒人，可不料小木手更快，早伸到他腋下挠痒痒了，五大三粗的张狂还就怕这个，一痒一笑缩起来了，直接被小木斥为怕非礼了。

一路笑声，直驶机场，司机把四人送上飞机，匆匆回返。

这是最后一招亡羊补牢的棋了，三位从头追踪的带着小木，去追捕卢疯子留下的踪迹。专案组运作如常，只是这几人的名字都被从行动里剔除掉了，就像从来没有出现过一样，已经爬上头条的新闻，涂绅豪、何玉贵忝列主谋的位置，已经是毋庸置疑的事了……

第四十六章 × 万里寻踪

一起大案的背后，总是纠结着无数个说不清是非曲直的小故事……

六月二十二日的行动，最终被省厅定名为“6·22”雷霆行动，据说是为了宣传的需要，因为陕省这个内陆省份，少见类似规模的大案，新闻发布会之后，省城以及全国性的媒体都进行追踪报道，案情其实还没有捋清楚，可由此演绎出来的故事版本已经有若干个了。

最先受了处分的居然是潼关的行动组总指挥杨士卓，他向媒体爆料，是由警方的卧底以及打入传销组织内部的线人共同提供的消息，新闻刚见报道就被勒令纠正，省公安厅公开澄清此事，根本没有什么卧底，都是侦察员，至于线人，那更不可能有，我国根本没有警方可以使用线人的制度，不过确实有举报的群众，而且举报人非常多，这也恰恰证明了打击非法传销，是顺乎民情、合乎民意的事。

杨士卓刚被纪律处分第二天，又出了岔子。潼关遣返的传销人员，因为每人入传销交纳的钱无法追回，被遣返次日，又有 200 多人折回潼关，估计是钱找不回来咽不下这口气，去公安局闹事吧，又不敢，于是商议之下，齐齐堵在市政府的大门，要求还钱。

其实没什么用，他们堵了两小时就被武警撵走了。

这件事还没完，又开始出洋相了，工商的缉私总队和公安交涉，要就缴获的非法资金出一个合理的处理意见。两家就此事大会小会开了几次，也没达成一致。

钱的事还在纠结之中，警务上的事又来了，陕省的 402 专案组在全国打响了名头，跟着就是各省的兄弟单位来学习的、取经的络绎不绝，专案组的疲于应付了，只得出个下策，召集警中的笔杆子，做了若干份汇报资料搪塞，一被问到详细案情，全部以“暂不透露”盖过。

一周就这样忙忙碌碌地过去了，都不知道干了些什么。

但很清楚的是，大案带来的震撼是非常有限的，很快这个震撼性的故事，会被娱乐八卦消息代替，会被各地无节操的新闻代替；那些惊心动魄的故事，会成为犄角旮旯偶尔一张废报纸上的残页，很快被遗忘……

前方的追捕，依然毫无进展……

六月二十三日，行动结束次日，张狂、木林深一行追到了武昌市，这里是杨芸（即杨梦露）的籍贯地，按着户籍按图索骥，找到了杨芸的前夫，不出意外，两人已经阔别十余年再无往来，前夫已经组建了新家庭，说起杨芸，忍不住的惋惜里透着依恋。

没错，她是受害人，两人分手的时间，正是杨梦露抛弃家庭，加入传销组织的时候。

意外的是，前夫的父母对于杨芸的赞誉甚至超过了对其现在的妻子，杨芸和前夫的孩子已经十二岁了，孩子跟着奶奶过。小木和那个孩子待了几分钟，得到了很多信息，孩子口中的妈妈，每年会都回来看他，总会给他寄好多玩具和书。

这个信息让小木难过了一天，无人知道原因。

六月二十四日凌晨，一行人抵达北海——传销的总发源地。他们在先到一步的骆冠奇的陪同下，找到当年抓过杨梦露（杨芸）的警官，警官描述又是另一种情形。捣毁传销窝点时，杨梦露已经痴迷到不认识人的程度了，据这位警官隐晦的介绍，杨梦露早被骗穷了，之所以还能留在传销组织里，仅仅是因为有几分姿色，于是就被传销头目用作拉拢下线的肉弹。

继续深查，杨梦露有两次被当地派出所治安管理处罚的卖淫记录，前后反差如此之大，让办案人员齐齐瞠然。

不过并不难理解，一个被毁掉廉耻的女人，她的余生，无论再做出什么事来，都不会让人奇怪了。

但之后却发生了奇怪的事情，她没有流落街头，反而华丽丽地转身了，这个奇怪的变化从骆冠奇提供的卢鸿博的资料里得到了印证。卢鸿博第二次入狱被判刑，其时杨芸正属于那一批被打击的传销人员，两人在同一传销组织里，一个是声名远播的教父型人物，一个是艳名四播的女传销员，二人一定是在这个时间段认识的。

之后，一位入狱，一位流落街头。而入狱服刑出来的，也会是流落街头的结局，两个人都没有家了。

命运落到低谷，就会反弹，两个命运都落到低谷的人，一定发生了什么故事。

这是小木的推测，作为警察，很难相信不是基于任何证据基础上的推测。

六月二十六日，自北海至三明、厦门，连过数市，都是一个通信记录在支撑着追踪线索，是杨梦露曾经使用过的一个手机号，但这样的寻找无异于大海捞针，一次又一次的试错，一次又一次的失望，四人团队的士气降到了冰点。

只有小木还抱着一份信心，他对于那位美女的兴趣，似乎更大一点，有关杨芸、卢鸿博十余年前的旧案，他看得津津有味。

谁也没想到线索会这样冒出来，二十六日下午，小木在疑似信号出现地的厦门一幢小区附近，又使奇招了，他画出了一个温婉的少妇形象，少妇就是杨芸，这个形象的油画肖像，随即被附近很多人认出来了。

她在这里叫顾华彤，住过很多年，连物业都认识她。认识她是什么原因呢？她在前不久刚刚委托代理卖掉这里的一套两室一厅的小房子。成交时间，是追捕小组来此的前一天。

要走了，这已经毋庸置疑，她的嫌疑在慢慢变大。

浮现的线索，在六月二十七日，漳州接续上了，消失的杨梦露重回追捕小组的视线，没有惊动她，一直追着，意外地发现杨梦露并没有隐藏身份，用的是她的真实身份：杨芸！

漳州到广州、到深圳，旋即又回返，到珠江市，绕了很大一个圈子，就像出来旅游一样，出没在各地的商场、景区。

追捕组明白，抓捕的时机非常重要，否则你怎么抓的，还得怎么放。杨芸是“6·22”行动的举报人，没有什么证据能证明她涉案，如果不是小木一力分析这个女人是半个主谋的话，估计专案组都不敢把全部精力用在她身上，毕竟是举报人，而不是嫌疑人，如果她真和幕后卢疯子是同谋的话，那抓住她以后，另一个又会人间蒸发了。

一直小心翼翼地跟着，骆冠奇从邻省紧急调拨了几人支援，一路追到了珠江市……

追捕的希望渺茫，家里焦头烂额。这一日范文杰匆匆赶回专案组，从案牍劳形中抽空出来，在已经撤去大部分警卫的后勤装备大院子，叫来叶天书，两人没有上楼，直接踱步到楼后小叙。

案情在推进，有关被捕的大经理们，那拨以马剑峰（马步方）、董卓（董辰圆）为首的，究竟干了多少，还在挤牙膏，挤得很辛苦。其实这帮人的损失比想象的惨重，当天准备发奖金的500万，是所有大经理凑的，本来准备演一出戏后再回到腰包里，谁可想出了岔子。叶天书喜不自胜地汇报道，这馊主意，居然是线人木林深给出的，居然被采纳了。

范主任也是哭笑不得，这群骗子，被个小骗子骗得把底裤都输光了。他翻翻电子通报，最关切的不是涂绅豪，不是何玉贵，而是那位叫贾芳菲的女嫌疑人，真实姓名贾圆圆。在她的案卷前，范文杰下意识地多看了几眼。

叶天书提醒着："……涉案不重，她是何玉贵的侄女，是被何玉贵带进组织里做账的，根据她的交代，她的任务是把到账的钱，按着名单往下分派，潼关的纬恒商务投资一干事务，基本都是她在操办的。"

"哦，那就好处理了。"范文杰道，寻思着这位是不是可以网开一面，如果依法办理的话，似乎还缺点什么，他问着，"查到证据了吗？"

叶天书摇摇头，没有。这个疑问他没有讲，应该有，而且肯定有，但可能找不到了，当天的现场太乱，光银行卡缴了几千张，假设那位线人做点小手脚的话，还真是无法证实了。

"这……臭小子！"范文杰递回了手机，嘴里如是说着，不过话里却没有愠怒了。叶天书小心翼翼道："小木其实很识时务，看人也看得很准，如果贾芳菲真是所谓的'贾老板'，我估计逃不过小木那双贼眼，这个贾芳菲啊，就是个普通涉案的，两人有那么一点私情。"

"还好，要真是重点嫌疑人，我估计他会站到另一个阵营里。"范文杰道。

"前方怎么样？"叶天书抓住时机问。

"杨梦露，也就是举报人杨芸，她这里应该是条线索，我现在感觉，工商缉私上也应该有问题，杨梦露最后提供举报信息、赃款消失，和咱们开始行动，几乎是同一时间，这个时间点卡得太巧了。"叶天书寻思着，事情过去了，再反省才能找出很多疑点。

“是啊，这就是卢鸿博的高明之处，不愧有教父之称啊，假如杨梦露也受他操纵，以举报脱身……然后，咱们机关肯定羞于把这种事大白于天下，只能把抓到的当替罪羊了，偏偏传销这个特殊的模式，除非抓现行，否则什么证据都留不下，仅凭涂绅豪的口供，我们连通缉令都没法发。”范文杰道，也是在事后，才会醒悟一个被小觑的对手究竟会有多么高明。

所有的人都把他当成疯子，他在以疯子名义尽情表演，不但警察，就连那些传销头目也被蒙在鼓里，以为卢讲师就是个精神病患者，孰不知这个精神病通过他的巡讲，对整个传销团伙了如指掌。

“那现在……”叶天书小心翼翼地说道，话出口他突然醒悟是废话了，范文杰直接接道：“只能等了，这些人都是易容的高手，改头换面对他们来讲是家常便饭，我现在就怕他们出境了啊，如果真溜了，那这个案子，只能这么糊里糊涂地了结了。”

“咱们这些天做的工作，应该没有纰漏吧？”叶天书道，他心里默数着，除了三位专案组成员，就徐厅长知道整个过程，但徐厅长不知道，有几个便衣已经追踪了上万公里了，这次追踪是相当辛苦的，不敢动用地方警力支援，不敢碰触天网，只恐那个神通广大的卢疯子嗅到危险。

“理论上应该没有啊，仅限于咱们几个人知道，所有的报道都把涂绅豪、何玉贵提到了主谋位置，并没有提到赃款丢失的事。”范文杰思忖着，这样的掩人耳目，外人不清楚，而清楚内情的人，会把其看作警务机关的遮羞。

“那看来只能等了，死马当活马医了。”叶天书道。

“再加把火，你统计一下，出一个表彰通报，声势搞大点，就以‘6·22’行动组立功授功通报，把各市、县参案人员捋一下，让下面报上来，今天就出一个表彰通报，让各媒体炒一下。”范文杰安排着。

“好，我马上办。”叶天书道，这样的推波助澜，更显得本案已经成功完结。

都要表彰了，自然是一个完结的表象，只是这个表象的作用有多大就不得而知了。

两人商议着，脸上仍然是化不开的浓浓忧虑……

“嗯，消息来了。”张狂把手机递给小木，小木接过懒洋洋地看着。

从天高地迥的北地，又到了浪高风急的南国。此时两人所在，是珠江市沿海大道上，耳畔就是浪声、鸥鸣声，抬头的视线处，就能看到一海之隔的境外赌城，湿热的天气对北方人是永远无法适应的噩梦，张狂由抠脚大汉已经变成挠痒痒闲汉了，全身都出痱子了。

是家里表彰的消息，很快就要攀上省城门户网站的头条了，这个信息发达的时代，要眼观六路、耳听八方太容易了。小木扔回了手机，看着张狂又在痛苦地挠痒了，他笑笑道："别挠，越挠越痒，不是上过药了吗？"

"不管用啊，这他妈天生的，受不了一点潮气。"张狂停下来了，不过背还下意识地在椅子上蹭着。

"还好，就快结束了，我说秃蛋，我都有点舍不得你了啊。"小木笑道。一听这话，张狂怒了，直竖中指骂着："少拉近乎，经费超标两倍了，全被你吃了，我都不知道回去怎么交代呢……你一顿饭吃 1000 块，我就是拿着条回去也报不了啊。"

"小气，一顿一万我都吃过，报不了算我的。"小木道。

"当然算你的，你以为我能替你出啊。"张狂提醒道，关系严重不够铁。

小木笑了，这些警察如出一辙，干起活来拼命，花起钱来抠得要命。小木想想逗着张狂道："秃蛋，你发现没有，其实你们和传销人员有共通之处啊……喏，你看，在行动上高度一致、在认识上高度一致、在阶层之间保持绝对的权威，心里揣着梦想，拼命去完成……组织交办的任务，对不对？"

张狂不吭声了，直接捋袖子了，小木坏笑着威胁道："你可想好啊，这时候你惹我，我就不把你领坑里，直接把你领海里。"

关键时候，张狂压住脾气了，他笑了笑，坐正了，不屑道："你说吧，说吧，我只要人，不要脸了。"

小木判断，这是一对连理枝，有一个就有一对，直到现在，张狂都不敢相信，可他又不敢不信，这家伙邪门得超过他认知的警务常识了。

小木在哈哈大笑了，不管怎么说，有信仰的人总是值得尊敬的，其实这也是小木最看不懂他的地方，他停了片刻，伸展着臂膀道："真是好地方啊，秃蛋，我不笑话你了，其实我还不如你，你好歹可以归队，可我回家我都不知道接下来的生活该怎么过。"

“吃喝嫖赌，不挺好的生活吗？”张狂问道。

“不不，人总得有点精神头的，说再深点，就是多少得有点理想和信念。比如经商的，他在梦想着赚多少钱，办什么事，说不定还有富甲天下、富可敌国的梦想；比如你们警察，在梦想着平安天下、名扬天下，说不定还想着有朝一日麾下千军万马，当个指挥员什么的；从政的在想官封一品；治学的在想著作等身；从军在想青史留名。哎呀，你说我怎么觉得什么都提不起劲来啊？”小木懒懒地说道。

这可能是纨绔子弟的最真实的一面。没缺过钱，就不想着富甲天下，没正义感，也就不想着平安天下，偏偏又懒又馋、自由散漫，当然更受不了体制的约束了。张狂笑道：“这个我帮不了你，你就是学心理学的，心理毛病得自己解决。”

“岂不闻，良医难治自己病啊……我们是失去信仰、丧失自我的一代啊。”小木道。

“看得出来，一般有钱人什么都不缺，就缺一样东西。”张狂道，看着小木一笑道，“缺德！”

“你觉得我缺德？”小木不高兴了。

“你不是缺德，是很缺德。你爸花几百万供你，你连你爸也坑；组织对你这么信任，你到最后却帮一个嫌疑人；明明知道兄弟们穷得叮当响，还大吃大喝地让兄弟们供着你。一个活得极度自我的人，在没有学会体谅别人的感受之前，都不要提什么理想、信念。”张狂斥责了一通。

这道理，意外地把小木说得张口结舌了，气愤愤地起身骂了句：“你个被洗脑的缺心眼，不跟你说了。”

“你个根本没心没肺的缺德鬼，没的说了吧？”张狂不屑道，抢白了小木一通，让他很得意。看小木跑了，他赶紧追上，没跑几步兜里手机在响，他站定接听。

一接听，小木折回来了，紧张而期待地问：“什么情况？”

“露头了，看样子准备走，连强他们盯上去了，走。”张狂道，顺手拦车。两人钻进出租车里，说了句“海关大楼”，车径直驶向出境安检处。

其实两人都没有对损得那么不堪，比如张狂，很欣赏小木的渊博、机灵、优雅；比如小木，很羡慕张狂这类人的信仰、坚持，无形中。两人互相感染着，都为同一个目标兴奋了。

第四十七章 × 欲破谜城

相隔不过几分钟路程，车未停稳，小木和张狂跳下出租车，奔向通往境外的出关口。

现在唯一的证据就是消失的赃款，两天前就追到了杨芸的踪迹，可在无法确认赃款去向，而且没有发现卢鸿博时，追捕小组根本不敢动人，一直跟着杨芸来到这个边境城市。

就等着她出逃，现在终于出来了。关口处，外勤车里，连强匆匆跳下来，小木和张狂看向关口，齐齐倒吸口凉气。

这真不是一个什么好地方，通向澳门赌城的出关口，数公里的连接通道，聚集了数千家商户，从吃穿用度到工艺饰品一应俱全，每天进出口岸的居民有数万之众，小木和张狂在人群里快步走着，精神亢奋了100倍，两眼炯炯有神地盯着四周。

“电话是十分钟前打的，受话地就在这儿，你们来之前两分钟，她刚刚进去，另一位，应该就在附近。”连强汇报道，是通过便衣从酒店窃到的号码，他手里就拿着定位仪，显示着一个红点，正在向出关口移动。

可这种地方，有点出乎意料了。

“不能等了，骆冠奇处长已经在关口监视上了，面部识别没那么快，万一漏了，出境就麻烦了。”张狂道。小木终于开口了，他奇怪地问了句：“你说他会怎么通关？”

关键不是杨芸，而是另一位根本没现身的。

“就那样通呗，假身份对他来说很容易。”张狂道，家里做了这么多工作，应该已经成功地让对方放松警惕了。

“不对，我想，他一定会改头换面的。”小木且走且看且想着，精神病院，亢奋的卢教授；落魄城里，狼狈的卢教授；转眼回归传销组织，又是万人景仰的卢教授，在疯子和正常人之间，他是如此转换自如，那么，此刻他会变成什么样子呢？

“皮肤是灵魂的画布，躯壳是灵魂的投影，他会变成与他灵魂最相近的形象。”小木喃喃道着，停下了，他的表情兴奋到疯狂。

张狂愕然地看着他，听不懂这个小巫师又在讲什么。小木顾不上解释了，直接道："找一个老人形象的，偏瘦、身高一米七五，精神矍铄、气宇轩昂，有帽子或者眼镜遮挡，或者面部不止这些遮挡，说不定他也懂你们面部识别。要改变脸型，这个方面怎么捣鬼？"

"贴络胡子。"张狂道，这样骗过面部识别软件的可能性就提高不少了。

"对，胡子，就像哈利·波特里的老巫师，是一个智者、先行者的形象，越是卑鄙不堪、越是堕落的人，越渴望这种他不可企及的形象……就像我想当警察，你想当富翁一样，都是不可能的……"小木道，那个喜欢装 × 的家伙，肯定会优雅得像个学者一样离开，而不会扮成暴发户或者其他形象。

张狂愣了下，小木催着："快汇报，找！那是最贴近他年龄和性格的形象。"

张狂不敢怠慢，随即上报。

又过十分钟，搜寻未果，小木和张狂向纵深前行，已经快到出关口了，身后，一辆大商务车，载着一群便衣，撒豆一样，全部放进关口街了……

每天出入关口的旅客、居民数万之众，在这个寸土寸金的地方，没有谁会注意匆匆而过的男女老少，彼此都是生命中的过客，匆匆一眼，恐怕不会再见。

如潮的行人中，偶尔会有人在左近的店铺随手买上一两件内地见不到的小玩意儿，整条街从早到晚都熙熙攘攘得不得片刻安静，在又一拨准备过关的人群中，一位戴着草帽、拄着拐杖的老人，在接近关口的时候，看了看表，随意地抬步，踱进了一家装潢考究的银饰店，在形态各异的银制饰品间徜徉，蓦地，他停下了，看到了一个亮晶晶的银锁，很古朴的造型，像旧时乡下人用的长命锁一样。

眯着的眼睛里，目光对这个普通的玩意儿居然久久注视，他轻轻伸手，摘了下来，脸上蓄着微笑，似乎在想，这个年代，再给孩子套上一个这么老土的玩意儿，会不会被佳人嗤笑，想了想，他挂上去了……不料心中竟有点不舍，又摘下来，他喜欢这种朴素的祝福，虽然离他太久远了一些。

"这个……多少钱？"他出声问，回头，傻眼了。

女服务员远远躲着，一位威猛的大汉叉手而立，正笑着看着他，出声道："你别花钱了，用不着了。"

张狂出现在他身后，对着衣领上的对话机讲着：找到了，就是他！

瞒得过别人，瞒不过曾经和他朝夕相处过的人。

这位“老人”拿着银锁，一秒钟的迟疑，然后什么也不说，“咚”的一声倒地，四肢抽搐，两眼发直，直吐白沫。

“嗨，我靠，卢疯子你又耍赖，信不信我他妈弄死你？”张狂急了，后面的服务员尖叫一声，跑了，然后张狂一愣，坏了，这个耍赖的要引起混乱，只怕是想保护另一位，他上前蹲下，不料这位老头的抽风更严重了，白沫吐了一堆，嘴里“嗬嗬”有声。这里迅速聚集起围观人众，指指点点，不知道发生了什么事。

“让开，让开……”小木在人群里钻出来，走上前，一拉张狂，冷不丁把手里的东西往“老人”身上一泼，直泼到裆部。那老人吃痛一下子坐起来了，直拎裆部的裤子，“啊啊”怪叫着，指着小木跳脚大骂，然后只骂了一句，就愕然地看着两人，似乎不相信，这两人竟然是一起出现的。

“倒的什么，这么灵？”张狂笑着问。

“热乎乎的奶茶。”小木坏笑着。

围观余众都笑了，似乎没什么大惊小怪的，三三两两散去，于是这位现形的“老人”，尴尬地立在原地，眼睛骨碌碌地转着，似乎在寻思脱身之策，他嘿嘿笑道：“哟，别来无恙啊，秃蛋……还有，林子。”

这家伙，铜嘴钢牙神经不是大条，是铁条。说话间，又来很多人，围着铺面门口，大势已去的卢鸿博一屁股坐在地上，气愤不已地说道：“这是干什么嘛……怎么老跟我一疯子过不去？”

“他妈的，在我眼皮底下还玩小动作！”

张狂上前，从货架的下面，掏出了卢疯子趁乱塞进去的护照、微型手机，然后看着卢疯子，卢疯子笑了笑，张狂一伸手，撕了他的胡子，两指一夹，拿走他的凉帽。

于是，消失很久的卢教授，又光溜溜地出现在面前了，不过五十岁许，精神相当不错，看上去比实际年龄小多了。

“教授啊，你什么时候看出我是警察来的？”张狂笑着问。

“你没疯吧？你是警察吗？”卢鸿博奇怪地问，那表情，一点也不作假。

“卢疯子，你就装吧，啊，都找到你这儿了，另一位还跑得了？你觉得我们是怎么找到你的？”小木在一旁笑吟吟地问。卢疯子一下子紧张了，下意识地想起来，被张狂的大手摁住了。小木刺激他道，“你没看出来吧，老子也是警察。”

“撒谎，绝对不是！”卢鸿博气愤地喊道。

“秃蛋，你瞧，他一点没疯，明白着呢，居然看出我在撒谎来了。”小木笑着说道。

露了点小馅，卢鸿博直拍自己嘴巴，片刻面部的表情换作狰狞状了，他咬牙切齿道：“你们什么也得不到！”

“河里的蛟海里的龙，拉到旱地一条虫，搞清楚，现在你说了不算……落闸！”

小木学着卢疯子曾经的口吻，一扬手，外面的便衣，直接把店铺的闸门锁上，隔绝这里了。

抓到了一个，另一个就容易了。一群便衣循着信号源飞奔而去。

敏感地带，肯定不可能动用警力荷枪实弹封锁，而且又不是通缉令上的要犯，只能事急从权了。卢鸿博身上的东西，一件一件地被搜出来了，没有意外，根本没找到什么东西，除了护照、手机、零钱，再无其他，张狂甚至把拐棍端详了一遍，一使劲往腿上一磕，折成两半，仍没有发现，就是一根普通的竹杖而已。

被铐上席地而坐的卢鸿博笑了，贼溜溜地看着张狂，越笑越厉害，笑到全身直抽了。

但意外的是，小木慢慢地伸手，把那部精致的手机打开，开机的画面在卢鸿博面前扬了扬，然后装进自己的口袋。这个简单的动作却把卢鸿博吓住了，他恶狠狠地盯着小木，像想扑上来咬人一样，那样子，又快接近精神病患者了。

怎么开口呢？张狂有点为难，这个弱不禁风的家伙，在精神上可是个强悍人物，轻了重了恐怕都不起作用，没准又准备犯病，作为警察的底线，虽然不介意刑讯，可总得加诸在能撑得住的人身上啊，他看向小木，卢鸿博早窥到他的心思了，不屑道：“麻利点，把老子铐回去三堂会审吧，反正还得去精神病医院养老。”

“假护照哪儿来的？”张狂问。

“你瞎了，明明是真的，我就是香港人，不信你查去。”卢鸿博笑道。

“看来你准备去香港养老啊，那点钱似乎不多啊。”张狂问。

“有手有脚能饿着吗？别给我来这一套，就假证顶多治拘，你吓唬谁呀？”卢鸿博不屑道。

张狂直接败退，手捏着拳头，恨不得一拳解决问题，不过在面对这类屡受打击、从不妥协的传销骗子时，明显拳头敌不过他们精神的强度。

小木没吭声，只是淡淡地说着：“门已经关了，空间隔绝了，你想闹事，不可能；你想被带走，不可能……这儿这么多人，你是不是在等那一位啊？”

淡淡一句的威力，顶得上拳脚，卢鸿博的表情又开始狰狞了，一扑，小木一躲，张狂伸手把他摁住了，这家伙乱蹬乱踢乱咬，张狂急了，又加了一副铐子，把他铐在货柜架上，就这样他都兀自不死心，拽得货架咣咣直响，大喊大嚷着“救命”。

“妈的，又开始疯了。”张狂气愤地说道。

“不，你错了，这恰恰是他最不疯的地方，他想警示那个女人。”小木道。

正发疯的卢鸿博，一下子停了，眼睛仇视地瞪着小木。

“教授啊，你这个人到哪儿都是千夫所指，骂名滚滚，没有人会同情你，光在陕省你就坑了上万人，你这一辈子坑了多少人，我想你自己都记不清吧。”小木道，远远蹲下看着他，话锋一转说道，“不过我仍然会同情你，你救了一个被凌辱、被欺负、走投无路的女人，并且给了她幸福的生活。你知道吗，一个人性的闪光点，恰恰能成为一个嫌疑人最大的弱点……你没有输给任何人，你仅仅是输给了自己。”

卢鸿博看着小木，竟然安静了，他狐疑地看着小木，疑惑地问：“你到底是谁？”

声音，带上了一丝恐惧。张狂暗喜，卤水点豆腐，一物降一物，恐怕法制都治不了的卢疯子，要遇上克星了。

“你猜得很准确，我是在国外生活过很多年，不过你猜不到的是，我学的是心理学，变态心理、司法和犯罪心理，心理学的目的在于解决人类的心理问题，但可惜的是，大部分都被用来窥探别人的心理秘密，哪怕就是再正直的学者，也会对此乐此不疲……我也是其中一位，其实我是觉得自己有心理问题才选这个专业的，不过后来我发现，大部分人都有问题，而且有问题的地方，恰恰是一个人最精彩的一面。”小木眉飞色舞、表情丰富地笑道。

相比之下，卢鸿博就如履薄冰了，他警惕地看着小木，仿佛是思忖话里的真假，而且惊惧之下，甚至选择闭嘴了，不吭声了。

“你告诉过我，加入传销会得到无与伦比的成就感，真没想到，我确实得到了，今天得到了，即便是最优秀的学者，能接触到活体实例的机会也不多啊，其实我对学业、对钱、对地位的兴趣都不大，但我没想到，你让我找到了一个最大的兴趣。”小木笑着，席地而坐，一点也不急，张狂使眼色他也没理会，就像想和卢疯子聊天一样。

卢疯子扭过头了，不理会他了，一般在警察面前抗拒他都会装疯，可在这个人面前，他连装疯的想法都没有，能想出用热奶茶泼你裤裆实用办法的人，绝对不会被假象所迷惑。

没反应，这可就大大削减成就感了，小木提醒着：“教授，难道你不奇怪，我是怎么发现你的？难道你也不奇怪，我是怎么发现你和杨美女的私情的？”

卢鸿博有反应了，侧头，眼瞟着小木，像在征询下文。

“你忘了我的出身了，对于一些高档和奢侈的东西，我是很敏感的，第一次见到杨梦露，她穿的是一双 Christian Louboutin 女鞋，那是号称女人梦想的‘红鞋底’牌子，它的设计是非常极端的，代表一种特立独行的风格，当然，售价也不低，得七八百美金吧？”小木道。

见卢疯子不以为然，小木继续道：“衣服就不用说了，虽然她细心地剪掉了吊牌，但大牌的风格是不会变的，我看到她保养得很好，连脚踝也保养到了，特别是皮肤，水润嫩滑，三十好几快奔四的人，不比小姑娘差……对，还有香水，Guerlain，娇兰，法国品牌，市面上很难买到，除非代购，特别是陕省那地方，更不应该出现啊？”

卢疯子有点无所适从了，不知道是为小木眼光独到紧张，还是为那个爱装扮的女人生气，他蓦地反驳了一句道：“扯淡，老子干了 20 年传销，你听说过干 20 年传销，还会有家有女人的吗？”

“那就是我接下来要说的事了。还记得咱们在路上的某一天，我诬蔑你嫖娼去了吗？”小木问。

一瞬间，卢疯子像斗败的公鸡，无语了。

“大牌的香水有个好处，很持久，那天早上，我在你身上闻到了。从那时候起，我就知道你们俩有奸情，而且不是短时间的奸情了，知道为什么吗？”小木问。

“为什么？”卢疯子的好奇心被勾起来了。

“因为我一路上，一直在挑逗、调戏杨美女，她总是技术性地避让。坦白讲我对勾引女人还是相当自信的，特别像杨梦露这种应该如狼似虎年纪的女人，我还真想和她搞一回……可我在她面前败退了，我顶多摸到大腿、摸到脸蛋，就再进不了一步了，那时候我就知道，她心里有人，已经把她心里的位置占满了。”小木道，有点失望，也有点窃喜。

疯子果真是疯子，卢鸿博得意了，哈哈干笑着，得意之情溢于言表。

“后来我就最先想通了，当讲师那点开支，根本供养不起她那样的女人，打开那个组织复杂的谜城，钥匙应该在她身上。哪怕她是以举报人的身份跳出事外了。”小木笑道。

笑着的卢疯子蓦地又发疯了，他一侧头呸了小木一口道：“滚远点，就你个乳臭未干的小鸡球，懂个鸟！”

情绪这么激烈，张狂知道捅到点子上了，他站在卢疯子的跟前踢了一脚，呵斥着：“老实点。”

不说还好，一说卢疯子一侧头，朝他的腿上就咬了一口，疼得张狂直甩，等甩开，卢疯子龇着白森森的牙，带着血冲着他笑，那笑容凄厉得让张狂不寒而栗。

“其实陕省这个传销团伙里，就有当年把杨芸，也就是杨梦露当成泄欲工具的那些人……我听说，当年她是被当成‘育成奖’发给有些下线的。”小木不动声色，又来一句狠话。

卢鸿博一下子疯了，使劲拉着货架，拉得咣咣直响，想扑，扑不上来，就呸呸直唾小木，小木动都没动，那么复杂、那么怜悯、那么尴尬地看着卢疯子，片刻，卢疯子拉得手腕见血，颓然而坐，如丧考妣般地木然地看着小木，白森森的牙咬得双唇见血，一字一顿道：“小子，杀人不过头点地，你最好多磕头烧香，保佑老子死在监狱里。”

“不，如果我磕头烧香，我会保佑你们长相厮守，你可以为她装疯、骗人、犯罪，她也能为了你出卖所有人，甘冒奇险，你们一定经历过很长一段时间相濡以沫的苦日子，想着就是有朝一日，远走高飞，过上安宁幸福的生活！”小木道，眼睛如精准的手术刀，从卢鸿博疯狂的表情，直刺到了他要隐藏的东西。

卢疯子如遭雷击，他蓦地明白为什么自己插翅难逃了，他嘴唇翕动着，喉咙干哑了，半晌发不出声音来，像遇到了毕生最恐惧的事。

片刻后，一阵如泣、如痛、如疯、如痴的声音，居然是好奇怪的笑声，听得人浑身怵然。

这个疯子，真不好打交道，张狂示意着小木，追问赃款的下落。

小木剜了他一眼，没理会，却径直上前，坐到了卢鸿博的身侧，掏了块纸巾，垫住了卢鸿博鲜血淋漓的手腕。

这个细小的动作像触动了卢鸿博，他侧头，木然地看着小木，张狂全神戒备，生怕这家伙急了又咬人，却不料他又错了，两人良久保持着这种对视姿势，一动未动。

就在张狂觉得忍无可忍时，卢鸿博龇牙笑了，咧开嘴，白森森带血的牙齿，嗤笑着小木道：“我小看你了，居然能找到我，不过即便你能找得到，也会一无所获。你们一直觉得是我，就一定是正确的吗？她可以成为幌子，那我为什么不能是幌子？这儿，可离关口只有800米，而每分钟经过的人都不止800人，你们有多少警力能封锁得住？或者即便封锁，以你们的能力也做不到吧？”

卢疯子脸上挂着得意而欣慰的笑容，张狂心头狂惊，恰在这时，骆冠奇守候的监视电话来了……

外勤已经追着信号源把一位女人摁倒了，一看不是，那部被外勤追踪的手机，在这个女人提着的篮子里。

猝然出来的失误抓捕，引起了一阵骚乱，现场那些便衣，正挟着这位女士回关口。

没料到是这种情况，骆冠奇正在手机上惊慌地通知着：“抓捕失利，重复一遍，抓捕失利，杨芸消失，杨芸消失……”

隔绝的商铺里，张狂愕然地看着一嘴带血的卢疯子，无计可施到傻眼了，要是一直在视线里的杨梦露才是主谋，最后一刻反而带着赃款失踪，那追捕的警察，又要犯下一个行动以来最大的白痴错误。

“哈哈……不那么多废话还有机会，现在没有了，哈哈，一毛钱也没有，你们还是得送老子回精神病医院，哈哈……”

卢疯子龇着带血的牙，自己笑得无比开心，却让观者浑身惊悚……

第四十八章 × 末路尽处

抓捕失利，连强、马烽火带着一群便衣，瞬间成了瞎子……

一下子被反向而行的人群淹没，他马上醒悟，这是入关的人群，不管是入境，还是出境，在这个人流如潮的地方，会马上不见踪影，而且，如果出关，时间已经足够了。

“快找，快找……这是个重大嫌疑人。”

骆冠奇一遍又一遍地催着监察部临时安置的警力，那些警察也傻眼了，谁可见过满屏的人脑袋攒动啊，就刚才找到卢鸿博，也是前方给出准确的描述才定位到了一个，这一位就难了，女人，可出关的有一半是女人；漂亮女人，有肖像，那照样不行，炎热的天气，有一半爱美的女人会戴着凉帽，或者脸上遮着轻纱，这无疑给摄像头带来了无法解决的问题。

“通知车上预备警力，全部进去。”

“是。”

“让马烽火一队便衣，直接到关口拦截，就盯在那儿。”

“是。”

连下两道命令，骆处长也是急了，给张狂发了短信，还觉得不足以描述此时情况，直接电话拨过去了，一句话：想尽一切办法，撬开他的嘴！

做了这些布置，他不自觉地一抹额头，已经是一头大汗，卢疯子如果身上什么也没有发现，那失踪的赃款最可能的地方就只能在杨梦露身上了，而关键时候却出这种岔子，两个人只要跑掉一个，只要赃款找不到，那唯一的证据就可能遗失。

再加上这个疯子时不时的“精神病”发作，就是量刑也会再次逃脱法律制裁。

“怎么回事啊？到底怎么回事？加把劲，千万不能让她跑了……”

骆冠奇来不及想清楚其中的蹊跷，又一次催着警员们，而当他站在屏幕前时，那股无力感便油然而生，满屏的人脑袋，密密匝匝，要在同时进出上千人的关口找一个特定目标，太难了，万一她发现不对，折回去，销毁证据……骆冠奇不敢往下想了，甚至他开始怀疑，这个懂得用举报掩饰自己的女人，是不是早发现不对，已经逃之夭夭了。

因为行动保密而不敢大量投入警力的问题凸显出来了，警力的衔接非常不顺，进出关口一条通道，可延伸到珠江市区，有八个进出口，更准确的数字是，商铺4200多家，从业人员7000余人，每天通关六万到八万人，高峰时间，日流量达十万人。

十几位警力投入在这样大的地方，没有后台技术支撑，简直就是聋子、瞎子，只有被人挤来挤去的份儿。

马烽火带着几位匆匆奔向关口，亮着身份，和对方不太流利的普通话勉强地交流，被安排在出入关口的检查室，他想到前台都不可能，那位操着不太流利普通话的海关警察说了：“大佬，这不是你们小地方，一定要文明啊。”

是啊，得文明啊，多少港澳同胞呢，还有老外，这可不是习惯和北方小痞子大流氓打交道的马烽火应付得来的，别说找嫌疑人，就看看那十几个检查口排着长队的人群，都让人眼晕。

连强还在人群里被挤来挤去，同去的是骆处长调来的便衣，南北城乡的警察差异蛮大的，南方的警察个个清秀，可就显得连强太差劲了，他急得像热锅上的蚂蚁，看着体形相仿的女人就凑上去看，急火了，一把拉着女人胳膊掀人家帽子，那胡子拉碴的糙相，能把南国美女吓得惊声尖叫。

便衣顾不上找嫌疑人了，齐齐把连强拉住，有位相熟的劝了：“大哥，你千万别啊，您这么干，一会儿海关警卫得把咱们拘起来，有不少外宾呢。”

警察，再烈的马也套着缰绳呢，面对丝毫不见其少的如潮人流，连强想想又要功亏一篑，气火攻心之下，重重一叹，蹲在街边开始生闷气了。

宝贵的抓捕时机，一分一秒地流逝……

张狂奔上前去，准备打开闸门奔出去时，小木突然喝了声：“等等！”

他的眼光一直盯在卢鸿博的脸上，那一丝不易察觉的得意被他捕捉到了，喝住张狂，小木说道：“秃蛋，你傻啊，他就是个骗子，都不知道坑多少人了，你要信他，他非得坑死你。他现在巴不得把他抓走，带离这里，好让那一位从容离开，他们一定有特别的通信方式啊。”

“你猜，继续猜。”卢鸿博笑着，像初识之时逗小木一样。

“真以为我是个菜鸟啊，不过是左右换手的小伎俩而已，杨梦露，也就是杨芸，从潼关到漳州、从漳州到广州再到这里，一路大摇大摆地走，无非是测试她是不是上了嫌疑人名单，那个时候钱肯定在你身上；到出关最关键的这一步呢，打前站的是你，那钱，肯定就在她身上了。两次换手，不管警察哪一次抓到人，都会一无所获，对吗？”小木问。

张狂瞬间警觉，应该是这样，之前如果滞留杨梦露，赃款在卢鸿博身上，什么也查不到；现在换了个位置，抓卢鸿博，如果抓不到另一位，那依然会是什么也查不到，这像一锁双钥，除非同时抓到，否则就是一个相同的结果：一无所获。

正如现在卢鸿博的得意，他笑道：“对呀，我会申诉，我会翻供，你看我像在乎这一条烂命的人吗？秃蛋，要不你利索点，弄死我得了。”

“滚你的。”张狂气得浑身无处可泄，郁闷地蹲下了。

卢鸿博看都没看他一眼，那不是一个重量级的对手，最让他忌惮的是小木，他目光复杂地盯着小木问着：“林子，我们无冤无仇，我又没骗你一毛钱，你何苦把我逼上绝路？”

“仇大了啊，教授，你从看到我那刻起，恐怕就没怀好心思，带我进窝点，把我介绍给何玉贵，逼我干大讲师的活，然后又把我送给涂绅豪，一步一步把我送上主谋的位置啊……我想你也是从一开始就怀疑秃蛋，但你并不介意用他，假如他有问题，是警察，窝点端了，你正好扔掉包袱，远走高飞；假如他不是，涂绅豪做成功了，你照样也可以幕后坐地分赃。里外都是你赢啊，所有的人都是你的棋子，我还真是第一次见比我还损的人，就算将来事发，这担责任的，好像就剩下我了。”小木道。

卢鸿博一下子笑得五官凑一块了，估计是他毕生最得意的一次设计。

“笑个屁，有你哭的时候。”张狂郁闷道。

“问题是我还在笑，你已经该哭了。”卢鸿博不屑道。

“但你不是笑到最后的人啊。”小木反讽道。

“是吗？你觉得你是？”卢鸿博脸阴了。

“我无所谓，但你忽视了我身上最大的一个优点，你虽然是个假疯子，我可是个真小人，要有人坑了我，我会废寝忘食地报复回去。”小木开始笑了。

“他妈的，老子认栽了，你随便吧，就这 100 来斤，你们上交国家吧。”卢疯子一叹气，萎了。这变数终究还是小觑了，超出了他的设想。

“你出卖他们我觉得很对，杨梦露原来是你心仪的女人吧？那应该是你第二次入狱，三年多，然后等你出来就物是人非了？别生气，我没有小看她的意思，相反，我在听到这种事时，也差点被气炸了肺。”小木道。

说的是杨芸身陷传销窝点的旧事，被当肉弹，被当“育成奖”来回送人，卢疯子脸上一下子变得狰狞如鬼，他咬牙切齿重重地呸了一口带血的唾沫道：“是啊，所以他们该死，传销的不算人，其他人就是人吗？除了当婊子卖肉，她还能干什么？我找到她时，她已经瘦得皮包骨头了，站在胡同口招徕嫖客，看见我就跑，死活不肯见我。是我作的孽啊，可老天为什么要把报应加到她身上？”

这一刻，卢疯子表情悲恸，眼睑颤抖，两行混浊的老泪长流。

张狂侧过头不忍看了，大多数令人发指的罪行背后，都有令人发指的原因，正是环境的冷漠、人情的扭曲，往往能把一个普通人，变成一个纯粹的、坚定的、顽固的罪犯，他们生活的目的最终只剩下一个：用报复，回馈自己曾经的遭遇。

“一个好人的一点劣行，能让他身败名裂；一个坏人的良心之举，却能让他万劫不复！”小木喃喃地说道，掏着口袋里的手机，如是判断道，“你很珍惜她，肯定不会让她再涉险。老实说，我也很喜欢她，干这些事并不是她的本心，她有很多次提醒我不要陷得太深，而且在走时，还警示过我……她没有你那么绝情。”

“她一直就是这样。”卢鸿博喃喃道，像疯言疯语，疯得别人听不懂其中的柔情。

“那你肯定这样安排了，告诉她，一发现不对劲，就带着钱走。你之所以出现，是为了以防万一，想在过最后一道关口时，挡在她面前。”

“谢谢，没想到穷途末路了，才遇到知己。扯平了啊，我坑你，你坑我。”卢鸿博惨笑着。

小木慢慢地起身了，拿着手机道：“你肯定知道怎么联系她，信号消失了，人还在，我想她在等着你的电话，一起走。”

卢鸿博讶异地一看小木，张狂适时地说道：“卢疯子，让她自首吧，你装了一辈子疯子，消停几天吧。”

“打电话让她自首？”卢鸿博哈哈笑了，不理会张狂，问着小木，“你说我会做吗？”

“你不会，否则我会看不起你的。”小木拿着手机，在封闭的店铺里来回踱步，张狂此时也是百感交集，不再催了，看着惨笑的卢疯子，他的恻隐之心油然而生，这对苦命鸳鸯，如果能换一个结局，就好了。

蓦地，卢鸿博猛咳了几声，吐了一口带血的唾沫，绝望地倚着货架，慢慢说着：“她已经走了，别忙活了，秃蛋，林子，是我害的你们，你们冲我来吧，我认罪。”

两人回头看时，惨相如斯的卢鸿博让两人心里更是恻然，把这个死不松口的疯子逼到认罪，一点也不觉得大快人心，哪怕自己还有着正义之名。

同样是这句话，让小木停止了，他突然说道：“赌一把怎么样？我赌她没有走。”

卢疯子一怔，不敢接茬儿了。

“一个女人的死心塌地，比男人为钱卖命的忠诚度要高得多，我赌她没有走，卢教授，难道你不想赌吗？她如果走了，或许可以逃脱法律的制裁，你可以欣慰了；她如果没走，那说明她选择了和你生死同命，那你照样可以欣慰了……赌吗？”小木问，脸上带着病态的疯狂，像受了很大的刺激。

两个可以欣慰的选择，却同时都是留有遗憾的选择，卢疯子怔了，一时竟然无从选择。

那怅然凄苦的表情让小木更确定自己的判断了，他脱口而出道："秃蛋，明着来，让她自己走出来。"

啊？张狂愣了。

啊？卢疯子紧张了，第一次在他脸上看到了恐惧的表情。

便衣被招来了，齐齐架着被铐的卢疯子，他挣扎着，他疯狂地踢着，撞着，被数人挟着，哪怕是已经无济于事，他仍然在拼着命，像困兽一样，做着最后的挣扎……

"啊？不行，绝对不行。"

"来不及了啊，叶组长，时间拖得越久，越容易逃走。"

"那通知珠江市局，请求增援啊。"

"这儿高峰期客流量几万人众，多少警力也不够啊。"

"可是……"

"不能可是了，他们在前方已经抓到卢鸿博了，你那位线人描起了准确特征，我觉得还是靠谱的……"

"嗨……那辛苦你了，我们正在去机场的路上，帮不上忙了……"

骆冠奇匆匆挂了电话，回到了指挥室，迅速调整着部署，出关检查口戒严，每个通关员柜前，电脑屏幕上都显示出了重排查的人员信息，外围的警力后撤，守着八个进出关口，后续的警车正风驰电掣地往关口赶，而抓到卢鸿博的商铺，几名便衣正带着他，直驱关口检查违禁物品的地方。

那儿是通透的，一块大玻璃隔着，从外面可以直观地看到里面被反铐坐在椅子上的卢鸿博。

逮到了，可并不是期待的大喜过望结果，骆冠奇的心悬起来了，把匆匆赶制的稿子递给了关口警员，一位年轻的小伙子，他叮嘱一番，连那小伙子都纳闷，每天从这儿进出的水客、赌客以及嫌疑人多着呢，有自首的吗？

"现在是天罗地网，不自首就是死路一条，念吧。"骆冠奇外强中干地命令了句。

于是自通关检查处开始，直到出口，监视屏在闪烁，广播在调音，所有的广告屏、公众电视屏幕，在同一时间闪烁过后，亮出了检查处的那位被控制的嫌疑人画面，配音是警察清朗的声音：

“……现在发布一条重大警务消息，陕省近期发生的非法传销案重大嫌疑人卢鸿博已于刚才被捕，其同伙在逃……嫌疑人姓名杨芸，曾用化名杨梦露，身高一米六九，瓜子脸，希望看到的旅客马上向海关警务处报警，也希望嫌疑人杨芸主动出来自首，争取宽大处理……”

数遍重复播放，不一会儿信息又来，骆冠奇忙得焦头烂额，又依言安排找首歌，那播音警哥算是服了，居然还配乐，还配的是《我可以抱你吗》，这不扯淡吗？

骆处长站在政治的高度，训斥了小警一番，赶紧从网上下载这个音频，不一会儿，这个奇怪的发布，配着不伦不类的歌声，从关口街头传到街尾，不少进出的旅客竖耳倾听一会儿，然后附带一句粤语腔调的评价：神经病。

确实有点像神经病了，张狂在检查室的内层休息室，透过门缝，他看到了荷枪实弹的警卫守着门，看到了奄奄一息、已经了无生气的卢鸿博垂着头。在这一处景象之外，是络绎不绝的旅客，顶多会往这里投上奇怪的一瞥。

本来是拔草寻蛇，现在可好了，成打草惊蛇了，张狂颓然而坐，听着熟悉的歌声，莫名地想起了在精神病医院，那个喜笑颜开的卢疯子带着大伙唱，那时候觉得真没意思，像他这样的战士被派去接触一个精神病人，实在是大材小用了。

而现在，这歌声仿佛触到了他内心深处一样，他在想着，有多少人被传销骗得走投无路，报应像一个戏剧化的轮回，最终组织者，也在这样的歌声中走到了穷途末路。

“……我可以抱你吗爱人……让我在你肩膀哭泣，如果今天我们就要分离，让我痛快地哭出声音，我可以抱你吗宝贝……”小木靠着墙而坐，闭着眼睛在哼哼，张狂烦躁地骂了句：“唱个屁，难听死了。”

“你的烦躁不是因为这首歌，而是因为外头那个人，对吗？”小木突然问。

被敲中了心事，张狂却是不愿承认，他嘘了口气，没说话。

“其实你也挺同情他的，不管英雄还是枭雄，都是被逼到绝境之后，逼出潜能之后改头换面的，在此之前，他们都是普通人，普通人都有七情六欲。”小木道。

“可杨芸……”张狂犹豫道，那样的女人，得让他打个大大的问号了。

“你在指戏子无情、婊子无义？其实从另一个角度看，说这话的其实何尝又不是人情凉薄之人？感情本来就不是等价交换，你付出可能都没有回报，何况你根本不准备付出，而你没有付出，又怎么知道对方无情无义？”小木道，他又叹了一口气说着，“卢疯子是走到哪儿都会被戳脊梁骨的人，杨芸的经历也好不到那儿去，没有染毒染病死在街头已经是很幸运了。卢疯子在拼命保她，她也在亲身涉险，在帮卢疯子，难道你不觉得，两人的关系已经是生死同命了吗？”

“但我见过更多的背信弃义，犯罪团伙里，维系关系的都是利益。”张狂道。

“是，可并不排除有例外，例外可以发生在任何一个人身上，当他的情感压过了利益的驱动，他就会做出与以往不同的选择，这就是人和动物的区别，不管什么样的嫌疑人，他终究是人。”小木道。

“那你说，她会来吗？”张狂不确定地问。

“那你希望，她来，还是她逃跑？”小木反问，一问，张狂倒怔住了，简单的答案就是嘴边，却说不出来，小木斥着他道，“这就是人的矛盾之处，警察也是人，而不是冷冰冰制度条文做成的。一个沦落风尘，好容易找到真爱，又拼命去坑蒙拐骗想博一个美好未来的女人，她值得同情和让人痛恨的地方，其实一样多。”

张狂阴着脸，瞪了小木一眼。

半个小时过去了，歌响了数遍，未见人来。

此时，在关口架起第二道检查站的人，扫描通行证、护照，对比肖像，忙得满头大汗，仍然是一无所获，根据客流量的判断，在前后接近一个小时的时间里，已经出入接近两万人众。

有可能已经出关了，骆冠奇在和海关处警员分析着，开始往回反查监控，一张一张陌生的脸，在电脑上运行得巨慢，那股子焦虑快要把人憋疯了。

可是没见人，没见赃款，整个排查还得进行下去，珠江市局受陕省公安厅委托，又派驻警力增援来了……

此时此刻，关口外，近景假山如林，远景高楼林立，开往赌场的豪华大巴就在等着，通关的人群间或讨论着那头发生的怪事，说有人被抓了，是非法传销的坏蛋，就被扣在检查违禁物品的玻璃房子里等之类的话，转眼间他们会乘上赌场接客的大巴，或者坐着出租，把说过的话忘在脑后。

一位在关口境外的土地上已经待了一个小时没见回音的女人，她听到这些闲言碎语，几次想转身就走，又踌躇，她鬼使神差地沿着来路，一步一步向回走。

近了……她听到了熟悉的歌声，那首陪伴了她十几年的歌声，在歌声中，她欺骗了多少善良的人已经记不清了，但她记得在乌烟巷口，在生命已经失去颜色的堕落岁月，那是她听到最美妙的歌声，然后路转回头，就见到了从监狱里服刑出来的卢鸿博。

两个一无所有的人，从此开始有了彼此。

近了……近了……她在回忆着，两人是那么相濡以沫，在回忆着，这个臭名昭著的骗子，总是掏得兜里底朝天地把钱塞给她，让她养身，让她治病，让她过上一个女人应该过的幸福生活。

那时候，两人就经常轻哼着这首歌，轻拥着憧憬一个安逸的未来。

近了……近了……她远远地看到了，警察重重包围着的玻璃房里，那个孱弱的、熟悉的身影，已经再抬不起头来了，就像他无数次被抓、被打，总是那么低着头，咬着牙，流着血，不管受了多少侮辱，都从来不写在脸上，再见他，他永远那么神采奕奕。

而现在，再也看不到了，永远也看不到了。

她抹着泪，急速回头，抽泣着，再也无法遏制心里奔涌而出的悲痛。

这时候，隐约的播报又起：

"……现在发布一条重大警务消息，陕省近期发生的非法传销案重大嫌疑人卢鸿博已于刚才被捕，其同伙在逃……嫌疑人姓名杨芸，曾用化名杨梦露，身高一米六九，瓜子脸……希望看到的旅客马上向海关警务处报警，也希望嫌疑人杨芸主动出来自首，争取宽大处理……"

她在哭着，她在抽泣，她在压抑着不敢放声号啕大哭，眼前就是一个可以重新开始的世界，身后会是一个万劫不复的深渊。

这个不难选择，她抹着泪，朝着眼前的路走去，不过脚步越走越慢，直至又驻足不前……

两个小时过去了，海关的影像没有发现，只是发现了几个疑似的影像，两人经营多年，肯定有无懈可击的假身份，肯定有已经铺好的境外逃亡之路，越来越渺茫的抓捕希望在慢慢破灭，骆冠奇已经开始通知设卡的警员轮班休息了。

他自己，匆匆向检查处赶去。

绝望的情绪同样笼罩在张狂的心头，如果她落网了，可能同情，可能不忍；如果逃亡了，那剩下的只有愤恨了，又一遍歌声响起时，他恨恨地说着："他们约定肯定是在境外接头，钱在关里换手，应该在抓卢疯子时出关了。"

"为什么我觉得她不应该走呢？"小木若有所思地说道，"家庭破碎，误入传销，钱被骗了，人也被骗了，命运几乎是触底才反弹的，从他们两人合作上就看得出，几乎是心有灵犀啊。她就算带着钱走了，又能怎么样？魂可丢在这儿了。"

"她就是个骗子，难道你觉得良心谴责能治得了她？要那样，我们警察都可以下岗了。"张狂气愤地说道。

"良心？她没有心，她的心应该都给卢疯子了。"小木微笑着，他也开始变得不确定了，喃喃说着，"遇上一个，而且是在最惨时遇上一个把她当公主的人，我真不觉得有什么理由可以舍得下，如果仅仅是为了钱的话，那两个人早可以坐地分赃，分道扬镳，何苦绕这么大个圈子，非要一起出逃？"

小木回忆数次调戏无果，他知道，杨芸心里应该被另一个人塞满了，而那个人，就是拉着她一直在骗人、做传销的卢疯子，只有那种知冷知热的老男人，才是她的最爱。

"你猜得都对，可是，人呢？"张狂火了。

"你不用埋怨我，几万的出入关口旅客，你们不照样查了，查着了吗？"小木翻白眼了。

"嘿，我……我他妈怎么就想直接弄死你呢？"张狂的气往小木头上撒了，扑上来，要掐他脖子。

不料刚把小木制伏，外面就鼓噪起来了，张狂一惊，放开小木，透在门缝里看，一看，表情僵住了。

是看守的警察正在阻挡一位跑向这里的女人，那女人染着金发，皮肤白皙，一眼让人没认出究竟来，对着阻拦他的警察，她从容地捋起长发，然后在脸上搓揉着，额上、腮上，搓下来几片与皮肤几乎同色的化妆物。

嫌疑人，杨芸……枪口迅速指向她！

而她却浑然不觉，她站在那儿，眼睛直勾勾地看着玻璃窗里，转瞬间泪流满面，都忘了身前的危险，她提着一个行李箱，无知觉地掉落了，她要往玻璃房子里去，众警不明所以，齐齐堵着人墙阻拦，要上铐子时，杨芸变得歇斯底里了，号啕大哭着，又抓又挠。

“让开，让她进去……”骆冠奇恰好奔下来了，众警一放开，杨芸哭着奔进去了，外围的人墙排着堵上了。

扑过去的杨芸泪涔涔地伏在卢鸿博的膝边，一下子失控了。颓丧的、神情萎靡的、嘴角带着血的卢鸿博，慢慢抬起头，笑了，笑着却两行老泪长流，喃喃说着：“露露，你真傻，都走了怎么又回来了？”

“鸿……博……”杨芸抽搐着，泣不成声了，她呜咽地扑向被铐着的卢鸿博，手颤抖地抚着他的脸，伏在他的膝上，泪像断了线的珠子，和着苦痛呻吟道，“……我不走，我不能一个人走……我扔不下你……鸿博，我和你一起坐牢，我们不要钱了……我们，我们什么也不要了，只要在一起……我什么都听你的，可这一次我办不到，我不能把你一个人扔下……自己走……”

那种心里苦痛的纠结，在相聚的这一刻，全部成了宣泄的泪水。

“别哭，别哭……露露，对不起，对不起，我最终还是害了你一辈子，对不起……”卢鸿博劝着杨芸，自己早已泪流满面。杨芸伏在他膝上，用洁白的袖纱给他擦拭着眼泪，擦拭着嘴角的血，呢喃地说着：“我愿意……和你在一起是我这辈子最幸福的日子……鸿博，你别哭，我们还有后半辈子，我们还有下辈子……下辈子，我还来找你……”

一室呜咽，一双泪人，躲在休息室的小木和张狂，不敢现身。尴尬地站在门口的骆处长，任务完成的欣喜一扫而空，悄悄侧过脸，抹了一眼泪。

无他，其行可诛，其人可悯而已。

是日，“6·22”行动丢失的1700余万元赃款成功追回，主谋卢鸿博落网，另一重大嫌疑人杨芸，投案自首。消息传回，专案组一片欢呼。

当夜，两位嫌疑人被押解回陕省，航班在省城机场落地时已是凌晨，面对着一片警车，这一对被铐在一起的嫌疑人，竟然没有一点颓丧之色，反而相携着走下悬梯。临上囚车时，卢鸿博意外地回头，对着一行押解的警察，微笑着颔首致意。

是感谢给了他解脱？

还是感谢让他有机会知道了，这个世界还有值得留恋的东西？

人心是最复杂的，这一次，连小木都猜不出来了……

第四十九章 × 心安归途

一周后……

省后勤装备处临时驻扎的打击非法传销402专案组，光荣地完成了使命，开始撤走。

87本，每本至少100页，从口供到照片，到各类指认现场的证据，翔实地记载着这个特大传销团伙的故事，摆了整整一桌子。范主杰组长把他看得最多的一份案卷放下，那其中的页码，定格在卢鸿博指认缴获证据的画面。

这个被专家鉴定为疯子的人，思维比任何人都清晰，他能记住上千个人名，能记住很多款项，精确到个位数。他不是个君子，可的的确确做了十年报仇不晚的事，他精心设计这个传销案的初衷，竟然是要把那些一直视他为疯子，用他和杨梦露当讲师的传销头目，全部送上死路。

小木猜得没错，从卧底进入他的视线开始，就成为他的一颗棋子了，把卧底送进传销组织正遂了他的心愿，唯一的失误，恐怕是没有考虑小木这个变数。

范文杰轻轻合上了案卷，笑不出来，即便审讯很顺利，他也笑不出来，而且他无法描绘自己那种复杂的心态，他对叶天书说道：“想不到啊，案情的动机最终落在一个女人身上，还不仅仅是钱……卢疯子也够狠啊，十年前糟蹋过杨芸的这些传销头目，最终还是被他一锅烩了。”

“是够狠，连缉察队的钟世海也没逃过去，怪不得他进退自如，这个钟队长早被他收买了，他连行动时间都知道啊。如果要说主谋啊，这才是一个隐藏最深的主谋。”叶天书道。最后一个落网的，又俗套了，抓了一个自己人，透露消息，而且极力维护杨芸的工商总队缉察队队长，就像很多地方传销屡禁不绝的原因一样，有无良的执法者也从中分了一杯羹。

对于这个结果，叶天书却暗叫侥幸，他道：“卢疯子不简单啊，如果不是杨芸犯傻走回来，我们仍然拿他毫无办法，他最终还是要逍遥法外。”

“错，正是因为杨芸走回来，卢疯子才圆满了，换个位置，如果杨芸被抓，我想恐怕他没准也会投案自首。每个人心里都有最执念的事，杨芸不是犯傻，而是选择她最终的归宿，你没看到吗？卢疯子变得比个正常人还正常。”范主任道。

“还是领导高瞻远瞩，我倒没看到更深的这一层。”叶天书笑道。

老范笑笑，自动过滤了话里的恭维，他感慨道：“至于我们内部的蛀虫，就离卢疯子差远了……第一次入狱，老婆直接离婚；第二次入狱，第二任老婆不但离婚，还把他的财产卷了个干净，连罚金都没人给他交。世情的凉薄和执法者的漠然，最终成就了这样一个犯罪怪才。我在想，装疯子，连续十几个小时嘴巴不停地说话，而且是反逻辑的语言组织，需要多大的毅力才能瞒过那些专家？”范文杰道。

“老领导，我怎么觉得您有点同情他？”叶天书笑着问。

“当然，那是因为此人还是有可取之处的，否则，那位已经逃出去的女嫌疑人，就不会去而复返了。”范文杰道，此案一波数折，最终却是这样圆满的收场，让他始料未及，他笑了笑，把案卷折起的一页捋平，一推道，“再做最后一遍审核，准备移交吧，同情是我们的个人情绪，依法办事是我们的职业准则，它们不冲突。”

“是，本月就可以移交。”叶天书道，似乎心不在焉，他看看表，似乎想提醒范主任，又没敢提醒。范文杰蓦地想起来：“哦哦哦，我想起来了，看我这脑瓜不够用了，一看案子来就忘了。走吧，走吧。”

“我一个人去就成了吧？”

“那怎么行？我必须出面，这个奖得由我来颁。”

“您可做好心理准备，这小家伙怪话连篇的，没准得说几句难听话噎您。”

“哈哈，我现在的心情，听谁说话都动听，更何况是小木同志啊。”

老范哈哈大笑着，丝毫不以为忤，他问着小木近况。小木休息了数日，一半是做询问笔录，一半时间是在省城长安玩，一个线人，一个卧底，都属于不宜抛头露面的，只能深藏着。至于表现，和以往没啥差别，遛遛逛逛找美食，那小纨绔的本色怕是没那么好改。

老范说了，亏得是这纨绔啊，作为一名警察，需要补充这方面的知识，比如，你可能从着装、饰品、香水上判断一个人的身家吗？比如，你可能从旧案中发现两个人奸情的线索吗？比如，你可能从纷乱的表象中找到关键节点吗？……小木这个素质是相当高的，他那纸醉金迷的生活啊，和犯罪分子喜欢的吃喝嫖赌，那是高度的重合啊。

是褒是贬都听不出来了，叶天书只在笑，没有打扰范主任的谈兴，不管有过多少坎坷，大案告破，那股子兴奋怕是要延续很长时间。

居住地在省武警招待所，去时那几位已经整装待发了，叶组长亲自驾着警车开道，两车直驱机场。

后车里的气氛，有点伤感，秃蛋还是那个秃瓢，没啥变化，小木几次看，为什么要分手了，会有点舍不得呢？

小木还是那个小木，眼睛贼溜溜的，你不知道他在想什么，这很招人厌的样子，为什么也让哥几个有点舍不得呢？

“小木。”

“秃蛋。”

两人几乎同时说话了，然后小木反应快，直说着：“你先说，都是你听我的，这次给你个机会，表达一下对我的挽留之情。”

“啊呸，滚蛋。”张狂笑道。

“语气很重，那说明感情很深，强哥你呢？”小木侧身，看另一侧的连强，连强这个糙哥实在不会表达，他有点惋惜地说：“真可惜啊，我还真想跟你学两招。”

“那你学不来的，吃喝嫖赌的水平不够，人情练达的境界就不到。”小木笑道，说到此时，想起一事，他揪着连强问着，“强哥，你答应的警花呢？不能事办完了，你俩冒充警花陪我吧，搞点好吃的，你们哪个吃得都比我多。”

司机哈哈大笑了，嘚瑟道：“我就说了嘛，要是小木穿警服，那得是支队长的料。”

马烽火一巴掌扇上去了，扇得司机直缩脖子，老马年纪稍大，给小木递着水道：“旧情还未了呢，又想留情了。我给你个礼物，嫌疑人贾芳菲，想知道她的结果吗？”

“快说啊。”小木催着。

“已查明她确实是只负责替涂绅豪做账务处理，被捕后认罪态度较好，能积极交代问题，所以，专案组没有把她归到非法组织传销团伙的重点成员里。”马烽火道。

“那不还在成员里？”小木不悦了。

“不错了，只要不划进这个框框，将来免予起诉的可能都有，顶多处以罚金、拘役，蹲几个月就出来了。”马烽火道，传销罪不重，参与人员自然就更轻了。

小木长舒了一口气，这算是最好的结果了。这时候张狂心里还有个疑惑，他凑上来问小木道：“你对杨芸也图谋不轨啊……笔录里，行动开始之前，杨芸邀你一起走，你怎么没走，反而保贾芳菲去了？”

“你傻啊，她就没安好心，即便是她不忍心看着我掉坑了，但她还是会按卢疯子的设计来。你想想，我已经被推到林总的位置上了，关键时候一消失，得了，一出事我得是首要分子。我试过了，一个女人想不想让你上他，能不能接受你，一试就知道，我试的结果是，她没那层意思，顶多有点可怜我的成分。”小木道。

余人哧哧在笑，连强问怎么试出来的。张狂说了，摸腿捏腰亲脸蛋，还不就那几下？有意思吗，我就觉得邪性，你丫闻闻味道，就能猜到卢疯子和她有奸情，队里警犬也不过如此吧？

话题偏了，小木怒掐秃蛋，秃蛋这皮粗肉糙根本不在乎，反而喜欢和比他小很多的小木玩这个游戏，就像兄弟俩一样，不玩得过头，都不算感情很深。

一路轻松到了机场，下车时，直接到了民航楼的院里，一个相对隐蔽的空间，气氛莫名地庄重了，那几位警察知道是怎么回事，拽着小木，站到了两位领导面前，敬礼，两位领导还礼，老范欣赏地看了小木一眼道：“现在我宣布陕省公安厅的一份嘉奖——鉴于木林深同志在‘6·22’专案行动中的突出表现，兹授予木林深同志‘见义勇为’奖章，以资鼓励。敬礼！”

一圈警察在向小木敬礼，哎呀，把小木给羞的，不好意思了。范文杰主任亲自把奖章、证书，交到了小木手里，还附上了一张卡，新开户的，他道：“因为保密的原因，这事不能公开，我们就开个简单的欢送会吧，滨海落地，有我们兄弟单位的人接你。我再一次代表专案组，代表省厅，向你表示感谢！”

“叶叔，您别客气，您一客气，我都不知道该说什么了。哎呀，我活这么大，就没拿过奖啊，还有奖金……”小木紧张到手足无措了，拿着大红的证书，有点烫手似的。

“是个大奖，三万元。”范主任道。

几位警察齐齐吸口凉气，不少，举报一个A级逃犯也不过如此。不过这点钱对于小木可没感觉，反而是证书和奖章看着新鲜，他乐得翻来覆去地看，叶天书笑道：“我和范主任就把你们送这儿了，接下来，你们年轻人送送吧，我们在，你们肯定不好意思说悄悄话了。”

两位领导来了这么个简单的仪式，在众人的敬礼中上了车，范文杰刚客气了句：“小木同志，有没有兴趣到警察队伍里来啊。”小木随即大惊失色回道：“绝对不可能，这么个职业，那也太屈我才了吧？”

终究还是把老范给噎了一家伙，老范瞅小木义正词严的，绝对不像开玩笑，绝对是自信心爆棚的，他哭笑不得地道了句：“可你当个好人，当个普通人不更屈才？好好想想，说不定以后还有机会啊。”

车窗遮住了范主任的脸庞，小木没当回事，车走了他才发现，几个人都瞧着他呢，半晌马烽火道：“小木，你别不识抬举啊，知道省厅政治部主任是什么职务吗？”

“就是，我干多少年了，还是临时工，最大官只见过队长。”司机瞠然道，没想到小木能得到如此的青睐，那话里很有招募的意思。

连强也说了：“他就没识过抬举，你和他说，不白说吗？”

“就是啊，搞得这么庄重，还没传销组织里气氛好。”小木揣起证书，得意洋洋地说道。

张狂笑着，无语地给了他个脖拐子，看看时间，还有近一个小时，小木邀着：“走，请你们喝冷饮，到空调间里看美女去。”

几位心情很是轻松，跟着小木走进机场，冷饮啤酒喝了几大杯，俱是有点高兴，又有点失望地不时看看小木，小木呢，不自觉地被这种真挚的感情感染了，想想当初在这儿那么激烈，现在却依依不舍，生活还真是像一场戏剧啊。

“哎，秃蛋，那你呢？”小木问张狂。

“哎，没有不散的筵席啊，3326……下午就得送你，你说一天送两位兄弟，我们这小心肝怎么承受得了啊。”马烽火道。

张狂笑道：“老马，你他妈说的像诀别一样，至于吗？”

“至于，绝对至于，我向叶组长请示啊，下午我们哥儿几个驾车，亲自送你。”连强和司机道。

盛情难却，张狂只得应邀了，看得出来，这些人之间那种说不出来的信任，总是能触到小木心里某个地方，让他羡慕、让他神往，想想自己曾经的那些狐朋狗友，白天吃喝、晚上嫖赌的，实在是不能同日而语啊。

聊着时间就快到了，众人起身送小木时，小木问了个奇怪的问题：“秃蛋，你路过精神病院吗？就咱们待的那家。”

“路过，不过得折十几公里。”张狂道。

小木做了一件大家没想到的事，他把刚刚到手的那张奖金卡，啪唧拍到了张狂手里说道：“那，帮我办点事，那个顾嫂，能帮帮点，你还欠人家一个道歉呢。还有那个老布，给他卖点历史类的书。还有，你看着办吧，剩下的哥几个花了吧。”

小木历来仗义疏财，张狂可不好意思了，他说：“这不合适吧，线人奖金，你让我替你处理？”

“你不很了解我吗？我缺德，不缺钱。”小木笑道，手一摸，又有一张卡，啪唧，拍老马手里了，老马愣了：“你还有钱？哪儿来的？”

“我在传销团伙里当大讲师挣的！这不也没被搜走，也没机会花不是，送给你们了。”小木窃笑道，老马可觉得烫手了，司机佩服得无以复加，直竖大拇指惊讶道：“我靠，怪不得领导能看上你，这是总队长的水平啊。”

“滚蛋。回头收拾你。”老马骂了句，要还回去时，张狂拦住了，使了个眼色，小木看到了，一指张狂道：“瞧瞧，还是当卧底的脸皮厚。强哥，马哥，秃蛋，还有你，临时工……再见了……”

几人看着小木迈步而走，几步之后他又跑回来，张狂那点惋惜之情全被搞没了，他很烦地问着：“又有什么事，你一次说完行不行？”

“最后一件事？张狂也是化名吧？我到哪儿找你玩？”小木好奇地问。

有关身份是个秘密，张狂笑道：“我可没时间陪你玩啊，我在皖省，滁州市公安局，你小子以后要犯事了，一定先通知我啊。”

“行啊，那我找谁去？”小木问。

这却是个忌讳，对于特殊岗位的同志，名字是个忌讳，小木傻乎乎地问。张狂笑了笑直接告诉他了：“孤儿院的孩子，名字很土，不许笑啊。”

“土到什么程度？”小木问。

“爱民！”张狂道。

“爱民！”小木默念一遍，然后浑身全部收缩，边笑边打战。他看着张狂笑得上气不接下气道，“还不如姓秃名蛋呢，这也太土了吧。”

“滚你的，再嘚瑟我弄死你。”张狂有点臊，凶巴巴地骂了句。

“我又看出来了，你会害臊啊，哈哈。”小木说了句，加快步子溜了。

等他排到过安检的队伍里，还不时地往回看，不时地向几位半路朋友招手，直至他消失在安检的通道里，那几位仍然一动不动，张狂手里的卡沉甸甸的，老马手里的，却烫乎乎的，张狂接到了手里道：“我处理吧。”

“上交吧，回头别让谁揪着一查咱们，又是一堆麻烦。”马烽火道，警中无小事，估计也就小木这号外人，敢把这种黑钱拿出来。

“都给精神病院吧，我也欠那儿一个人情啊。”张狂道，想起了那段荒唐的时间，其实在什么地方，都会有坚持的人，比如拼命阻拦的顾嫂，比如那些被打的保安，都差点坏了402专案组制定的“逃亡”计划。

还好，总归是有个好的结果了，张狂揽着几位道：“走吧，民间有奇人啊，他给我们好好上了一课，这次回去我得好好充充电啊，不能老被他骂智商是硬伤了。”

“刚见时恨不得抽这货一顿，现在我倒有点喜欢上他了。”连强道。

“可不是咋地，这小子真邪了啊，卢疯子和杨芸，不管是坐地分赃，还是得手后就迅速出境，或者哪怕隐姓埋名都不好找了，谁知道他们就偏偏要结伴走，还真合了小木的判断，逮着一个就是一双，一对老骗子，愣是栽在一个小骗子手里了。”马烽火道。

“不，卢疯子是栽在自己手里了，就像小木说的，每个人身上都有值得别人尊重的闪光点，但坏人身上的闪光点，会成为他最大的弱点……”张狂道。

一行人走出门厅，一架腾空而起的客机呼啸入云，他们不由自主地抬头，有点怀念那位已经归去的同伴，不过已经看不到，看到的是好一轮烈烈炎日，好一片朗朗晴空……

数小时后，另一位警员，编号3326，低调地离开了长安市，像他每次执行完任务一样，悄无声息地离开了，路口送别的叶组长、范主任向离去的车辆久久敬礼。

几个小时后，渭南精神病医院收到了一笔不菲的捐赠，已经回到岗位上的白医生接收的，捐赠人车都没下，匆匆几句就走了，给他留下了一大包东西和一笔现金。

有一笔一万块的现金是指名给护工顾嫂的。拿着钱，知道大致原委的顾嫂，似乎一下子难以接受这个关怀，用脏兮兮的围裙抹着泪，躲一旁感动地哭去了。

疯子老布可兴奋了，抱着一大摞党史书籍，全搬到他房间里了，开始在楼上扯着嗓子吼：全世界无产者联合起来！

剩下的钱，白双喜医生全部交到了院办，是指定作为医治因为传销入院的病人的，在捐赠一栏上，白医生想了想，填上了“林木生”这个名字。

院办的人好生奇怪，精神病院接受的捐赠可不多，好奇地问这人是谁呢，得好好宣传一下，白双喜医生心里可是一点欣喜也无，愦愦然撂了句：“宣传什么呀？也是个精神病。”

涉及案情秘密，他是有苦难言，临走时还不解气，又回头补充了一句：“往这儿捐钱，不是精神病是什么？”

他心里在说呀，这个精神病，可把他害苦了……

远在滨海的另一位，同样也没有躲过去，不过情况稍好，这一天只是陪同几位警察去找木庆臣，冯长翔医生算是心里十五桶水，七上八下了，偏偏警方又含糊其词，也不说清楚，就只是告诉他，让他领路的原因是怕太过突兀，至于那一位现在在哪儿呢。

哦，没事，他现在获了个“见义勇为”奖，已经回来了。

见义勇为？冯长翔心里飞奔过一万只羊驼，这叫什么事啊？！

但容不得他不相信，来的已不是曾经的那两位小警察，而是滨海市局的一位政委和一位副局长，一行人匆匆到庆臣大酒店，哎呀，其实这两位警察也不太相信，这样的家世会去和违法犯罪作斗争去，而且还会高度保密，从省厅专程调他们这么两位大员，就为了把线人安全送回家。

木庆臣早得到消息了，在台阶上看到警车来了，看到冯医生带着警察来了，老木欣喜的脸上瞬间起阴云了，一下子天旋地转，就要栽倒，冯医生赶紧上前扶着：“木老板，怎么了？怎么了？”

“完了，终于还是要进去了。”木庆臣欲哭无泪了，痛不欲生地看着冯长翔问道，“小冯，犯什么事了？重不？得判几年？”

俩警中大员傻眼了，怎么看着像个二劳分子家属啊？

冯医生赶紧说：“木老板，不是你想象中的那样。”

“啊？难道比我想象中的严重？”木庆臣更紧张了。

“真不是，是好事。”冯长翔强调着。

“你别安慰我了，警察上门，还能有什么好事？”老木一言方罢，悲从中来，一抹老脸又是急火攻心地直拍大腿说道：“这个逆子啊，早知道就给他点钱，让他在国外待着，省得在家门口丢人现眼。”

“这……这究竟怎么回事？”政委纳闷了，冯长翔附耳低语，那政委听后一笑，赶紧上前，和老木握手，安慰道，“木老板，真别误会，我们是专程来感谢您来了，您养了个好儿子啊，帮我们警方办了大事。”

“啊？”老木愣了。

另一位屏退了冯医生，这位政委把一份内部刊发的影印件给老木瞧着，见义勇为奖？以资鼓励？木林深？看得老木一头雾水，拿着东西瞠然问政委：“哎，我说……这……这……不会搞错吧？”

“怎么可能错呢？这些天冯医生一直给您提供木林深同志的近况照片，其实就是我们安排的，怕您老担心啊。”政委笑道。

“啊？你们合起伙来捉弄我，还让我儿子干这种危险的事？！”老木一听，悲伤成怒了。冯医生赶紧上来解释了，这是大好事，老木不领情了，吹胡子瞪眼吼着：“好什么好？我儿子就是有点缺管教，被你整成缺心眼了。万一有个三长两短，你让我这当爸的怎么办？”

不高兴了，钱花多少了呢，你让我儿子整这事？！冯医生不愧是心理医生，能抓到老木的症结，直接指摘道：“木老板，这正是您选择这种教育的结果啊，你想啊，他已经不再以自我为中心了，开始站到更高的高度，为别人考虑了，和为人民服务的警察一起办事，总比……被警察抓强吧？”

后面的话放低声音了，老木想想，点头了，那倒是。

“而且啊，您儿子是个大才啊，简直是天才……那张野鸡大学文凭是故意气您的，据警察查证，他在美国俄克拉荷马州的塔尔萨大学攻读心理学，要不还不聘任他呢。”冯医生把重磅消息撂出来了。

老木眼神一惊，喜出望外：“真的？”

“这我能骗您？不信您问问警察同志。而且我告诉您啊，这位是市局张政委，是专程来接上您，一起去机场接小木的。”冯医生介绍道。那两位警察齐齐点头，绝对不像作假了。

这下，老木总算找到点当爸的自豪感了，多少年了啊，就没有找到过这种感觉，他想想，有点喜出望外地说道：“小孩不淘气不出息啊……我就说嘛，我木庆臣的儿子，怎么可能一无是处呢？”

“请吧，我陪您去。”冯长翔邀着，那两位警察，一个请着，一位上前开车门去了。

老木不愧是生意人，已经看到一个美好的前景了，他贴得张政委很近很近，像介绍菜名一样流利地介绍着他儿子：

“政委啊，我儿子在新加坡上的中学，在荷兰学过艺术，在美国读过经济学……哦，对，这不，还学过心理学……我告诉您啊，我儿子从小就聪明，异乎常人啊……真不是跟您吹牛，我家店里这二百多道菜名，他十岁就能背下来……哎，对了，政委……”

几个人被老木瞬息变化的表情给逗乐了，不知道这位老板要说什么。

老木鼓起很大的勇气，千言万语汇成了一句话：“你们警察招人不？看我儿子合适不？”

这个话可没人敢应允，两位警察赶紧转移话题，不敢接茬儿了，一路听着老木的絮叨，直向机场而去……